KB022042

7일간의 유혹

7일간의 유혹

A Stranger in the Mirror

시드니 셸던 지음 | 정성호 옮김

오늘

다른 사람들을 웃기는 재능은 분명 하늘이 내려준 선물이다.
나는 이 책을 그런 재능을 지닌 모든 코미디언들에게 바친다.
특히 내 딸의 대부이기도 한 그루초 씨에게 바친다.

만일 자기 자신을 찾기 원한다면
거울을 들여다보지 마라.
왜냐하면 그곳에는 하나의 허상밖에는 없으므로.
자신 같은 타인이 있을 뿐이다.

_실레니우스 「진실을 위한 송가」

차례

등장인물

샘 윈터스 :: 토비의 군대 상사. 연예부대 대위. 제대 후 할리우드의 스타를 길러
내는 팬퍼시픽 제작부 부장으로 일한다.

조세핀 크진스키 :: 첫사랑에 실패한 뒤 할리우드에서 미모를 담보로 인생 역전
을 노린다. 토비 템플과 결혼한 뒤 할리우드의 여왕으로 군림한다.

질 캐슬 :: 조세핀 크진스키의 스타가 된 후의 이름

토비 템플 :: 할리우드의 스타 중 스타로 할리우드를 마음대로 요리한다. 나아가
세계인의 스타가 되며 한국전 참전군인들 위문공연도 한다. 질 캐슬과 결혼한다.

클립톤 로렌스 :: 토비의 에이전트. 토비의 성공에 큰 역할을 한다.

알 카루소 :: 라스베이거스의 거물급 폭력조직배

밀리 :: 알 카루소의 음모로 토비와 결혼한 쇼걸

데이빗 캐넌 :: 질 캐슬의 첫사랑 연인으로 아슬아슬한 사랑을 이어간다. 세계적
인 기업가, 재벌에 이른다.

오한론&레인저 :: 토비의 원고 담당 작가

프리다 :: 토비의 어머니. 토비의 성공에 큰 역할을 하지만 아들의 성공을 보지
못하고 운명한다. 토비의 어머니에 대한 사랑은 지극하다.

앨리스 테너 :: 액터스 웨스트 배우학원 원장. 한때 토비와 사랑에 빠진다.

앨런 프레스턴 :: 단역배우. 질 캐슬에게 환각제를 먹여 포르노 영화를 찍는다.

시시 토핑 :: 데이빗 캐넌의 아내. 정략결혼을 한다.

엘리 캐플런 :: 토비의 주치의

갤래거 :: 토비의 간호사

프롤로그

1969년 11월 어느 토요일 아침, 뉴욕 항을 떠나 르아브르로 향하는 5만5천 톤급 호화 여객선 브르타뉴 호가 출항 준비를 서두르고 있을 때, 기괴하고 불가사의한 사건들이 배 안에서 연달아 발생했다.

유능하고 매우 치밀한 성격의 브르타뉴 호의 사무장 클로드 데싸르는 그의 말마따나 '완벽한 여객선'을 관리하고 있었다. 브르타뉴 호에서만 자그마치 15년을 근무한 그는 이처럼 난감한 상황에 단 한 번도 처해본 적이 없었다. 브르타뉴 호가 프랑스 선박이라는 점을 감안해볼 때, 그것은 실로 높이 평가될 만한 것이었다.

그러나 이날만큼은 마치 지옥의 악마가 그를 못살게 굴려고 음모를 꾸미고 있는 것처럼 보였다. 그 후 미국과 프랑스 국제경찰 지부와 여객선 자체의 보안부가 철저한 수사를 벌였지만 이 기괴한 사건에 대해 납득할 만 한 단 하나의 단서도 찾아내지 못했다. 이러한 사실은 프랑스인인 데싸르의 자존심에 커다란 충격을 안겨주었다.

이 배에 탄 사람들의 사회적 명성 때문에 이 사건은 전 세계 신문들에 대서특필 되었지만, 수수께끼의 실마리는 미궁 속에서 맴돌 뿐이었다.

그 사건 이후 클로드 데싸르는 그 대서양 횡단 여객선에서 은퇴하여 니스에 조그만 술집을 차려놓고는, 틈만 나면 단골손님들에게 그 불가사의한 사건을 잊을 수 없다는 듯이 이야기하곤 했다.

그 사건은 미국 대통령이 보낸 꽃다발이 배달되고 나서부터 시작되었다고 데싸르는 회상했다.

출항하기 1시간 전에 정부의 번호판을 단 검은색 리무진 승용차가 허드슨 강 하류 쪽에 있는 92번 부두에 멈춰 섰다. 진한 회색 양복을 입은 한 사나이가 값비싼 장미 한 다발을 들고 리무진에서 내렸다. 그는 배의 트랩 밑까지 걸어와서 브르타뉴 호의 당직 사관인 아랑 사포르와 몇 마디 말을 주고받았다. 꽃다발은 언제나 그렇듯이 그의 하급 갑판 사관인 자낭에게 건네졌으며, 자낭은 그 꽃다발을 주인에게 전달한 뒤 클로드 데싸르를 찾아왔다.

"사무장님께서도 알아두셔야 할 것 같아서요. 미국 대통령이 장미꽃을 템플 부인에게 보내셨습니다."

자낭이 보고했다.

질 템플, 지난해에 그녀의 얼굴이 뉴욕, 방콕, 파리, 레닌그라드 등 세계의 주요 일간지의 1면과 잡지 표지에 대문짝만하게 실린 적이 있었다. 그 당시 가장 존경받는 여성으로, 세계 곳곳에서 새로 태어난 여자아이들이 다투어 질이라는 세례명을 갖게 되었다는 기사를 읽었던 것을 그는 상기했다.

미합중국의 국민들은 항상 자신들에게 우상이 될 만한 인물을 마음속에 간직해야 했다. 이제 질 템플은 미국인의 우상이 되었던 것이다. 그녀의 놀랄 만한 용기와 인내, 그리고 승리, 심지어는 그녀의 패배까지도 환상적일 만큼 세상의 인기를 독차지했다. 그녀가 행한 것은 위대한 사랑의 이야기이며 이상이었다. 게다가 고전적인 그리스 비극의 모든 요소까지 갖추고 있었다.

클로드 데싸르는 미국인들을 그다지 좋아하지 않았지만, 이번만은 기꺼이 예외임을 인정했다. 데싸르 역시 마담 템플에 대하여 아낌없는 존경심을 가지고 있었다. 그녀는 첫째 '우아' 했다. 이것은 데싸르가 여성에게 할 수 있는 최대의 찬사였다. 그는 이번 여행이 그녀에게 기억에 남는 최고의 여행이 되기를 바라며, 자신이 그것에 한 몫을 하리라 굳은 결심을 했다.

사무장은 자신의 생각을 질 템플에게서 돌리고, 승객 명부의 최종 점검에 정신을 집중했다. 명부에는 미국인들이 VIP라고 부르는 특별 난이 있었는데, 데싸르는 특히 VIP의 기준에 대한 미국인들의 야만적인 생각을 몹시 싫어하기 때문에 VIP라는 용어 자체를 못마땅하게 여기고 있었다. 그는 한 부유한 실업가의 아내가 혼자 여행하고 있다는 것에 눈길을 주목했다. 데싸르는 의미심장한 미소를 짓고는 유명한 흑인 축구선수인 매트 엘리스의 이름을 발견하자, 또 한 번 알았다는 듯이 고개를 끄덕였다. 데싸르는 또한, 최근 신문에서 저명한 상원의원과 관계가 있다고 떠들썩한 남미의 스트립댄서 아가씨가 상원의원과 선실을 나란히 예약한 것을 발견하고 흥미를 느꼈다. 그의 눈은 계속 승객 명부를 훑어 내려갔다.

데이빗 캐넌 억만장자, 그는 이전에도 브르타뉴 호로 여행한 적이 있었다. 데싸르 사무장은 호리호리한 운동선수 타입에다 햇볕에 그을린 미남형의 남자로 데이빗 캐넌을 기억하고 있었다. 조용하고 매우 인상적인 인물이었다. 데싸르는 데이빗 캐넌의 이름 뒤에 선장 식탁에 앉아 식사할 예정임을 표시하는 Captain's table의 약자 C.T.를 써

넣었다.

마감 직전에 예약을 한 클립톤 로렌스, 로렌스의 이름을 보자 데싸르는 곤혹스러운 표정을 지었다.

'로렌스 씨를 어떻게 해야 하나.'

난처한 문제였다. 옛날 같으면 전혀 문제될 것이 없었다. 왜냐하면 그는 으레 선장의 식탁에 앉아서 재미있는 일화로 모든 사람들을 즐겁게 해줄 수 있었기 때문이었다. 한창때의 클립톤 로렌스는 연예계의 일류 스타들을 거느린 영화계의 대부 같은 존재였다. 그러나 애석하게도 로렌스의 전성기는 지나가 버렸다. 그는 언제나 호화로운 특등 선실을 달라고 떼를 썼으나, 이번 여행에서는 갑판 아래의 독신용 선실을 예약했다. 물론 거기도 1등실이기는 하지만……. 클로드 데싸르 사무장은 다른 승객들의 명단을 체크할 때까지 잠시 결정을 보류하기로 했다.

승객 중에는 별로 중요하지 않은 왕족과 유명한 오페라 가수, 그리고 노벨상 수상을 거부한 소련의 소설가도 끼여 있었다.

그때 문에서 노크 소리가 들리자 데싸르는 잠시 일을 중단했다. 급사인 앙트와느가 들어왔다.

"무슨 일인가?"

클로드 데싸르가 물었다.

앙트와느는 진물이 나는 눈을 껌벅거리며 사무장에게 물었다.

"사무장님께서 극장 문을 잠그라고 지시하셨습니까?"

데싸르는 눈살을 찌푸리며 반문했다.

"도대체 자네 지금 무슨 말을 하는 건가?"

"저는 사무장님께서 지시하신 줄 알았습니다. 그럼 누가 그랬죠? 좀 전에 제가 확인했을 때는 아무 이상이 없었는데 지금은 극장 문이 모두 잠겨 있고, 극장 안에서 필름이 돌아가고 있는 듯한 소리가 났습니다."

"항구에 정박해 있을 때는 필름을 돌리지 않아. 게다가 극장 문을 잠가두는 일은 없어. 내가 가보겠네."

데싸르는 단호하게 말했다.

클로드 데싸르는 여느 때 같으면 보고받은 사항을 곧바로 확인해보지만, 12시 출항 이전에 서둘러 처리해야 할 여러 가지 사소한 일들로 몹시 바빴으므로 그럴 수가 없었다. 준비해야 할 미국 달러도 아직 계산이 안 된 채였고, 특실 한 칸이 실수로 이중 예약이 되어 있어서 그것도 처리해야 했다. 게다가 몽테뉴 선장이 주문한 결혼 선물은 엉뚱한 배로 배달되어 있었는데, 만약 선장이 이 사실을 알면 노발대발할 참이었다.

데싸르 사무장은 일손을 잠시 멈추고 4개의 강력한 터빈이 돌아가는 친숙한 소리에 귀를 기울였다. 브르타뉴 호가 항구를 빠져 나와 해협으로 들어가기 시작했을 때, 데싸르는 배가 순항하고 있음을 감지하고는 다시 하던 일을 계속했다.

30분쯤 뒤, 베란다 갑판의 급사장인 레옹이 그의 사무실을 노크했다. 데싸르는 대수롭지 않게 그를 올려다보며 물었다.

"무슨 일이지, 레옹?"

"방해가 되어 죄송합니다만, 꼭 말씀드려야 할 것 같아서……."

"뭔데?"

데싸르는 듣는 둥 마는 둥하며 항해 기간 동안 선장 테이블의 까다로운 좌석 배치 문제로 고심하고 있었다. 선장은 전혀 사교성이 없는 사람이어서 매일 밤 승객들과 함께 저녁식사를 하는 일이 그에게는 큰 고역이었다. 그래서 선장의 마음에 들 만한 사람들로 테이블 좌석을 배치하는 것이 데싸르에게는 중요한 일이었다.

"템플 부인에 관한 일인데요……."

레옹이 말을 꺼냈다.

데싸르는 그 말에 정신이 든 듯 후닥닥 연필을 내려놓으며 레옹을 올려다보았다. 그의 자그마한 검은 눈이 재빠르게 움직였다.

"그래서?"

"좀 전에 그 부인의 선실 곁을 지나다가 고함 소리와 비명 소리가 들리기에 가까이 갔습니다. 문이 닫혀 있어서 잘 들을 수는 없었지만 '당신이 날 죽였어요, 당신이 날 죽였어요!' 하고 부인이 소리치는 것 같았습니다. 하지만 끼어드는 것이 좋지 않을 것 같아서 그냥 이렇게 사무장님께 말씀드리러 왔습니다."

데싸르는 고개를 끄덕였다.

"잘했네. 내가 가서 무슨 일인지 확인해보겠네."

데싸르는 급사장이 나가는 것을 물끄러미 지켜보며 생각에 잠겼다. 템플 부인처럼 훌륭한 여인을 해칠 사람이 있으리라고는 생각조차 할 수 없었다. 만약 그런 일이 있다면 프랑스 멋쟁이인 데싸르로서는 도저히 용납할 수 없는 일이었다. 그는 정모를 쓴 다음, 벽에 걸린 거울을 얼핏 들여다보고 문 쪽으로 걸어갔다. 바로 그때 전화벨이 울렸다. 사무장은 급히 가서 수화기를 집어 들었다. 수화기에서 다급하게 급사장의 목소리가 들려왔다.

"사무장님, 사람을 시켜서 극장으로 걸레를 좀 빨리 보내주십시오. 바닥이 온통 피투성이입니다."

데싸르는 가슴이 철렁 내려앉는 느낌이었다.

"알았네. 곧 보내주겠네."

데싸르는 전화를 끊고 급사를 불러 급히 걸레를 극장으로 보낸 다음, 선내 당직의사에게 전화를 걸었다.

그는 침착하게 말하려고 애를 썼다.

"앙드레? 나 클로드요. 치료를 받아야 할 사람이 있는 것 같소. 아, 아니오. 멀미약이 아니오. 피를 흘리고 있어요. 심한 것 같소. 예, 알겠소. 고맙소."

수화기를 내려놓고 난 데싸르는 불안감이 점점 더해졌다. 그는 사무실을 나와 질 템플의 선실로 향했다. 그리로 가는 도중에 이상한 사건이 또 발생했다. 구명보트가 있는 상갑판에 이르렀을 때 데싸르는 배의 움직임의 리듬이 바뀐 것을 느꼈다. 바다 밖을 얼핏 내다보니 앰브로즈 라이트십 항에 도착한 것을 알 수 있었다. 여기서 해로 안내 선을 떼어놓은 뒤, 본선은 공해로 나가게 되어 있었다. 그런데 본선 자체가 정박하려 하고 있었다. 뭔가 심상치 않은 일이 일어나고 있음이 분명했다.

데싸르는 난간으로 서둘러 가서 배의 측면을 살펴보았다. 바다 저쪽 아래 해로 안내선이 브르타뉴 호의 화물 창고 옆에 바싹 대 있고, 선원 두 사람이 본선의 화물을 수로 안내선으로 옮겨 싣고 있었다. 그리고 본선 승객 한 사람이 안내 선으로 옮겨 타는 것이 보였다. 그 승객은 등만 설핏 보였을 뿐이어서 그가 누구인지 알아볼 수는 없었지만, 데싸르는 승객을 잘못 승선시킨 것이 틀림없다고 생각했다. 그러나 그런 일은 있을 수 없었다. 승객이 이런 식으로 하선을 하는 일은 거의 없는 일이었으므로, 데싸르 사무장은 왠지 등골이 오싹해짐을 느꼈다. 그는 몸을 돌려 질 템플의 선실 쪽으로 서둘러 갔다. 문을 두드렸으나 대답이 없었다. 다시 좀 더 세게 노크했다.

"템플 부인, 클로드 데싸르 사무장입니다. 도와드릴 일이 없나 해서 왔습니다."

그러나 역시 아무런 기척이 없었다. 데싸르는 본능적으로 질 템플에게 무엇인가 좋지 않은 일이 벌어지고 있다는 불길한 예감이 들었다. 여러 가지 끔찍한 상상들이 뇌리를 스치고 지나갔다. 혹시 살해되거나 납치된 것은 아닌가 하는 생각도 해보았다.

문의 손잡이를 비틀어 보니 잠겨 있지는 않았다. 데싸르는 문을 천천히 열었다. 질 템플은 등을 돌린 채 선실 맨 끝에 서서 항구를 내다보고 있었다. 데싸르는 무슨 말을 하려다가 그녀의 대리석처럼 굳은 모습에 질려 입을 다물고 말았다. 갑자기 상처 입은 짐승이 지르는 듯한 무시무시한 비명 소리가 선실에 울려 퍼졌다. 그러나 데싸르는 엉거주춤 서서 어찌할 바를 몰라 할 뿐이었다. 그처럼 깊은 고통에 울부짖는 사람을 보니 자기로서는 감당할 수 없다는 생각에 데싸르는 조심스럽게 등 뒤로 문을 닫고 물러나왔다.

데싸르는 방안에서 들려오는 단말마적인 비명 소리를 선실 밖에서 잠시 서서 듣고 있다가, 몸서리를 치면서 발길을 돌려 주갑판에 있는 극장 쪽으로 향했다. 급사 한 사람이 극장 앞에 떨어진 핏자국을 걸레로 닦고 있었다.

'제기랄! 또 무슨 일이 일어날 건가!' 하고 데싸르는 생각했다. 극장 문을 잡아당겨 보니 쉽게 열렸다. 데싸르는 6천 명의 관객을 수용할 수 있는 현대식 대형극장 안으로 들어섰다. 객석은 텅 비어 있었다. 그래서 반사적으로 영사실로 갔으나 문이 잠겨 있었다. 영사실의 열쇠는 자신과 영사기사 두 사람만 갖고 있었다. 그는 열쇠로 문을 열고 영사실 안으로 들어가 보았으나 아무런 이상이 없었다. 영사실에 있는 2대의 35밀리짜리 센트리 영사기로 가서 그것들을 만져보니 그중 한 대의 영사기가 따뜻했다.

데싸르는 D갑판에 있는 선원실로 가서 영사 기사를 만나보았지만,

그 영사 기사는 극장을 사용한 사실에 대해서는 전혀 아는 바가 없다고 말했다.

사무실로 돌아오는 길에 데싸르는 지름길을 택해 주방으로 들어갔다. 그를 보자마자 주방장이 화가 나서 소리쳤다.

"이것 좀 보십시오! 도대체 어떤 미친놈이 이따위 짓을 했는지 모르겠어요!"

대리석판 식탁 위에 정교하게 빚은 신랑신부 형상이 올려 있는 아름다운 6단 예식용 케이크가 놓여 있었다. 그런데 누군가가 신부의 머리를 흉측스럽게 떼어 버린 것이다.

"바로 그 순간이었죠."

데싸르는 그의 작은 술집에서 홀린 듯이 듣고 있는 단골손님들에게 그 얘기를 들려주고 있었다.

"뭔가 끔찍한 사건이 일어날 것이라고 느꼈던 것은 바로 그때였습니다."

제1부

A Stranger in the Mirror

스타의 꿈

1919년, 미시건주 디트로이트는 세계에서 가장 성공적인 유일한 공업도시였다. 제1차 세계대전 때 디트로이트는 연합군에게 탱크와 트럭과 비행기를 공급해줌으로써 연합군의 승리에 결정적인 역할을 담당했다. 이제 전쟁은 끝나 독일군의 위협은 사라지고 자동차 공장들은 다시 본래의 위치로 되돌아가 시설을 재정비하여 자동차 생산에 그들의 온 정력을 다 쏟았다.

얼마 뒤, 하루 4천 대의 자동차들이 제조되고 조립되어 출하되었다. 자동차 산업계의 일자리를 얻기 위해 전 세계로부터 기술이 있든 없든 줄줄이 노동자들이 모여들었다. 이탈리아인, 아일랜드인, 독일인들이 밀물처럼 쏟아져 들어왔다.

폴 템플러하우스와 그의 신부인 프리다도 새로 도착한 사람들 가운데 끼어 있었다. 폴은 뮌헨에서 정육점 일꾼으로 일했었는데 프리다와 결혼했을 때 받은 지참금을 밑천으로 뉴욕으로 이민을 와서 정육점을 차렸으나, 얼마 못 가서 적자에 허덕이게 되었다.

폴은 세인트루이스, 다음에는 보스턴, 그리고 끝내는 디트로이트로 옮겼지만 가는 곳마다 연거푸 실패를 했다. 사업이 번창하고 생활이 유복해지면 당연히 고기의 수요가 늘어나게 마련인데, 가는 곳마다 형편이 좋지 않았다. 그래서 폴이 도시를 전전하며 가게를 차릴 때마다 번번이 손해를 봤다.

그는 훌륭한 백정이었지만 장사꾼으로서는 그다지 쓸모가 없었다. 실제로 폴은 돈을 버는 것보다는 시를 쓰는 데 더 많은 관심을 갖고 있었다. 변변찮은 시의 운율과 시상을 생각하는 데 몇 시간씩 소비하곤 했다. 폴은 자작시들을 원고지에 적어 신문사와 잡지사에 보내곤 했는데, 그들은 그의 걸작을 거들떠보지도 않았다. 폴에게 있어서 돈은 그다지 중요하지 않았다. 그는 오는 손님 모두에게 아낌없이 외상을 주었고, 따라서 돈이 없이 좋은 고기를 얻어먹으려면 폴 템플러하우스에게 가보라는 소문이 온 동네에 퍼질 정도였다.

그의 아내인 프리다는 그저 되는대로 생긴 처녀로, 폴이 그녀에게, 아니 정확하게 말해서 그녀의 아버지에게 찾아와 청혼할 때까지 남자라고는 전혀 사귀어 본 경험이 없었다. 프리다는 아버지에게 폴의 청혼을 물리치지 말아달라고 사정하려 했으나, 노인에게 그런 사정을 할 필요가 없었다. 왜냐하면 노인은 프리다가 평생 시집을 못 가게 되어 자기에게 얹혀살까 봐 그것을 끔찍이 겁내고 있었기 때문에 프리다와 그녀의 남편이 독일을 떠나 신세계로 갈 수 있도록 지참금의 액수를 늘려주기까지 했다.

프리다는 수줍어하면서 첫눈에 남편에게 반해버렸다. 그녀는 지금까지 한 번도 시인을 만난 적이 없었다. 폴은 깡마른 체구에 두꺼운 안경을 썼으며 약간 대머리가 벗겨진 지적인 용모였는데, 그 잘생긴 청년이 진짜로 자기 소유라는 것을 믿기까지는 몇 달이 걸렸다. 그녀는 자신의 용모에 대해서 조금도 자신감이 없었다.

그녀의 몸매는 요리하기 전의 못생긴 감자처럼 땅딸막했으며 자랑할 것이라고는 반짝이는 푸른 눈뿐이었다. 얼굴의 나머지 부분은 모두 남의 얼굴에서 따온 것처럼 코는 조부를 닮아 커다란 주먹코였고, 이마는 삼촌을 닮아서 툭 튀어나와 비스듬했으며 턱은 아버지를 닮아 넓게 각이 져 있었다.

비록 하나님이 장난삼아 만들어 본 것 같은 얼굴과 육체 사이에 짓눌려 있기는 했지만 프리다의 내부 어딘가에는 아름다운 젊은 처녀가 살아 숨 쉬고 있었다. 그러나 사람들은 망측한 그녀의 외양만을 볼 수 있을 뿐이었다. 프리다가 사랑하는 폴을 빼놓고는 말이다. 프리다는 폴이 그녀의 지참금에 매력을 느끼고, 그것을 지겨운 정육점으로부터의 탈출 수단으로 이용했다는 것을 까맣게 모르고 있었다. 폴의 꿈은 자기 자신의 가게를 갖고, 자기가 좋아하는 시를 쓰는 데 자신의 모든 것을 바칠 수 있는 충분한 돈을 버는 것이었다.

프리다와 폴은 잘츠부르크 교외에 있는 여관으로 신혼여행을 갔다. 목초지와 숲으로 둘러싸인 고요한 호숫가에 있는 아름다운 고성이었다. 프리다는 마음속으로 수없이 결혼 첫날밤을 상상해왔다. 폴은 문을 잠그고 그녀를 끌어안고는 더듬듯이 옷을 벗기면서 달콤한 사랑의 밀어를 속삭일 것이다. 그의 입술은 그녀의 입술을 더듬고 천천히 그녀의 알몸을 더듬어 내려갈 것이다. 그는 그녀가 남몰래 숨어서 본 에로영화에서와 똑같이 행동할 것이다. 그의 성기는 독일 군기처럼 당당하고 자랑스럽게 우뚝 설 것이고, 폴은 그녀를 안고서 침대까지 갈 것이다(아마도 함께 걸어가는 것이 더 안전할지도 모른다). 그러고는 부드럽게 그녀를 침대에 내려놓으며 '내 사랑, 프리다' 하고 말할 것이다. '나는 당신의 육체를 사랑하오. 당신 몸은 겉보기에만 좋은 날씬

하고 빼빼마른 여자의 몸매와는 비할 바가 아니오. 당신은 탐스럽고 성숙한 몸매를 갖고 있구려.'

그러나 현실은 꿈꿔 왔던 것과는 달리 여지없이 빗나갔다. 그들이 방에 들어갔을 때 폴이 문을 잠근 것까지는 비슷했다. 그 다음부터 현실은 꿈과 너무나도 동떨어진 것이었다.

프리다가 지켜보니 폴은 재빨리 셔츠를 벗었다. 얄팍하고 털이 없는 가슴이 앙상하게 드러났다. 그 다음에 팬츠를 벗었다. 그의 다리 사이에 표피에 가려진 흐느적거리는 조그만 성기가 장난감처럼 달려 있었다. 그것은 프리다가 에로영화에서 보았던 것과는 전혀 닮은 점이 없었다. 폴은 침대에 드러누워 그녀를 기다리고 있었다. 프리다는 그가 그녀 스스로 옷을 벗기를 기다리고 있다는 것을 알았다. 그녀는 천천히 옷을 벗으면서 생각했다.

'그래, 크기가 문제는 아니야. 폴은 멋진 연인이 될 거야.'

잠시 후, 신부는 몸을 가늘게 떨면서 신혼의 첫 잠자리를 위해 신랑 옆에 누웠다. 그녀는 신랑이 뭔가 로맨틱한 얘기를 해주기를 기다렸으나, 폴은 허겁지겁 그녀 위에 기어올라 와서는 몇 번 들척대고는 이내 기어내려 가 버렸다. 잔뜩 기대에 부풀어 있던 신부에게 그것은 시작도 하기 전에 어처구니없이 끝나버린 것이었다. 그의 몇 번 안 되는 섹스 경험은 뮌헨의 창녀들과 있었던 것인데, 그는 이제 섹스에 더 이상 돈을 지불하지 않아도 된다는 것과 이제부터 섹스는 공짜라는 사실로 만족해했다.

폴이 잠에 곯아떨어진 뒤 망연자실한 프리다는 침대에 누운 채 자신의 실망에 대해서 생각하지 않으려고 안간힘을 썼다.

'섹스가 인생의 전부는 아니야. 폴은 훌륭한 남편이 되어줄 거야.'

그녀는 그렇게 중얼거렸다.

공교롭게도 그녀는 또다시 잘못 생각했음이 밝혀지게 되었다.

신혼여행을 다녀온 뒤 프리다는 폴을 찬찬히 현실적인 안목으로 보기 시작했다. 현모양처를 강조하는 독일의 전통 속에서 자라왔기 때문에 군소리 없이 남편 말에 복종했지만 결코 바보는 아니었다. 폴은 시 이외의 생활에는 관심을 두지 않았는데, 프리다는 그가 쓰는 시들이 형편없는 것들이라는 것을 이내 알아차렸다. 프리다는 생각하면 할수록 폴이 모든 면에서 모자라는 점이 한두 가지가 아님을 깨달았다. 폴은 우유부단했으나 그녀는 확고부동했으며, 폴은 장삿속이 어두웠으나 그녀는 밝았다.

처음에는 가장이라는 작자가 심약한 어리석음으로 그녀의 지참금 일부를 날려버려도 묵묵히 고통을 감내하며 보고 있었지만, 디트로이트로 이사 오면서부터 그녀는 그런 꼴을 더 이상 참고 볼 수가 없었다.

어느 날 그녀는 남편의 정육점으로 쳐들어가 금고를 꿰차고 앉았다. 정육점에 들어가서 맨 처음으로 한 일은 '외상사절' 푯말을 걸어두는 일이었다. 남편은 기겁을 했으나 이것은 시작에 불과했다. 프리다는 고기 값을 올리고, 이웃사람들에게 팸플릿을 돌리면서 선전을 하기 시작했다. 그러자 사업은 하룻밤 사이에 양상이 달라졌고 그때부터 모든 중요한 결정은 프리다가 내리고 폴은 그에 따를 뿐이었다.

프리다의 실망은 그녀를 폭군으로 만들었다. 그녀는 자신이 사물과 사람을 다루는 재간이 있다는 것을 깨달았고 일단 결정을 내리면 조금도 굽힘없이 그대로 밀고 나갔다. 투자에 대한 것이라든가 주택 문제, 휴가 결정, 임신 시기 등 모든 문제에 대한 결정을 그녀가 내렸다.

어느 날 저녁, 자신의 결심을 폴에게 말해주고 섹스를 하자고 했다. 그러나 불쌍한 폴은 신경쇠약에 걸릴 지경이었다. 폴은 지나친 섹스가 자신의 건강을 해친다고 염려했지만, 프리다는 막무가내였다. 그녀는 "어서 그걸 넣어줘!" 하고 명령하곤 했다. 그러자 폴은, "날보고 어쩌란 말이야? 아무래도 잘 안 되는데……." 하고 엄살을 부리곤 했다.

프리다는 그 볼품없는 페니스에 온갖 방법을 다 동원하여 그 일을 치르곤 했다.

3개월 뒤, 프리다는 남편에게 이젠 쉬어도 된다고 말했다. 임신을 한 것이다. 폴은 딸을 원했고 프리다는 아들을 원했다. 그래서 친구들은 태어난 아이가 아들이었다는 사실에 조금도 놀라지 않았다.

프리다는 산파를 데려다가 집에서 분만을 해야겠다고 고집을 부렸다. 분만은 순조롭게 이루어졌으며 침대 주위에서 분만을 지켜보고 있던 사람들은 태어난 아기를 보고 크게 놀랐다. 갓난아기는 고추를 제외하고는 모든 곳이 정상적이었는데, 아기의 고추는 앙증스러운 두 다리 사이에 부푼 풍선처럼 엄청나게 크게 튀어나와 있었다.

프리다는 '내가 아니었더라면 저 사람은 이처럼 실한 아이를 낳지 못했을 거야.' 하고 몹시 자랑스럽게 여겼다.

프리다는 그 구역 시의원의 이름을 따서 아기 이름을 토비아스라고 지었다. 폴은 프리다에게 아기의 교육과 훈련은 자기가 맡겠다고 하며 아기 교육은 당연히 아버지의 소임이라고 말했다. 프리다는 그 말을 듣고 피식 웃을 뿐, 폴을 아기 가까이 얼씬도 못하게 했으며, 아기 기르는 일을 그녀가 전적으로 도맡아서 했다. 그녀는 아이를 응석받이가 아닌, 게르만 식으로 강인하게 길렀다.

토비는 5살이 되자 무엇을 동경하는 듯한 천진난만한 얼굴에 눈은 엄마를 닮아 영롱한 파란 빛을 띠었고 다리는 길고 가냘팠다. 토비는 엄마를 몹시 따랐으며 무엇이든 엄마에게 인정받고 싶어 했고, 엄마의 젖가슴에 머리를 파묻을 수 있도록 엄마가 자기를 넓적하고 부드러운 무릎 위에 올려놓아 주는 것을 제일 좋아했다. 그러나 프리다는 그럴 시간이 없었다. 그녀는 가족을 먹여 살리기에 바빴기 때문이다. 그녀는 어린 토비를 사랑했지만 아들을 아빠처럼 나약한 인간으로 키우지 않기로 결심했다.

프리다는 아들이 하는 일은 무엇이든 완벽하기를 요구했다. 토비가 학교에 들어가자 그녀는 바쁜 중에도 학업을 보살펴 주었으며 어떤 문제로 쩔쩔매고 있으면 "얘야! 팔을 걷어붙이고 덤벼들어서 해보렴." 하고 적극적인 사고를 갖도록 격려해주었다. 그러고는 아들이 그 문제를 스스로 풀 때까지 옆에서 지그시 지켜보곤 했다.

프리다가 토비를 엄하게 대하면 대할수록 토비는 엄마를 더욱더 좋아했으며 엄마의 기분을 상하게 하는 일은 생각조차 하지 않았다. 벌은 가혹했으나 칭찬은 헤프지 않았다. 프리다는 이렇게 하는 것 모두가 토비를 위한 일이라고 생각했다.

프리다는 아들을 처음 품에 안았던 순간부터 이 아이는 언젠가는 반드시 유명한 인물이 되리라는 것을 모성의 직감으로 알았다. 어떻게, 언제 그렇게 될 것인지는 몰랐지만 반드시 그렇게 되리라는 것만은 확신했다. 마치 하나님이 그녀의 귀에 대고 그런 말을 속삭이기라도 한 것처럼 그녀의 신념은 확고했다. 아들이 너무 어려서 무슨 뜻인지 이해조차 못할 때부터 프리다는 아들에게 너는 반드시 위대한 인물이 될 거라는 말을 해주었다. 그래서 어린 토비는 자신이 위대한 인물이 되리라는 것을 기대하고 자랐다. 그러나 어떻게 해서 그렇게 될지, 또는 왜 그렇게 되어야 하는지는 알 수가 없었다. 오직 토비가 아는 것은 엄마의 말은 조금도 어긋남이 없다는 사실뿐이었다.

토비의 가장 행복한 순간은 엄마가 오래된 난로 앞에 서서 음식을 만드는 동안, 넓은 주방에 앉아서 숙제를 할 때였다. 엄마는 비엔나소시지를 듬뿍 넣은 흑갈색 콩 수프와 군침이 도는 구운 소시지, 그리고 갈색으로 부풀어 오른 감자튀김 등을 만들면서 기가 막힌 냄새를 풍겼다. 또 주방 한가운데 있는 커다란 도마 앞에 서서 흰 눈가루 같은 가루를 날리며 두툼하고 억센 손으로 척척 반죽을 해서 기막히게 맛이 있는 자두파이나 사과파이를 만들곤 했다.

　　토비는 그럴 때면 엄마한테 달려가 엄마의 커다란 몸을 얼싸안았는데 그의 얼굴은 겨우 엄마의 허리까지밖에 닿지 않았다. 엄마의 특유의 냄새가 부엌의 온갖 냄새와 뒤섞여 풍겼는데, 그런 엄마의 냄새는 어린 그에게 이상하게 성욕을 자극시키곤 했다. 그런 순간이면 토비는 엄마를 위해서라면 어떤 희생이라도 감수할 수 있을 것 같았다. 그 후로 평생 동안 버터를 바른 신선한 사과파이 냄새를 맡게 되면 언제나 어머니의 모습을 생생하게 떠올리게 되었다.

　　토비가 12살이 되었다. 어느 날 오후, 이웃집 수다쟁이 더킨 부인이 집에 놀러왔다. 더킨 부인은 검은 퉁방울눈에 광대뼈가 불거진 여자였는데 잠시도 쉬지 않고 떠들어댔다. 그 부인이 간 뒤, 토비가 더킨 부인의 수다를 익살스럽게 흉내 내는 바람에 엄마는 깔깔대고 웃었다. 토비가 엄마의 웃음소리를 들어본 것은 그것이 처음이었다. 그때부터 토비는 엄마를 즐겁게 해주는 방법을 알아냈다. 토비는 정육점에 오는 손님들이나 선생님들, 그리고 학교 친구들의 흉내를 어찌나 잘 내는지 엄마는 그것을 보고는 배꼽을 잡고 웃어댔다. 토비가 엄마에게 인정받을 수 있는 방법을 마침내 한 가지 발견한 셈이었다.

　　토비는 학교에서 열리는 연극 '멍청이 데이비드'에 출연을 해서 주연을 맡게 되었다. 공연 첫날밤, 엄마는 맨 앞줄에 앉아서 아들의 훌륭한 연기에 열렬한 박수를 보냈다. 하나님의 약속이 어떻게 실현될 것인가를 프리다가 알게 된 것은 바로 이 순간이었다.

경제 대공황이 시작되던 1930년대 초기였다. 그 즈음 전국의 극장들은 남아 있는 객석을 채우기 위해 별의별 수단들을 다 쓰고 있었다. 그들은 경품으로 그릇이나 라디오를 주기도 하고, 카드 도박이나 빙고 판을 벌이기도 했으며, 무희들과 오르간 연주자들을 고용하기도 했는데 관객들은 이들 연주에 맞춰서 노래를 부르기도 했다.

또한 아마추어 경연대회를 벌이기도 했는데 프리다는 경연대회가 어디에서 열리는지 알아보기 위해 신문의 극장 난을 빠짐없이 훑어보곤 했다. 경연대회가 있을 때는 모든 일을 제쳐놓고 토비를 참가시켰으며 토비가 알 졸슨, 제임스 캐그니, 에디 칸토르 등의 흉내를 내고 있는 동안 그녀는 객석에 앉아서 아들의 재능을 경탄하며 손뼉을 쳐대곤 했다. 그리고 그때마다 토비는 언제나 1등상을 탔다.

토비는 키가 좀 자랐으며 여전히 날씬한 몸매에다 영롱한 파란 눈동자의 순진하고 진지한 동안의 소년이었다. 그의 얼굴을 보게 되면 누구나 다 천진난만하다는 인상을 받았으며 보는 사람마다 안아주고 싶어 했고 쓰다듬어주고 싶어 했으며 인생의 거친 세파로부터 그를 보호해주고 싶은 보호 본능을 느꼈다. 그래서 그가 무대 위에 서면 아낌없는 박수갈채를 보냈다. 토비는 첫째로는 어머니를 위해, 둘째로는 하나님을 위해 스타가 될 운명으로 태어났다는 생각을 잠재의식 속에 간직하게 되었다.

토비는 15살이 되자 성적 충동을 느끼기 시작했다. 그는 남에게 들키지 않는 목욕탕에서 자위행위를 했지만 그것만으로는 성이 차지 않았다. 그는 여자가 그리웠다.

어느 날 저녁, 어머니의 심부름을 마치고 집으로 가는 도중에 같은 반 친구 누나인 클라라 코너스가 토비를 집까지 차로 태워다 주었다. 클라라는 유부녀로, 가슴이 풍만한 금발 미인이었는데 토비는 그녀의 옆자리에 앉자 성욕을 느끼기 시작했다. 그는 매우 조심스럽게 손을 그녀의 허벅지 쪽으로 조금씩 뻗었다. 그리고는 그녀가 비명을 지를 경우 얼른 손을 뺄 자세를 취하면서 차츰 그녀의 스커트 밑을 더듬기 시작했다. 그러나 클라라는 화를 내기는 커녕 오히려 그런 손길을 즐기는 것 같았다.

다음날 오후 그녀는 토비를 그녀의 집으로 불러들여 성의 환희를 만끽했다. 클라라는 그 황홀한 순간에 대한 비밀을 혼자서만 간직할 수 없어서 친구들에게 자랑을 하고 말았다. 그러는 바람에 토비는 얼마 안 가서 이웃에 있는 몇몇 유부녀들에게 봉사하게 되었다.

그 뒤 2년 동안 토비는 자기 학급에 있는 여학생 중 거의 반수 이상의 여학생들을 상대하기에 이르렀다. 토비의 클래스메이트들 중에는 영웅시되는 미식축구 선수도 있고 돈 많은 똑똑한 친구도 있었지만 이 한 가지 면에서는 토비를 따를 사람이 없었다. 토비는 얼굴이 순진해보일 뿐만 아니라 재치가 있어서 여학생들 사이에 인기가 높았으며, 천진난만한 얼굴에 무언가를 동경하는 듯한 눈초리의 그가 데이트를 신청하면 누구도 이를 거절할 수가 없었다.

토비가 고등학교 3학년인 18살이 되던 해, 갑자기 교장실로 호출을 당했다. 교장실에는 수심에 잠겨 있는 토비의 어머니와 에일린 헤네간이라는 16살의 가톨릭 신자인 여학생과 경찰복을 입은 그 여학생의 아버지가 있었다. 토비는 교장실 문을 들어서는 순간 심각한 문제에 빠졌음을 직감했다.

"본론부터 얘기하지. 에일린이 임신을 했다. 네가 아기 아빠라는데,

에일린과 잠을 잔 적이 있나?" 하고 교장 선생님이 물었다.

토비는 입 안이 바짝 말랐다. 그가 기억할 수 있는 것은 에일린이 그 짓을 몹시 밝혔고 오히려 더 원했다는 것뿐이었다. 그런데 이런 끔찍한 일이 벌어지다니…….

"이 나쁜 자식아! 네가 내 딸을 건드렸지? 대답해봐!"

에일린의 아버지가 고래고래 소리쳤다.

토비는 힐끗 어머니의 눈치를 살폈다. 자신의 수치스러운 일을 지켜보기 위해서 어머니가 여기에 와 계시다는 사실이 무엇보다도 가장 괴로웠다. 그는 어머니를 실망시켰으며 망신시켰다. 어머니는 자신의 행동에 혐오감을 느끼셨으리라. 토비는 이 교장실을 나가게 된다면 그리고 하나님이 기적을 행할 수 있도록 한 번만 더 기회를 주신다면 두 번 다시 여자의 몸에 손을 대지 않겠다고 단단히 결심했다. 섹스에 관해서 다시는 생각조차 할 수 없도록 그 길로 당장 의사한테 달려가서 거세해버리고 싶었다.

"토비, 이 아이와 잠자리를 같이 했니?"

어머니의 목소리는 냉엄하기 그지없었다.

"네."

토비는 침을 삼킨 다음 심호흡을 하고 간신히 대답했다.

"그래? 그럼 이 아가씨와 결혼해야지."

어머니는 단호하게 말하면서 울어서 눈이 부은 에일린을 바라보며 물었다.

"아가씨, 그러면 되겠지?"

"네…… 나는 토비를 사랑해요."

에일린이 소리쳐 울면서 토비 쪽을 바라보며 말했다.

"토비, 네 이름을 대지 않으려고 했는데 너무 무서워서……."

경찰인 에일린의 아버지는 교장실에 모여 있는 사람들을 둘러보며 소리쳤다.

"제 딸아이는 겨우 열여섯 살밖에 안됐습니다. 이건 미성년자 겁탈입니다. 저놈은 평생 감옥에서 썩어야 해요. 그런데 결혼을 하겠다니……."

"네, 결혼하겠습니다. 정말 죄송합니다."

토비는 다시 한 번 침을 삼키면서 대답했다.

토비는 어머니와 함께 집으로 돌아오면서 어머니에게 걱정을 끼쳐서 죄송하다는 생각을 하며 묵묵히 걸었다. 이제 그는 에일린과 아이를 부양하기 위해서 직장을 구해야만 할 것이다. 아마도 그는 정육점에서 일을 하면서 미래에 대한 모든 꿈과 계획을 잊어야만 할 것이다.

집에 도착하자 어머니는 토비에게 2층으로 올라오라고 말했다.

토비는 어머니를 따라 그의 방으로 가면서 지독한 꾸중을 들을 각오를 단단히 했다. 그가 어머니를 지켜보고 있는 가운데, 어머니는 여행용 가방을 꺼내더니 그 속에다 그의 옷들을 챙기기 시작했다. 토비는 깜짝 놀라 어머니를 바라보며 걱정스럽게 물었다.

"어머니, 어디 가세요?"

"아니다, 가긴 어딜 가. 가야 할 사람은 너야. 여기서 도망치라고!"

어머니는 말을 멈추고 잠시 토비의 얼굴을 똑바로 쳐다보았다.

"그런 별 볼일 없는 계집애 때문에 네 인생을 망칠 수는 없다. 그 계집애가 너를 좋아했으니까 임신을 했을 테지. 두 가지 사실만은 분명해. 너는 당당한 남자고, 그 아이는 멍청이야. 아무도 내 아들을 결혼이라는 함정에 빠뜨릴 수는 없어. 토비, 하나님은 네가 훌륭한 인물이되도록 점지하셨다. 뉴욕으로 가거라. 그리고 네가 유명한 스타가 되거든 이 어미를 부르렴."

토비는 눈물을 주르르 흘리면서 어머니의 팔에 안겼다. 어머니는 그 큰 가슴으로 그를 꼭 안아주었다.

　어머니 곁을 떠난다고 생각하니 그는 갑자기 미아가 된 듯한 느낌이 들면서도 한편으로는 새로운 인생을 출발한다는 흥분과 환희를 느꼈다. 그는 흥행업계로 들어가서 일류스타가 되리라 생각했다. 어머니가 그렇게 될 것이라고 말했기 때문이었다.

난산

1939년, 뉴욕은 극장의 메카였다. 대공황은 이미 끝난 지 오래였다. 프랭클린 루스벨트 대통령은 공포 그 자체 외에는 두려워할 것이 없으며, 미국은 지구상에서 가장 번영하는 국가가 될 것이라고 약속했고 또 실제로 그렇게 되었다. 경제가 풀려 모든 사람들은 써야 할 돈을 갖고 있었다. 브로드웨이에서는 30여 개의 쇼가 상연되고 있었고 모든 쇼가 히트하고 있는 것처럼 보였다.

토비는 어머니가 준 100달러를 가지고 뉴욕에 도착했다. 토비는 자기가 부자가 되고 유명해지리라는 것을 어머니의 확신을 통해 알고 있었다. 그는 어머니를 모셔 와서 아름다운 펜트하우스에서 살며, 어머니는 그에게 갈채를 보내는 관중들을 지켜보기 위해 매일 밤 극장으로 구경 올 것이다.

그러나 토비는 당장 직장을 구하지 않으면 안 되었다. 그는 모든 브로드웨이 극장의 뒷문을 두드리고 다니면서 아마추어 연극에서 얼마나 많은 상을 탔고, 얼마나 많은 재능을 갖고 있는가를 극장 관계자들에게 강조했으나 그들은 하나같이 그를 극장 밖으로 내쫓았다.

일자리를 찾아다니는 몇 주일 동안 토비는 극장과 나이트클럽 속으로 숨어들어가서 일류 연예인들의 공연, 특히 코미디언들의 공연을 눈여겨봤다. 토비는 벤 블루, 조이 루이스, 프랭크 페이를 처음으로 보았고, 그는 자신이 언젠가는 그들보다 잘하리라는 것을 알고 있었다.

돈이 떨어지자 토비는 하는 수 없이 접시닦이로 취직했다. 그는 매주 일요일 아침이면 어머니에게 전화를 걸었는데, 그것은 일요일에는 시외전화 요금이 싸기 때문이었다. 어머니는 토비에게 그가 도망치고 난 뒤의 소동에 관해서 이야기해주었다.

"네가 그 사람들을 보았으면 얼마나 재미있었을까. 그 경관은 매일 밤 순찰차를 타고 우리 집을 찾아온단다. 그 사람 하는 짓을 보면 마치 우리 모두가 갱단 같은 생각이 드는구나. 그 사람은 네가 지금 어디 있는지 그것만 계속 묻고 있단다."

"그래서 어머니는 뭐라고 대답하셨어요?"

토비가 궁금해서 물었다.

"사실대로 말해주었지. 네가 마치 도둑고양이처럼 밤중에 도망쳤기 때문에, 나도 너를 붙잡으면 목을 비틀어 버리겠노라고 말이다."

토비는 큰 소리로 웃었다.

토비는 그레이트 멀린이라는 예명으로 활동하는 작은 반짝이 눈을 한 재주 없는 엉터리 마술사의 조수 노릇을 하며 여름을 보내고 있었다. 그들은 캐츠킬스에 있는 이류 호텔들을 돌아다니며 공연하고 있었다. 토비의 주 업무는 무거운 소도구들을 들고 호텔 밖에 세워둔 멀린의 대형 자동차와 호텔 사이를 들락거리거나 소품으로 쓰이는 흰 토끼 6마리와 카나리아 3마리, 마못 2마리를 돌보는 일이었다.

멀린은 동물들이 서로 싸우다 죽을까 봐 토비를 청소함처럼 비좁은 방에서 동물들과 함께 자라고 했다. 토비는 마술용 장치가 달린 무거운 캐비닛들을 운반하거나 걸핏하면 도망치는 동물들을 잡느라 늘 기진맥진한 상태였다. 그는 외롭고 실의에 차 있었다. 그는 더럽고 지저분한 좁은 방에 앉아 있노라면 도대체 내가 여기서 뭘 하고 있나? 이러다가 어느 세월에 쇼 업계에 발을 들여놓을 수 있겠는가 하는 오만가지 생각에 잠겨 한심하기 짝이 없었다. 그래도 그는 쉬지 않고 거울 앞에서 흉내 내기를 연습했으며 그의 관객은 단지 냄새나는 멀린의 작은 동물들뿐이었다.

여름도 거의 끝나가는 어느 일요일, 토비는 여느 때처럼 집에다 전화를 걸었다. 이번에는 아버지가 전화를 받았다.

"아버지! 저 토비예요. 안녕하세요."

대답이 없었다.

"여보세요, 듣고 계세요?"

"그래, 듣고 있다."

아버지의 목소리에는 뭔가 심상치 않은 데가 있었다.

"어머니도 안녕하시죠?"

"네 엄마는 어젯밤에 병원에 입원했다."

토비는 수화기를 으스러뜨릴 듯이 꽉 움켜잡았다.

"왜요?"

"심장마비라고 하더구나."

청천벽력과도 같았다.

"괜찮으시겠죠? 그렇죠!"

토비는 다짐을 하듯 전화기에 대고 소리를 질렀다.

100마일이나 떨어진 저쪽에서 아버지가 울고 있음을 수화기를 통해 알 수 있었다.

"몇 시간 전에 세상을 떴단다."

아버지의 이 한마디는 새빨간 용암처럼 토비를 덮쳐 마치 그의 몸뚱이가 불타는 듯했다. 아버지의 말이 사실일 리가 없다. 어머니는 결코 이대로 죽어서는 안 된다. 그들은 굳은 언약을 했다. 토비는 위대한 스타가 되고 어머니는 늘 그 옆에 있어 주겠다고, 아름다운 저택과 리무진 승용차와 운전사, 그리고 모피코트와 다이아몬드들이 어머니를 기다리고 있는데……. 토비는 너무도 심한 충격에 숨조차 쉴 수가 없었다. 그는 저 멀리서 '토비야! 토비야!' 하는 어머니의 목소리가 들리는 듯했다.

"당장 집으로 가겠습니다."

"안 된다. 돌아오면 안 돼. 그들은 네가 오기를 기다리고 있어. 토비야, 에일린은 곧 아기를 낳을 거고, 그 애 아버지가 너를 죽이려 할 거야. 장례식장으로 너를 잡으러 올 거야."

그래서 토비는 이 세상에서 그가 가장 사랑하는 오직 한 사람인 어머니에게 마지막 인사조차 할 수가 없었다. 토비는 그날 하루 종일 옛날을 회상하며 침대에 누워 있었다.

어머니의 모습이 생생하게 떠올랐다. 부엌에서 음식을 만들면서 너는 이 다음에 반드시 중요한 인물이 될 것이라고 말씀하시던 모습과 극장의 맨 앞줄에 앉아 아들의 공연을 보고 손뼉 치시던 모습, 아들의 흉내와 익살에 박장대소하시던 모습, 그리고 여행용 가방에 옷을 챙겨주시면서 '네가 유명한 스타가 되거든 이 어미를 부르렴.' 하시던 모습이 차례차례 떠올랐다. 그는 슬픔으로 오열하며 '이날을 절대로 잊지 않겠어. 죽는 날까지 결코 잊지 않겠어. 1939년 8월 14일, 이날은 내 인생에 있어서 가장 중요한 날이다.' 하는 생각을 하면서 그는 침대에 누워 있었다.

　이날은 과연 그의 인생에 있어서 또 다른 중요한 날이었다. 어머니의 죽음 때문만이 아니라 1500마일 떨어진 텍사스 주 오데사에서 일어나고 있는 사건 때문이었다.

　그 병원은 허름한 4층 건물이었다. 병원 안은 마치 시장바닥처럼 별의별 환자들이 잔뜩 입원해 있었다.

　새벽 4시, 어떤 사람에게는 조용한 임종 시간일 수도 있고, 또 어떤 사람에게는 고통스런 아픔 뒤에 잠시 눈을 붙이는 휴면 시간일 수도 있으며, 의사들이 내일 일에 대비하기 위해 잠시 휴식을 취하는 시간일 수도 있었다.

　4호 분만실 산부인과 의료진들은 여전히 애를 먹고 있었다. 처음에는 정상 분만으로 생각되었던 것이 갑자기 위험한 상황으로 돌변했기 때문이었다. 칼 크진스키 부인은 분만을 시작하기 전까지만 해도 모든 것이 정상이었다. 그녀는 건강한 여성으로, 산부인과 의사들이 이상형으로 생각하는 골반을 가지고 있었다. 자궁 수축이 빨라지기 시작했고, 모든 것은 계획대로 진행되고 있었다.

　"난산이로군."

　산부인과 의사인 윌슨 박사가 말했다. 난산이라는 말을 듣고도 놀라는 사람은 없었다. 전체 분만 중 난산은 3퍼센트에 불과하지만 난산의 경우도 대개는 쉽게 처리되기 때문이었다.

　난산에는 3가지 유형이 있는데, 자발성 난산은 난산이지만 의사의 도움 없이 분만이 가능한 형이고, 보조 난산은 자연 분만을 산부인과 의사가 보조해주는 형이며, 완전 난산은 아기가 산모의 자궁에 쐐기 형태로 걸려 있는 유형이었다.

월슨 박사는 가장 간단한 유형인 자발성 난산인 경우라고 낙관했다. 그는 아기의 발이 나타나고 뒤이어 2개의 작은 다리가 나타나는 것을 지켜보았다. 산모가 다시 힘을 주기 시작하자, 아기의 넓적다리가 나타났다.

"아랫배에 힘을 주세요. 조금만 더!"

월슨 박사는 산모를 격려했다.

크진스키 부인은 힘을 썼으나 더 이상 진전이 없었다. 박사는 이맛살을 찡그리며 다시 힘주어 격려했다.

"자, 다시 한 번 해봐요. 힘껏!"

그래도 진전이 없었다.

월슨 박사는 아기의 다리를 붙잡고 조금 잡아당겨 보았지만 꼼짝하지 않았다. 그는 아기를 피해가며 좁은 자궁 속으로 손을 집어넣고 자궁 내부를 더듬어보았다. 그의 이마에서 구슬 같은 땀방울이 흘러내리자 간호사가 와서 닦아주었다.

"곤란하군……."

월슨 박사가 낮게 중얼거렸다.

크진스키 부인은 이 말을 듣고 걱정스럽게 물었다.

"왜요? 잘 안되나요?"

"아니, 괜찮습니다."

월슨 박사는 손을 좀 더 깊숙이 집어넣고 아기를 조심스럽게 끌어내리려고 애썼으나, 아기는 꼼짝도 하지 않았다. 탯줄이 아기의 몸뚱이와 산모의 골반 사이를 짓누르고 있어서 아기의 산소 공급을 차단하고 있음을 알 수 있었다.

"청진기!"

간호사가 청진기를 산모의 배에 대고 아기의 심장 박동 수를 체크했다.

"박동 수는 30으로 떨어졌고 불규칙합니다."

윌슨 박사의 손가락들은 마치 그의 두뇌와 연결된 안테나처럼 산모의 자궁 속을 탐색하고 있었다.

"가슴이 짓눌려서 심장이 멈춰가고 있어요. 더 이상 희망이 없는 것 같습니다."

간호사의 말 속에 걱정의 빛이 역력했다.

아기가 자궁 속에서 죽어가고 있었지만 아기를 시간에 늦지 않게만 꺼낸다면 소생시킬 수 있는 가능성은 아직도 있었다. 아기를 4분 이내에 꺼내어 폐를 깨끗이 하고 심장 박동을 재개시키지 않으면 안 되었다. 만약에 4분 이상 지체하면 뇌에 치명적인 손상을 입게 된다.

"시간을 재요!"

윌슨 박사가 명령했다.

분만실에 있던 사람들은 정각 12시를 가리키는 벽에 걸린 전자 벽시계를 반사적으로 쳐다보았다. 기다란 빨간 초침이 정각을 넘어 1초씩 전진하기 시작했다.

의료진은 작업에 착수했다. 재빨리 산소 호흡기를 병상 옆에 굴려다 놓고 윌슨 박사는 아기를 자궁에서 빼내려고 애를 썼다. 그는 아기의 어깨를 돌려 자궁 입구를 트이게 하는 브라하트 시술법을 시도해 봤으나 소용이 없었다. 수술실에 처음으로 들어온 수습 간호사는 메스꺼움을 참지 못해 병실을 뛰쳐나갔다.

수술실 문 밖에서는 남편 칼 크진스키가 굳은살이 박인 커다란 손에 움켜쥔 모자를 초조하게 만지작거리면서 서성이고 있었다. 오늘은 그의 일생에 있어서 가장 행복한 날이었다. 그는 목수였는데 조혼과 대가족 제도를 신봉하는 소박한 꿈을 가진 남자였다. 이 아기가 그들

부부의 첫 번째 아이였다. 그래서 그는 흥분을 억제하지 못하고 초조해했다. 그는 아내를 너무나 사랑했다. 그가 아내 생각에 잠겨 있을 때 수습 간호사가 산실을 뛰쳐나오는 것을 보고 그는 얼른 그 간호사에게 물었다.

"산모는 어떻습니까?"

아기 생각에 사로잡혀 제정신이 아닌 그 어린 수습 간호사는 "죽었어요! 죽었어요!" 하고 소리치며 겁에 질려 황급히 사라졌다.

크진스키의 얼굴이 하얗게 변하더니 갑자기 가슴을 움켜쥐고 허우적대기 시작했고, 병원 사람들이 그를 응급실로 데려갔으나 이미 가망이 없었다.

분만실 안의 윌슨 박사는 벽시계와 분초를 다투면서 땀을 뻘뻘 흘리며 일하고 있었다. 탯줄이 아기를 휘감고 있음을 감지할 수 있었지만 그것을 풀 길이 없었다. 조급한 생각으로 반쯤 나온 아기를 무력으로 잡아 빼내고 싶었지만 그는 그런 식의 분만이 아기에게 미칠 영향을 너무나 잘 알고 있었으므로 그렇게 할 수는 없었다.

크진스키 부인은 고통에 못 이겨 광적인 신음소리를 냈다.

"부인! 아랫배에 힘을 주세요, 좀 더 힘껏! 어서요!"

아무런 소용이 없었다. 윌슨 박사는 벽시계를 올려다보았다. 2분이라는 귀중한 시간이 흘러갔으나 아직도 아기의 뇌에는 피가 돌지 않고 있었다. 윌슨 박사는 4분이 경과한 후에도 아기를 살릴 수 있다면 어떻게 처리해야 하는가 하는 또 다른 어려운 문제에 부닥치게 되었다. 아기를 식물인간으로서 생명을 부지시킬 것인가, 아니면 편안히 죽도록 할 것이냐 하는 어려운 문제였다. 그는 일단 이런 심각한 문제는 접어두기로 했다.

윌슨 박사의 손이 더욱 재빨리 움직이기 시작했다. 눈을 감은 채 손으로 더듬어가면서 산모의 몸 안에서 어떤 일이 일어나고 있는지 알아보려고 온 정신력을 집중시켰다. 그는 아기의 몸뚱이를 헐겁게 해서 자유롭게 하는 방법을 시도해보았다. 그러자 갑작스런 변화가 나타났다. 아기가 움직이기 시작하는 것을 느낄 수 있었다.

"분만용 집게!"

간호사가 재빨리 분만용 특수 집게를 그에게 건네주었다. 윌슨 박사는 그 집게로 아기의 머리를 잡았다. 잠시 후에 아기의 머리가 나타났다.

드디어 아기가 분만되었다.

분만의 순간은 으레 조용하고 어두운 엄마의 자궁 속에서 밝고 추운 세상으로 수치스럽게 강제로 끌려나온 것을 불평하는 순간, 그래서 빨간 얼굴을 한 채 고고한 함성을 지르는 기적의 순간이다. 그러나 이 아기는 그렇지가 않았다. 얼굴은 청백색이었고 꼼지락거리지도 않는 여아였다.

벽시계를 보았다. 1분 30초가 남았다. 수년간의 경험으로 모든 동작이 재빨리 기계적으로 이루어졌다. 후두부를 통해 공기가 들어갈 수 있도록 손가락에 거즈를 감아서 아기의 인두 후면을 닦아주었다. 윌슨 박사는 아기를 똑바로 눕혀 놓았다. 간호사가 전기 흡입 기구가 달린 소형 후두경을 그에게 건네주었다. 의사는 후두경을 설치한 다음 고개를 끄덕였다. 간호사가 스위치를 넣었다. 그러자 흡입기가 리드미컬하게 작동하는 소리를 내기 시작했다.

윌슨 박사는 벽시계를 올려다보았다. 앞으로 20초가 남았다. 아직도 심장 박동은 이루어지지 않고 있었다.

15초…… 14초…… 그래도 심장 박동은 없었다.

결정을 내려야 할 순간이었다. 뇌 손상을 막기에는 이미 늦었다. 그러나 이와 같은 일에 대해서 확정적인 판단을 내릴 수 있는 사람은 아무도 없었다. 그는 육체는 성인이지만 정신력은 어린아이만도 못한 불쌍한 사람들로 가득 찬 병실들을 수없이 봐왔다.

앞으로 10초, 아직도 맥박은 뛰지 않았다. 한 가닥 희망마저 사라지는 듯했다.

앞으로 5초, 그는 용단을 내렸다. 하나님께서도 자기를 이해하시고 용서해주시기를 바랐다. 아기를 살릴 수 없다고 말하면서 플러그를 빼려고 했다. 아무도 그의 행동을 책망하지 않으리라. 그는 다시 한 번 아기의 피부를 만져보았다. 차갑고 아무런 움직임이 없었다.

앞으로 3초,

그는 아기를 내려다보았다. 울고 싶은 심정이었다. 너무나 가여웠다. 아기는 아주 예뻤다. 크면 미인이 될 것이다. 그는 아기가 살아서 성장한다면 아기의 인생이 어떠할 것인가 하고 상상해보았다.

이 아기도 결혼해서 아기를 낳게 될까? 이 다음에 예술가, 아니면 교사나 회사 중역이 될지도 모르지. 부유하게 살게 될까? 아니면 가난하게 살게 될까? 행복할까? 불행할까? 하는 생각을 했다.

1초, 심장 박동 없음.

0초,

열아홉 번째 여름

노동절이 되자 캐츠킬스에서의 여름 시즌은 끝나고, 따라서 그레이트 멀린도 일자리를 잃었다. 토비도 마찬가지였다. 토비는 아무데나 갈 수 있는 몸이 되었다. 그러나 어디로 간단 말인가? 그는 집도 없었고 직업도 없었으며, 그리고 동전 한 푼도 없었다. 손님 한 사람이 그녀와 그녀의 세 자녀를 캐츠킬스로부터 시카고까지 자동차를 운전해 주면 25달러를 주겠다는 제의를 했을 때 토비의 결심은 섰다.

토비는 그레이트 멀린이나 그의 냄새나는 후원자들에게 한마디 인사도 없이 그곳을 떠났다.

1939년의 시카고는 번창하는 자유분방한 도시였다. 요령 있는 사람은 여자나 마약, 그리고 정치가들까지도 돈으로 살 수 있었다. 온갖 미각을 창조해내는 수백 개의 나이트클럽이 번창하고 있었다. 토비는 크고 요란스러운 '체즈 파레'로부터 러쉬 가에 있는 조그만 술집까지 깡그리 찾아다니며 일자리를 구했다. 대답은 항상 똑같았다. 아무도 풋내 나는 애송이를 코미디언으로 고용하려고 하지 않았다. 토비에게 있어서 아까운 시간은 자꾸만 흘러가고 있었다. 이제 어머니의 꿈을 이루어야 할 시간이 되었는데 말이다.

토비는 이미 19살이 되어가고 있었다.

토비가 자주 다니던 클럽 중에 '니하이' 클럽이 있었다. 연예부는 3인조 밴드와 한물간 중년 코미디언 한 사람, 그리고 광고지에 '페리 시스터즈'로 선전되고 있는 메리와 제리라는 2명의 스트리퍼가 있었는데 이들은 실제로 친자매 간이었다. 이 아가씨들은 둘 다 20대로서 싼 값에 데리고 놀기에는 그런 대로 쓸 만했다.

어느 날 저녁, 제리가 카운터에 와서 토비 옆자리에 앉았다.

"아가씨, 연기가 아주 마음에 들더군요."

토비는 웃으면서 상냥하게 말을 걸었다. 제리가 토비를 돌아다보았다. 그녀는 어린 티가 나는 그의 얼굴과 초라한 옷차림을 보고는 너무 어려서 상대거리가 안 되는 애송이라고 생각했다. 그녀는 관심이 없다는 듯이 고개를 끄덕일 뿐 이내 시선을 돌려버렸다. 토비는 자리에서 일어섰다. 바로 그때 제리는 토비의 바지 앞섶이 불룩한 것을 보고 그의 어린 티 나는 얼굴을 다시 쳐다보았다.

"어머나, 세상에 이럴 수가!"

"위력을 알아볼 수 있는 방법이 딱 한 가지 있죠."

토비가 웃으면서 말했다.

그날 새벽 3시쯤 토비는 페리 시스터즈와 함께 침대에 누워 있었다.

작전이 치밀하게 짜여졌다. 쇼가 시작되기 한 시간 전에 제리는 습관성 노름꾼인 그 클럽의 코미디언을 데리고 주사위 노름판이 벌어지고 있는 디버시 가의 한 아파트로 갔다. 그 코미디언은 노름판이 벌어진 것을 보고 입맛을 다셨다.

"딱 한 판만 놀다 가도 괜찮겠지."

30분 뒤에 제리는 살짝 빠져나왔다. 그 코미디언은 그것도 모르고 성공한 사람, 스타 신분인 사람 할 것 없이 한결같이 구르는 주사위에 매달려 있는 이 환상의 세계에 몰입하여 미친 사람처럼 소리를 지르며 주사위를 굴려댔다.

토비는 '니하이' 클럽 카운터에서 말쑥한 차림으로 앉아서 기다리고 있었다.

쇼가 시작될 시간이 되었어도 그 코미디언이 나타나지 않자, 클럽 주인은 욕을 퍼부어댔다.

"더러운 개새끼! 이걸로 끝장났어. 다시는 우리 클럽에 얼씬거리게 하나 봐라."

"그렇게 화를 내시는 것도 무리는 아닙니다. 하지만 걱정하실 거 없습니다. 카운터에 새로 온 코미디언이 앉아 있어요."

메리가 화가 잔뜩 난 주인을 부추기며 말했다.

"뭐라고? 어디?"

주인은 토비 쪽을 흘깃 보고 내뱉었다.

"훙! 저런 젖비린내 나는 꼬마가?"

"일류 코미디언이에요."

제리가 정색을 하며 말했다.

"한 번 써보세요. 손해 볼 거 없잖아요?"

메리가 거들었다.

"저 손님들을 어쩌지!"

그는 난처하다는 듯이 어깨를 으쓱거리며 토비가 앉아 있는 쪽으로 갔다.

"이보게, 자네가 코미디언인가?"

"네, 캐츠킬스에서 공연을 마치고 오는 길입니다."

토비는 시큰둥하게 대답했다.

"몇 살이지?"

클럽 주인은 그를 찬찬히 뜯어보더니 나이를 물었다.

"스물두 살입니다."

토비는 거짓말을 했다.

"허풍 작작 떨어. 여하튼 좋아. 이리와 봐. 이번 흥행에 실패하면 스물두 살까지 살지도 못할 거야."

마침내 기회가 왔다. 토비 템플의 꿈이 드디어 실현된 것이다. 밴드가 그를 위해 팡파르를 울리고, 그는 스포트라이트를 받으며 서 있었다. 그는 너무 흥분해서 가슴이 벅차올랐다. 어떤 신비스러운 마법의 끈으로 그와 관객이 하나로 묶여 있는 것 같았다. 순간적으로 그는 어머니를 생각하고는 어머니가 어디에 계시든 자기를 지켜봐주시기를 바랐다. 팡파르가 멈췄다. 토비는 일상적인 레퍼토리를 시작했다.

"안녕하십니까? 여러분은 정말 복이 많으십니다. 저는 여러분이 잘 알고 있는 토비 템플입니다."

잠잠했다.

"시카고에 있는 새 마피아 단 두목의 이야기를 들어보셨습니까? 그는 호모예요. 앞으로는 죽음의 키스가 저녁식사나 춤에도 곁들이게 될 것입니다."

토비는 계속해서 말했지만, 아무도 웃지 않았다. 관객들이 차갑고도 무감각한 눈초리로 그를 노려보았다. 토비는 날카로운 짐승 발톱이 그의 위장을 갈가리 찢는 듯한 고통을 느끼기 시작했으며 갑자기 온 몸이 식은땀으로 흥건히 젖었다. 관객들과 이어졌던 신비의 끈도

툭 끊어져버리는 것 같았다. 그는 계속했다.

"저는 메인 주에 있는 한 극장과의 예약 공연을 끝냈는데, 오지에 있는 그 극장의 지배인은 곰이었습니다."

조용했다. 관객들은 그에게 관심을 가지고 있는 것 같지 않았다.

"이곳이 귀머거리들의 클럽이라는 소리는 못 들었는데요. 마치 제가 타이타닉 호 선상의 사교 연출가와 같은 기분이 드는군요. 여기 이렇게 서 있으니 마치 배의 다리 위를 걸어 올라가는 기분인데 배는 없군요."

관객들의 야유가 터져 나왔다. 토비가 시작한 지 2분 후에 클럽 주인은 황망히 밴드에게 신호를 보내어 큰소리로 연주하도록 해서 토비의 목소리가 들리지 않게 했다.

그는 무대 위에 서 있었다. 함박웃음을 띠고 있었지만 그의 눈에는 눈물이 고였다. 그는 관객들을 향해 고래고래 소리를 지르고 싶은 심정이었다.

크진스키 부인은 무섭도록 고요한 밤의 적막 속에서 짐승의 울부짖음 같은 날카로운 비명 소리를 듣고 후닥닥 잠에서 깨었다. 그 비명소리가 아기의 울음소리임을 안 것은 잠자리에서 일어나 앉아 잠시 정신을 차린 뒤였다.

그녀는 얼마 전에 개조한 아기 방으로 급히 달려갔다. 조세핀이 경기로 얼굴이 새파랗게 질려 캑캑거리고 있었다. 병원으로 데려가자 당직의사가 아기에게 진정제 주사를 놓아주었다. 아기는 곧 평화로운 잠에 빠졌다. 조세핀을 받아냈던 윌슨 박사는 조세핀을 철저하게 검진했다. 아무런 이상도 발견해낼 수 없었지만 그래도 그는 불안했다. 윌슨 박사는 그 아이가 태어나던 순간을 결코 잊을 수가 없었다.

이리저리 떠돌다

보더빌 쇼는 1881년부터 미국에서 흥행했는데, 1932년에 팰리스 극장이 문을 닫자 보더빌 쇼도 막을 내리게 되었다. 보더빌 쇼는 그동안 야심만만한 젊은 코미디언들의 수련장이었으며 적의를 품고 야유를 퍼붓는 관객들을 향해 날카로운 위트로 맞서는 전투장이었다.

이 전투장에서 승리를 거둔 코미디언들은 명성과 부를 얻었다. 에디 칸토로, W.C. 필즈, 졸슨 앤 베니, 애보트 앤 코스텔로, 제셀 앤 번스, 맥스 브라더즈와 그 외 수십 명의 기라성 같은 코미디언들도 이곳 보더빌 쇼가 막을 내리자 저마다 여러 가지 다른 분야로 전향해야만 했다.

거물급 코미디언들은 라디오 쇼와 원맨쇼에 출연 예약을 받기도 하고, 또 전국 유명 나이트클럽에 출연하기도 했다. 그러나 토비와 같은 신출내기 코미디언들의 경우는 사정이 달랐다. 그들도 나이트클럽에 출연하기는 했으나 그들이 출연하는 나이트클럽은 일류 코미디언들이 출연하는 나이트클럽과는 상대가 안 되는 전혀 다른 세계였다.

그들이 출연하는 나이트클럽은 '화장실 서커스'라고 부르기도 했는데 그것은 여러 가지 뜻을 내포하고 있었다. 화장실 서커스는 하층민들이 모여서 맥주를 들이켜고 스트리퍼들에게 욕지거리를 퍼부으며 심지어는 장난기로 코미디언들을 아예 매장시켜 버리는 전국에 널려 있는 지저분한 저질 술집들을 통틀어 일컫는 것이었다. 이들 저질 술집은 음식물 썩은 냄새, 엎지른 술 냄새, 소변 냄새, 싸구려 향수 냄새 등이 뒤범벅이 되어 공중변소 냄새와 비슷한 데다 시큼한 땀 냄새까지 뒤섞여 있었다. 그리고 공포의 냄새도 풍겼다.

여성 공연자들은 탈의실 바닥에 쪼그리고 앉아 그대로 용변을 보았기 때문에 더럽기 짝이 없었다. 출연료도 3끼 식사로 때우는 것으로부터 관객의 반응 정도에 따라서 5달러 내지 10달러, 많아야 15달러로 가지각색이었다.

토비는 이 '화장실 서커스'를 가리지 않고 출연했으며 여기서 그는 많은 것을 배웠다. 가는 도시들의 이름은 각각 달랐지만 무대 사정은 모두 비슷비슷했고, 냄새 역시 똑같았으며 관객들 역시 어딜 가나 마찬가지였다. 관객들은 배우가 마음에 들지 않으면 배우에게 술병을 집어 던지고, 공연 도중에 야유를 퍼붓거나 휘파람을 불어대어 그만 질려서 내쫓기기가 일쑤였다. 그곳은 가혹한 수련장이었으나 토비에게는 생존에 관한 여러 가지 요령을 가르쳐 주었다는 점에서 매우 훌륭한 수련장인 셈이었다.

토비는 술에 취한 여행자들이든 취하지 않은 건달패든 적당히 다룰 줄 알았으며, 결코 그들을 혼동하는 일이 없었다. 그는 말썽을 일으킬 듯싶은 사람을 미리 간파해서 선수를 쳐서 자청해 술을 한 잔 얻어 마시거나 일부러 그의 냅킨을 빌려 이마를 닦는 등 제스처를 부림으로써 말썽을 일으키지 않도록 미리미리 무마시키는 요령을 터득하게 되었다. 그는 레이크 키아메사, 샤왕가 로지, 에이븐과 같은 술집에 출연했고 와일드우드, 뉴저지, 브나이 브리스, 선즈 오브 이탈리아, 무즈 홀 등에 출연하기도 했다.

그는 여러 곳을 다니며 많은 것을 배웠다.

토비가 연출하는 내용은 대중가요 가사를 야유적인 가사로 고쳐 부른다거나 게이블, 그란트, 보가트, 캐그니와 같은 일류 배우들의 흉내를 낸다거나 일류 작가들을 고용하는 일류 코미디언들의 대본을 도용해서 연출하는 것이었다. 일류 코미디언들의 대본을 도용하는 삼류 코미디언들은 '제리 레스터의 흉내를 내보겠는데 오히려 내가 그 사람보다 두 배는 연기를 더 잘 해낼 수 있다.' 면서 허풍떠는 것이 보통인데, 이것은 곧 그가 제리 레스터의 대본을 도용하고 있다는 것을 뜻했다. 그래서 관객들은 '밀턴 베레 흉내를 내보겠습니다.' 라든지 '레드 스켈톤의 연기를 하는 것만큼은 안 보실 수가 없을 겁니다.' 하는 말들을 자주 들을 수 있었다.

대본은 연출의 생명이기 때문에 그들은 오직 일급배우들 것만을 도용했다.

토비는 별의별 희한한 짓을 다했다. 그는 무관심하게 굳어진 관객들을 그의 동경어린 푸른 눈으로 바라보면서 바지 앞섶에 두 손을 갖다 대고는 오줌을 누어 얼음을 녹이는 흉내를 냈다.

어떤 때는 머리에 터번을 쓰고 온몸을 시트로 휘감고는 "나는 뱀 마술사 압둘이다." 하고 목에 힘을 주어 말하고 피리를 불면 요술 바구니에서 코브라 한 마리가 나와서 그가 조종하는 대로 음악에 맞추어서 율동적으로 움직였다. 뱀의 머리는 세모꼴로 납작했으며 기다란 몸뚱이를 구불거리며 춤을 추었다. 이런 것을 재미있게 생각하는 관객들이 언제나 있게 마련이었다.

토비는 재주를 넘기도 했고, 익살을 떨기도 했으며 접시돌리기도 했다. 그럴 때마다 관객들은 웃어주었다.

그는 여러 가지 잔재주를 두루 갖추고 있었다. 그래서 그는 연기 내용들을 제때제때 바꿈으로써 맥주병 세례를 피할 수 있었다.

그가 출연하는 곳은 어디든 공연을 하는 동안 늘 욕지거리 투성이의 아수라장이었다.

토비는 전국 각지를 버스를 타고 누비다시피 다녔다. 새로운 도시에 도착하면 싸구려 호텔이나 하숙을 찾았으며 나이트클럽, 싸구려 술집, 마권 판매소 등 아무 곳이든 가리지 않고 닥치는 대로 일을 했다. 그는 구두 밑창에 판지를 깔아 신었으며 세탁비를 아끼느라 와이셔츠 칼라에 분필가루를 칠해서 입었다.

어느 도시를 찾아가도 따분하기는 마찬가지였으며 음식은 늘 형편없는 것만 먹을 수밖에 없었다. 그러나 무엇보다도 그의 가슴을 후려치는 것은 주체할 수 없는 고독감이었다. 그에게는 아무도 없었다. 그 넓은 세상 천지에 그가 죽든 살든 그를 염려해주는 사람은 단 한 사람도 없었다. 가끔 아버지에게 편지를 쓰기는 했지만, 그건 사랑이 아니라 의무감 때문이었다. 토비는 대화를 나눌 수 있는 사람, 자기를 이해해주고 자기의 꿈을 알아주는 사람이 절실히 필요했다.

토비는 성공한 연예인들이 쭉 빠진 미인들과 수행원을 거느리고 일류 클럽을 드나들고, 번쩍거리는 리무진을 타고 다니는 것을 부러운 눈초리로 쳐다보면서 '나도 언젠가는……' 하는 각오를 새롭게 다지곤 했다.

가장 비참한 순간은, 공연에 실패하거나 연기하는 도중에 야유를 받거나 미처 시작하기도 전에 무대에서 쫓겨날 때였다. 그런 일을 당할 때마다 그는 객석에 앉아 있는 사람들을 죽이고 싶도록 증오했다. 단순히 공연에 실패했기 때문이 아니었다. 인생의 밑바닥까지 꺼져 들어가는 실패감 때문이었다. 이젠 올 때까지 왔고 더 이상 비참해질 수가 없었다. 그는 외진 호텔 방에서 남몰래 눈물을 흘리며 관객들 앞에 서서 그들을 즐겁게 해주고 싶은 자신의 욕망을 떨쳐버리게 해달라고 하나님께 매달렸다.

'하나님, 차라리 내가 구두외판원이나 정육점 주인이 되는 것으로 만족할 수 있게 해주세요. 제발 이 짓만은 하지 않게 해주세요!'

토비가 어릴 때부터 귀에 못이 박이도록 들어 온 어머니의 말씀은 틀린 것이었다. 하나님은 그를 선택하지 않았다. 그가 유명하게 된다는 것은 결코 있을 수 없는 일만 같았다. 그는 내일은 정말 이 짓 말고 다른 종류의 일자리를 찾아보리라 마음먹었다. 그는 보통 사람들처럼 사무실에서 아침 9시부터 저녁 5시까지 근무하는 평범한 직업을 택하고 싶었다. 하지만 그것은 마음뿐, 다음 날 밤에는 다시 무대 위에 서서 그에게 등을 돌리고 야유를 퍼붓는 관객들의 관심을 어떻게든 끌어보려고 갖은 애를 썼다.

그는 관객들을 향해 천진난만한 미소를 띠면서, "언젠가 나는 오리와 사랑에 빠진 적이 있었습니다. 어느 날 밤, 나는 그 오리를 데리고 영화 구경을 갔어요. 매표원이 오리를 데리고 들어오면 안 된다고 해서 나는 극장 모퉁이로 돌아가서 오리를 바지 속에 쑤셔 넣고, 표를 사서 극장 안으로 들어갔지요. 오리가 답답해서 요동을 치기 시작했습니다. 그래서 나는 바지 앞단추를 풀고 오리 대가리를 밖으로 내놓았습니다. 내 옆에는 한 쌍의 부부가 앉아 있었는데, 여자가 남편을 돌아보면서 '랠프, 옆 사람이 그걸 꺼내놓고 있어.' 하고 말했고, 그 남편은 '당신에게 껍적거려?' 하고 물었습니다. 그러자 여자는 '아뇨.' 라고 말했지요. 그러자 남편은 '그럼 괜찮아, 신경 쓰지 말고 영화나 봐.' 라고 했습니다. 잠시 후에 여자는 다시 남편을 팔꿈치로 쿡쿡 찌르면서 '랠프, 저 사람 그것이…….' 하고 말하려 하자 그녀의 남편은 '신경 쓰지 말라고 했잖아.'라고 윽박질렀습니다. 그래도 여자는 '신경 쓰지 않을 수가 없어요. 그 사람의 그것이 내 팝콘을 먹고 있어요.' 라고 말했답니다." 하고 말했다.

그는 샌프란시스코의 쓰리 식스 파이브, 뉴욕의 루디스 레일, 그리고 톨레도의 킨 와 로우에서 야간 공연을 했다. 그는 연관공 대회에 참여해보고 술집에서의 성년 축하식 그리고 볼링 연회 따위에서 사람들과 함께 했다.

토비는 그런 경험을 통해 많은 것을 배웠다. 그는 젬, 오덴, 엠파이어, 스타와 같은 주간 소극장들을 돌아다니며 네댓 시간씩 쇼에 출연했다. 여기서도 많은 것을 배웠다. 그러나 마침내 그가 자각하게 된 가장 중요한 것은 이름 없는 보잘것없는 '화장실 서커스'에서 평생을 보내게 될지도 모른다는 사실이었다. 그런데 그 모든 일을 깨끗이 씻어버릴 수 있는 사건이 발생했다.

1941년 12월 초 어느 추운 일요일 오후, 토비는 뉴욕 14번가에 있는 듀이 극장에서 하루 5시간짜리 쇼에 출연하고 있었다. 프로그램 상 8막을 하기로 되어 있었는데 그가 맡은 역할은 막이 시작될 때마다 다음 프로를 소개하는 일이었다. 첫 번째 쇼는 무난히 넘어갔다. 두 번째 쇼 도중에 토비가 일본인 곡예단인 플라잉 카나자와스를 소개하자 관객들이 무대 쪽에다 야유를 퍼붓기 시작했다. 토비는 무대 뒤로 가서 무대 감독에게 물어보았다.

"관객들이 왜 일본인 곡예단을 야유하는 겁니까?"

"소식이 깜깜하군! 일본 놈들이 몇 시간 전에 진주만을 공격했어."

"그게 어쨌단 말입니까? 좀 보세요. 아주 훌륭한 곡예단입니다."

토비는 항변했다.

그 다음 쇼에 그 일본인 곡예단이 출연할 차례가 되자 토비는 무대로 나가서 곡예단 이름을 바꾸어서, "신사숙녀 여러분, 마닐라에서 대성황리에 공연을 마치고 방금 돌아온 플라잉 필리피노스를 여러분에게 소개해 올리는 것을 커다란 영광으로 생각합니다." 하고 일본인 곡예단을 소개하자, 관객들은 또 야유를 퍼붓기 시작했다.

그런 일이 있은 후 하루 종일 토비는 이 곡예단을 해리 하와이언스, 매드 몽골리언스, 마지막에 가서는 에스키모 플라이어스로 변신시켜 소개를 해도 도저히 어떻게 할 수가 없었다. 결국은 토비 자신조차 위태롭게 되었다.

그날 저녁, 그가 아버지에게 전화를 걸었을 때 대통령이 서명한 소집영장이 그를 기다리고 있음을 알게 되었다. 6주 후에 토비는 육군에 입대 선서를 했다.

두통이 빈번하게 일어났다. 어린 조세핀에게 두통은 마치 거인이 커다란 두 손으로 관자놀이를 짓누르는 듯이 몹시 아픈 것이었다. 그래도 조세핀은 엄마가 걱정할까 봐 울지 않으려고 안간힘을 썼다. 크진스키 부인은 신앙을 가지게 되었다. 그녀는 왠지 모르지만 남편의 죽음에 대해 개운치 않은 죄책감을 항상 느끼고 있었다.

어느 날 저녁 그녀는 부흥회 집회에 갔는데 목사가 이렇게 소리치는 것이었다.

"여러분은 모두 죄악에 빠져 있습니다. 하나님은 혐오스런 곤충을 불 위에 들고 있는 것처럼 여러분을 지옥의 불구덩이에 올려놓고 증오하고 있습니다. 저주받은 여러분은 가느다란 끈에 매달려 하루하루 살고 있으며, 회개하지 않으면 하나님의 분노의 불길은 마침내 여러분을 태울 것입니다!"

크진스키 부인은 이 설교를 듣자 마치 자신을 놓고 하는 말처럼 들렸으며 자신이 저주받은 죄인처럼 느껴졌는데, 그것은 목사의 설교가 하나님 말씀처럼 생각되었기 때문이었다.

"네 머리가 그렇게 아픈 것은 우리가 너의 아버지를 돌아가시게 한 죄로 하나님이 내린 벌이야."

엄마는 조세핀에게 이렇게 말하곤 했다. 어린 조세핀은 그 말뜻을 잘 이해하지 못했지만 자기 몸에 무엇인가 사악한 것이 깃들여 있다고 막연하게 생각하게 되었으며, 그것이 무엇인지를 알아내어 용서를 받고 싶었다.

인연

토비 템플이 참가했던 초기의 전쟁은 악몽과도 같았다.

군대에 입대하자 얼굴도 이름도 모르는 수백만 명의 군인들과 마찬가지로 토비 역시 별 볼일 없는 사병 한 사람에 지나지 않았다.

토비는 조지아에 있는 신병 훈련소에서 훈련을 마친 다음 영국으로 후송되어 서섹스에 있는 한 부대에 배속되었다. 토비는 사령관을 만나게 해달라고 상사에게 부탁했다. 그러나 사령관은 만나지 못하고 겨우 대위를 만날 수 있었다. 그 대위의 이름은 샘 윈터스였는데 그는 가무스름한 피부에 이지적인 용모의 30대 초반을 바라보는 남자였다.

"무슨 일로 찾아왔지?"

"대위님, 저는 코미디언입니다. 입대하기 전에는 쇼에 출연을 했었습니다." 하고 토비가 말했다.

"어떤 쇼를 했었는지 구체적으로 말해봐."

그의 진지한 태도에 약간 흥미를 느낀 듯 윈터스 대위가 물었다.

"무엇이든 조금씩 다 해봤습니다. 흉내 내기라든가 가사를 고쳐 노래 부르기 등 뭐 그런 것들이지요."

토비는 대답을 하며 대위의 눈빛을 살폈다.

"어디에서 일을 했지?"

토비는 대답을 하려다가 멈칫했다. 말을 해봤자 소용없을 것 같았기 때문이었다. 뉴욕이나 할리우드 같은 곳에서 일을 했다고 해야 대위의 호감을 살 수 있을 텐데 그런 거짓말은 할 수가 없었다.

"말씀드려도 잘 모르실 겁니다."

토비는 얼버무렸다. 공연히 시간을 낭비한다는 생각이 들었다.

"그런 문제는 내 소관이 아니지만 한번 알아보기는 하겠네."

"아, 네. 감사합니다."

경례를 하는 토비의 기분은 왠지 모르게 몹시 흥분되었다.

샘 윈터스 대위는 토비가 사무실을 나간 후에도 한참 동안이나 토비에 관해 생각했다. 샘 윈터스는 이번 전쟁은 싸워야 하고 또 반드시 이겨야 한다는 생각에서 자원입대를 했으나 전쟁으로 인해 토비와 같은 젊은이들이 맥없이 죽어가거나 장애인이 되는 것을 보자 전쟁 자체가 혐오스러웠다. 그러나 전쟁은 언젠가는 끝날 것이고 토비에게 진정 재능이 있다면 언젠가는 빛을 보게 되리라고 생각했다. 왜냐하면 재능이란 딱딱한 바위틈에서 자라나는 연약한 한 떨기의 꽃과 같은 것이기 때문이었다. 아무리 거친 세파가 밀어 닥친다 하더라도 그 꽃은 고난을 이겨내고 마침내 꽃을 피우리라고 그는 생각했다.

샘 윈터스는 할리우드에서 영화 제작자로 일하다가 군에 입대하기 위해 그 좋은 직장을 그만두었다. 그가 팬퍼시픽 스튜디오를 위해 제작한 여러 편의 영화들은 그런대로 성공을 거두었다. 그는 토비와 같은 유망한 청년들이 숱하게 왔다가 가버리는 모습을 줄곧 지켜봐왔다. 그들에게 적어도 한 번쯤은 기회를 주었어야만 했다고 생각했다.

그날 오후 늦게 그는 비치 대령에게 토비에 대해서 의논했다.

"대령님, 그를 한번 테스트해보는 것이 좋겠습니다. 제가 보기에는 자질이 있어 보였습니다. 연예활동을 활발하게 함으로써 사병들의 사기도 북돋아 줄 필요가 있다고 생각합니다."

비치 대령은 윈터스 대위를 묵묵히 바라보았다.

"좋아, 그 문제에 대한 계획서를 작성해서 올리게."

대령은 냉랭한 어조로 대꾸하고 윈터스 대위가 문을 나가는 모습을 눈살을 찌푸리며 지켜보았다.

비치 대령은 육군사관학교 출신의 직업군인이라 민간인들을 깔보는 경향이 있었다. 그의 눈에는 윈터스 대위가 형편없는 민간인에 지나지 않았다. 군복을 입고 대위 계급장을 달았다고 해서 저절로 군인이 되는 것은 아니라고 그는 생각했다.

비치 대령은 토비 템플에 대한 윈터스 대위의 계획서를 받아서 흘낏 훑어보더니 '본건은 승낙하지 않음'이라고 잔인스럽게 휘갈겨 쓴 다음 서명했다.

비치 대령의 표정은 마냥 밝았다.

＊＊＊

토비는 관객이 별로 없는 것이 가장 서운했다. 그러나 요령 있게 기회를 포착해서 자신의 연기술을 익혀 나갔다. 그는 기회가 있을 때마다 익살, 흉내 내기 등의 연기술을 익히곤 했다. 그의 관객은 황량한 벌판에서 보초 근무를 서고 있는 2명의 보초병일 때도 있고, 시내 외출 길에 오른 버스에 탄 사병들일 때도 있었으며, 사병 식당의 단 한 사람의 접시닦이일 수도 있었다. 관객이 많건 적건 그것은 아무런 문제가 되지 않았다. 그의 관심은 그들을 어떻게든 웃기고 그렇게 함으로써 그들의 박수를 받는 데에만 있었다.

어느 날 샘 윈터스 대위는 토비가 휴게실에서 그의 루틴 연기 중의 한 대목을 연기하고 있는 모습을 보게 되었다. 그것을 지켜본 다음 그는 토비에게 다가갔다.

"토비, 뜻대로 이루어지지 않아 미안하군. 내가 생각하기에는 자네는 재능이 있네. 전쟁이 끝난 다음 혹시 할리우드에 오면 나를 찾아오게. 전쟁이 끝나면 아마 나도 다시 할리우드에서 일하게 될 거야."

윈터스 대위는 빙그레 웃으면서 말했다.

그 다음 주 토비가 속한 대대는 전투에 참가했다. 전쟁이 끝난 몇 년 후 토비의 기억에 남은 것은 전투가 아니었다. 그는 세인트 로에서 빙 크로스비의 레코드판에 맞추어 입을 놀리는 묘기로 성공한 것, 야전 병원으로 몰래 들어가서 병상에 있는 부상병들을 2시간 동안 웃기다가 간호사들에게 쫓겨난 것, 한 부상자가 토비의 익살에 웃다가 수술한 자리가 터졌던 것, 메츠에서는 관객이 머리 위를 날아가는 나치 비행기 때문에 안절부절 못하는 바람에 그의 연기가 실패로 끝났던 것 따위가 기억에 남았다.

토비는 전투 중 우발적인 행동으로 표창을 받기도 했다. 독일 사령부 진지 포위 작전에서 용감한 행동을 보여준 것이다. 토비는 뭐가 뭔지 어리둥절했다. 그때 그는 존 웨인의 흉내를 내고 있었는데 연기에 너무 열중한 나머지 전투의 위험을 느끼지도 못한 채 전투는 이미 끝나 있었다.

토비에게 의미 있게 느껴지는 것은, 오로지 사람들을 즐겁게 하는 일뿐이었다. 체르부르크에 있을 때 토비는 친구 2명과 창녀촌에 간 일이 있었는데 친구들이 2층에서 재미를 보고 있는 동안 그는 홀에서 포주와 두 아가씨를 앉혀 놓고 익살을 떨었다. 포주는 토비 템플의 익살에 대한 보답으로 그에게 공짜로 아가씨를 들여보내 주었다.

이것이 토비가 치렀던 전쟁이었고, 어쨌든 그건 그리 나쁜 것이 아니었다.

세월은 쉬지 않고 흘렀다. 1945년 전쟁이 끝나자 토비는 벌써 25살이 가까웠지만 그래도 외모로 봐서는 전혀 나이가 들어 보이지 않았다. 천진스런 동안에다 매혹적인 푸른 눈은 언제나 변함없었으며 그의 태도에는 어딘가 모르게 천진난만하면서도 연민이 느껴지는 것 또한 여전했다.

전쟁이 끝나자, 고향에 돌아가면 캔자스시티에서 마누라가 기다리고 있다는 둥, 베이욘에 부모님이 계시다는 둥, 세인트루이스에서 장사를 하겠다는 둥 모두들 들뜬 기분들이었으나 토비를 기다리는 것은 아무것도 없었다. 토비는 오직 명성만 얻게 되기를 갈망했다.

그는 할리우드로 가기로 마음을 굳혔다. 이제야말로 하나님이 그에게 한 약속을 실행할 시기였다.

"하나님을 아십니까? 예수님의 얼굴을 보셨습니까? 나는 예수님과 그의 열두 제자들을 보았습니다. 나는 하나님의 음성을 들었습니다. 하나님은 하나님 앞에 무릎을 꿇고 속죄하는 자들을 사랑하십니다. 하나님은 회개하지 않는 자들을 미워하십니다. 하나님의 분노의 활과 불타는 화살은 당신의 사악한 심장을 향해 겨냥될 것입니다. 하나님은 언제든지 천벌의 화살을 날려 여러분의 심장을 꿰뚫을 수가 있습니다. 늦기 전에 후회하지 말고 하나님을 믿으십시오."

조세핀은 마치 벌겋게 불붙은 화살이 자기를 향해 날아오는 듯싶어서 잔뜩 겁에 질린 채 천막 위를 쳐다보았다. 조세핀은 엄마의 손을 꼭 움켜잡았으나 엄마는 아무것도 의식하지 못하는 것 같았다. 엄마의 얼굴은 발갛게 상기되어 있었고, 눈은 흥분으로 이글거렸다.

"예수를 찬양하라!" 하고 모인 사람들이 외쳤다.

오데사 교외의 커다란 천막 속에서 부흥회가 열리고 있었다. 크진스키 부인은 조세핀을 데리고 매일 밤 부흥회에 참석했다. 목조로 된 설교단은 땅에서 6피트 높이로 설치되어 있었고, 설교단 바로 앞에 영광의 벤치가 나란히 놓여 있었는데 죄지은 자는 이 영광의 벤치 위에 올라가서 회개를 한 다음 하나님과 영적 교류를 했다.

딱딱하고 긴 나무 의자들이 줄지어 있었는데 지옥과 천벌의 위협에 벌벌 떨며 구원받기를 갈구하는 광신자들이 찬송가를 소리높이 외치며 나무의자 위에 앉아 있었다. 이러한 광경은 6살짜리 어린아이가 공포감을 느끼기에 충분했다. 복음 전도사들은 정통파 기독교 신자, 소수 종파 광신자, 강림주의자, 감리교 신자 그리고 예수 재림론자들이었는데 이들은 한결같이 지옥의 열화와 천벌론을 외쳐댔다.

"죄인들이여! 무릎을 꿇고 전지전능하신 야훼 앞에 속죄하라! 너희의 사악한 몸가짐이 예수 그리스도의 마음을 상케 하였으니 그로 인해 하나님의 벌을 받을 것이다! 이곳에 온 어린아이들의 얼굴을 둘러보라! 그들의 얼굴은 죄악과 탐욕으로 가득 차 있다."

어린 조세핀은 모든 사람들이 자기를 쳐다보는 것 같아 부끄러움으로 얼굴이 빨개졌다. 머리가 심하게 아파올 때면 조세핀은 그것을 하나님의 벌로 생각했다. 조세핀은 매일 밤 머리가 아프지 않게 해달라고 기도했으며, 두통이 가시면 하나님이 자기를 용서해주신 것으로 여겼지만 그토록 심하게 하나님의 벌을 받을 만큼 자기가 한 나쁜 짓이 무엇인지 조세핀은 알고 싶었다.

"할렐루야를 외쳐라. 할렐루야를 외쳐서 천국에 이르게 되면 우리 모두는 할렐루야를 외치며 찬송하리."

"술은 악마의 피이며, 담배는 악마의 입김이고 간음은 악마의 쾌락이도다. 사탄과 내통했던 일에 대해서 죄책감을 느끼지 않는가? 자, 사탄이 여러분을 지옥으로 데려갈 것이다. 여러분은 저주를 받아 지옥의 화염 속에서 영원히 불타게 될 것이다."

조세핀은 이 말을 듣고는 겁에 질려 벌벌 떨면서 두리번거리다가 악마가 데려가지 못하도록 의자를 꽉 붙잡았다.

사람들은 '천국에 올라가 내 오래 갈구하던 안식을 누리리'를 찬송했다. 그러나 어린 조세핀은 이 찬송가 가사를 잘못 알아듣고 '내 길고도 짧은 드레스를 입고 천국에 가리라' 하고 찬송했다.

쩌렁쩌렁 울리던 우레와도 같은 설교가 끝나자 기적이 일어났다. 조세핀은 한편으로는 무섭기도 하고 한편으로는 얼떨떨한 상태에서 앉은뱅이, 절름발이 등 남녀 불구자들이 휠체어를 타고 영광의 벤치 앞으로 가는 모습을 지켜보았다. 그들이 영광의 벤치 앞으로 다가가자, 전도사가 그들의 머리 위에 손을 얹고 이들을 치료하기 위해 전능하신 하나님의 힘을 간구했다. 불구자들은 지팡이와 의족을 집어던졌으며 개중에는 발작적으로 괴성을 지르는 사람들도 있었다. 이 광경을 보고 조세핀은 두려움에 몸을 움츠렸다.

부흥회가 끝날 때쯤이면, "주님은 인색한 자를 싫어하십니다. 주님은 모든 것을 지켜보고 계십니다." 하는 말을 기도를 외우듯 하면서 헌금 바구니를 돌렸다. 헌금 바구니가 사람 사이를 돌아 나오면 집회가 끝난 것이지만 어린 조세핀의 가슴 속에는 오래오래 공포심만 남았다.

1946년 텍사스 주 오데사는 기름 냄새가 물씬물씬 풍기고 있었다. 옛날 인디언들이 이곳에 살던 시절에는 사막의 모래냄새를 풍겼었는데 지금은 기름 냄새를 풍기고 있었다.

오데사에는 유전을 가진 사람과 유전을 갖지 못한 두 부류의 사람들이 살고 있었다. 유전인들은 비유전인들을 괄시하거나 불쌍히 여겼다. 왜냐하면 유전인들은 누구나 다 자가용 비행기와 캐딜락 승용차를 소유하고 있었고, 수백 명씩 손님을 초청해서 샴페인 파티를 벌이는 부유층들이기 때문이었다. 유전인들은 하나님이 텍사스 주에 기름을 있게 하신 것은 자기들의 향락을 위해서라고 믿고 있었다.

조세핀 크진스키는 자기가 비유전 계급의 가난뱅이 중 한 사람이라는 사실을 전혀 깨닫지 못하고 있었다. 6살짜리인 조세핀 크진스키는 반짝거리는 검은 머리에 갈색 눈을 가진 가름한 얼굴의 귀엽고 예쁜 계집아이였다.

조세핀의 엄마는 시내에 있는 부잣집 부인들을 위해 일하는 솜씨 좋은 재봉사였는데, 아름다운 옷감들로 멋진 이브닝 가운을 만들어내곤 했다. 그녀는 유전 계급의 귀부인들의 옷을 가봉하러 갈 때면 늘 조세핀을 데리고 다녔다. 조세핀이 얌전하고 상냥했기 때문에 귀부인들은 그녀를 매우 귀여워했다. 그들은 조세핀을 스스럼없이 대해주었으며 빈민촌에서 온 이 불쌍한 아이가 적어도 이곳에 왔을 때는 자기들의 자식들과 어울려 놀게 해도 좋을 거라고 생각했다.

조세핀은 폴란드 계였지만 겉보기에는 전혀 티가 나지 않았고, 그들 클럽의 정식 회원으로 낄 수는 없었지만 그들은 조세핀의 방문을 언제나 환영했다. 조세핀은 유전 계급의 자식들과 어울려 놀 수 있었으며 그 아이들의 자전거, 장난감 말, 수백 달러짜리 인형들을 같이 가지고 놀 수 있었으므로 그녀는 결국 빈민촌의 생활과 이곳 유전인 부촌 생활의 이중생활을 하게 되었다. 낡아빠진 가구가 들어차 있고, 마당으로 나가야 수도가 있으며 돌쩌귀 위에 삐딱하게 걸려 있는 문들이 붙은 조그만 판잣집인 자기네 생활과 넓은 대지 위에 아름다운 식민지풍의 대저택에서의 생활을 한 것이다.

조세핀이 시시 토핑의 저택이나 린디 퍼거슨 저택에서 하룻밤을 자게 될 경우에는 그들은 조세핀에게 커다란 침실을 혼자 쓰도록 해주었고, 하녀와 집사장을 시켜서 아침식사 시중을 들게 해주었다. 조세핀은 집안사람들이 모두 잠든 한밤중이면 아래로 내려와서 그 집 내부에 있는 아름다운 시설물들과 멋진 그림들 그리고 오랜 세월로 인해 반들반들 윤기가 도는 묵직한 은그릇과 골동품들을 구경하는 것이 굉장히 재미있었다. 조세핀은 그런 물건들을 하나하나 자세히 감상하고 어루만져보기도 하면서 '나도 어른이 되면 이런 것들을 갖게 될 거야. 언젠가는 이렇게 아름다운 것으로 둘러쳐진 크고 호화로운 집에서 살게 될 거야.' 하고 중얼거렸다.

그러나 조세핀은 빈촌의 자기 집에서든 부촌의 호화로운 저택에서든 어디서나 외로움을 느꼈다. 엄마에게 자신의 두통과 하나님에 대한 공포를 이야기하기가 두려웠다.

엄마는 천벌의 개념이 골수에 박힌 철저한 광신자로서 오히려 그런 형벌을 기꺼이 받아들이려 했기 때문이었다. 조세핀은 자신의 두려움을 부촌의 아이들에게도 이야기하고 싶지 않았다. 그 아이들은 조세핀이 그런 심각한 이야기를 꺼내기보다는 자기들처럼 늘 밝고 명랑하게 행동하기를 기대한다는 것을 잘 알기 때문이었다. 그래서 조세핀은 두려움을 혼자만 간직할 수밖에 없었다.

조세핀이 만 7살이 되던 날, 블루베이커 백화점에서는 오데사에서 가장 예쁜 아이를 선정하는 사진 경연대회가 있다고 발표했다. 경연대회에서 쓸 사진은 그 백화점의 사진부에서 찍어야 했으며 상품은 입상자 이름을 새겨 넣은 골든컵이었다. 그 컵은 백화점 진열장에 전시되어 있었다. 조세핀은 그 컵을 보기 위해서 매일 진열대 옆을 기웃거렸다. 조세핀은 무엇보다도 그 컵을 꼭 가지고 싶었다. 조세핀의 엄마는 허영심은 악마의 거울이라고 하면서 조세핀을 경연대회에 내보내지 않으려고 했지만 부촌의 부인들이 자기들 비용으로 조세핀의 사진을 찍어주었다. 바로 그 순간부터 조세핀은 그 골든컵은 자기 것이라고 생각하고는 자기 옷장 위에 올려놓은 골든컵을 상상하면서 매일같이 정성스럽게 닦아두어야겠다고 마음먹었다.

드디어 자기가 최종 선발대상에 끼었다는 것을 알게 되었을 때는 너무 흥분되어 학교에도 갈 수가 없었다. 아무것도 먹을 수가 없었으며 가슴 벅찬 행복감에 싸인 채 하루 종일 침대에 누워 있었다. 조세핀이 이 세상에 태어나서 아름다운 물건을 소유하게 되는 것은 첫 번째 기회가 될 것이다.

다음 날, 조세핀은 부촌의 아이인 티나가 최종 입상자라는 사실을 알게 되었다. 티나는 조세핀만큼 예쁘지는 않았지만 그녀의 아버지가 블루베이커 백화점의 이사였다. 조세핀은 그 소식을 듣자 비명을 지르고 싶을 만큼 심한 두통이 재발했다. 조세핀은 자기가 그 아름다운 골든컵을 얼마나 탐냈는가를 하나님이 아셨을까 봐 몹시 두려웠는데, 두통이 난 것을 보니 하나님은 이미 알고 계셨던 것 같았다.

밤이 되자 조세핀은 엄마가 듣지 못하도록 얼굴을 베개에 묻고 펑펑 울었다.

경연대회가 끝난 며칠 뒤, 조세핀은 티나의 집에서 벌이는 주말 파티에 초대받아 갔다. 그 골든컵이 티나의 방 벽난로 위에 놓여 있었다. 조세핀은 그 컵을 한참 동안이나 바라보았다.

조세핀은 집으로 돌아올 때 그 컵을 몰래 여행용 가방에 싸가지고 왔다. 티나의 엄마가 그 컵을 찾으러 왔을 때에도 그 컵은 그대로 가방 속에 들어 있었다.

조세핀의 엄마는 긴 초록색 나뭇가지 회초리로 조세핀을 사정없이 후려쳤으나 조세핀은 그런 엄마가 전혀 원망스럽지 않았다.

몇 분 동안이기는 했지만 그 예쁜 컵을 손에 쥐어보았다는 사실만으로도 그녀는 그 정도의 고통을 충분히 참아낼 수가 있었다.

새 출발

1946년 캘리포니아 주의 할리우드는 전 세계 영화의 본거지였다. 연예인, 탐욕에 눈이 어두운 사람, 미녀를 비롯해 온갖 어중이떠중이들이 자석에 끌리듯 할리우드로 몰려들었다. 그것은 영광의 땅, 리타 헤이워드의 고장이었으며 유니버설 스피릿과 산타 아니타의 신전이었다.

할리우드는 운만 좋으면 하루아침에 일약 스타가 될 수 있는 반면 하룻밤에 있는 것을 몽땅 날리는 도박장이기도 했고, 인생의 밑바닥까지 쑤셔 박힐 수 있는 매음굴이기도 했다. 그야말로 요지경속 같은 곳이어서 사람들마다 나름대로의 꿈을 간직하고 있었다.

그곳은 토비 템플의 종착역이었다. 토비는 군용백과 단돈 300달러를 가지고 할리우드에 도착해 카엔가 거리에 있는 싸구려 호텔에 들었다. 그는 돈이 떨어지기 전에 어떻게 해서든 일자리를 구해야만 했다.

토비는 할리우드를 속속들이 알고 있었다. 할리우드에서는 겉모습을 번드르르하게 갖추어야 했다. 바인 가에 있는 양복점에 가서 새 양복을 한 벌 주문하고 났더니 주머니에는 20달러밖에 남지 않았다. 그는 배우들이 드나드는 할리우드 브라운 더비 식당으로 들어갔다. 식당 벽면에는 할리우드의 유명 배우들의 얼굴이 재미있는 만화로 덮여 있었다. 토비는 여기서 쇼 업계의 박동소리와 그 힘을 느낄 수 있었다. 여급이 그를 향해 오고 있는 것이 보였다. 빨간 머리에 관능적인 몸매를 가진 20대 아가씨였다.

그녀는 토비를 보더니 미소를 지었다.

"어서 오세요!"

토비는 도저히 욕망을 억제할 수가 없어서 냉큼 두 손을 뻗어 멜론처럼 잘 익은 그녀의 젖가슴을 움켜잡았다. 그녀는 당혹한 빛을 띠며 비명을 지르려고 했다. 그 순간 토비는 불붙는 듯한 눈길로 그녀를 빤히 쳐다보았다.

"죄송합니다…… 앞이 보이지 않아서……."

토비는 엉뚱한 말로 둘러대어 변명을 했다.

"어머나! 그러시군요! 저런 세상에!"

여급은 자기의 순간적인 오해를 사과했다. 그녀는 팔을 잡고 토비를 테이블로 안내해 앉혀주고는 그의 주문대로 시중을 들었다. 몇 분 뒤에 다시 테이블로 돌아온 그녀는 토비가 벽에 붙은 그림을 보고 있는 것을 목격했다.

장님이 아닌 것이 들통나자 토비는 활짝 웃으며, "이건 정말 기적입니다. 내 눈이 보이다니!" 하면서 얼버무렸다. 그런 그의 모습이 어찌나 순진하고 재미있었던지 그녀는 웃음을 참을 수가 없었다. 그녀는 토비와 함께 저녁을 먹으면서도 웃음을 그칠 줄 몰랐다. 그날 밤 잠을 자면서도 토비가 하는 익살에 그녀는 웃음보가 터질 지경이었다.

토비는 할리우드 주변에서 흥행업계에 접근할 수 있는 일이라면 무슨 일이든 가리지 않고 했다. 그는 주차장에서 차를 주차시키는 일을 했다. 저명인사들이 차를 몰고 들어오면 재치 있는 인사말과 함께 밝은 미소를 지으며 차문을 열어주곤 했는데 그러는 그를 그들은 본 체도 하지 않았다.

그는 주차장의 한낱 노동자에 지나지 않았기에, 그들은 그의 존재조차 잊고 있는 듯했다. 토비는 차에서 내리는 꼭 끼는 고급 의상을 입은 미인들과 함께 내리는 남자들을 넋을 잃고 바라보면서 '내가 일류스타가 되면 저 거만한 놈들을 내 발밑에 부려야지.' 하고 다짐했다.

토비는 에이전트들을 이 사람 저 사람 찾아다녔지만 얼마 안 가서 그렇게 해봤자 소용이 없다는 것을 알게 되었다. 에이전트들은 모두 스타들을 농락하는 사람들이었다. 에이전트를 찾아다녀서는 안 되고 그들이 제 발로 찾아오게 해야 한다고 생각했다.

토비가 일급 에이전트로 그 이름을 자주 들어온 사람은 클립톤 로렌스였는데 그는 일류 배우들만 다뤘으며 큰 거래만 맡아했다. 토비는 '언젠가는 로렌스를 내 에이전트로 삼아야지.' 하고 생각했다.

토비는 흥행업계에서 2권의 바이블로 여겨지는 〈데일리 버라이어티〉와 〈할리우드 리포터〉를 읽고 할리우드의 내부를 샅샅이 알게 되었다.

"영화 〈영원한 호박〉은 20세기폭스사에서 매입하여 오토 플레밍거가 그 영화의 감독을 맡았다. 애바 가드너는 조지 라프트와 조자 커트라이트와 함께 영화 〈휘파람 멈추다〉에 출연 계약을 했으며, 〈아빠와의 생활〉을 워너 브러더즈가 매입했다."

이런 대목들을 읽어 나가다가 '제작자 샘 윈터스, 팬퍼시픽 스튜디오 제작부 부사장으로 임명되다'라는 내용의 기사를 읽은 토비의 가슴은 세차게 고동쳤다.

미치광이 도시

전쟁터에서 돌아온 샘 윈터스 대위에게는 팬퍼시픽 스튜디오의 일자리가 기다리고 있었다. 그가 입사한 지 6개월 후에 조직 개편이 있었는데 스튜디오의 감독이 해고를 당하자 샘이 새 감독을 구할 때까지 임시로 그 직책을 맡아보게 되었다.

샘이 탁월한 능력을 발휘하자 새 감독을 구하는 일은 취소되었고, 따라서 샘은 제작부의 부사장으로 정식 취임을 하게 되었다. 맡게 된 그 직책은 몹시 골치를 썩이는 일이었지만 그래도 샘은 이 세상 그 어떤 일보다도 이 일이 마음에 들었다.

할리우드는 미치광이들과 깡패들이 득실거리는 지뢰밭과도 같았다. 배우나 감독이나 제작자나 거의가 다 자기 중심적인 과대망상자들로, 악랄하고 파괴적인 파렴치한들이었다. 그러나 샘의 입장에서는 재능이 있기만 하면 그 외 다른 것은 문제가 되지 않았다. 재능은 마법의 열쇠였다.

샘의 사무실 문이 열리며 그의 비서인 루실리 엘킨스가 방금 개봉

한 우편물을 가지고 들어왔다. 루실리는 그 회사의 붙박이 같은 존재로, 그동안 사장이 여러 번 갈렸지만 회사가 문을 닫지 않는 한 영원히 존재할 유능한 전문가 중 한 사람이었다.

"클립톤 로렌스 씨가 오셨습니다."

루실리가 말했다.

"들어오시라고 해요."

로렌스에게는 독특한 개성이 있기 때문에 샘은 그를 좋아했다.

'할리우드에 있는 진실을 모조리 끌어 모아도 눈곱만큼도 안 될 겁니다.' 하고 프레드 앨런이 할리우드의 허위성에 관해 말한 적이 있다.

하지만 클립톤 로렌스는 여느 에이전트들보다는 진실한 사람이었다. 그는 할리우드에서는 전설적인 인물이었고 그가 관리하는 명단에는 연예계에서 이름깨나 있는 사람이면 대개 실려 있었다. 그의 사무실에는 한 사람이 지키고 있을 뿐 그는 런던, 스위스, 로마, 뉴욕 등지로 스타들의 뒤를 봐주느라 언제나 분주하게 돌아다녔다. 그는 할리우드의 거물급 인사들과 친분이 두터웠으며, 주말이면 스튜디오의 제작자들과 어울려 카드놀이를 즐기곤 했다.

클립톤 로렌스는 1년에 두 번씩 요트를 전세 내어 모델들과 일급 스튜디오 사장들을 초빙해 일주일 동안 낚시 여행을 하기도 했다. 클립톤 로렌스는 말리브에 완벽한 시설을 갖춘 비치하우스를 마련해놓고, 그의 친구들이 쓰고 싶을 때는 언제든지 쓸 수 있도록 배려했다. 클립톤은 그런 식으로 할리우드와 일종의 공생 관계를 맺고 있는 셈이었다. 그것은 영화 관계자 모두에게 이로운 것이었다.

문이 열리자 샘이 문 쪽으로 눈을 돌렸다. 우아하고 멋진 맞춤양복을 입은 클립톤의 모습이 보였다. 그는 샘에게 다가오더니 손톱 손질이 잘된 화사한 손을 내밀며 말했다.

"샘! 어떻게 지내는지 궁금해서 잠깐 들렀어요. 일은 잘 되갑니까?"

"글쎄요, 뭐라고 할까요. 하루를 배에 비교한다면 오늘의 배는 타이타닉 호라고나 할까요."

클립톤 로렌스는 샘에게 위로가 될 만한 이야기들을 해주었다.

"어젯밤에 본 시사회를 어떻게 생각하시죠?"

샘이 로렌스의 의견을 물었다.

"전반부 20분 정도는 잘라버리고 마지막 부분을 다시 촬영한다면 히트를 칠 것 같더군요."

"정말 정확히 보셨습니다. 지금 그 작업을 하고 있는 중입니다. 오늘은 저에게 추천해줄 배우라도 있으십니까?"

샘이 웃으면서 말하자 로렌스도 따라 웃으며, "미안하게도 현재로서는 모두들 바빠서요."라고 답변했다. 그건 사실이었다. 소속된 감독과 제작자들을 곁들여 톱스타들을 갖추고 있는 클립톤 로렌스의 팀은 언제나 수요가 넘쳤다.

"샘, 금요일 저녁에 식사나 함께 하도록 합시다."

클립톤은 몸을 돌려 문을 나갔다. 인터폰을 통해 비서가 "댈러스 버크 씨가 오셨습니다." 하고 보고했다.

"들여보내요."

"그리고 멜 포스 씨가 시간을 내달라고 하시는데, 급한 일이라고 합니다."

멜포스는 팬퍼시픽 스튜디오의 텔레비전 부장이었다.

샘은 책상 위에 놓인 캘린더를 힐끗 보고는 지시했다.

"내일 아침 8시에 그곳 라운지에서 아침식사 약속을 해줘요."

바깥 사무실에서 전화벨이 울렸다. 루실리가 전화를 받았다.

"네, 윈터스 씨 사무실입니다."

"수고하십니다, 선생님 계십니까?"

낯선 목소리가 윈터스를 찾았다.

"실례지만 누구시죠?"

"아, 네. 친구입니다. 토비 템플이라고 합니다. 선생님과 군대에 같이 있었죠. 군에 있을 때 할리우드에 오면 한번 찾아오라고 말씀하셔서 전화를 드렸습니다."

"지금은 회의중이신데, 나중에 전화를 드리라고 말씀드릴까요?"

"네, 그렇게 해주십시오."

토비는 그녀에게 자기 전화번호를 또박또박 불러주었다. 그러나 루실리는 전화번호를 적은 메모지를 그대로 구겨서 쓰레기통 속에 던져 버렸다. 군대 친구라는 수법을 써먹는 작자들이 한둘이 아니었기 때문이었다.

댈러스 버크는 영화산업 초창기의 감독 중 한 사람이었다. 버크의 영화들은 모든 대학에서 영화 제작에 관한 교과 과목으로 상영될 정도로 그의 작품 중 반 이상이 고전으로 취급되었으며 그 작품들은 훌륭하지 않거나 혁신적이지 않은 것이 없었다. 버크는 지금 70대 후반이었다. 과거의 찬란했던 명성은 사라진 지 오래였으며 이젠 모습조차 초라했다.

"또 뵙게 되어서 반갑습니다, 댈러스 버크 씨."

노인이 사무실로 들어오는 것을 보자 샘이 인사했다.

"만나서 반갑네. 우리 에이전트 알고 있겠지?"

노인은 같이 데리고 온 사내를 가리키며 말했다.

"그럼요. 안녕하십니까, 피터 씨?"

그들은 모두 자리에 앉았다.

"제게 하실 말씀이 있다고 들었습니다만 무슨 말씀이신지요?"

"음, 아름다운 사랑에 관한 이야기지."

노인의 목소리는 흥분으로 떨리고 있었다.

"무슨 이야기인지 꼭 들어보고 싶군요. 말씀 좀 해주십시오."

댈러스 버크는 몸을 앞으로 수그리더니 얘기하기 시작했다.

"세상 사람들이 가장 관심을 갖는 것이 무엇이겠나? 사랑이지. 그렇지 않아? 그런데 이번 내 작품에서는 사랑 중에서도 가장 신성한 사랑인 모성애, 즉 어머니가 자식에 대해 가지는 사랑을 다루고 있지."

스스로의 이야기에 빠져들어 그 노인의 목소리는 점점 더 커지기 시작했다.

"상류층을 겨냥한 작품이니 적극적으로 후원해주게. 롱아일랜드에서 한 부유한 가정의 개인 비서로 일하는 19살의 아가씨를 모델로 삼았지. 그 아가씨가 모시고 있는 남자는 말 뼈다귀 같은 형편없는 가문의 여자와 살고 있었는데 그는 자기 비서를 좋아했고, 비서인 그녀 역시 그가 비록 나이가 많기는 하지만 그를 사랑하게 된다는 내용이야."

샘은 노인의 말을 건성으로 들으면서 뒷골목 이야기쯤 되리라고 생각했다. 그러나 내용이 어떻든 상관이 없었다. 왜냐하면 어떤 내용이든 샘은 그걸 사주어야 할 입장이기 때문이었다.

댈러스 버크가 영화감독으로서 일자리를 놓은 지도 벌써 20년이나 되었다. 그의 마지막 작품은 시대에 뒤떨어지고 값이 비싸서 입장권 판매가 매우 형편없었다. 그 이후 그는 영화감독으로서의 생명은 영원히 끝나게 되었지만, 그도 인간이기에 목숨을 이어가자면 돌봐주는 사람이 있어야 했다. 저축한 돈이 한 푼도 없었던 그는 영화협회에서 운영하는 구빈원에서 방을 한 칸 내주겠다고 제안했지만, 그 제안을 화를 내며 물리쳤다.

"내가 거지인 줄 알아? 동정 받고 싶지 않아! 사람을 어떻게 보고 그래! 이래봬도 나는 거장이란 말씀이야! 이 피라미 같은 놈들아!"

그랬었다. 그는 과연 전설적인 존재였다. 그러나 아무리 거장이라도 먹고 살아야 할 돈이 필요했다.

샘이 감독이 되자 그는 자기가 알고 있는 에이전트를 시켜서 댈러스 버크에게 영화 대본을 쓸 기회를 주었다. 그 후부터 샘은 쓸모는 없었지만 생활을 해나갈 수 있을 정도로 매년 댈러스 버크의 작품을 사주었다. 샘은 군대에 가 있는 동안에도 그 노인이 생활에 지장이 없도록 여러 모로 배려해주었다.

"얘기를 계속하지."

댈러스 버크는 이야기를 계속했다.

"그 아가씨는 다 자랄 때까지 한 번도 어머니를 본 적이 없었지만 엄마는 딸이 사는 모습을 계속 추적해 다니며 살피지. 마침내 딸이 이 부유한 의사와 결혼하던 날 성대한 잔치가 벌어지게 돼. 여기서 사용한 충격적인 수법이 뭔지 알아? 내 말 좀 들어보게. 아주 멋지게 처리했어. 결혼식에 신부의 어머니를 참석시키지 않도록 구성한 거야. 그 어머니는 성당 뒤로 숨어들어가서 딸의 결혼식을 몰래 지켜보는 거지. 이 장면에서 관객은 눈물 없이 볼 수 없을 거야. 대체로 이런 내용이야. 자네 생각은 어떤가?"

샘은 하찮은 주제라고 생각했으나 겉으로 드러내지는 않았다. 그가 에이전트를 힐끗 보자 그는 얼른 샘의 눈길을 피했다. 그러고는 당혹한 눈초리로 샘의 날씬한 구두 끝을 내려다보았다.

"정말 훌륭한 내용이군요. 바로 우리 스튜디오가 찾고 있던 영화입니다."

그렇게 말하면서 샘은 에이전트를 돌아보며 덧붙였다.

"업무부에 가서서 상담을 하십시오. 피터 씨. 내가 업무부에 연락을 해놓죠."

에이전트는 머리를 끄덕였다.

"이 작품은 제값을 지불해야 한다고 말해주게. 그렇지 않으면 워너 브라더스 사에 넘기겠네. 우리는 오랜 친구 사이이기 때문에 자네한 테 먼저 기회를 준 걸세."

"그럼요 정말 감사하게 생각합니다."

그는 두 사람이 사무실을 나가는 모습을 지켜보았다. 샘은 동정심 때문에 이런 식으로 회사 돈을 낭비할 수 없다는 사실을 잘 알고 있었 지만, 영화 산업은 댈러스 버크와 같은 사람들에게 그런 보답을 할 의 무가 있었다. 만약 이들이 아니었다면 영화 산업은 존재하지 않았을 것이기 때문이었다.

다음 날 아침 8시, 샘 윈터스는 차를 몰고 베벌리힐스 호텔로 들어 섰다. 잠시 후 그는 친구와 안면 있는 사람, 그리고 경쟁업자들에게 고 개 인사를 나누며 라운지를 가로질러 걸어가고 있었다. 할리우드에 있는 모든 스튜디오 사무실에서 이루어지는 상담보다 이 호텔 라운지 에서 아침식사나 점심식사를 들면서 혹은 카테일을 들면서 이루어지 는 상담이 더 많았다. 멜 포스는 샘이 오는 것을 보고는 고개를 들어 인사를 하며 샘을 맞이했다. 두 사람은 악수를 하고 멜 포스가 앉았던 맞은편 칸막이 좌석으로 가서 앉았다. 8개월 전, 샘은 팬퍼시픽 스튜 디오의 텔레비전 부를 개설하고 포스를 채용했다. 그 당시 텔레비전 은 연예계의 갓난아이나 다름없었는데 엄청난 속도로 급성장하고 있 었다. 한때 텔레비전을 깔보았던 스튜디오들도 앞 다투어 텔레비전으 로 뛰어들었다.

웨이트리스가 주문을 받으러 왔다. 웨이트리스가 가자 샘이 먼저 입을 열었다.

"무슨 좋은 소식이라도 있나, 멜?"

"좋은 소식은 없고 문제가 생겼습니다."

멜 포스는 난처한 듯이 고개를 저으며 말했다.

샘은 아무 말 없이 상대방이 계속해서 이야기하기를 기다렸다.

"〈레이더스〉 도저히 입수할 수가 없습니다."

"왜 방송국에서는 그걸 취소하려는 거지? 평판이 좋던데. 그만한 쇼를 구하는 건 쉽지 않은 일이야."

샘은 놀란 표정으로 멜을 쳐다보면서 말했다.

"문제는 쇼가 아니라 잭 놀란 때문입니다."

잭 놀란은 〈레이더스〉의 주연배우였는데, 그는 비평가들에게나 대중들에게나 갑자기 출세한 인물이었다.

"그 사람이 왜?"

윈터스는 시원시원하게 말해주지 않는 멜 포스의 버릇이 마음에 들지 않았다.

"이번 주 〈피크〉지를 읽어보셨습니까?"

"나는 이번 주 것이든 어느 것이든 그 잡지는 읽질 않아. 쓰레기 같은 형편없는 잡지야."

그는 멜 포스가 어느 방향으로 이야기를 유도해 가려는지 직감할 수 있었다.

"그 잡지가 놀란을 매장시켜 버렸습니다. 그 형편없는 잡지가 말입니다. 글쎄, 그 멍청이 같은 놀란이 여장을 하고 파티에 나갔는데 어떤 놈이 그 꼴을 사진으로 찍었지 뭡니까."

"그런데? 뭐가 잘못이지?"

"잘못되어도 이만저만 잘못된 것이 아니죠. 어제 방송국에서 전화가 수십 통 왔습니다. 스폰서 측이나 방송국 측에서 그 쇼를 거부하고 있습니다. 동성연애자는 상대하고 싶지 않다는 거죠."

"성도착자란 말이지?"

샘이 되물었다. 그는 다음 날 뉴욕에서 있을 이사회에서 텔레비전부에 대한 계획을 강력하게 추진해나갈 것을 제의해야겠다고 잔뜩 기대하고 있었는데, 포스로부터 이런 소식을 듣고 보니 그 기대를 포기할 수밖에 없었다. 아무튼 〈레이더스〉를 잃게 되면 타격이 클 것이다. 어떤 조치를 취해야겠다고 생각했다.

샘이 사무실로 들어서자, 루실리가 그를 향해 서류 한 뭉치를 흔들어 보이면서 "시급히 처리해야 할 일들입니다. 먼저 결재해주세요." 하고 말했다.

"아, 좀 있다가. 먼저 국제방송국 윌리엄 헌트 씨에게 전화해줘요."

2분 후 전화가 연결되어 샘은 국제 방송국 사장과 통화를 했다. 샘은 헌트와 여러 해 동안 사귀고 있는 사이로 그를 좋아했다. 헌트는 젊은 나이에 회사의 고문 변호사로 출발해서 이 방송국의 최고 지위에까지 이른 사람이었다. 그동안에는 샘이 텔레비전에 직접 관계하지 않았기 때문에 그들 사이에는 사업상의 거래는 거의 없었다. 이제야 그는 헌트와 좀 더 친밀한 인간관계를 가지지 않았음이 후회스러웠다. 헌트의 목소리가 들리자, 샘은 긴장감을 풀면서 자연스러운 어조로 이야기하려고 애썼다.

"안녕하십니까, 빌."

"아니, 이거 웬일이십니까? 오래간만입니다, 샘."

헌트가 반갑게 받았다.

"네, 오래간만이군요. 사업이 사업인 만큼 여의치가 않았습니다. 만나고 싶은 사람을 만나볼 시간도 없으니 말입니다."

"네, 정말 그렇습니다."

"빌, 혹시 〈피크〉지에 나온 그 엉터리 기사를 읽어보셨습니까?"

샘은 지나가는 말처럼 운을 뗐다.

"네, 읽어봤습니다. 그래서 그 쇼를 취소하려는 겁니다, 샘."

헌트는 차분한 목소리로 말했다. 그 말투로 봐서 더 이상 할 말이 없을 것 같았다.

"빌, 내 생각에는 잭 놀란이 모함을 당하고 있는 것 같은데 어떻게 생각하십니까?"

샘이 그렇게 말하자 빌은 웃으며 대꾸했다.

"당신은 소설가가 되었더라면 좋았을 걸 그랬군요."

"진심으로 하는 이야기입니다. 저는 잭 놀란을 잘 알고 있어요. 그는 누구 못지않게 훌륭한 사람입니다. 그 사진은 그의 친구 생일 파티에서 찍은 건데, 그가 여장을 한 것은 익살로 그랬던 것입니다."

샘은 진지하게 말했다. 그는 손에 끈끈하게 땀이 배는 것을 느낄 수 있었다.

"글쎄요, 아무래도……."

샘은 수화기에 대고 심각한 어조로 말했다.

"잭은 제가 보장합니다. 저는 그를 내년에 있을 본사의 서부극 〈라레도〉의 주연배우로 선정했습니다."

잠시 대화가 중단되었다가 빌이 되물었다.

"그게 정말입니까, 샘?"

"정말입니다. 그건 300만 달러짜리 영화입니다. 잭 놀란이 만약 동성연애자로 판명된다면 이 영화는 그 사람 때문에 웃음거리가 될 것입니다. 영화관 주인들은 그 영화에 손도 안 댈 것입니다. 만약에 이번 일이 잘못되면 저는 파탄입니다."

"그것 참······."

빌 헌트의 어조에서 망설임이 역력히 느껴졌다.

"빌, 설마 그 형편없는 〈피크〉지의 가십 때문에 훌륭한 배우의 인생을 망치게 하시지는 않으시겠죠. 당신 그 쇼를 좋아하지 않습니까, 그렇죠?"

"네, 아주 좋아합니다. 훌륭한 쇼입니다. 그런데 스폰서들이······."

"방송국은 당신 방송국 아닙니까? 그리고 시간대를 메울 스폰서들은 그들이 아니더라도 얼마든지 있지 않습니까? 이번 쇼는 대 히트작입니다. 성공 작품을 두고 우물쭈물하지 맙시다."

"글쎄."

"멜 포스가 다음 시즌에 〈레이더스〉에 대한 우리 스튜디오의 계획에 대해서 당신한테 말하지 않던가요?"

"아뇨."

"아마 놀라게 해드리려고 이제껏 말씀드리지 않은 것 같군요. 나중에 그 사람 의중이 어떠한지 한번 들어보십시오! 게스트 스타, 일급 서부 극작가들을 동원하고 현장 로케를 했습니다. 어떻습니까? 훌륭하지 않습니까? 만약 〈레이더스〉가 히트를 치지 못한다면 전 영화업계에서 손을 떼야겠죠."

"멜한테 내게 전화 좀 해달라고 하십시오. 정말 서로 간에 난처한 입장이군요."

"네, 꼭 전화 드리도록 하겠습니다."

"그런데 샘, 내 입장을 조금은 이해하실 겁니다. 나로서는 그 누구도 서운하게 해드릴 생각은 없었습니다."

"물론 그러셨을 테죠. 나는 당신이 충분히 그런 점을 생각하실 분으로 알고 있습니다, 빌. 그래서 진상을 알아주셨으면 하는 것입니다."

"그렇게 생각해주시니 감사합니다."

"다음 주에 같이 점심식사라도 하고 싶은데 어떻습니까?"

"네, 좋습니다. 그럼 월요일에 전화 드리겠습니다."

그들은 서로 인사말을 나누며 전화를 끊었다. 샘은 맥이 쭉 빠져 자리에 처박히듯 앉았다. 잭 놀란은 인디언 은화만큼이나 괴팍한 사람이었다. 벌써 오래전에 누가 채가도 채갈 사람이었다.

샘의 모든 장래는 이와 같은 미치광이들에게 달려 있었다. 스튜디오를 운영한다는 것은 나이아가라 폭포 위를 눈보라 속에서 외줄타기로 걸어가는 것과 흡사했다.

'이따위 일을 하는 놈이 미친놈이지.' 하고 샘은 생각했다. 그는 개인용 전화기를 들어 전화를 걸었다.

잠시 후 멜 포스의 목소리가 들렸다.

"〈레이더스〉는 방송에 나갈 거야."

포스는 믿지 못하겠다는 어조로 반문했다.

"그렇다니까, 빨리 잭 놀란과 대화를 해보게. 그리고 이 말은 잊지 말고 꼭 전하게! 그따위 엉뚱한 짓을 하면 내가 직접 나서서 할리우드에서 쫓아내 지옥으로 보내버리겠다고. 또다시 그따위 짓을 하고 싶거든 바나나나 타라고 말이야."

샘은 수화기를 쾅 하고 내려놓았다. 그는 지친 듯이 의자에 기대어 생각에 잠겼다. 그는 자기가 빌 헌트에게 즉흥적으로 둘러댔던 구성상의 변경에 대해서 포스에게 말해줄 것을 잊었었다. 그는 하루 빨리 〈라레도〉의 서부 물을 쓸 수 있는 작가를 구해야만 할 것이다.

문이 활짝 열렸다. 루실리가 얼굴이 하얗게 질린 채 서 있었다.

"빨리 10번 스테이지로 가보세요. 누가 불을 질렀어요."

그녀가 숨이 찬 채 말했다.

데뷔의 길

토비는 샘 윈터스를 만나려고 여러 번 전화를 걸었지만 그 건방진 여비서가 따돌리는 바람에 통화를 하지 못하고 마침내 포기하고 말았다. 토비는 일자리를 찾아 나이트클럽과 스튜디오를 헤맸으나 마냥 허탕만 쳤다.

그 다음 해에 토비는 먹고 살기 위해 오만가지 일을 다 했다. 부동산 중개소, 보험회사, 옷가게 등에서 외판원 노릇도 하고, 싸구려 술집이나 이름 없는 나이트클럽에서 연기를 하기도 했다. 그러나 스튜디오의 문만큼은 도저히 들어갈 수가 없었다.

"이 멍텅구리야, 요령이 있어야지. 그들이 당신을 찾아오게 해야 하는 거야."

한 친구가 그에게 스튜디오에 출입할 수 있는 요령을 일러주었다.

"아니, 어떻게 하면 그들이 찾아오게 할 수 있는 거야?"

토비는 떫은 듯이 반문했다.

"액터스 웨스트에 입학을 하라고."

"배우학원에 들어가라고?"

"액터스 웨스트는 단순한 배우학원이 아니야. 그 학원에서는 연극을 직접 상연하는데 할리우드 스튜디오들이 그 학원에서 하는 연극 비용을 부담해주고 있어."

액터스 웨스트는 심상치 않은 전문적인 분위기가 풍겼다. 토비는 그 학원의 문을 들어서는 순간 그런 분위기를 느낄 수 있었다. 학원 벽에는 그 학원 졸업생들의 사진이 붙어 있었다. 토비는 그들 중 대부분이 일류 배우들임을 알 수 있었다.

금발의 접수계 아가씨가 토비를 맞으며 말했다.

"어떻게 오셨나요?"

"네, 이 학원에 등록하고 싶어서 왔습니다. 저는 토비 템플이라고 합니다."

"배우로서 출연 경험이 있으신가요?"

"저, 배우로서 출연 경험은 없지만……."

토비가 말끝을 흐리자 그녀는 고개를 내저으면서 대답했다.

"죄송합니다. 미세스 테너는 전문적인 경험이 없는 사람은 상담하지 않는데요."

토비는 잠시 동안 그녀를 빤히 쳐다보다가 내뱉듯이 말했다.

"농담 말아요."

그는 그녀의 말을 믿지 못하겠다는 투로 말했다.

"아닙니다. 저희 학원의 규정이 그렇게 되어 있습니다."

"내 말은 아가씨가 정말 나를 몰라보겠느냐는 말입니다."

그 금발 아가씨는 그를 다시 한 번 쳐다보더니 고개를 갸웃하며 말했다.

"모르겠는데요."

토비는 숨을 천천히 몰아쉬면서 중얼거리듯이 사과조로 말했다.

"리랜드 말이 맞군. 할리우드에서는 영국에서 활동한 사람은 그 존재조차 모른다고 하더니! 경험이 없다는 건 농담이었어요. 아가씨가 나를 알아볼 것이라고 생각했죠."

"그럼, 경험이 있으시단 말입니까?"

접수계 아가씨는 그 말을 믿어야 할지, 믿지 말아야 할지 몰라서 다시 물었다.

"그래요."

토비 템플이 대답했다.

"어떤 역을 해보셨습니까? 그리고 어디에서 활동하셨죠?"

그 금발 아가씨는 지원서를 집어 들면서 물었다.

"여기서는 무대 경험이 없습니다. 영국에서 2년간 레퍼토리를 공연했습니다."

그 아가씨는 고개를 끄덕이더니 말했다.

"네, 알겠습니다. 미세스 테너께 말씀드리겠습니다."

그녀는 안쪽 사무실로 들어갔다가 몇 분 후에 나와서 말했다.

"면담을 승낙하셨어요. 잘 해보세요."

토비는 접수계 아가씨에게 윙크를 한 다음 심호흡을 하고 나서 미세스 테너의 사무실로 들어갔다.

앨리스 테너는 매력적이고 귀티가 나는 얼굴에 검은 머리의 여자였다. 그녀는 30대 중반으로, 적어도 토비보다 열 살은 더 먹어보였다. 그녀는 책상에 가려서 보이지는 않았지만 토비는 한눈에 그녀의 관능적인 몸매를 알아볼 수 있었다. '한번 해볼 만한 곳 같군.' 하고 토비는 생각했다.

"토비 템플이라고 합니다."

토비는 의기양양하게 웃으면서 자기 이름을 밝혔다.

앨리스 테너는 책상에서 일어나 토비에게 다가왔다. 그녀의 왼쪽 다리에는 무거운 철제 의족이 채워져 있었으며 오랫동안 연습한 세련된 솜씨로 뒤뚱뒤뚱 걸었다. 토비는 '소아마비로군.' 하는 말이 입 밖으로 나오려는 것을 가까스로 삼켰다.

"우리 학원에 등록하고 싶으시다고요?"

"네, 그렇습니다."

"그 이유가 뭐죠?"

"네, 저는 그동안 이 학원과 이 학원에서 공연하는 연극에 대한 명성을 익히 들어왔습니다. 정말이지 그 명성이 어떤 것인지 여사께서는 모르실 것입니다."

토비는 아주 정중한 태도로 말했다.

앨리스 테너는 그를 잠시 동안 찬찬히 뜯어보았다.

"그건 나도 잘 알고 있어요. 재능 없는 사람에 대한 등록을 규제하는 이유도 거기에 있어요."

토비는 그녀의 얼굴이 빨갛게 달아오르고 있음을 느꼈다. 그러나 그는 시치미를 떼고 천연덕스럽게 말했다.

"이해할 수 있습니다. 등록하고자 하는 사람들 중에는 전혀 재능이 없는 사람이 많을 테죠."

"그래요. 한두 명이 아니죠."

미세스 테너는 토비의 말에 동의하면서 손에 들고 있는 신청서를 훑어보았다. 그리고 "토비 템플이라……" 하고 중얼거렸다.

"아마, 제 이름은 들어보시지 못하셨을 겁니다. 왜냐하면 저는 2년 동안……."

"알아요, 영국에서 레퍼토리를 공연했다고요?"

"네, 그렇습니다."

토비는 고개를 끄덕이면서 대답했다.

앨리스 테너는 그를 쳐다보더니 착 가라앉은 어조로 말했다.

"템플 씨, 내가 알기로는 외국인은 영국 레퍼토리에 공연을 못하도록 되어 있는 줄로 알고 있는데요. 영국 배우조합에서 철저히 금지하고 있지요."

그 말을 듣자 토비는 심연의 구렁텅이로 푹 빠져 들어가는 느낌이 들었다.

"찾아오기 전에 우리 학원의 내막을 알아보았더라면 서로 이런 난처한 일은 없었을 텐데, 하여튼 미안하지만 본 학원에서는 전문 탤런트에 한해서만 등록을 받고 있습니다."

그녀는 자기 책상으로 돌아가려고 돌아섰다.

그것으로 상담은 끝이었다.

"잠깐!"

토비의 목소리는 채찍처럼 날카로웠다.

그녀는 놀란 표정으로 돌아섰으나 그 순간 토비는 무슨 말을 어떻게 해야 좋을지 몰랐다. 그는 오직 자신의 장래가 이 순간을 어떻게 넘기느냐에 달려 있다는 것만 알고 있을 뿐이었다. 자기 앞에 서 있는 여자가 자기가 원하는 인생 항로, 자기가 그토록 소망해왔고 땀 흘려 노력해왔던 그 모든 것을 향한 디딤돌이라는 것을 직감했다. 따라서 이 기회를 결코 놓칠 수가 없었다.

"규정만 갖고 사람을 판별하지 마십시오. 그래요, 전 정식 배우로서 출연한 일은 없습니다. 그게 어쨌단 말입니까? 그건 당신 같은 사람들이 내게 기회를 주지 않기 때문입니다. 무슨 뜻인지 아시겠습니까?"

그런 거친 말이 주저 없이 터져 나왔다.

앨리스 테너가 토비를 제지하려고 입을 열려고 했으나 토비는 그녀에게 말할 기회를 주지 않았다. 그 방에는 할리우드 스타들이 몇 있었다. 지미 캐그니는 토비에게 어디 한 번 기회를 줘보라고 미세스 테너를 설득시켰고, 제임스 스튜어트도 그러라고 거들었다. 클라크 케이블은 토비 같은 친구와 같이 일해보고 싶다고 말했으며 게리 그란트는 토비가 상당히 재능 있는 청년 같다고 부추겼다. 그들은 이구동성으로 토비 템플이 전에 미처 생각지도 못했던 여러 가지 멋진 평가를 늘어놓았다. 토비는 자신이 무슨 짓을 하는지 의식도 못한 채 계속 여러 가지 말과 익살을 뒤섞어 그들 앞에 폭포처럼 쏟아놓았다.

그는 마치 자기 자신을 잃은 망각의 암흑 속에서 말로써 구명보트를 잡아보려는 물에 빠진 사람처럼 허우적거렸는데 다행스럽게도 그의 말은 그를 익사로부터 건져주는 구명대 역할을 해주었다. 그는 땀을 뻘뻘 흘리며 방안을 쉴 새 없이 돌아다니면서 갖은 익살을 다 떨고 계속 지껄여댔다. 그 방에서 대화하고 있는 일류배우들의 몸짓을 흉내 내기도 했다.

"그만둬요, 제발!"

앨리스 테너가 외치는 소리를 듣기 전까지 그는 완전히 자신을 잊은 채 미치광이가 되어 자기가 지금 어디에 있는지, 무엇 때문에 이곳에 와 있는지도 까맣게 잊은 채 열을 올리고 있었다.

앨리스 테너는 얼마나 웃었는지 눈물이 두 뺨으로 흘러내렸다. 그녀는 숨을 헐떡이면서 말했다.

"이제 제발 그만해요."

토비는 차츰 제 정신을 차리기 시작했다. 미세스 테너는 손수건을 꺼내어 눈물을 닦았다.

"미친 사람 같군요. 지금 제정신이에요?"

토비는 허탈감에 빠져 그녀를 멍하니 바라보았다. 환희의 감정이 그의 가슴을 천천히 채우더니 마침내는 억제할 수 없는 기쁨이 되어 넘쳤다.

"제가 한 연기가 마음에 드셨죠, 그렇죠?"

토비는 자기의 성공을 확인하려는 듯이 다짐해 물었다.

앨리스 테너는 고개를 살래살래 젓더니 웃음을 참느라 거칠게 심호흡을 했다.

"아뇨, 그다지 대단한 연기는 아니었어요."

토비는 화가 나서 그녀를 노려보았다. 그녀는 토비의 연기가 마음에 들어서 웃은 것이 아니라 그를 비웃었던 것이다. 그는 농락당한 느낌이 들었다.

"그럼, 무엇 때문에 웃었습니까?"

그녀는 미소를 지으면서 조용한 어조로 말했다.

"당신은 내가 본 사람 중에 가장 정열적인 연기자예요. 재능 있는 젊은이들이 일류스타들의 그늘에 가려 눈에 띄지 않는 경우가 많죠. 연기는 훌륭하지만 남의 연기를 모방해서는 안 돼요. 당신은 남을 웃길 수 있는 천부적인 재질을 갖고 있군요."

그 말을 듣자 토비의 분노는 눈 녹듯이 사라졌다.

"그 타고난 재질을 계발한다면 당신은 언젠가는 훌륭한 연기자가 될 겁니다. 틀림없어요."

"감사합니다. 열심히 해보겠습니다."

토비는 그녀에게 행복에 찬 미소를 지으며 대답했다.

조세핀은 토요일 아침, 집안 청소를 하는 어머니를 열심히 돕고 있었다. 점심때가 되자 시시와 다른 몇몇 친구들이 피크닉을 가기 위해 조세핀을 데리러 왔다.

크진스키 부인은 조세핀이 부잣집 아이들과 어울려 호화스러운 리무진 자동차를 타고 사라지는 것을 보고, 언젠가는 조세핀에게 좋지 못한 일이 생길 것만 같은 불길한 예감이 들었다. 그래서 그녀는 그런 부잣집 아이들과 어울리지 못하게 해야겠다고 생각했다.

그녀가 보기에 부촌의 아이들은 악마였다. 그리고 조세핀에게도 이미 악마가 끼어들지 않았나 하는 걱정이 들기 시작했다. 그녀는 이 문제를 의논하기 위해서 데미안 목사님을 만나야겠다고 마음먹었다. 그 목사님이라면 이 문제에 대한 해결 방법을 알고 있으리라 믿었다.

떠오르는 스타

액터스 웨스트는 두 파트로 나뉘어져 있었는데, 한 파트는 쇼 그룹으로 경험 있는 배우들로 구성되어 있었고, 또 한 파트는 워크숍 그룹이었다.

스튜디오에서 발탁해가는 것은 무대 공연을 하는 쇼 그룹의 배우들이었다. 토비는 워크숍 그룹에 들어가게 되었는데, 앨리스 테너는 이곳에서 6개월간 수련을 받으면 쇼 그룹으로 옮겨가게 될 것이라고 토비에게 말했다.

학원 수업은 재미있었다. 하지만 토비에게 가장 필요한 관객의 박수 갈채와 웃음 그리고 그를 칭찬해줄 사람들이 없는 것이 유감이었다.

토비가 수업을 받기 시작한 지 몇 주일이 지나도 그 학원의 원장은 거의 볼 수가 없었다. 앨리스 테너는 이따금씩 워크숍에 들러 즉흥적인 공연을 지켜보기도 하고 또 격려의 말을 해주기도 했다. 수업을 받으러 강의실로 들어가는 길에 우연히 앨리스 테너와 마주치기도 했지만 토비는 그녀와 보다 친밀한 인간관계를 맺고 싶었다.

그는 어느덧 앨리스 테너를 생각하는 시간이 많아졌다. 그녀의 지적인 매력이 토비의 마음을 사로잡았다. 그는 그녀가 자신의 상대로 손색이 없다고 생각했다. 처음에는 다리를 절룩거린다는 점이 꺼림칙했지만 그녀가 풍기는 성적 매력은 이러한 약점을 커버하고도 남음이 있었다.

토비는 그녀에게 비평가들이나 배우 선발자들이 자기를 볼 기회가 있는 쇼 그룹에다 넣어 달라고 다시 부탁했다.

"아직 준비가 덜 되었어요."

앨리스 테너가 단호하게 말했다.

이제 보니 미세스 테너는 그의 앞길을 가로막는 장애물이었다. 토비는 '무슨 수를 써서라도 이 장애물을 제거해야겠다.'고 마음속으로 별렀다.

쇼 그룹에서 첫 공연을 하던 날 밤, 토비는 객석 한가운데 줄에 워크숍 출신의 성격파 여배우인 자그마하고 통통한 카렌이라는 수련 학생의 옆자리에 앉아 있었다. 토비는 카렌과 그동안 몇몇 장면을 함께 출연한 적이 있었다. 그는 그녀에 관해서, 즉 그녀는 결코 속옷을 입지 않는다는 것과 입 냄새가 몹시 난다는 두 가지 사실을 알고 있었다. 그녀는 토비와 침대로 가고 싶을 때는, 토비에게 은근히 암시를 주어 이 사실을 알리려고 갖은 수작을 다 부렸지만 토비는 모르는 척 시치미를 떼곤 했다. 그럴 때면 그는 속으로 '바람둥이 창녀 같으니라고!' 하고 중얼거렸다.

그들이 거기에 앉아서 막이 올라가길 기다리고 있을 때 카렌이 〈로스앤젤레스 타임〉지와 〈헤럴드 익스프레스〉지의 평론가들과 20세기 폭스사, MGM사, 워너 브러더즈사에서 온 배우 선발인들을 손가락으로 가리켰다. 그들이 무대 위에 올라가 있는 배우들을 쳐다보고 있는 동안 자기는 멍청하게 객석에 앉아 있다는 사실에 울화가 치밀었다. 토비는 당장 무대 위로 뛰어올라가서 그의 루틴 중 한 대목을 멋지게 연출하여 그들을 매료시켜 연기의 진면목을 보여주고 싶은 충동을 억제할 수가 없었다.

관객들은 연극을 즐겼지만 토비는 그의 장래가 그들의 손에 달려 있다고 해도 과언이 아닌, 바로 손만 뻗으면 닿을 거리에 앉아 있는 탤런트 선발자들에게 온갖 신경을 쓰고 있었다. 액터스 웨스트 학원을 그들과 접촉할 수 있는 미끼로 사용할 수 있다면, 토비는 어떻게 해서든 그 미끼를 유효적절하게 사용하리라 생각했다. 그는 6개월이 아니라 단 6주도 더 이상 기다릴 수가 없었다.

다음 날 아침 토비는 앨리스 테너의 사무실로 갔다.

"어젯밤 연극이 마음에 들었습니까?"

앨리스 테너가 토비를 맞으며 물었다.

"네, 아주 훌륭했어요. 출연자들이 정말 명연기를 발휘하더군요. 제게 아직 멀었다고 하시던 말씀이 무슨 뜻인지 알 것 같았습니다."

토비는 자조적인 웃음을 띠면서 비꼬아 말했다.

"그 사람들은 경험이 좀 많을 뿐이지 별것 아니에요. 하지만 당신은 아주 독특한 개성을 가지고 있어요. 그 개성을 살려야 해요. 그러니 조금만 더 참아요."

"글쎄요…… 전부 다 때려치우고 보험 외판원이라도 하는 것이 낫지 않을까 싶군요."

"그러면 안돼요!"

그녀는 몹시 놀란 표정으로 토비에게 외쳤다.

"어젯밤 그 프로 배우들의 연기를 보고 있자니 내겐 재능이 없다는 생각이 절실하게 들더군요."

토비는 머리를 흔들면서 시무룩하게 말했다.

"그렇지 않아요, 토비. 그런 말 하지 말아요."

그녀의 목소리에는 그가 이제껏 기다려 왔던 바로 그런 음색이 깃들여 있었다. 그 어조는 선생님이 학생에게 하는 말이 아니라 마치 부인이 남편을 격려하고 그를 염려해주는 듯한 어투였다. 토비는 짜릿한 만족감 같은 것을 느꼈다. 그는 어쩔 수 없다는 듯이 어깨를 추스르며 말했다.

"정말 어쩌면 좋을지 모르겠군요. 나는 이 할리우드에서는 천애고아나 다름없습니다. 얘기할 상대도 없고요."

"토비, 언제든 내가 말상대가 되어 줄게요. 친구가 되어 주겠어요."

그녀의 목소리가 섹시한 쉰 목소리로 변하고 있음을 그는 직감할 수 있었다. 그가 그녀를 응시했을 때 토비의 푸른 눈은 세상의 온갖 신비로움을 담고 있었다. 그녀와 시선이 마주치자 그는 문 쪽으로 걸어가서 문을 잠갔다. 그는 다시 그녀에게로 와서 무릎을 꿇고 그녀의 무릎에 머리를 묻었다. 그녀의 손가락이 토비의 머리카락을 쓰다듬었다. 토비가 천천히 그녀의 스커트 자락을 걷어 올리자 잔인한 강철 의족으로 묶인 허벅지가 드러났다. 그는 부드럽게 의족을 풀면서 의족의 쇠 부분에 닿아 빨갛게 자국이 난 그녀의 허벅지에 키스를 했다. 그리고 숨도 쉬지 않고 사랑의 밀어를 속삭였다. 그가 그녀를 얼마나 좋아하고 있는지를 거친 숨결을 토해가며 속삭이듯 말했다. 그는 그녀의 온몸을 입 맞추어 내려가면서 마침내 촉촉이 젖은 그녀의 은밀한 부분까지 키스를 했다. 그는 그녀를 안아다 푹신한 소파에 눕히고 일을 시작했다.

그날 저녁 토비는 앨리스 테너의 집으로 거처를 옮겼다.

그날 밤 잠자리에서 토비는 앨리스 테너가 대화를 나눌 사람도 없고 사랑해주는 사람도 없는 가엾고 외로운 여인이라는 사실을 비로소 알게 되었다. 그녀는 보스턴에서 태어났는데 그녀의 아버지는 부유한 제조업자로서 아쉬운 것 없이 부유하게 자랐으나 다른 면에서는 전혀 관심을 보여주지 않았다.

앨리스는 연극을 좋아했다. 그래서 배우가 되기 위한 수업을 쌓았으나 대학 시절에 소아마비에 걸려 다리를 못 쓰게 되자 그녀의 꿈은 물거품이 되고 말았다. 그녀는 토비에게 그것이 그녀의 인생에 있어서 얼마나 큰 충격이었던가를 말해주었다. 그녀와 약혼했던 남자는 이 소식을 듣자 그녀를 걷어차 버렸고, 실의에 빠진 앨리스는 집을 뛰쳐나와 어떤 정신과 의사와 결혼했지만 그녀의 남편은 결혼한 지 불과 6개월 만에 자살을 해버렸다. 그녀 깊숙이 내재해 있는 감정들은 그동안 발산되지 못하고 그녀의 좁은 가슴 속에 꽁꽁 뭉쳐 있었다. 하지만 이제 그 감정들이 마침내 탈출구를 찾아 맹렬한 기세로 분출된 지금, 그녀는 더할 수 없는 평온함과 만족을 느꼈다.

학원 일에 관한 한 토비는 앨리스에게 아무런 영향력도 행사할 수 없었다. 그는 그녀에게 다음 연극에 참석시켜달라는 부탁도 했고 배역 감독들이나 일류 스튜디오 사람들에게 소개시켜달라는 부탁도 해보았으나 그녀는 들은 척도 하지 않았다.

"너무 서두르면 후회하게 돼요. 가장 중요한 건 우선 좋은 인상을 받도록 하는 거예요. 그들이 당신을 탐탁지 않게 생각하면 두 번 다시 기회를 잡을 수 없어요. 그러니 충분한 수련을 쌓아두어야 해요."

그녀로부터 이 말을 듣는 순간, 토비는 그녀가 협조자가 아니라 적이라는 생각이 들었다. 자기가 그토록 소망해왔고 땀 흘려 노력했던 그 모든 것을 향한 디딤돌이 될 줄 알았던 그녀가 오히려 앞길을 막는 장애물이었다. 토비는 분노를 억누른 채 억지 미소를 지으며 말했다.

"내가 너무 조급하게 군 것 같군요. 내 자신을 위해서뿐만 아니라 당신을 위해서도 당신 말대로 하죠."

"정말 그러겠어요, 토비? 사랑해요. 진정으로!"

"나도 당신을 사랑해, 엘리스."

그는 자기의 길을 방해하고 있는 장애물인 이 여자를 어떻게든 따돌려야 한다고 생각했다. 토비는 그녀가 싫어졌고 지긋지긋하기조차 했다.

그들이 잠자리에 들면 그는 그녀에게 그녀가 해보지도 않은, 입과 손가락 등을 사용하여 자기에게 봉사하는 따위의 해괴망측한 일을 서슴지 않고 강요했다. 그는 변태적인 방법으로 애무를 함으로써 그녀에게 치욕감과 고통을 느끼게 했다. 그는 마치 개를 훈련시키듯 그녀가 이 치욕적인 행위를 순순히 해나갈 때마다 칭찬해주었다. 그래도 그녀는 토비를 기쁘게 해주는 것만으로 행복해 했다. 그는 테너를 인간 이하로 다루면 다룰수록 스스로 느끼는 수치감도 그만큼 더 커졌다. 그는 결국 자기 스스로를 학대하고 있었는데 그는 왜 그래야만 하는지 자신도 이해할 수가 없었다.

토비는 괴로운 일이 있을 때는 그것을 참지 못하고 어떻게 해서든 가급적 빨리 해소시키지 않고는 견딜 수가 없었다. 엘리스 테너는 토비에게 다음 주 금요일 상급생들과 상급생들의 손님을 위해서 워크숍 클래스에서 비공개 연극 공연을 갖기로 했다는 사실을 알려주었다. 모든 학생들은 자신의 공연 계획을 스스로 짤 수 있도록 허락되었다. 토비는 독백을 하기로 작정하고 그것을 열심히 연습했다.

공연하는 날 아침, 토비는 수업이 끝나기를 기다렸다가 지난번 그의 옆 좌석에 앉아 있었던 그 주책없는 바람둥이 카렌에게 다가가서 은근하게 속삭였다.

"내 부탁 한 가지 들어주겠어?"

"물론이지, 토비."

그녀의 목소리는 놀라움과 기대감으로 차 있었다. 토비는 그녀의 입 냄새를 피해 약간 뒤로 물러서면서 말했다.

"사실은 말이야, 내 친구 한 사람을 놀려주려고 해. 네가 말이야, 클립톤 로렌스의 비서에게 전화를 걸어서 골드윈 씨가 그러는데 로렌스 씨가 오늘 밤 여기서 공연할 쇼에 참가해서 훌륭한 신인 희극배우의 연기를 봐주었으면 좋겠다고 하더라고 전화를 해주면 좋겠어. 그리고 입장권은 미리 사두었으니 매표소에서 이름을 대고 달라고만 하면 된다고 말해줘."

"난처한데, 그 늙어빠진 테너가 알면 내 머리를 날려버리려고 할 거야. 그 할망구는 외부인에게 워크숍 쇼의 입장을 절대로 허락하지 않거든."

카렌은 그를 빤히 쳐다보면서 꺼려했다.

"글쎄, 내 말대로 해. 오늘 오후에 바빠?"

그는 그녀의 손을 꼭 잡으며 은근히 말했다. 그녀는 잔뜩 긴장한 채 침을 삼켰고 호흡이 점점 빨라지는 것 같았다.

"아니, 별로야. 나한테 무슨 볼일이 있어?"

"볼일이 있고말고."

3시간 뒤 카렌은 토비가 시킨 대로 전화를 걸었다.

객석은 각 반의 수련 배우들과 그들의 손님으로 가득 찼다.

토비가 눈을 굴려 찾던 사람은 세 번째 열의 복도 쪽 좌석에 앉아 있었다. 토비는 자신의 계략이 먹혀들지 않을까 싶어 잔뜩 긴장했다. 적어도 클립톤 로렌스 같은 현명한 사람이 자기와 같은 풋내기의 계략에 넘어갈 것 같지 않았지만 그의 계략은 우선 효험이 있었다. 로렌스가 객석에 있었던 것이다!

남녀 수련 배우들이 무대 위로 올라가 '갈매기'의 한 장면을 연출했다. 토비는 클립톤 로렌스가 그들의 연기에 실망한 나머지 그냥 퇴장하는 일이 없도록 마음속으로 빌고 또 빌었다. 마침내 그 장면은 끝났다. 배우들이 관객들에게 인사를 한 후 퇴장했다.

드디어 토비 차례가 되었다. 앨리스가 무대 옆으로 나와서 그의 곁으로 다가와 "행운을 빌어요." 하고 격려의 말을 속삭여주었다. 테너는 토비의 행운이 자기의 격려의 말에 있는 것이 아니라 객석에 앉아 있는 로렌스에게 달려 있다는 사실을 전혀 몰랐다.

"고마워, 앨리스."

토비는 마음속으로 기도를 한 뒤 어깨를 펴면서 무대 위로 성큼 뛰어올라가 관객들을 향해 그 특유의 천진난만한 미소를 지으면서, "안녕하십니까, 여러분! 제 이름은 토비 템플입니다. 여러분은 잠깐 동안이라도 사람들의 이름에 대해서 생각해보신 적이 있으십니까? 또 우리 부모님들이 어째서 그런 이름을 우리에게 붙여주시게 되었는지 생각해보신 일이 있으십니까? 나는 어머니에게 왜 내 이름을 토비라고 지었느냐고 물어본 일이 있습니다." 하고 말했다.

토비의 외모는 웃음을 자아내기에 충분했다. 무대 위에 서 있는 토비의 모습이 너무도 순진하고 천진스러워서 관객들은 모두 다 그에게 친근감을 느꼈다. 그의 익살은 신통치 않았지만 그건 별로 문제가 되지가 않았다. 취약점이 너무 많은 그를 사람들은 오히려 감싸주려 했으며, 박수와 웃음으로 격려해주었다. 그것은 관객들이 토비에게 느끼는 사랑의 선물이었다. 토비는 기분에 들떠 어쩔 줄 몰랐다. 그는 에드워드 로빈슨과 지미 캐그니의 흉내를 냈다. 그러자 캐그니가 "저런 생쥐 같으니라고! 너 그따위로 하면 무슨 욕을 듣게 될지 알기나 알아?" 하고 재미있다는 듯이 농담을 던졌다.

그리고 로빈슨은 "저런 엉터리 녀석 보게. 나는 작은 시저란 말이야. 나는 우두머리라고. 너는 쓰잘 데 없는 놈이고, 무슨 뜻인지 알겠어?"라며 역시 재미있다는 듯이 한마디 던졌다. 이런 농담에 대해 토비는, "네, 네 알겠습니다. 더러운 쥐새끼 같은 양반님. 네 그렇죠, 당신은 쓰잘 데 없는 우두머리시죠." 하고 받아넘겼다. 그러자 관객들이 우레와 같은 박수와 웃음으로 토비 편을 들었다.

보가트는 토비의 공격을 받고 이를 갈면서, "내 입술이 내 입을 떠나 네놈에게 닿을 수만 있다면 네놈 눈깔에 침을 뱉어주겠다!" 하고 소리쳤다. 관객들은 토비에게 완전히 매료되었다.

토비는 레퍼토리에 대해 익살을 떨었다.

극장이 떠나갈 듯한 웃음이 객석에서 터져 나왔다. 그는 쉬지 않고 엉뚱하게 건너뛰어 로렐과 하디 이야기로 말머리를 돌리려고 했다. 바로 그때, 객석이 술렁이는 움직임이 눈에 띄었다. 살펴보니 클립톤 로렌스가 극장을 나가고 있는 것이 아닌가.

그 이후 저녁 내내 토비는 죽고 싶도록 침울한 기분에 사로잡혔다.

쇼가 끝나자 앨리스 테너가 토비에게로 와서 다정하게 격려했다.

"정말로 훌륭했어요. 나는……."

그러나 그는 앨리스 테너고 누구고 꼴도 보기 싫었다. 아무도 만나고 싶지 않았다.

그는 자신의 불행을 혼자만 삭히고 싶었으며 온몸이 갈가리 찢기는 듯한 고통을 혼자서만 견뎌내고 싶었다. 모든 것이 심연의 구렁텅이로 무너져 내려앉는 듯 눈앞이 캄캄했다. 기회를 잡았다가 그만 놓쳐버리고 만 셈이었다. 클립톤 로렌스는 그의 연기가 채 끝나기도 전에 퇴장해버렸다. 클립톤 로렌스는 배우의 재능을 정당하게 평가할 줄 알고, 또 재능 있는 배우를 다룰 줄 아는 전문가였다. 로렌스가 재능을 인정해주지 않는다면, 하는 생각이 들자 토비는 마음 깊은 곳으로부터 쓰디쓴 좌절감이 치밀어 올라왔다.

"산책 좀 하고 오겠어."

앨리스에게 말한 다음 토비는 밖으로 나갔다.

그는 바인 가와 고워를 걸어 내려가서 콜롬비아 영화사와 RKO사, 파라마운트 영화사 앞을 지나쳤다. 영화사들마다 모두 문이 잠겨 있었다. 그는 할리우드 거리를 한없이 거닐다가 언덕 위에 '할리우드 랜드'라고 쓰인 대형 간판을 올려다보았다. 꺼져 버려라! 이제 그에게 할리우드는 존재하지 않았다. 얼마 전까지만 하더라도 할리우드 랜드는 그의 마음의 고향이었다. 모든 것이 수포로 돌아간 지금, 이제 그것은 멀쩡했던 사람이 스타가 되겠다는 미친 생각으로 덤벙댔던 허황된 꿈에 지나지 않았다. 할리우드라는 단어는 여러 가지 기적을 일으키는 거대한 자석이기도 했지만, 달콤한 언약과 꿈결같이 아름다운 노래로 사람의 마음을 설레게 하여 잔뜩 유혹했다가는 처참하게 파멸시켜버리는 무시무시한 괴물이기도 했다.

토비는 앞으로 어떻게 살아가야 할지 착잡한 기분에 휩싸여 밤늦도록 이곳저곳을 경황없이 돌아다녔다. 자신에 대한 자부심도 무참히 깨졌다. 뿌리 뽑힌 부평초같이 그의 마음은 걷잡을 수 없이 흔들렸다. 그는 지금까지 연예활동 외에 다른 생각은 한 번도 가져본 적이 없었다. 만약 연예활동을 끝내 못하게 된다면, 그에게 남는 것은 지리하고 따분한 일들에 얽매여 평생을 새장에 갇힌 새처럼 하릴없이 살게 될 것이다. 단 한 사람도 거들떠보는 사람이 없으리라. 그는 길고도 고된 나날들, 헤아릴 수도 없이 많은 이름 없는 도시에서의 뼈를 깎는 듯한 고독감, 그리고 그에게 박수갈채를 보내며 웃음으로 맞아주고 그를 사랑해준 사람들을 떠올리며 흐느껴 울었다. 그는 후회스러운 과거 때문에, 그리고 암담하기만 한 미래를 생각하며 통곡했다. 그리고 죽은 것이나 다름없는 자신의 신세를 한탄했다.

토비가 앨리스와 동거하고 있는 스투코 방갈로로 돌아온 것은 먼동이 틀 무렵이었다. 그는 침실로 들어가 앨리스의 자는 모습을 내려다보았다. 그는 한때 그녀가 신비의 왕국으로 통하는 티켓을 따줄 여인으로 생각했었다. 하지만 그렇지가 않았다. 그는 떠나야겠다고 생각했지만 어디로 가겠다고 작정한 것은 아니었다. 27살 꽉 찬 나이에 장래가 캄캄한 한심한 처지였다.

그는 기진맥진한 상태로 소파 위에 쓰러져 눈을 감았다. 도시가 잠을 깨어 북적대는 소리가 어수선하게 꿈결처럼 들려왔다. 도시들이 내는 아침의 소리들은 어디에서나 똑같았다. 토비는 디트로이트를 생각했다. 그리고 어머니를 생각했다. 어머니가 그에게 사과파이를 만들어주려고 부엌에서 분주히 손을 움직이셨다. 버터에 튀겨지는 사과 냄새와 함께 달콤한 어머니의 체취가 느껴졌다.

'하나님께서는 너를 선택하셨어.' 하는 어머니의 목소리가 아주 가까운 곳에서 들려오는 것 같았다.

토비는 대사를 기억해내려고 안간힘을 쓰면서 휘황찬란한 조명등 세례를 홍수처럼 받으며 넓은 무대 위에 혼자 서 있었다. 그는 말을 하려고 애썼지만, 입안에서만 맴돌 뿐 도무지 소리가 되어 나오지 않았다. 그는 당황했다. 관객들이 술렁대기 시작했다. 저마다 자리를 박차고 일어나 그를 죽이기 위해 무대 쪽으로 달려오고 있는 관객들을 눈부신 불빛을 통해 토비는 볼 수 있었다. 그들의 사랑은 증오로 변했다. 그들은 토비를 에워싸더니 그의 멱살을 움켜쥐고, "토비! 토비! 토비!" 하고 외쳐댔다.

토비는 가위에 눌린 채 소스라치게 놀라 잠에서 깨었다. 그의 입술은 공포로 인해 바싹 말라 있었다. 앨리스 테너가 허리를 구부리고 내려다보면서 그를 흔들어 깨웠다.

"토비! 전화 받아요. 클립톤 로렌스예요."

클립톤 로렌스의 사무실은 윌사이어 남쪽 비버리 드라이브 가의 아담한 건물에 있었다. 프랑스 인상파 화가들의 그림이 조각된 판자가 걸려 있었으며, 진초록의 대리석 벽난로 앞에는 소파 한 개와 몇 개의 골동품 의자들이 예쁜 티 테이블을 둘러싼 채 놓여 있었다. 토비는 이처럼 멋진 곳은 지금까지 한 번도 본 적이 없었다.

멋진 빨강머리 아가씨가 홍차를 따라주면서 물었다.

"설탕을 얼마나 타 드릴까요, 미스터 템플?"

그가 미스터 템플이라는 깍듯한 존칭을 들은 것은 난생 처음이었다.

"한 스푼만 주세요."

"맛있게 드세요."

토비는 그 홍차가 포트넘과 메이슨에서 수입해온 특제품으로, 아일랜드 산 발리크에 담가 놓았던 것이라는 사실 따위는 상상도 못했다. 다만 맛이 기막히게 좋다고만 생각했을 뿐이었다. 그 사무실에 있는 것들은 모두가 다 훌륭했다. 체구는 작지만 날렵하게 생긴 한 남자가 안락의자에 앉아서 그를 눈여겨보고 있었다. 클립톤 로렌스는 토비가 생각했던 것보다 더 키가 작았지만 위풍당당해보였다.

"저 같은 풋내기를 불러주셔서 뭐라고 감사 말씀을 드려야 할지 모르겠습니다. 제가 그런 실수를 저지른 것을 용서하십시오."

토비는 겸손하게 사과했다.

클립톤 로렌스는 머리를 뒤로 젖히며 낄낄 웃더니, "실수라고? 아니야, 어제 난 골드윈과 함께 점심식사를 했었지. 그리고 내가 어젯밤에 그곳에 갔던 것은 자네의 재능이 과연 자네의 용기에 버금가는지 알아보기 위해서였다네. 그런데 과연 훌륭하더군." 하고 말했다.

"하지만 선생님께서는 도중에 퇴장하셨잖습니까?"

토비가 믿어지지 않는다는 듯이 말했다.

"여보게, 맛을 알기 위해서 상어알 젓을 한 항아리 다 먹을 필요는 없잖은가? 한 1분 정도 지켜보니 자네 재능이 감지되더군."

토비는 행복감이 가슴 뿌듯이 치솟음을 느꼈다. 어젯밤에 느낀 그 암흑과 같은 절망감이 가슴 벅찬 행복감으로 급변하여 심장이 터질 것 같은 기쁨을 되찾는 순간이었다.

"템플, 나는 자네한테 어떤 육감 같은 것을 느꼈네. 나는 장래가 촉망되는 젊은이의 앞길을 터주는 것은 보람 있는 일이라고 생각하는 사람이야. 그래서 자네를 내가 관리하기로 작정했지."

토비는 더 이상 견딜 수 없는 기쁨에 벌떡 일어나서, '와! 나 좀 보시오! 위대한 클립톤 로렌스가 내 에이전트가 되었소!' 하고 소리쳐 외치고 싶은 충동을 느꼈다.

"단, 내 말에 절대 복종해야 된다는 조건이 있네. 제멋대로 구는 건 절대로 용납되지 않아. 단 한 번이라도 이를 어기면 우리 사이는 그것으로 끝장이야. 무슨 뜻인지 알겠나?"

클립톤 로렌스는 단호하게 말했다.

"네, 선생님. 잘 알겠습니다."

"한 가지 일러둘 점은 사실을 똑바로 볼 줄 알아야 한다는 점이야. 자네 연기는 형편없어. 아주 저질이라고."

클립톤 로렌스는 거리낌 없이 그의 결점을 하나하나 지적해주었다.

이 말은 토비에게 아랫배를 걷어차인 것만큼이나 커다란 충격이었다. 클립톤 로렌스는 무리하게 전화를 건 행위에 대해 혼을 내주려고 부른 것이지, 정말로 에이전트가 되어주려고 부른 것이 아니라는 생각이 머리를 스쳤다. 그렇다면 그는……. 그런데 그 왜소한 체구의 에이전트는 이어서 말했다.

"하긴 어젯밤 공연은 아마추어들의 공연이었지. 그래, 자넨 아직 아마추어에 불과해."

그렇게 말한 그는 의자에서 일어서더니 사무실 안을 거닐기 시작했다.

"자네가 어떤 재능을 가지고 있고, 또 앞으로 일류스타가 되기 위해 어떤 점을 보완해야 하는지 가르쳐주겠네."

토비는 잔뜩 긴장한 채 클립톤 로렌스 말에 귀를 곤두세우고 앉아 있었다.

"우선 소재가 좋아야 돼. 요리란 신선하고 질 좋은 재료로 해야 제맛이 나거든."

"선생님, 옳은 말씀입니다. 제가 다루는 소재는 다소 진부한 감이 있습니다."

"그리고 자네에게는 스타일이 없어."

"하지만 관객들은……."

토비는 자신도 모르게 두 주먹이 불끈 쥐어지는 것을 느꼈다.

"두 번째로 자네는 제스처가 좋지 않아. 마치 액화산소 같아."

토비는 아무 소리도 하지 못했다. 클립톤 로렌스가 그에게로 걸어

오더니 지그시 내려다보면서 부드러운 어조로, "자네가 그런 결점투성이만 가지고 있다면 왜 내가 자네를 불렀겠나? 내가 자네를 부른 것은 자네에게는 돈을 주고도 살 수 없는 훌륭한 재능이 있기 때문이야. 자네는 무엇보다도 관객에 대한 반응이 좋아. 자네가 무대 위에 올라서면 관객들은 자네를 삼켜버릴 듯이 열광하지. 관객들이 자네를 사랑한다는 증거야. 그것이 얼마나 소중한 재능인지 아나?"

토비는 심호흡을 하고 난 뒤 긴장을 풀면서 편안한 자세로 고쳐 앉았다.

"잘 모르겠습니다. 말씀해주십시오."

"그건 자네가 상상할 수 없을 만큼 아주 소중한 것이야. 소재만 좋고 그 소재를 잘 다룰 줄만 안다면 자네는 틀림없이 스타가 될 걸세."

토비는 황홀감에 빠져 클립톤 로렌스의 말을 묵묵히 귀담아 듣고 있었다. 토비가 지금까지 그토록 험난한 길을 걸어왔던 것은 오로지 이 순간을 위해서였던 것처럼 생각되었다. 이미 스타가 된 기분이었고 어머니의 예언이 비로소 실현된 것 같았다.

"스타가 되는 열쇠는 재능이야. 재능은 돈을 주고도 살 수 없고 모방할 수도 없지. 자네의 그런 재능은 천부적인 거야. 행운아일세."

클립톤 로렌스는 그렇게 말하고, 손목에 차고 있는 피아제트 금시계를 보더니 말했다.

"오늘 2시에 오한론과 레인저를 자네가 만나볼 수 있도록 미리 주선해놓았지. 그 둘은 업계에서는 일급 희극작가야. 일류 희극배우들의 대본은 모두 그 사람들이 쓰고 있다네."

"그런 훌륭한 작가들에게 부탁할 만한 돈이 저에게는 없는데요."

토비가 조심스럽게 말했다.

클립톤 로렌스는 손을 내저으며 토비의 말을 가로막았다.

"걱정 말게. 내가 대줄 테니까, 나중에 천천히 갚으라고."

클립톤 로렌스는 토비가 간 후에도 한참 동안 자리에 앉아 토비에 대한 생각을 하면서 그의 천진난만한 얼굴과 신뢰감을 주는 순진한 푸른 눈동자를 떠올리며 미소를 지었다.

그가 이름 없는 배우를 선발한 것은 그야말로 수년 만의 일이었다. 그가 관리하는 사람들은 모두가 일급스타들로 스튜디오들마다 그들을 쓰려고 쟁탈전을 벌였다. 여기서 느끼는 짜릿한 흥분은 이미 사라진 지 오래였다. 오히려 그 옛날 풋내기 젊은이를 키워 일류스타로 만들려고 갖은 애를 썼던 시절이 더욱 재미있었고 자극적이었다. 클립톤은 다시 한 번 그런 체험을 해보고 싶었다. 그리고 그는 토비가 마음에 들었다. 그것도 아주 마음에 쏙 들었다.

＊

오한론과 레인저의 사무실은 서로스앤젤레스 피코 가에 있는 20세기폭스사 스튜디오 안에 있었다. 토비는 그곳에서 그들을 만났다. 토비는 클립톤 로렌스와 같은 거물이 상대하는 사람들이니 으리으리하리라고 상상했지만 의외로 그들은 공터 위에 세워진 조그마한 목조로 된 방갈로를 사무실로 쓰고 있었다. 게다가 그 안은 우중충하고 매우 지저분했다.

카디건을 걸친 단정치 못한 중년의 여비서가 토비를 안쪽 사무실로 안내했다. 지저분한 벽들은 누렇게 바래 있었으며 장식품이라고 해봤자 '계획을 세우자'라는 글씨가 삐딱하게 새겨진 낡은 보드 판이 덜렁덜렁 매달려 있을 뿐이었다. 다 부서진 베니스식 창문 가리개를 통해 희뿌옇게 반사된 햇빛이 올이 드러나 보이는 지저분한 양탄자 위를 비추고 있었다. 다 부서져 가는 고물 책상 2개가 서로 등을 바라보며 놓여 있었는데, 그 위에는 메모쪽지, 연필, 반쯤 먹다 남은 커피, 종이 컵 따위가 아무렇게나 나뒹굴고 있었다.

"어서 오세요, 토비 씨. 처음 뵙겠습니다. 저는 오한론이라고 합니다. 이렇게 지저분해서 미안합니다. 청소부가 노는 날이라 그래요."

오한론이 그를 맞이했다. 그는 자기의 동업자를 가리키며 말했다.

"이 친구가……."

"레인저 씨군요."

"네, 맞습니다. 이 친구가 레인저입니다."

레인저는 왜소하고 연약해 보이는 반면, 오한론은 크고 뚱뚱했다. 두 사람 다 30대 초반으로 10년 동안 아무런 말썽 없이 작가로서 동업관계를 유지해오고 있었다. 나중에 토비는 그들과 거래를 하는 동안 그들을 늘 '그 친구들'이라고 불렀다.

"두 분 선생님께서 저에게 대본을 써주실 걸로 알고 있습니다만."

오한론과 레인저가 눈짓을 서로 주고받았다.

레인저가 입을 열었다.

"클립톤 로렌스는 당신이 미국의 섹스 심벌이 될 거라고 말하더군요. 당신 연기가 어떤지 한번 봅시다. 한번 해보겠습니까?"

"물론입니다."

토비는 클립톤의 평을 생각하고는 갑자기 자신감이 없어졌다. 두 작가는 팔짱을 끼고 소파에 앉았다.

"자, 우리를 웃겨보십시오."

"아니, 지금 당장 말입니까?"

토비는 그들을 보며 어이없다는 듯이 반문했다.

"왜요? 60인조 오케스트라라도 불러들일까요?" 하고 레인저는 오한론을 돌아보며 "음악부에 전화를 걸게." 하고 말했다.

그는 그들이 무슨 짓을 하려는지 알았다. 그들은 그를 형편없는 꼴로 만들어 클립톤 로렌스에게 '가망이 없어요. 별 볼 일 없는 작자예요.'라고 말해주려는 것이 분명했다. 토비는 그따위 말이 나오게 하지 않겠다고 단단히 별렀다. 그는 억지웃음을 지으며 애보트와 카스텔로의 루틴을 연출했다.

"어이, 루. 부끄럽지도 않아? 놈팡이 꼴이 되어가고 있잖아. 왜 나가서 일자리라도 구해보지 않고 그러고 있지?"

"직장을 구했지."

"무슨 직장인데."

"일자리를 구하는 일을 직업으로 삼았지."

"아니, 그것도 직업인가?"

"물론이지, 하루 종일 바쁘다네. 몇 시간씩 직장을 찾아 돌아다니다가 해가 지면 저녁때 집으로 기어들어가지."

오한론과 레인저는 토비를 찬찬히 뜯어보면서 그를 평가하고 분석했다. 그가 루틴을 연출하고 있는 동안 그들은 토비가 그 방에 있는지조차 잊은 듯이 자기들끼리 지껄이기 시작했다.

"저 사람은 무대에 서는 방법조차 모르고 있군."

"손놀림이 마치 장작 팰 때의 동작 같아. 나무꾼 대사를 써줘야 할까 봐."

"저 친구 너무 겁이 없군."

"제기랄, 그 따위 소재를 가지고 말이야, 안 그래?"

이런 이야기를 듣자, 토비는 화가 끓어올라서 더 이상 여기에 머물러 앉아 미친개들한테 모욕당할 필요가 없었다. 소재가 어떻다고? 아마, 제 놈들 소재가 형편없겠지 하고 분을 참지 못했다.

마침내 그는 더 이상 참을 수가 없었다. 그는 연기를 멈추고 분노에 떨리는 목소리로, "병신 같은 새끼들! 네 따위 놈들은 필요 없어. 친절히 대해주어 더럽게 고맙군!" 하고 소리를 지르며 문 쪽으로 걸어갔다. 레인저가 재미있다는 표정으로 자리에서 일어서더니, "아니, 왜 그러지?" 하고 나가려던 토비를 멈춰 세웠다.

"그걸 몰라서 묻는 거야? 네놈들 때문이야. 알았어?"

토비는 이를 갈며 그를 돌아보고 너무나도 울화통이 터져 눈물이 나려고 했다.

레인저가 당황하여 오한론을 돌아보면서 말했다.

"우리가 저 사람 기분을 상하게 했나 보지?"

"이런, 세상에!"

오한론이 의외라는 듯이 말했다.

토비는 숨을 길게 들여 마시고 나서 말했다.

"이것 봐, 당신들이 날 어떻게 생각하든 난 눈 하나 깜빡 안 해. 하지만 말이야……."

"어떻게 생각하다니요? 우린 당신을 훌륭하다고 생각하고 있어요."

레인저도 맞장구를 쳤다.

토비는 뭐가 뭔지 어리둥절해서 두 사람의 얼굴을 번갈아 보면서 반문했다.

"아니, 뭐라고요? 그렇지만 당신들 태도는……."

"토비, 몹시 초조해하는군요. 긴장을 푸세요. 물론 당신에겐 미흡한 점이 많이 있습니다. 하지만 당신이 보브 호프 같은 사람이라면 여기까지 올 수 있었겠습니까?"

오한론이 덧붙여서 말했다.

"그 이유가 뭔지 아십니까? 그건 보브가 오늘 카멜 위에 있기 때문이에요. 골프 치실 줄 아십니까?"

레인저가 물었다.

"칠 줄 모릅니다."

"지금 우리가 말한 것은 골프와 연관된 농담들인데 골프를 칠 줄 모른다니……."

두 작가는 실망스럽다는 듯이 쳐다보았다.

"커피 좀 갖다 주겠어요, 샤샤."

오한론이 전화로 커피를 시키고 나서 토비를 돌아보면서 말했다.

"이 괴상망측한 사무실에 코미디언 지망생들이 몇 명이나 드나들었는지 아십니까?"

토비는 모른다는 듯이 고개를 가로저었다.

"정확하게 말해서 어젯밤 6시까지 모두 2천8백만 명이나 됩니다. 하지만 진짜 희극 배우는 손가락을 꼽을 정도에 불과합니다. 나머지 다른 사람들은 모두 그저 그런 평범한 인간들이라고요. 코미디는 이 세상에서 제일 힘든 일입니다. 사람들을 웃긴다는 것은 정말 힘든 일이지요. 희극배우든 코미디언이든 마찬가지입니다."

"희극배우는 뭐고 코미디언은 뭡니까?"

"희극배우와 코미디언은 전혀 다르죠. 희극배우는 재미있는 문을 여는 사람이고, 코미디언은 문을 연 다음 사람들을 재미있게 만드는 사람입니다. 당신은 코미디언이 실패의 고배를 마시는 이유가 무엇인지 생각해보신 일이 있습니까?"

"그건 대본의 차이겠죠."

그들의 호감을 사고 싶은 토비는 얼른 그렇게 말했다.

"천만의 말씀입니다. 이럴 경우 아리스토페인스는 '물소 똥 같은 소리'라는 농담을 했습니다만, 어쨌든 익살은 근본적으로 어느 것이나 비슷비슷합니다. 조지 번스는 자기보다 앞서 연출한 사람이 이미 사용한 익살을 여섯 번이나 사용했는데도 오히려 그 사람보다 더 많은 박수갈채를 받았습니다. 그 이유가 무엇인지 아십니까? 그건 바로 개성 때문입니다. 개성이 없다면 희극배우로서의 생명력은 죽은 것이나 다름없습니다. 개성을 가지고 출발해서 그 개성을 자기의 특성으로 발전시켜야 합니다. 호프의 경우를 예로 들면, 그가 잭 베니의 독백을 하더라도 관객들 반응은 폭탄 터지듯이 대단합니다. 왠지 아십니까? 그는 나름대로 자기 특성을 갖고 있기 때문입니다. 관객들은 바로 그 특성을 그에게 기대하는 것이죠. 호프가 무대 위로 걸어 나오면 사람들은 속사포 같은 그의 익살을 듣고 싶어 합니다. 그는 귀염 받는 당나귀로서 관객들이 던져주는 설탕덩어리를 받아먹는 대도시의 희극배우입니다. 잭 베니는 그와는 정반대입니다. 그는 보브 호프의 독백 따위에는 무엇을 해야 할지 모르지만, 그가 단 2분 동안만 침묵을 지키면 관객들은 아우성을 지르죠. 막스 형제들은 각각 제 나름대로 특성을 가지고 있습니다. 프레드 앨런은 유별난 인물이고요. 바로 이런 이유로 우리가 당신을 만나보게 된 것입니다. 당신의 문제점이 무엇인지를 아십니까, 토비? 당신은 마치 잡탕밥과도 같아요. 당신은 일류배우들의 흉내만 내고 있어요. 평생 삼류로 만족한다면 그것도 괜찮겠지만 흥행에 성공을 거두고 싶다면 당신의 고유한 특성을 창조해내야 합니다. 당신이 무대 위에 올라서면 입을 열기도 전에 저것이 토비 템플임을 관객들이 알 정도가 되어야 합니다. 내 말이 무슨 뜻인지 이해하시겠습니까?"

"네, 이해할 것 같군요."

오한론이 이어받아 말을 계속했다.

"당신은 당신이 가지고 있는 재산이 무엇인지 아십니까, 토비? 그건 당신의 아름다운 용모입니다. 내가 만일 클라크 케이블과 약혼한 사이만 아니었더라면 나도 당신에게 반할 정도입니다. 당신에게는 아기처럼 사랑스러운 점이 있습니다. 그 점을 잘 살린다면 한밑천 단단히 잡을 수 있을 것입니다."

"한밑천 잡는 정도가 아니지. 제기랄."

레인저가 맞장구를 쳤다.

"당신은 다른 사람들이 할 수 없는 일을 해낼 수가 있습니다. 이 친구 말투가 상스럽기는 하지만 자신도 모르게 하는 입에 붙은 쌍소리이니 신경 쓰지 마십시오. 당신은 여기 들어오자마자 우리가 당신의 익살을 위한 대사를 써줄 사람들이냐고 물었소. 우리는 익살을 써주는 사람들이 아닙니다. 우리 사무실은 익살을 판매하는 상점이 아닙니다. 우리가 하고자 하는 일은 당신에게 당신이 가지고 있는 특징이 무엇인지를 지적해주고 그 특징을 활용하는 방법을 제시해주는 것입니다. 다시 말해서, 우리는 당신의 개성을 창조해내고자 합니다. 어떻습니까? 우리 생각이?"

"네, 열심히 해보겠습니다."

토비는 두 사람의 얼굴을 번갈아 보며 만족스러운 미소를 지었다.

이런 일이 있은 후, 토비는 스튜디오에서 매일 오한론과 레인저와 함께 점심식사를 했다.

20세기폭스사의 커다란 구내매점은 배우들로 빽빽이 들어차 있었다. 어느 날 토비는 그곳에서 타이론 파워, 로리타 영, 베티 그레블, 돈 아마체, 앨리스 페이, 리처드 위드마크, 빅터 마처, 리즈 브라더스 등의 얼굴을 볼 수가 있었다. 몇몇은 커다란 룸 테이블에 앉아 있었고 또 어떤 사람들은 구내매점과 인접해 있는 그보다 작은 다이닝룸에서 식사를 했다. 토비는 그들을 보는 것이 재미있었다. 얼마 안 가서 자기도 그들 중의 한 사람이 되어 사람들이 자기에게 사인 공세를 펴리라는 상상을 했다. 이제 시작이었다. 그는 어느 누구보다도 훌륭한 스타가 되리라 마음먹었다.

앨리스 테너는 토비의 소식을 듣고 몹시 기뻐했다.

"나는 당신이 반드시 성공하리라고 생각했어요. 토비, 당신이 무척 자랑스러워요."

토비는 미소를 지어보일 뿐 아무 말도 하지 않았다.

토비와 오한론 그리고 레인저는 토비가 갖추어야 할 새로운 배역에 대해서 의논했다.

"작중 인물은 자기 자신을 이 세상에서 가장 세련된 사람들이라고 생각하지만, 타석에 들어설 때마다 헛스윙을 하는 거지."

오한론이 토비가 그 배역을 맡게 될 작중 인물을 설명했다.

"그의 직업은 뭐지? 우유 짜는 일?" 하고 레인저가 물었다.

"그는 어머니와 함께 살고 있는데 한 아가씨와 사랑을 하게 되거든. 그렇지만 그는 집을 떠나는 것이 두려워서 그녀와 결혼을 하지 못하고 5년 동안 약혼한 상태로 지내지."

"아냐, 5년보다 10년으로 하는 게 더 재미있을 거야."

"좋아, 그럼 10년으로 하지. 그의 어머니를 아무런 감정이 없는 동물로 등장시켜서는 안 되지. 토비가 결혼하고 싶어 할 때마다 그의 어머니를 새로운 병에 걸리게 하는 거야. 그래서 〈타임〉지에서 무슨 병이 도지고 있는지 알아보기 위해서 매주 그녀에게 전화를 거는 거야."

토비는 그 두 사람의 대화에 홀려 정신없이 귀 기울여 듣고 있었다.

그는 이제껏 진짜 프로들과 같이 일해본 적이 없었다. 특히 자기가 관심의 초점이 되고 있는 지금, 그들과 같이 일한다는 것은 토비에게 황홀감을 느끼게 하기에 충분했다.

오한론과 레인저가 3주에 걸쳐 토비를 위한 대본을 끝냈다. 그들이 그에게 그 대본을 보내주자 토비는 흥분했다. 그 대본은 훌륭했다. 토비는 몇 가지 제안을 했고, 그들은 대본에 그의 제안을 반영시켰다. 이제 토비 템플은 모든 준비를 다 끝냈다. 클립톤 로렌스가 그를 부르러 왔다.

"볼링 볼에서 토요일 야간 공연을 하기로 했네."

토비는 그를 빤히 쳐다보았다. 자기 딴에는 적어도 시로나 트로카데로와 같은 일류 클럽들과 예약될 것으로 예상했던 것이다.

"볼링 볼이 어디에 있는 겁니까?"

토비는 의아해서 물었다.

"웨스턴가 남쪽에 있는 작은 클럽이야."

토비는 얼굴빛이 변했다.

"난생 처음 듣는 이름이군요."

"그들도 자네 이름을 들어보지 못한 건 마찬가지야. 바로 그렇기 때문에 거길 택한 거야, 알겠나? 자네가 거기서 무슨 짓을 하더라도 아무도 모른다고."

클립톤 로렌스밖에는 아는 사람이 없을 것이다.

볼링 볼 클럽은 마치 쓰레기장을 방불케 했다. 이루 표현할 수 없을 정도로 형편없이 지저분한 곳이었다. 전국에 걸쳐 흩어져 있는 수만 개의 작고 지저분한 싸구려 술집 중 하나로 인생의 패배자들을 쓸어 모아둔 쓰레기통 같은 곳이었다. 토비는 그동안 여러 도시를 전전하며 그런 싸구려 술집에서 수천 번도 더 공연을 한 바 있었다. 이런 곳을 찾는 손님이라야 고작해야 중년 놈팡이거나 작업복을 입은 노동자들로, 친구들과 노닥거리며 타이트스커트에 앞가슴이 깊게 파인 블라우스를 입은 웨이트리스에게 추파를 던지기도 하고 싸구려 위스키나 맥주잔을 기울이며 지저분한 농담을 지껄이는 패들이었다.

플로어 쇼는 홀의 한쪽 끝을 치워놓은 공간에서 벌어졌는데 한물간 3명의 악사가 연주하고 있었다. 성도착자로 보이는 가수라는 작자가 쇼를 개봉하자, 그 뒤를 이어 소매 없는, 몸에 찰싹 달라붙는 블라우스를 입은 곡예 댄서들이 안무를 했고, 그 안무가 끝나자 스트립 걸이 최면에 걸린 코브라 뱀을 가지고 등장했다.

토비는 클립톤 로렌스, 오한론 그리고 레인저와 함께 홀의 뒷좌석에 앉아 쇼를 지켜보면서 관객들에게 귀를 기울이고 그들의 반응을 가늠하고 있었다.

"가난뱅이 술주정꾼들뿐이군."

토비가 경멸조로 내뱉었다.

이 말을 듣고 클립톤은 한마디 해주려다가 토비의 얼굴을 보고는 간신히 참았다. 토비는 찔끔했다. 클립톤은 토비가 그전에 이와 같은 곳에서 출연했었다는 사실을 알고 있었지만 이번만큼은 달랐다. 이번은 시험 출연이었다.

클립톤이 조용히 입을 열었다.

"자네가 저 사람들을 사로잡을 수만 있다면 샴페인을 마시는 사람들을 사로잡기란 식은 죽 먹기지. 이 사람들은 하루 종일 노동을 한 사람들이야, 토비. 이들이 밤에 술을 마시러 나올 때는 단단히 본전을 빼려고 하거든. 그러니 자네가 그들을 웃길 수만 있다면 앞으로는 누구든지 웃길 수가 있게 돼!"

바로 그때 토비는 자기의 이름을 부르는 피곤한 MC의 목소리를 들었다.

"인마! 가서 본때를 보여줘." 하고 오한론이 격려했다.

토비는 무대 위로 올라갔다. 그는 잔뜩 긴장한 채 무대 위에 섰다. 관객들이 모두 숲속에 숨어 있는 위험물을 경계하느라 코를 킁킁거리며 냄새를 맡는 털을 세운 동물처럼 보였다. 그런가 하면 마치 각기 다르게 생긴 수백 개의 머리를 가진 괴수로도 보였다. 그는 이 괴수를 웃겨야만 하는 것이다. 그는 심호흡을 한 다음, '하나님, 저를 보살펴주십시오.' 하고 마음속으로 기도를 올렸다.

이윽고 토비는 연기를 하기 시작했다. 하지만 아무도 들어주는 사람이 없었다. 아무도 웃지를 않았다. 토비는 이마에 땀이 번질번질 흐름을 느낄 수가 있었다. 아무런 반응이 없었다. 그래도 그는 계속 억지 미소를 띠며 시끄러운 소음과 관객들의 대화보다 더 큰 목소리로 계속 떠들어댔다. 그래도 그들의 관심을 끌 수가 없었다.

그들은 벌거벗은 스트립 걸들만 다시 등장하기를 바랐다. 그들은 허구한 토요일 밤 쇼에 재주도 없고 따분하기만 한 코미디언들에게 이제 신물이 날대로 나 있었던 것이다. 토비는 그들의 무관심에도 불구하고 계속 떠들어댔다. 그럴 수밖에 없었기 때문이었다. 그는 근심스러운 표정을 지으며 한쪽에 앉아 있는 클립톤 로렌스와 두 친구들을 곁눈질해 보았다.

토비는 계속했다. 홀에 관객은 없었고 잡담을 주고받는 사람, 먹고 사는 문제를 의논하는 사람들만 있을 뿐이었다. 그들은 한결같이 토비 따위는 아랑곳하지 않았으며 토비 템플은 그들과는 수백 마일 떨어진 거리에 있었다. 아니, 아예 죽어 없어진 존재와도 같았다. 그의 목구멍은 공포심으로 바짝 말라붙어 말을 계속하기가 점점 어려워졌다. 토비는 곁눈질로 매니저가 밴드 쪽으로 가는 것을 보았다. 그는 밴드에게 음악을 연주하게 하여 토비를 무대 아래로 끌어내리려는 참이었다. 모든 것이 끝장이었다. 토비의 손바닥은 땀으로 축축했으며 방광은 오줌으로 부풀었다. 그는 뜨거운 오줌방울이 사타구니를 타고 흘러 내리는 것을 느낄 수 있었다. 그는 너무도 당황한 채 횡설수설하기 시작했다. 그는 감히 클립턴 로렌스나 두 작가들 쪽을 쳐다볼 수가 없었고, 부끄러워서 견딜 수가 없었다.

매니저가 이제 밴드에 당도하여 악사들과 이야기하고 있었다. 그들은 토비 쪽을 흘깃 쳐다보더니 고개를 끄덕였다. 토비는 정신없이 계속 지껄여대며 빨리 끝내고 어디론가 도망쳐서 숨어버리고 싶었다.

바로 그 순간 토비의 바로 앞 테이블에 앉아 있는 한 중년부인이 그가 한 코믹한 대사를 듣고 킥킥거렸다. 그러자 그녀의 친구들도 잡담을 멈추고 귀를 기울이기 시작했다. 토비는 미친 듯이 퍼부어댔다. 다른 테이블에 앉아 있는 사람들도 귀를 기울이며 웃었고 곧바로 다음 테이블로, 다음 테이블로 퍼져나갔다.

그런 식으로 서서히 퍼져나가더니 잡담이 자취를 감추기 시작했다. 이제 웃음이 일기 시작했으며 웃음소리는 좀 더 길게 또 자주 있었다. 그러더니 마침내 그 웃음소리는 눈덩이처럼 더욱 커져갔다. 이제 홀에 앉아 있는 사람들은 잡담꾼들이 아니라 관객으로 변했다. 이제 그는 관객을 얻게 된 것이었다. 기어코 그는 해낸 것이다. 맥주만 마시는 꾀죄죄한 노동자들로 들끓는 싸구려 술집인들 무슨 상관이랴, 오직 중요한 것은 그들에게 웃음과 사랑을 줄 뿐이었다.

이제 관객들은 손을 흔들어 토비를 환호했다. 처음에는 웃는 것으로 시작해서 이제는 아우성을 치고 있었다. 그들은 이 싸구려 술집에서나 그 어느 곳에서도 토비의 연기와 같은 훌륭한 연기를 본 일이 없었다. 그들은 박수갈채를 보내며 들끓었고, 쇼가 끝나자 술집은 온통 환성에 터져나갈 듯했다. 그들은 새로운 스타가 탄생하고 있는 현장을 목격하고 있었다. 물론 관객들은 이 사실을 알 리가 없었다. 그러나 클립톤 로렌스, 오한론과 레인저는 이를 알고 있었다. 토비 템플도 알고 있었다.

데미안 목사는 활활 타오르는 횃불을 조세핀의 얼굴에 바짝 대고 소리쳤다.

"오, 전지전능하신 하나님! 이 죄 많은 딸의 몸에 붙어 있는 악을 이 횃불로 불살라 주시옵소서."

그러자 청중들이 "아멘." 하고 외쳤다. 조세핀은 불꽃이 그녀의 얼굴에 닿는 것을 느낄 수 있었다. 데미안 목사는 계속했다.

"오 주여! 이 죄인, 이 악마를 몰아낼 수 있도록 도와주소서."

그는 외치면서 두 손으로 조세핀의 얼굴을 움켜잡았다. 그녀의 얼굴은 갑자기 차가운 물통 속에 잠긴 것 같은 착각이 들었다. 전지전능하신 하나님의 구원을 간청하는 목사의 목소리가 밤하늘에 울려 퍼지는 동안 조세핀은 꼼짝없이 잡혀 있었다. 조세핀은 숨이 막혀 빠져 나오려고 발버둥 쳤다. 목사의 두 손이 거의 의식을 잃은 조세핀을 풀어 놓아 주었다.

"주여, 감사하나이다. 자비를 베푸시어 어린 딸자식은 구원을 받았습니다. 구원을 받았습니다."

데미안 목사는 감격의 목청을 떨었다. 모인 신도들은 야단법석이었으며 커다란 환희의 물결이 그들 사이에 일렁였다. 조세핀만 제외하고는 모두가 하나님의 사랑에 감사드렸다. 조세핀은 머리가 더욱 심하게 아파왔다.

뜻밖의 공포

"라스베이거스에 공연 예약을 했네. 덕 랜들리에게 공연 준비를 하라고 일러두었지. 그는 업계에서는 일급 나이트클럽 감독이야."

클립톤 로렌스가 토비에게 말했다.

"와! 굉장하군요! 어느 호텔인가요? 플라밍고예요, 선더버드예요?"

"오아시스 호텔이야."

"오아시스요?"

토비는 그가 농담하는 게 아닌가 해서 클립톤을 쳐다보았다.

"처음 듣는 이름이군요."

"알고 있어. 들어보지 못했겠지만 쓸 만한 데야. 그들도 자네 이름을 들어보지 못한 건 마찬가지야. 자네를 예약한 것이 아니라 나를 예약한 것이지. 그들은 자네가 훌륭하다는 내 말만 믿고 예약한 거라고."

클립톤은 미소를 지으며 말했다.

"걱정 마세요. 멋지게 해볼 테니까요."

토비는 굳게 약속했다.

토비는 떠나기 전에 앨리스 테너에게 라스베이거스 예약 건에 대한 소식을 말해주었다.

"나는 당신이 일류 스타가 되리라는 것을 벌써부터 알고 있었어요. 이제야 기회가 왔군요. 사람들은 당신을 존경하게 될 거예요, 토비."

그녀는 토비를 껴안으며 쉬지 않고 지껄였다.

"우린 언제 떠나는 거죠? 젊은 희극천재인 당신이 개봉 공연하는 날 밤에 무얼 입고 가야 하죠?"

토비는 안쓰럽다는 듯이 고개를 가로저으며 말했다.

"나도 당신을 데리고 가고 싶어요, 앨리스. 하지만 나는 새로운 소재를 구상하면서 밤낮 없이 일을 해야 하는 어려운 문제가 있소. 그래서……."

"그렇겠군요. 얼마나 오랫동안 가 있게 되는 거죠?"

앨리스 테너는 서운한 빛을 애써 감추면서 토비를 더욱 힘껏 껴안았다.

"나도 아직은 몰라요. 날짜가 정해진 확정 예약이 아니라서……."

앨리스는 뭔가 개운치 않은 기분이 들었지만 쓸데없는 생각이라고 애써 떨쳐버렸다.

"가시는 대로 전화해주세요."

토비는 그녀에게 키스를 하고 나서 춤을 추듯 문을 나섰다.

라스베이거스와 네바다는 오직 토비 템플을 즐겁게 하기 위해서 존재하는 것처럼 보였다. 그는 그 도시를 보자마자 그런 기분을 느꼈다. 도시의 넘치는 활기에 환호하다 보니 그는 뛰는 맥박조차 그의 내부에서 용솟음치는 힘을 충동질하는 것 같았다.

토비는 오한론, 레인저와 함께 비행기를 탔다. 그들이 공항에 도착하자, 오아시스 호텔에서 보낸 리무진 승용차가 그들을 기다리고 있었다. 토비가 그런 황홀한 세계를 맛보는 것은 처음이었다. 이 세계가 곧 자기 것이 되리라 생각했다. 그는 그 검정색 리무진 승용차 뒷좌석에 느긋하게 기대앉았다.

"비행기 여행은 즐거웠습니까, 템플 씨?"

운전기사가 인사했다.

'성공의 징조를 누구보다도 먼저 냄새 맡는 것은 언제나 소인배 무리들이지.'

토비는 속으로 그렇게 생각했다.

"뭐 늘 따분한 여행이죠."

토비는 아무렇게나 대답했다.

그는 오한론과 레인저가 그 말을 듣고 서로 미소를 주고받는 것을 얼핏 보았다. 그도 겸연쩍어져 그들을 향해 히죽이 웃었다. 토비는 그들에게 친근감을 느꼈다. 그들은 쇼 업계에선 완벽한 팀이었다.

오아시스 호텔은 이름난 훌륭한 호텔들과는 훨씬 멀리 떨어진 아름다운 계곡에 자리 잡고 있었다.

리무진이 호텔로 다가감에 따라 토비는 그 호텔이 플라밍고나 선더버드만큼은 크고 훌륭하지는 못하지만 좋은 점도 있다고 생각했다. 호텔 앞에 대형 차일이 쳐져 있었는데 거기에는 다음과 같은 포스터가 붙어 있었다.

9월 4일 공연
릴리 윌리스
토비 템플

토비의 이름이 100피트쯤 되어 보이는 크기로 현란하게 빛나고 있었다. 세상에서 이보다 더 아름다운 광경은 없었다.

"저것 좀 보게."

클립톤이 간판을 향해 손짓하자, 오한론이 간판을 보고는 "아니, 저건 또 뭐야? 릴리 윌리스라니!" 하고 짐짓 놀란 척하더니 이어 껄껄 웃으면서 "걱정 말게, 토비. 개봉 날만 지나면 자네 이름이 그녀 이름 위에 올라앉게 될 테니."

오아시스의 매니저는 파커라고 하는 중년의 통통하게 살이 찐 남자였는데, 토비를 정중하게 맞았다. 그는 직접 토비를 호텔방까지 안내해주며 "템플 씨를 저의 호텔에 모시게 된 것을 더할 수 없이 기쁘게 생각합니다. 필요하신 것이 있으시면 무슨 일이든 지체 없이 저를 불러주십시오." 하고 굽실거렸다.

토비는 이런 정중한 대접은 클립톤 로렌스 때문이라는 것을 잘 알고 있었다. 이 전설적인 거물급 에이전트가 황공스럽게도 이 오아시스 호텔에 예약한 것은 이번이 처음이었다. 파커는 로렌스가 거느리는 진짜 일류스타를 이 호텔에 불러들일 수 있게 되기를 간절히 원했었다.

토비가 든 방은 특실이었다. 침실이 3개, 커다란 거실이 1개, 부엌과 바 그리고 테라스가 갖추어져 있었다. 거실 테이블 위에는 갖가지 고급 술병들이 즐비하게 놓여 있었으며 꽃병과 신선한 과일이 가득 담긴 큰 접시, 치즈 그리고 호텔 경영자 축하문까지 곁들여 있었다.

"이 방이 마음에 드실지 모르겠군요, 템플 씨."

파커가 공손히 말했다.

토비는 주위를 둘러보고는 그가 이제까지 전전해왔던 바퀴벌레와 벼룩들이 득실거리는 비좁고 지저분한 호텔 방들을 생각했다.

"네, 좋습니다."

"랜들리 씨가 한 시간 전에 호텔에 드셨습니다. 3시에 연습하실 수 있도록 미라이지 룸을 깨끗이 치워놓도록 지시해놓았습니다."

"고맙소."

"잊지 마시고 필요하신 것이 있으시면……."

지배인은 정중히 인사를 하고 나서 방을 나갔다.

토비는 앞으로 자신에게 일어날 모든 것들을 상상해보았다. 그는 앞으로 여생을 이와 같은 훌륭한 곳에서 살게 되리라. 여자도 돈도 그리고 박수갈채도 모두 가지게 되리라. 그는 무엇보다 박수갈채를 받기 원했다. 객석에 앉아서 그에게 웃음과 박수를 보내주며 그를 사랑해주는 관객들이야말로 그의 생명의 젖줄이었다. 그는 그 외에 아무것도 원하지 않았다.

덕 랜들리는 20대 후반의 젊은이로, 듬성듬성 빠진 머리에 길고 우아한 다리를 가진 호리호리한 남자였다. 그는 브로드웨이에서 집시로 시작해서 합창대를 졸업한 후 무용단을 지도하다가 결국 안무 담당 감독이 된 사람이었다. 랜들리는 식견이 있는 사람으로 관객들이 원하는 것이 무엇인가를 직각적으로 간파했다. 그는 형편없는 연출을 훌륭한 것으로 만들 수는 없었지만 웬만한 정도의 것이라면 이를 크게 히트시킬 수 있는 재능이 있었다.

10일 전까지만 해도 토비 템플이란 이름은 랜들리에게는 한 번도 들어본 일이 없는 생소한 이름이었다. 그가 눈코 뜰 사이 없이 바쁜 일정에 틈을 내어 라스베이거스에 와서 토비 템플의 연출무대 감독을 맡게 된 것은 클립톤 로렌스의 부탁이기 때문이었다. 랜들리를 연예계에 발붙이게 해준 것이 클립톤 로렌스였으므로 그의 부탁을 거절할 수가 없었다.

덕 랜들리는 토비 템플을 만난 지 15분도 안 되어서 그가 재능 있는 탤런트라는 것을 직감했다. 랜들리는 토비의 독백을 들으면서 자신도 모르게 웃음이 저절로 나왔으며 이런 일은 흔치 않은 일이었다. 그를 웃겼던 것은 토비의 익살이었다기보다는 오히려 천진난만한 태도였는데 토비의 태도는 애처로울 정도로 진지해서 사람들의 마음을 사로잡는 데가 있었다. 그는 하늘이 머리 위로 무너져 내려앉을까 봐 잔뜩 겁을 집어먹은 귀여운 병아리와도 같았다. 그를 보고 있노라면 달려가서 안아주며 아무 일도 없을 것이라고 달래주고 싶은 충동을 일으키게 했다.

토비가 연습을 끝마치자 랜들리는 박수를 치지 않고는 배길 수가 없었다. 그는 토비가 서 있는 무대 위로 뛰어올라갔다.

"정말 잘했습니다. 아주 훌륭했습니다."

그는 열렬히 칭찬을 해주었고, 토비는 기분이 흐뭇했다.

"감사합니다. 클립톤은 당신이 내게 대성할 수 있는 방법을 가르쳐 줄 것이라고 말씀하셨습니다."

"그럴 생각입니다. 우선 무엇보다도 연기 내용을 다양화시킬 필요가 있습니다. 그냥 무대에 올라가서 익살을 떠는 것으로는 독백 희곡 배우 이상밖에 클 수가 없어요. 당신 노래를 한번 들어봅시다."

"차라리 카나리아를 빌려오는 것이 나을 겁니다. 저는 노래를 못합니다."

토비는 멋쩍게 웃으며 사양했다.

"그래도 한번 해봐요."

토비는 노래를 했다. 노래를 듣고 난 랜들리가 말했다.

"음성은 신통하지 못하지만 음정은 그런 대로 쓸 만하군요. 노래만 잘 선정하면 사람들이 시나트라로 착각할 정도로 잘 부를 수 있을 겁니다. 작곡가 몇 사람들을 불러다가 대본에 알맞은 노래를 만들도록 하겠습니다. 나는 당신에게 다른 사람들이 부르는 그런 노래를 부르게 하고 싶지 않습니다. 이번에는 동작을 한번 봅시다."

토비는 동작을 취했고 랜들리는 그의 동작을 아주 면밀히 검토해보았다.

"좋습니다. 좋습니다. 뭐 무용수가 되실 건 아니지만 무용수 흉내쯤은 낼 수 있는 것이 좋습니다."

"그건 왜죠? 노래와 춤을 하는 사람들은 흔해빠졌는데."

토비는 의아해서 그 이유를 물었다.

"흔해빠진 건 희극배우도 마찬가지입니다. 내 목적은 당신을 연예인으로 만들려는 데 있습니다." 하고 랜들리가 쏘아주었다.

토비는 싱긋 웃으면서, "그럼 한번 팔을 걷고 열심히 해보죠." 하고 말했다.

그들은 일을 시작했다. 오한론과 레인저는 연습 때에만 참석해서 대사 중에 뺄 건 빼고 보탤 건 보태기도 하면서 랜들리가 토비를 지도하는 모습을 지켜보았다. 모든 것이 치밀한 계획 하에 진행되었다. 토비는 그의 온몸 근육이 쑤시고 아플 때까지 연습에 열중했다. 그러다 보니 체중이 5파운드나 빠져서 더 날씬해 보이고 강단이 있어 보였다. 그는 매일같이 음악 교습을 받았으며, 잠자리에 들어서도 발성연습을 계속했다. 그는 두 작가들과 코미디 대본을 연습하는가 하면, 그를 위해 새로 작곡한 노래연습을 하다가 다시 연기 훈련을 하는 등 잠깐 쉴 사이도 없이 바빴다.

거의 매일 앨리스 테너에게서 전화가 왔다는 메모가 적혀 있었다.

토비는 그녀가 자기의 출세를 얼마나 방해했던가를 기억했다. 그녀는 늘 '아직 준비가 덜 됐어요.' 하면서 그를 제지하지 않았던가. 이제 그는 모든 준비가 다 끝났다. 그녀가 그렇게 방해했음에도 불구하고 그는 끝내 해내고야 말았다. '앨리스! 지옥으로나 꺼져라!' 하면서 그는 메모지를 구겨 쓰레기통에다 던져버렸다. 마침내 그들 관계는 끝장이 난 것이다. 연습은 계속되었다.

드디어 개봉 날이 다가왔다.

새로운 스타가 탄생하는 데에는 하나의 비결이 있다. 일종의 텔레파시가 전 세계의 쇼 업계로 일시에 전달되는 것이다. 어떤 마술적인 신비로운 수단에 의해 소식은 런던, 파리, 뉴욕, 시드니 등 극장이 있는 곳은 어디에나 퍼져 나가게 마련이다.

토비 템플이 오아시스 호텔의 무대 위로 올라간 지 5분도 안 되어서 새로운 스타가 수평선 위에 나타났다는 소문이 사방으로 퍼져나갔다.

클립톤 로렌스는 토비의 공연이 시작되는 날 비행기로 날아와서 저녁 쇼에 참석했다. 토비는 여러 가지로 칭찬을 들었고 클립톤은 토비 때문에 자신에게 속한 다른 스타들은 완전히 잊고 있었다. 토비가 쇼를 끝내자 이들 두 사람은 호텔의 심야다방으로 들어갔다.

"밖에 저명인사들이 와 있는 걸 보셨습니까? 그들이 내 탈의실까지 쫓아와서 법석을 떨어 죽을 뻔했습니다."

클립톤은 토비의 엄살에 미소를 띠었다. 그는 그의 다른 지긋지긋한 스타들로부터는 느낄 수 없는 쾌감을 오랜만에 토비로부터 느꼈다. 토비가 아름다운 푸른 눈을 가진 새끼고양이같이 귀여웠다.

"재능이 있는지 없는지는 척 보기만 해도 알아볼 수 있지. 오아시스 측에서도 자네의 재능을 알아보고 자네와 재계약을 체결하기를 원하고 있다네. 주급 650달러에서 1000달러로 올려주겠다는 거야."

토비는 식사를 하던 도중 그 말을 듣고 너무나 놀라 스푼을 떨어뜨렸다.

"1주일에 1000달러라고요? 그거 굉장하군요!"

"그뿐만이 아니야. 선더버드와 엘란초 호텔에서도 접촉을 시도하고 있어."

"벌써요?"

토비는 신이 나서 어쩔 줄 몰랐다.

"그렇지만 너무 좋아할 것 없어. 이건 그래 봤자 라운지 공연에 지나지 않아. 이제 그건 옛날이야기야, 토비. 내가 보기엔 자네는 일류스타야. 자네 자신도 그렇게 생각할 테지. 하지만 일류스타의 눈에도 자네가 일류스타로 보여야 하는 거야. 그렇지 않아? 나는 곧바로 뉴욕행 비행기를 타야 해. 내일은 런던으로 갈 예정이야."

클립톤은 자리에서 일어서면서 말했다.

"런던이라고요? 언제 돌아오시죠?"

"1, 2주일 후에. 내 말 잘 들어두게. 여기에서 2주일 더 머물러 있어야 해. 여기를 공연장으로 생각하지 말고 실습장쯤으로 생각하라고. 무대에 올라갈 때마다 어떻게 하면 좀 더 잘할 수 있는지 연구를 해야돼. 오한론과 레인저에게 늘 자네 곁에 있으라고 일러두었네. 그들은 밤낮을 가리지 않고 자네에게 필요한 일이라면 무엇이든 도와줄 거야. 그들을 충분히 잘 사귀고 이용하라고. 랜들리는 이상 유무를 확인하기 위해서 주말마다 와볼 것이고. 알았어?"

"네, 알겠습니다. 감사합니다, 클립톤."

"아참! 깜박 잊을 뻔했군."

클립톤은 주머니에서 작은 상자를 꺼내어 토비에게 건네주었다. 상자를 열어보니 별 모양의 아름다운 다이아몬드 커프스 한 쌍이 들어 있었다.

토비는 시간이 날 때마다 호텔 뒤뜰에 있는 대형 수영장에서 몸을 풀었다. 쇼에 출연하는 아가씨들이 25명 있었고 10여 명의 합창부 아가씨들이 일광욕을 하기 위해 수영복을 입고 수영장에 나왔다. 이들은 마치 오후에 피는 꽃들처럼 무더운 정오에 모습을 나타냈는데 이 아가씨를 보면 이 아가씨가 아름다운 것 같고, 저 아가씨를 보면 저 아가씨가 아름다워 보였다. 토비는 아가씨를 구하는 데는 아무런 어려운 점이 없었다. 지금은 옛날과 사정이 전혀 달랐다. 쇼걸들은 토비 템플에 관해 한 번도 들어본 일은 없지만, 그의 이름이 대형 간판에 나붙어 휘황한 불빛을 받고 있는 한 그런 것은 문제가 되지 않았다. 그는 스타임에 틀림없었다. 아가씨들은 토비의 침대로 들어갈 영광을 얻기 위해 쟁탈전을 벌였다.

그 다음 2주 동안은 토비에게는 더 없이 행복한 나날들이었다. 그는 정오쯤 잠자리에서 일어나 다이닝룸에서 아침을 먹었는데, 그가 다이닝룸으로 내려가면 사인을 해주기에 바빴다. 그런 다음 한두 시간쯤 연습을 했고 연습이 끝나면 수영장으로 나가 미끈하게 빠진 아가씨를 한두 명을 골라서 섹스를 즐기곤 했다.

토비는 아가씨들로부터 한 가지 새로운 사실을 알게 되었다. 그것은 쇼에 출연하는 아가씨들은 비치는 얇은 의상을 입기 때문에 음모를 깎아야 한다는 사실이었다.

"그런 의상을 입으면 마치 최음제를 먹은 것 같아요. 꼭 끼는 타이즈를 한두 시간쯤 입고 있으면 자기 최음에 걸려서 색정광이 되어 버리죠."

한 아가씨가 토비에게 털어놓았다.

토비는 번거롭게 아가씨들의 이름 따위는 기억해두려 하지 않았다. 토비에게 있어 그들의 공통된 이름은 '베이비'가 아니면 '허니'로 통했다. 그리고 토비가 부르기만 하면 그들은 관능적인 입술이건 애욕에 불타는 육체건 서슴없이 그에게 내던졌다.

오아시스 호텔과의 예약 기간을 1주일 앞두고 토비에게 손님이 찾아왔다. 토비는 첫 번째 공연을 끝내고 탈의실에서 클렌징으로 분장을 지우고 있었는데 식당 지배인이 문을 열고 들어왔다.

"알 카루소 씨가 선생님을 자기 테이블에서 뵙고자 하십니다."

그는 목소리를 낮추어 말했다.

알 카루소는 라스베이거스의 거물 중 한 사람이었다. 그는 호텔을 하나 소유하고 있었는데 다른 두세 지역에도 호텔을 가지고 있다는 소문이 있었다. 뿐만 아니라, 그는 폭력조직을 가지고 있다는 소문도 있었지만 그런 건 토비가 알 바 아니었다. 중요한 것은 만약 알 카루소가 토비를 좋게 본다면 토비는 평생 라스베이거스에서 공연을 할 수 있다는 점이었다. 토비는 지체하지 않고 재빨리 옷을 갈아입고 카루소를 만나기 위해 다이닝룸으로 갔다.

알 카루소는 50대의 백발에 반짝이는 부드러운 갈색 눈을 가지고 있었고, 올챙이배를 한 작달막한 남자였다. 토비는 그의 모습이 마치 산타클로스 같다는 생각을 얼핏 했다. 토비가 테이블로 다가가자, 카루소가 자리에서 일어나 미소를 지으며 손을 내밀었다.

"나는 알 카루소라고 하오. 내 생각을 전해주고 싶어서 만나자고 했소. 자, 자리에 앉으시오."

카루소의 테이블에는 검정 양복을 입은 두 남자가 더 있었다. 그들 두 사나이는 건장한 체구였는데 코카콜라를 홀짝거리고 앉아 있을 뿐 대화에는 전혀 끼어들지 않았다. 이름을 밝히지도 않았다. 토비는 대개 첫 번째 쇼를 마친 다음에 아침식사를 했으므로 지금 몹시 배가 고팠다. 카루소는 방금 식사를 끝낸 참이었다. 토비는 배가 고팠지만 거물급 인사인 그와 만나는 일보다 음식에 더 많은 관심이 있다는 오해를 받고 싶지는 않았다.

"나는 자네에게 깊은 인상을 받았네, 아주 깊은 인상을 받았지."

알 카루소는 장난기 어린 눈으로 토비를 바라보며 말했다.

"감사합니다. 카루소 씨. 그런 말씀을 들으니 용기가 나는군요."

토비는 기분이 좋았다.

"그냥 알이라고만 부르게."

"네, 선생님. 아니 알."

"자네는 앞날이 창창해 보이는군. 그동안 많은 연예인들이 명멸하는 것을 봐왔지만 오직 재능 있는 자만이 오래 존속할 수가 있지. 그런데 자네에겐 재능이 있더군."

토비는 뜨거운 피가 온몸에 물결치는 듯한 기쁨을 느꼈다. 그는 얼핏 알 카루소에게 업무상의 문제는 클립톤 로렌스와 상담을 하라고 하려다가 마음을 바꾸어서 이번 계약은 자신이 직접 하는 것이 좋을 것 같다고 생각했다. 토비는 '카루소가 이 정도로 나에게 관심을 갖고 있다면 클립톤보다 훨씬 더 좋은 계약을 체결할 수 있을지도 모르겠군.' 하고 생각했다.

토비는 알 카루소에게 먼저 제안을 하게 한 다음, 멋진 흥정을 하려고 잔뜩 마음을 다잡고 있었다.

"자네 연기를 보고 있자니 배꼽이 빠질 것 같더군. 자네의 그 원숭이 흉내는 내가 이제껏 본 것 중 가장 재미있었어."

카루소가 말했다.

"그런 말씀을 들으니 저절로 힘이 솟는 것 같습니다."

토비는 공손하게 감사를 표했다. 어찌나 웃었던지 그 꼬마 산타클로스의 눈에는 눈물이 괴어 있었다. 그는 하얀 실크 손수건을 꺼내어 눈물을 닦은 다음, 자기의 두 보디가드를 돌아다보면서 말했다.

"이 친구 정말 웃기는 친구라고 내가 말하지 않던가, 그렇지?"

그러자 두 사나이는 고개를 끄덕였다.

"아참! 내가 자네를 만나자고 한 용건을 말해야겠군."

알 카루소는 다시 토비 쪽을 돌아보면서 말했다.

바야흐로 지금 이 순간은 그가 전성기를 맞이하느냐 못하느냐 하는 심각한 순간이었다. 그가 지금 이 중요한 계약을 체결하려는 순간, 클립톤 로렌스는 유럽에 가 있었으므로 로렌스가 돌아오면 깜짝 놀라게 해주어야겠다고 토비는 즐거운 생각에 잠겼다.

토비는 카루소의 말을 잘 듣기 위해 몸을 앞으로 숙여 상냥한 미소를 지으면서, "듣고 있습니다, 알." 하고 말하기를 재촉했다.

"밀리는 자네를 사랑하고 있어."

토비는 그게 무슨 소리인가 하고 눈을 깜박거렸다. 그 늙은이도 눈을 반짝이며 그를 빤히 쳐다보았다.

"저, 죄송합니다만 뭐라고 말씀하셨는지?"

토비는 당황해서 반문했다.

"밀리는 자네를 사랑하고 있단 말이야. 그녀가 나에게 그렇게 말하더군."

알 카루소는 부드러운 미소를 지으며 다시 한 번 잘 알아듣게 되풀이해주었다. 밀리라니? 그 여자가 카루소의 아내인가, 아니면 그의 딸인가. 토비가 입을 열려고 하자 알 카루소가 가로막으면서 말했다.

"그녀는 꽤 쓸 만하지. 내가 그녀를 데리고 있은 지가 3년인가 4년인가? 아마 4년이지?"

알이 그의 두 보디가드 쪽을 바라보자 그들은 또 머리를 끄덕였다.

"나는 그 아이를 사랑한다네, 토비. 정말 미치도록 사랑하고 있어."

알 카루소는 다시 토비 쪽을 보면서 말했다.

그 말을 듣는 순간 토비의 얼굴에서 핏기가 싹 가셨다.

"저는……."

알 카루소는 계속해서 말했다.

"밀리와 나는 한 가지 약속을 했었지. 나는 내 아내 외에 다른 아가씨에게 한눈을 팔지 않기로 하고, 또 그녀는 나 몰래 다른 사내와는 놀아나지 않기로 말이야."

그는 토비에게 천연스럽게 웃어 보였지만 그 천연스러운 웃음 속에는 토비의 피를 얼어붙게 하는 공포가 깃들어 있었다.

"선생님! 저는……."

"그런데 자네도 알다시피 그녀가 나를 속이고 놀아난 것은 자네가 처음이야."

카루소는 테이블에 앉은 두 사나이를 돌아보면서 "틀림없는 사실이지, 그렇지?" 하고 말했다. 그러자 그 두 사나이는 또 머리를 끄덕였다.

"저는 밀리가 선생님의 애인인 줄 정말 몰랐습니다. 짐작만 했어도 그녀에게 손대지 않았을 겁니다. 아니, 그녀 곁에 얼씬도 하지 않았을 겁니다, 카루소 씨."

토비는 떨리는 목소리로 변명했다.

"알이야, 알이라고만 부르라고 했잖아."

산타클로스는 웃으면서 말했다.

"네, 알."

토비는 기어들어가는 목소리로 말했다. 식은땀이 겨드랑이를 타고 흘러내리고 있었다. 토비는 다시 애걸했다.

"저 알, 앞으로 다시는 그녀를 만나지 않겠습니다. 다시는요. 제발 믿어주십시오. 저는……."

"이봐, 지금 내 말을 듣고 있는 거야, 뭐야!"

카루소는 그를 노려보면서 위협조로 말했다.

"네, 네. 듣고 있습니다. 한마디도 빼놓지 않고 다 듣고 있습니다. 걱정하지 마십시오."

토비는 마른 침을 삼키면서 다급하게 말했다.

"밀리는 자네를 사랑하고 있다고 말했어. 그녀가 자네를 원한다면 나는 그녀로 하여금 자네를 가지도록 해주고 싶어. 나는 그녀가 행복하기를 바랄 뿐이라고. 내 말 알아듣겠나?"

"저는……."

토비는 머리가 어지러웠다. 한동안 그는 자기 맞은편에 앉아 있는 카루소가 자기에게 복수하러 왔다고 생각했다. 그런데 알 카루소는 자기 애인을 그에게 넘겨주겠다고 제안하고 있지 않은가? 토비는 안심이 되어 허허 웃으면서 말했다.

"아, 네. 저는 또 무슨 말씀인가 했죠, 알. 좋을 대로 하십시오. 좋을 대로……."

"그게 아냐, 밀리가 좋을 대로 하는 거지."

"네, 그럼 밀리가 원하는 대로 하십시오."

"나는 자네가 착한 젊은이라고 생각하네."

알 카루소는 다시 테이블에 앉아 있는 두 사나이를 돌아보면서, "토비 템플은 착한 젊은일 것이라고 내가 말했지?" 하고 동의를 구하자, 그들은 코카콜라를 홀짝거리다가 또 고개를 끄덕였다.

알 카루소가 자리에서 일어나자 두 사나이도 일어나서는 곧 그의 양 옆에 하나씩 서서 그를 호위했다.

"결혼식은 내가 직접 주선해주지. 모로코에 있는 대연회장을 빌릴 예정이야. 자네는 아무 걱정할 필요가 없어. 모든 건 내가 다 알아서 할 테니까."

이 말은 멀리서 들리는 메아리처럼 가물가물하게 토비의 귀에 들려왔다. 머리에서는 알 카루소의 말뜻을 이해했으나 전혀 무의미하게 들려왔다.

"잠깐만요, 저는."

토비가 항의하려고 하자 카루소는 그 억센 손을 토비의 어깨 위에 얹으면서 말했다.

"정말 자네는 행운아야. 밀리가 자네들 둘 사이의 사랑이 진실된 것이라고 말하지 않았다거나, 내가 생각하기에 자네가 그녀를 창녀 취급하듯 했다고 생각했다면 일이 이렇게 순순히 끝나지는 않았을 거야. 무슨 뜻인지 알겠나?"

토비는 무의식중에 검은 양복을 입은 두 사나이를 쳐다보았다. 그들은 또 고개를 끄덕였다.

"여기 일은 토요일 밤까지 끝내도록 하게. 일요일에 결혼식을 올릴 예정이니까."

토비의 목구멍은 다시 바짝 말라붙었다.

"저는 이번 일은……. 예약 기일이 아직 며칠 더 남아 있어서 저는……."

"그 사람들에게 좀 기다리라고 하게. 밀리 웨딩드레스는 내 손으로 직접 고를 생각이야. 잘 있게, 토비."

토비는 그들이 사라진 뒤에도 한참 동안이나 멍청하게 세 사나이가 가버린 쪽을 응시한 채 서 있었다.

토비는 밀리가 누군지 아무리 생각해봐도 생각이 나지 않았다.

다음 날 아침이 되자 토비의 공포심은 싹 가셨다. 어젯밤에 있었던 그 난데없는 사건에 대한 공포심은 깨끗이 사라져버렸다. 지금은 알 카포네의 무법천지 시대가 아니다. 그러므로 그 누구도 자기에게 원하지 않는 상대와 강제로 결혼시킬 수는 없다고 생각했다. 알 카루소는 절대로 하찮은 건달 나부랭이가 아니다. 그는 존경을 받는 호텔 주인이다. 토비는 어제 있었던 일을 생각하면 할수록 웃음이 절로 나왔다. 그는 그때 일을 마음속으로 재미있다는 듯이 껄껄대고 웃었다. 그는 사실 카루소에게 위협을 느끼지는 않았지만 그 당시에는 겁이 났었던 것처럼 행동했다고 말해주고 싶었다. 그는 혼자 이야기를 꾸며 보았다.

'나는 테이블로 갔다. 카루소가 여섯 마리의 고릴라들을 데리고 앉아 있었는데, 그들은 하나같이 올챙이배에 권총을 차고 있었다.'

그래, 맞았어. 이것을 소재로 해서 재미있는 이야기를 꾸며낼 수 있을 거야. 이제 어젯밤에 있었던 일이 두렵기는커녕 그는 그 사건을 두고 재미있는 이야기를 꾸며내고 있었다.

그런 일이 있은 뒤 토비는 수영장이나 카지노에는 발길을 끊고 모든 아가씨들과의 접촉을 피했다. 알 카루소가 겁이 나서 그런 것이 아니라, 쓸데없는 모험은 할 필요가 없다고 생각했기 때문이었다. 토비는 원래 일요일 점심 비행기로 라스베이거스를 떠날 계획이었다. 그러나 계획을 바꾸어 토요일 밤에 떠나기로 했다. 그는 렌터카를 빌려 호텔 주차장 뒤에 대기시켜 두었다. 차는 거기서 그를 기다리고 있을 것이다.

그는 마지막 쇼를 하기 위해 아래층으로 내려가기 전에 쇼를 마치는 대로 곧장 로스앤젤레스로 떠날 수 있도록 미리 짐을 꾸려놓았다. 그는 라스베이거스에는 한동안 오지 않겠다고 생각했다. 만약에 알 카루소가 진정으로 한 말이라고 하더라도 나중에 클립톤 로렌스가 잘 해결해주리라 생각했다.

토비의 마지막 공연은 선풍적인 인기를 끌었다. 그는 난생 처음 기립박수까지 받았다. 그는 관객들로부터 넘쳐 나오는 뜨거운 사랑의 물결을 느끼며 그들의 열광 속에 묻힌 채 무대 위에 서 있었다. 그는 앙코르를 한 번 받아주고는 겨우 무대를 빠져나와 2층으로 급히 올라갔다. 이곳에서 보낸 지난 3주일은 그의 인생에 있어서 가장 행복한 순간이었다. 이 짧은 기간 동안 그는 웨이트리스나 불구자를 끼고 자던 하찮은 삼류 연예인으로부터 거물급 알 카루소의 정부를 데리고 놀 정도의 일약 스타로 변신했다.

미녀들은 그의 침대로 가지 못해 안달을 했고, 관객들은 그를 열렬히 환영했으며 큰 호텔들은 그가 와주기를 간절히 원했다. 마침내 그는 해내었고, 그리고 그는 이것이 시작에 불과하다고 생각했다. 그가 주머니에서 방 열쇠를 꺼내어 문을 열자 방안으로부터 낯익은 목소리가 들렸다.

"어서 들어오게."

토비는 조심스럽게 방으로 들어갔다. 알 카루소와 예의 두 사나이가 방안에 서 있었다. 토비는 등골이 오싹했다. 하지만 곧 괜찮겠지 하고 생각했다.

"토비, 정말 훌륭했어. 오늘밤은 대단했어, 정말."

카루소가 밝은 미소를 지으면서 말했다.

토비는 다소 마음이 놓였다.

"그건 관객이 훌륭했기 때문입니다."

그는 겸손하게 받았다. 카루소의 갈색 눈이 반짝였다.

"자네가 그들을 훌륭한 관객으로 만들었지. 앞서도 말했지만 자네는 재능이 있어."

"감사합니다, 알."

토비는 자기가 떠날 수 있도록 이들이 빨리 나가주기를 바랐다.

"자네는 일을 열심히 하는군."

알 카루소는 두 사나이를 돌아보면서 "내가 전에 이 젊은 친구보다더 열심히 일하는 사람은 못 봤다고 말했지, 아마." 하고 말하자 두 사나이는 또 고개를 끄덕였다.

"밀리는 자네가 전화를 해주지 않아서 골이 났어. 그래서 자네가 일에 너무 쫓기기 때문이라고 말해주었지."

카루소는 토비 쪽을 돌아보며 말했다.

"정말 그렇습니다. 이해해주시니 감사합니다, 알."

토비는 얼른 대답했다.

알은 부드럽게 미소 지었다.

"물론이지. 하지만 한 가지 이해가 안 가는 점이 있네. 예식시간이 언제인지 한 번쯤 전화라도 해서 알아볼 만도 한데 말이야, 자네는 전화조차도 하지 않았거든."

"내일 아침에 걸려고 했습니다."

카루소는 그 말을 듣자 낄낄 웃으면서 책망조로 반문했다.

"로스앤젤레스에서 말인가?"

토비는 몹시 난처했다.

"천만의 말씀입니다."

카루소는 그를 나무라는 눈초리로 바라보았다.

"이렇게 짐을 꾸려두고도 허튼 소리를 하긴가?"

알 카루소는 장난하듯이 토비의 뺨을 꼬집었다.

"내가 말했지? 누구든지 밀리를 마음 아프게 하는 놈은 죽여 버리겠다고 말이야."

"잠깐만요. 하늘에 맹세코 저는……."

"자네는 착하기는 하지만 어리석군. 그게 아마 천재의 약점일는지도 모르지."

토비는 할 말을 잊은 채 카루소의 통통한 웃는 얼굴을 바라보았다. 알 카루소는 점잖게 웃었다.

"내 말을 믿게. 나는 자네 친구야. 밀리를 봐서라도 자네에게는 아무 일도 없도록 내가 보장해주지. 하지만 자네가 내 말을 듣지 않으니 난들 어쩌겠나. 자네, 당나귀 길들이는 방법이 뭔지 알고 있나?"

토비는 아무 말도 못하고 고개만 가로저었다.

"처음에는 당나귀의 머리통을 각목으로 후려치는 거야."

토비는 공포의 덩어리가 목구멍을 타고 올라오고 있음을 느꼈다.

"어느 쪽이 잘 쓰는 손이지?"

"오, 오른손입니다."

토비는 겁에 질려 말을 더듬었다.

카루소는 천천히 고개를 끄덕이더니 두 사나이를 향해 명령했다.

"부러뜨려!"

어디에서 났는지 자동차 체인이 한 사나이 손에 들려 있었다. 두 사나이가 토비를 향해 다가왔다. 강물처럼 밀려드는 공포감에 압도되어 토비는 전신을 와들와들 떨었다.

"제, 제발. 이러지 마세요!"

토비는 소리쳤으나 아무 소용이 없었다. 그중 한 사나이가 토비의 배를 힘껏 한 방 먹였다. 바닥에 나가떨어지는 순간 토비는 참을 수 없는 고통을 느꼈다. 자동차 체인이 그의 오른팔을 찍어 뼈를 산산조각 냈기 때문이었다. 아픔에 못 이겨 몸을 뒤틀면서 마룻바닥 위를 기었다. 비명을 지르려고 했으나 숨조차 쉴 수가 없었다. 눈물이 가득 찬 눈으로 알을 올려다보니 그는 미소를 지으며 토비를 내려다보고 있었다.

"이제 말을 좀 듣겠나?"

토비는 고통으로 말을 못하고 고개만 끄덕였다.

"좋아."

카루소는 한 사나이에게 명령했다.

"저 친구 바지를 벗겨!"

그 사나이가 허리를 굽혀 토비의 바지 지퍼를 열었다. 그는 체인을 집어 들고 토비의 물건을 꺼냈다. 카루소는 잠시 동안 그것을 내려다보고 서 있었다.

"토비, 자네 물건은 아주 쓸 만하군."

토비는 이제껏 느껴보지 못한 무시무시한 공포감에 휩싸여 짐승처럼 신음하며 애원했다.

"오! 하나님 제발…… 그것만은 제발……."

"너를 다치게 하지는 않겠다. 밀리가 자네를 소중하게 여기는 한 자네는 내 친구야. 만약에 자네가 밀리의 마음을 아프게 하는 행동을 할 경우에는……. 내 말이 무슨 뜻인지 알겠나?"

카루소가 구둣발 끝으로 토비의 부러진 팔을 지그시 밟았다. 토비는 아픔에 못 이겨 비명을 질렀다.

"서로 이해하게 되어 기쁘게 생각하네. 결혼식은 내일 1시야."

카루소는 미소를 띠었다. 그의 목소리는 가물가물 귓가에서 멀어져 갔다. 토비는 의식을 잃어가고 있었지만, 그는 매달려 사정을 해야 한다는 생각이 들었다.

"저는……. 할 수가 없습니다. 아, 내 팔이……."

그는 말을 잇지 못하고 흐느껴 울었다.

"팔 걱정은 하지 말게. 자네를 돌봐주기 위해서 지금 의사가 오고 있는 중이니까. 팔뼈를 맞춘 다음 아프지 않도록 마취제를 놓아줄 걸세. 애들을 시켜 내일 자네를 데리러 오겠네. 그때까지 준비하고 있게, 알겠나?"

토비는 고통과 악몽에 시달리며 누워서 알 카루소의 산타클로스 같은 웃는 얼굴을 올려다보았다. 어떻게 이런 일이 있을 수 있는지 도저히 믿을 수가 없었다. 카루소의 발길이 다시 그의 팔을 짓누르려고 내려오고 있는 것을 보고 그는 질겁해서, "네에, 알겠어요. 주, 준비하고 있겠습니다." 하고 중얼거렸다.

그러고는 금세 의식을 잃었다.

저주스런 결혼

결혼식은 모로코 호텔의 무도장에서 거행되었다. 식장에 참석한 사람들의 수효가 라스베이거스 인구의 절반쯤은 되어 보였다. 연예인들, 호텔 경영주, 쇼걸들이 대거 참석했으며 식장 한가운데에는 알 카루소와 점잖게 차려입은 카루소의 20여 명의 수행원들이 있었는데 이들은 대부분 술을 마시지 않았다. 화환이 즐비하게 늘어서 있었고 악사들이 여기저기 서성거렸으며 호화판 뷔페가 벌어졌다. 또 샴페인을 뿜어대는 분수대가 2개나 있었는데, 알 카루소가 이 모든 일을 돌보고 있었다.

식장에 모인 사람들은 누구나 재수 없이 층계에서 굴러 떨어져 오른팔에 깁스를 한 신랑을 동정하는 듯한 표정이었다. 그들은 신랑 신부가 아주 잘 어울리는 한 쌍이라고 칭찬하면서 거창한 예식에 대해서 한마디씩 주고받았다.

토비는 의사가 놓아준 진통제 때문인지 주위에서 벌어지고 있는 일을 거의 의식하지 못한 채 몽롱한 상태로 식장 안으로 걸어 들어갔다.

약 기운이 떨어지자 상처 부위가 욱신거리고 아프기 시작했다. 통증과 더불어 주체할 수 없는 분노가 그를 휘감았다. 그는 식장에 모여든 사람들에게 그가 겪었던 그 끔찍한 비인간적 행위에 대해 소리쳐 폭로하고 싶었다.

토비는 식장 저쪽에 서 있는 그의 신부를 쳐다보았다. 그녀의 얼굴을 보고 나서야 밀리가 누구인지 기억할 수 있었는데 그녀는 금발에 늘씬하게 빠진 20대의 어여쁜 아가씨로, 토비의 익살에 유별나게 깔깔대고 웃으면서 그의 뒤를 졸졸 따라다녔던 모습이 떠올랐다.

그 외에도 한 가지 더 생각나는 것이 있었다. 그녀는 그와 침대로 가기를 거절했던 몇 안 되는 아가씨들 중 한 사람이었고 그녀의 거절은 토비의 성욕을 더욱더 자극시켰다. 바로 그 아가씨가 그에게로 돌아와 그의 앞에 서 있는 것이다.

"나는 당신을 미치도록 사랑해. 아가씨는 내가 싫은가?"

토비가 말했다.

"물론 나도 당신을 좋아하지만, 내게는 애인이 있어요."

이것이 그녀의 대답이었다.

토비는 왜 그때 그녀의 말에 좀 더 신경을 쓰지 않았던가! 오히려 토비는 그녀를 달콤한 말로 꾀어 그녀를 자기 침실로 데려온 다음, 술을 마시면서 갖가지 재미있는 말을 해주었다. 밀리는 웃느라 정신이 없어서 그가 자기 옷을 벗겨 침대에 눕히기 전까지는 그가 무슨 짓을 하고 있는지조차 알지 못했다.

"토비, 제발 이러지 말아요. 내 애인이 알면 가만 있지 않을 거예요."

밀리가 애원했다.

"그 사람 생각은 잊어버려. 그 친구는 내가 나중에 손을 봐줄 테니……. 지금은 내가 당신을 돌봐주겠어."

그들은 밤새도록 격렬하게 서로의 사랑을 확인했다. 토비가 아침에 눈을 뜨자, 밀리는 그의 곁에 누워 울고 있었다. 토비는 측은한 마음이 들어서 그녀를 끌어안고 달랬다.

"아기같이 왜 이러는 거야? 왜? 후회하는 거야?"

"그런 건 아니지만……."

"자, 자. 이제 그만 울음을 그쳐, 사랑해."

토비의 다정한 말에 그녀는 기분이 풀어져 몸을 반쯤 일으켜 세우고 팔꿈치를 괴고는 그의 두 눈을 지그시 바라보았다.

"정말이에요, 토비? 나를 사랑한다는 말 진심이에요?"

"정말이라니까."

토비는 아무렇게나 대답해버렸다.

그녀가 원하는 것은 오직 지금처럼 사랑해주는 것뿐이었으며 그 이상은 더 바라지도 않았다. 그녀는 샤워를 마치고 돌아와 수건으로 젖은 머리를 닦으며 찬송가를 흥얼거리고 서 있는 토비를 지켜보면서 행복한 미소를 지었다.

"나는 당신을 처음 본 순간부터 사랑하게 되었어요, 토비."

"야! 그거 멋진 일인데. 어서 아침이나 시켜 먹자고."

그 아침식사로 그녀와의 관계는 모두 끝난 줄로 생각했는데, 그런데 지금 와서 일이 이렇게 된 것이다. 하룻밤 재미를 본, 별 볼일 없는 계집애 때문에 토비의 인생이 엉망으로 되어버린 것이다.

지금 토비는 기다란 웨딩드레스를 입고 미소 지으며 그에게 다가오는 밀리를 지켜보고 서 있었다. 그는 자신의 방탕한 여자관계를 다시 한 번 후회했으며 이 세상에 태어난 것조차 저주스럽게 생각되었다.

리무진 안의 앞좌석에 앉은 사나이가 킬킬대면서 존경어린 말투로 말했다.

"사장님한테 정말 두 손 들었습니다. 저 불쌍한 얼간이놈은 뭐가 뭔지 어리둥절했을 겁니다."

카루소는 느긋하게 미소 지었다. 모든 것이 잘 해결되었기 때문이었다. 성질이 여장부같이 표독스러운 그의 아내에게 밀리와의 관계가 들통 나자, 카루소는 그 금발머리 쇼걸을 떼어버려야겠다고 생각했다. 그 궁리를 하던 차에 마침 토비가 걸려든 것이다.

"이봐, 그 친구가 밀리를 잘 대해주는지 감시했다가 나에게 알려주게."

카루소가 점잖게 지시했다.

토비와 밀리는 베네딕트 캐넌에 있는 작은 집으로 이사를 했다.

신혼 초부터 토비는 어떻게 해야 이 지긋지긋한 결혼생활에서 탈출할 수 있는지 그 방법을 강구하느라 몇 시간씩 고심했다. 밀리를 구박해서 제 발로 이혼해달라고 애걸하게 만들까, 다른 놈을 은근히 붙여주어 바람피우게 한 다음 이쪽에서 이혼소송을 제기할까, 이것저것 생각할 것 없이 그대로 그녀 곁을 떠나 카루소가 난리를 치든 말든 내버려둘까 하는 등등 여러 가지로 생각해보았으나 무대 감독인 덕 랜들리의 이야기를 듣고는 마음을 고쳐먹었다.

결혼식을 올린 몇 주일 뒤, 그들 두 사람이 벨 에어 호텔에서 점심식사를 하고 있을 때 랜들리가 토비에게 물었다.

"알 카루소에 대해서 잘 알고 있습니까?"

"그건 왜 물으시는 거죠?"

"알 카루소와 가까이하지 마세요. 그 사람은 살인자입니다. 그 소문에 대해서 제가 알고 있는 대로 말씀드리죠. 카루소의 동생이 수녀원을 갓 나온 아가씨와 결혼한 일이 있었답니다. 그런데 1년쯤 지난 어느 날 그 동생이 자기 아내가 어떤 놈팡이와 동침하는 현장을 목격하게 되었대요. 그 동생은 형인 카루소에게 이 사실을 말해주었답니다."

토비는 랜들리를 응시한 채 그의 이야기에 귀를 기울였다.

"그래서 어떻게 되었죠?"

"카루소가 거느리는 깡패들이 식칼로 그 남자의 남근을 잘라버렸답니다. 그러고는 그 남자가 지켜보는 가운데 그것에 휘발유를 부어 불을 질렀습니다. 게다가 그 남자가 출혈로 죽게 되었는데도 내버려두었다더군요."

토비는 '바지를 벗겨!' 하던 카루소의 위협적인 말이 생각났고 이어서 그의 바지 지퍼를 더듬거리던 억센 손들이 기억나자 갑자기 등줄기에 식은땀이 솟는 걸 느낄 수 있었다. 그는 위장이 뒤틀리는 듯한 무서운 공포감을 느끼며 도저히 밀리에게서 빠져나갈 수 없다는 사실을 알고 치를 떨었다.

10살이 된 조세핀은 어머니의 죄의식과 끝없는 지옥의 화염과 죄책감으로부터 탈출해서 다른 세계로 통할 수 있는 문을 발견했다. 그 세계는 신비로움과 아름다움으로 가득 차 있었다. 그녀는 어두컴컴한 극장 안에서 시간 가는 줄 모르고 스크린에 나타나는 미남미녀들을 넋을 잃고 바라보곤 했다. 그들은 모두 훌륭한 집에서 살고 있었으며 아름다운 옷을 입고 있었는데 모두가 행복해보였다. 그것을 보고 조세핀은 자신도 언젠가는 할리우드로 가서 저런 호화로운 생활을 누리며 살겠다고 결심했다. 조세핀은 어머니가 자기의 이런 꿈을 이해해주기를 간절히 원했다.

조세핀의 어머니는, 영화란 악마가 꾸며낸 못된 것이라고 생각하고 있었으므로 조세핀은 몰래 보모 일을 해서 번 돈으로 극장을 드나들었다.

오늘 상영하는 영화는 애정영화였다. 영화가 시작되자 조세핀은 잔뜩 기대감에 부풀어 몸을 앞쪽으로 내밀고는 화면을 뚫어져라 쳐다보았다. 영화 제작진들의 이름이 자막으로 명멸하고 있었다. 그중에서 특히 눈에 띄는 이름은 '샘 윈터스'라는 이름이었다.

인기의 마력

샘 윈터스에게는 요 근래 며칠 동안 줄곧 좋지 않은 일들만 터져서 영화사 스튜디오를 경영하고 있는 것이 아니라 정신병자 수용소를 운영하는 기분이 들 정도였다. 그가 보기에 영화와 관련을 맺고 있는 사람들은 모두 미치광이들처럼 보였다. 시급히 해결해야 할 골치 아픈 일들이 산더미처럼 쌓여 정신을 차릴 수가 없었다.

어젯밤 스튜디오에 또 불이 났는데 벌써 네 번째였다. 연속물 영화 〈금요일의 사나이〉의 스폰서는 그 영화의 주연배우한테 봉변을 당해 화가 나서 이 프로를 취소해버리려 하고 있었다. 이 스튜디오의 홍안의 천재 감독인 파이어스톤은 500만 달러짜리 영화를 제작하고 있었는데 중단시켜 골치를 썩이고 있었고, 테시 브랜드는 앞으로 며칠 있으면 촬영에 들어갈 영화에서 손을 떼었다.

소방관과 스튜디오의 회계사가 샘의 사무실에 앉아 있었다.

"어젯밤에 일어난 화재 피해는 얼마나 됩니까?"

샘이 물었다.

"제15번 무대는 완전히 다시 지어야 하고, 제16번 무대는 수리가 가능하지만 그러자면 앞으로 3개월은 걸릴 것 같습니다. 세트가 죄다 타버렸어요."

"3개월씩이나? 안 돼요. 전화를 해서 골드윈에다 공터를 임대해놓으시오. 그리고 이번 주말을 이용해서 세팅 작업을 착수하도록 하시오. 모든 인원을 총동원시켜야 합니다."

샘은 그의 말허리를 자르면서 회계사에게 지시를 끝낸 다음, 영화배우 조지 벤크로프트를 닮은 레일리라는 이름의 소방관을 바라보았다.

"윈터스 씨, 누군가가 당신에게 원한을 품고 있는 것 같습니다. 지금까지 일어난 화재는 고의적인 방화임에 틀림없습니다. 윈터스 씨 주변에 혹시 마음에 집히는 사람은 없습니까?"

소방관의 말이었다.

원한을 살 만한 자들이라면 최근에 해고를 당했거나 아니면 사장에게 불만을 품은 불평 불만자들일 것이다.

"인사기록 카드를 두 번씩이나 검토해봤지만 아직 용의자는 찾지 못했습니다."

"당사자 외에는 아무도 알지 못한다는 말씀이군요. 여하튼 범인은 조잡하게 조립한 사제 소이탄에 시한장치를 부착하고 있었습니다. 그런 것으로 봐서 범인은 전기 기술자거나 기계를 다룰 줄 아는 사람일 가능성이 많습니다."

"감사합니다. 그 점을 참작하겠습니다."

"타이티에서 로저 태프로부터 전화가 왔습니다."

"바꿔주게."

샘이 전화를 받았다. 태프는 텔레비전 연속 프로인 〈금요일의 사나이)의 감독인데, 토니 플레처가 주역을 맡고 있으며 지금 타이티에서 촬영을 하고 있는 중이었다.

"무슨 문제가 생겼어?"

"도저히 믿어지지 않을 사건이 일어났어요, 샘. 이 프로의 스폰서인 그 회사 회장인 필립 헬러가 가족들과 함께 지금 여기에 와 있습니다. 어제 오후 그 사람들이 무대 위에 올라가서 거닐고 있을 때였는데 마침 그때 토니 플레처가 한 장면을 찍고 있는 중이었습니다. 그는 이 사람들이 무대 위에 올라온 것을 보고는 그들에게 욕을 했지 뭡니까."

"뭐라고?"

"'여기서 싹 꺼져버려! 개자식들아.' 하고 말했습니다."

"저런!"

"그런 봉변을 당하고 가만히 있을 사람이 아니죠. 헬러는 화를 벌컥 내면서 그 영화를 취소해버리겠다고 했습니다."

"지금 당장 헬러 씨를 찾아뵙고 사과드려. 알았어? 토니 플레처가 지금 신경과민 상태이기 때문에 그런 잘못을 저질렀다고 사과드리게. 그리고 헬러 부인에게는 꽃을 갖다드리고 저녁식사를 대접해드리게. 토니 플레처는 내가 맡겠네."

토니 플레처와의 통화는 무려 30분이나 계속되었다. 처음에는 욕지거리로 시작해서, "야! 이 거지같은 녀석아, 내 말 좀 들어봐. 내가 자네를 얼마나 좋아하는지 알고나 있나? 여기 일이 끝나는 대로 비행기를 타고 가서 일단 자네를 만나보겠네. 그리고 말이야, 토니, 제발 헬러 여사에게 무리하게 굴지 말게!" 하는 내용으로 통화는 끝났다.

다음 문제는 버트 파이어스톤이었는데 그는 천재 감독으로 그 천진한 얼굴로 지금 막 팬퍼시픽 스튜디오를 파멸의 구렁텅이로 몰아넣으려 하고 있었다. 파이어스톤의 영화 〈내일은 언제나 있다〉의 촬영에 들어간 지가 벌써 110일이나 됐는데 예산을 이미 100만 달러나 초과하고 있었다. 지금 버트 파이어스톤이 이 영화 제작을 중단시킴으로써 배우들은 물론 150명의 엑스트라들까지 빈둥빈둥 말을 타고 놀고 있었다.

버트 파이어스톤은 약관 30살의 신동인데 시카고 영화사에서 그가 제작한 텔레비전 쇼가 상을 받게 되자, 할리우드에 진출해서 영화감독을 하게 된 사람이었다. 파이어스톤이 처음 제작한 3편의 영화는 평균작에 지나지 않았으나 4편째 영화는 매표소가 미어질 정도로 대성황을 이루어 이를 계기로 그는 일약 일급 감독이 되었다.

샘은 그와의 첫 상면을 지금도 잊지 않고 있었다. 파이어스톤은 나이가 30살이나 되었는데도 15살의 소년같이 어려 보였고, 부끄러움을 잘 타는 창백한 얼굴에 핑크빛의 작은 근시 눈을 까만 뿔테안경으로 가리고 있었다. 당시 파이어스톤은 할리우드에 아는 사람이라고는 한 사람도 없었으므로 샘은 그를 동정해서 그에게 저녁도 사주고 파티에 초대를 하는 등 물심양면으로 적극 도움을 주었다. 그들이 〈내일은 언제나 있다〉를 계획하던 초기에 파이어스톤은 매우 고분고분했었다. 그는 샘에게 여러 가지로 미흡한 점이 많으니 잘 부탁한다고 공손히 말하기도 했고 샘이 말하는 것은 무엇이든지 성경구절처럼 소중히 여겼으며 그의 말에 무조건 복종했다. 그는 샘에게, 자기에게 이 영화를 맡겨주면 무슨 일이든 그의 고견을 물어본 다음 처리하겠다고 했다.

계약을 체결하기 전까지는 그렇게 고분고분했는데 막상 계약을 체결하고 나니 파이어스톤의 태도는 180도로 변했다. 그 조그마한 사과 같은 뺨을 가진 귀여운 친구가 하룻밤 사이에 폭군으로 돌변한 것이다. 그는 모든 대화를 일체 단절해버렸으며 샘이 제안하는 배역사의 조언들을 완전히 무시할 뿐만 아니라, 샘이 결재를 한 멀쩡한 원고까지도 제멋대로 전면 수정했고, 이미 합의를 본 현장 촬영 계획도 대부분 바꾸어 버렸다.

기분 같아서는 당장이라도 그를 내쫓아 버리고 싶었지만 뉴욕 본사에서 샘에게 자제하도록 지시를 했기 때문에 그럴 수도 없었다. 그 영화사 사장인 루돌프 허거슨이 파이어스톤의 마지막 영화로 떼돈을 벌게 되자 파이어스톤이라면 사족을 못 쓰고 쩔쩔매는 판이었다. 그래서 샘은 속수무책으로 그냥 바라볼 수밖에 없었다.

파이어스톤의 오만불손한 태도는 나날이 심해갔다. 샘은 영화 제작회의를 하는 내내 묵묵히 앉아 있었다. 각 부서의 경험이 풍부한 팀장들이 소견을 발표하자, 파이어스톤이 모든 것을 난도질하기 시작했다. 샘은 이 꼬락서니를 보고도 이를 악물고 참았다. 얼마 안 가서 파이어스톤은 네로라는 별명을 얻게 되었으며 그와 함께 일하는 동료들은 그를 시카고에서 온 개망나니라고 불렀다. 또 어떤 사람은, "그 녀석은 자웅동체 인간이야. 그래서 그놈은 머리가 둘 달린 괴물을 낳을 거야." 하는 험담을 하기도 했다.

이 파이어스톤이 촬영을 하다가 모든 것을 중단시켜 버렸다.

샘은 미술부장인 데브린 켈리를 찾아갔다.

"그 작자한테 빨리 좀 전화하게!"

"알겠습니다. 그 개망나니가……."

"그렇게 부르지 말게. 그 사람 이름은 파이어스톤 아닌가?"

"죄송합니다. 파이어스톤이 저한테 성곽 세트를 세우라고 했습니다. 먼젓번 세트는 자기가 직접 스케치했고, 또 선생님께서 그것을 결재해주셨음에도 불구하고 말입니다."

"그 스케치들은 훌륭했지. 그런데 무슨 문제가 생겼나?"

"문제도 보통 문제가 아닙니다. 우리는 그가 해달라는 대로 최선을 다해서 세트를 만들었습니다. 그런데 어제 그걸 보더니 필요 없다고 하지 않겠어요? 그러는 바람에 50만 달러가 날아가 버리게 되었습니다."

"내가 그에게 직접 말해보지."

샘이 말했다. 그는 제23번 광장에 페인트로 농구 코트를 그려놓고 볼대를 2개 세워놓은 곳에서 단원들과 농구를 하고 있는 버트 파이어스톤을 찾아냈다.

샘은 잠시 동안 서서 그 모양을 지켜보았다. 그들이 농구를 하며 어영부영하는 동안 스튜디오에서는 한 시간당 2천 달러를 손해보고 있었다.

"버트!"

파이어스톤이 샘을 돌아보고 웃으며 손짓했다. 공이 자신에게로 오자, 그는 그것을 드리블해 페인트 모션을 취하면서 바스켓 안에다 골인시켰다. 그러고 나서야 샘이 있는 쪽으로 어슬렁어슬렁 걸어와 아무 일도 없다는 듯이 인사를 했다.

"안녕하세요?"

샘은 그의 소년 같은 미소를 띤 얼굴을 보자, 그가 어쩌면 정신병자일지 모른다는 생각이 퍼뜩 들었다. 재주가 비상한 천재일는지 모르지만, 정신병원에 집어넣어야 할 미치광이처럼 보였다. 그런 미치광이 손에 이 회사 500만 달러의 거액이 달려 있다니 어처구니없는 노릇이었다.

"새 무대장치에 문제가 있다고 하더군. 도대체 무슨 문제인지 해결해보세."

샘이 말하자 버트 파이어스톤은 삐죽이 웃으면서 말했다.

"해결하고 말고 할 것도 없습니다. 샘, 그 무대 장치는 틀렸어요."

샘은 속이 벌컥 뒤집혔다.

"뭐라고? 아니 도대체 무슨 말을 하는 거야? 자네가 주문한 대로 해주었고, 또 그에 대한 스케치는 자네가 직접 하지 않았나? 그런데 지금 와서 틀렸다니 그게 도대체 무슨 얼토당토않은 말인가?"

파이어스톤은 눈을 깜박이면서 천연스레 대꾸했다.

"무대장치 자체가 잘못된 것은 아닙니다. 다만 제 생각이 바뀌었을 뿐입니다. 성곽을 쓰고 싶지 않을 뿐이죠. 성곽이 그 분위기에 어울리지 않는다는 판단을 내렸습니다. 무2슨 말씀인지 이해하시겠습니까? 그 장면은 엘렌과 마이크가 이별하는 장면이거든요. 그래서 저는 마이크가 출항하는 순간에 엘렌이 그 배의 갑판에서 마이크를 만나는 장면으로 바꾸려는 것입니다."

"무대장치를 다시 만들어줄 수는 없어, 버트."

샘이 그를 노려보면서 말했다. 그러자 버트 파이어스톤이 팔을 뻗으며 삐죽삐죽 웃으면서 말했다.

"만들어주십시오, 샘."

"나도 그 생각을 하면 오줌 세례를 받은 기분이야. 하지만 그 사람을 내보낼 수는 없네. 샘, 지금 우리는 아주 심각한 입장에 빠져 있어. 그 영화에 달리 내세울 만한 인물도 없고, 그래도 버트 파이어스톤밖에 없어."

장거리 전화로 루돌프 허거슨이 샘에게 말했다.

"그 사람 때문에 초과된 예산이 얼만지나 아십니까?"

"알고 있어. 골드윈 말마따나 오죽하면 내가 그치를 쓰고 있겠나? 그치가 필요하기 때문이야."

"그건 오산입니다. 그 사람이 이따위 짓을 하도록 내버려두어서는 안 됩니다."

샘이 항의했다.

"자네는 파이어스톤이 지금까지 만든 영화를 어떻게 생각하나?"

샘은 솔직하게 말하지 않을 수가 없었다.

"훌륭하다고 생각합니다."

"그렇게 생각한다면 그에게 배를 만들어주게."

10일 후에 배 세트가 만들어졌다. 그러자 버트 파이어스톤은 〈내일은 언제나 있다〉의 제작을 다시 시작했다. 그리고 그 영화는 그 해에 최대의 성공작이 되었다.

그 다음 문제는 테시 브랜드였다.

테시는 쇼 업계에서는 가장 인기 있는 가수였다. 샘 윈터스가 팬퍼시픽 스튜디오에서 제작하는 여러 편의 영화에 그녀와의 출연 계약을 체결할 수 있었던 것은 대성공이었다. 다른 스튜디오들이 테시의 에이전트와 협상을 벌이고 있을 때, 샘은 뉴욕으로 곧장 날아가서 테시가 출연하는 쇼를 구경한 다음, 쇼가 끝나자 그녀를 데리고 저녁식사를 같이했다. 그 저녁식사는 다음 날 아침 7시까지 계속되었다.

테시 브랜드는 샘이 이제껏 만나본 여자 중에서 가장 못생긴 추녀였지만, 가장 뛰어난 재능을 가진 가수였다. 바로 그 재능으로 인해 인기를 끌었다.

브룩클린의 재단사 딸인 테시는 과거에 한 번도 음악 교습을 받아본 일이 없었다. 하지만 일단 무대 위에 올라가면 천장이 들썩들썩할 정도의 쩌렁쩌렁한 성량으로 노래를 불렀다. 테시는 브로드웨이의 한 형편없는 뮤지컬 배우였는데 대역배우 노릇을 한 일이 있었다. 그것도 불과 6주도 지나지 않은 마지막 공연날 밤, 그 뮤지컬의 주연 여배우가 몸이 불편해서 출연하지 못하겠다는 전화를 걸어왔다. 그래서 테시 브랜드가 그날 저녁 대역을 하게 되었다. 관객들은 얼마 되지 않았으나 그녀는 혼신을 다해 노래를 불러 좋은 반응을 얻었다.

우연찮게도 이들 관객 중에 브로드웨이 영화 제작자인 폴 바릭이 끼여 있었다. 그는 그가 제작한 두 번째 뮤지컬에 테시를 대담하게 스타로 기용했는데 그녀로 인해서 이 뮤지컬은 대성공을 거두었다. 평론가들은 이 믿을 수 없을 정도로 못생긴 그녀의 용모와 훌륭한 목소리를 미사여구를 총동원해서 극찬했다. 테시는 처음으로 레코드를 냈는데 하룻밤 사이에 이 레코드가 인기 순위 1위로 뛰어올랐다. 이에 용기를 얻은 그녀는 다시 앨범 집을 냈다. 이 앨범 집은 한 달 사이에 무려 200만 장이나 팔렸으므로 그녀는 마치 손대는 것은 무엇이든 황금으로 변화시키는 그리스 신화의 미다스 왕과도 같았다.

브로드웨이 영화제작자들과 레코드 회사들은 테시를 기용함으로써 막대한 수익을 올렸다. 그러자 할리우드의 제작자들도 테시를 그들 영화에 기용하려고 했다. 그런데 테시의 얼굴을 직접 대면한 다음에는 엉거주춤 뒷걸음질을 치는 형편이었다. 그럼에도 불구하고 매일 계속되는 매진 사례는 추녀인 그녀에게 떨쳐버릴 수 없는 매력을 느끼게 해주었다.

그녀와 자리를 같이한 지 5분도 채 안되어서 샘은 그녀를 다루는 요령을 터득했다.

"내가 그 큰 스크린에 비치면 어떤 모습으로 나타날 것인지 몹시 신경이 쓰이는군요. 이렇게 못생겼으니 말예요. 스튜디오들마다 나를 아름답게 보이게 할 수 있다고들 하지만 그건 말도 안 되는 소리라고 생각해요."

테시는 샘을 만났던 첫날 저녁에 그렇게 솔직히 고백했다.

"그래요, 못생긴 얼굴을 예쁘게 보이게 한다는 것은 말도 안 되는 소리입니다."

샘이 말하자, 테시는 놀란 표정으로 그를 바라보았지만 샘은 모른 체하고 계속해서 말했다.

"테시, 당신의 모습을 바꾸도록 하면 안 됩니다. 당신의 모습을 변경시키면 테시의 진가를 상실하게 되니까요."

"네?"

"MGM 영화사에서 대니 토머스와 계약을 체결했을 때 루이 메이어가 대니에게 밀고자 역을 맡기려고 하자 대니는 그 스튜디오를 그만두었습니다. 그는 팔아야 할 것은 바로 자기 자신의 모습이라고 생각했습니다. 당신의 경우도 마찬가지입니다. 당신에게 소중한 것은 바로 있는 그대로의 당신 모습입니다. 성형수술을 해서 억지로 예쁘게 보이려 한다면 오히려 그 소중한 것을 잃게 되고 말아요."

"어머나! 지금까지 내게 그런 식으로 솔직하게 말해준 사람은 한 사람도 없었어요. 선생님 말씀에 전적으로 동의합니다. 그런데 참! 결혼하셨어요?"

"아뇨."

"그럼 바람깨나 피우시겠네요?"

"하지만 가수들하고는 한 번도 바람을 피워본 적이 없었어요. 워낙 음치라서 말입니다."

샘은 웃으면서 능청을 떨었다.

"음치라도 상관없어요. 내가 선생님을 좋아하니까."

테시는 의미 있는 미소를 지었다.

"그렇게 나를 좋아하신다면 나와 함께 영화 몇 편 만들어보는 게 어떻겠습니까?"

"좋아요!"

그녀는 그를 빤히 쳐다보더니 승낙했다.

"반갑습니다. 그럼 당신의 에이전트와 상담해서 계약을 체결하도록 하겠습니다."

그녀는 샘의 손등을 다독거리면서 다짐하듯 물었다.

"가수들과 놀아난 적이 없다는 말 믿어도 될까요?"

테시 브랜드가 출연한 첫 2편의 영화는 공전의 대히트를 쳤다. 그녀는 이 영화들로 아카데미상 제1인자로 지명되었으며, 오스카상에서는 2위로 뽑히게 되었다. 전 세계에서 모든 관객들이 테시를 보기 위해, 그녀의 신비스러운 목소리를 듣기 위해 극장마다 초만원을 이루었다. 테시는 모든 재능을 다 갖추고 있었다. 관객을 웃길 뿐만 아니라 노래는 말할 것도 없고 연기 또한 훌륭했다. 그녀의 못생긴 얼굴은 오히려 큰 재산이 되었다. 왜냐하면 관객들은 그녀의 못난 얼굴을 보고 저마다 위로를 받기 때문이었다. 이를테면 테시 브랜드는 매력이 없는 사람들, 남에게 사랑받지 못하는 사람들, 남에게 따돌림 받는 사람들에게 위안이 되었다.

테시는 그녀가 첫 번째로 출연했던 영화의 주연 남자배우와 결혼했으나 재촬영을 끝낸 후 이혼했다. 그 다음 다시 두 번째 영화의 주연 남자와 결혼을 했다. 그 후 샘은 이 결혼생활도 점점 시들해져 간다는 소문을 듣기는 했지만 할리우드라는 곳이 워낙 제멋대로 소문이 나는 곳이어서 실제 사정을 잘 알 수가 없었다.

그것은 샘 자신과는 아무런 상관이 없는 문제였기 때문에 그는 전혀 신경 쓰지 않았는데 나중에 알고 보니 그건 잘못된 소문이었다. 샘은 테시의 에이전트인 바리 허맨과 통화를 했다.

"바리, 무슨 문제입니까?"

"테시가 새 영화에 대해 무지무지하게 화가 나 있습니다."

샘은 속이 부글부글 끓어올랐다.

"이제 와서 무슨 소릴 하는 거야! 제작자고, 감독이고 하물며 촬영 기사까지 테시는 제 입으로 마음에 든다고 했어. 뿐만 아니라 세트도 전부 다 완성되어 촬영 준비까지 다 끝낸 마당에 무슨 엉뚱한 소리를 하고 있는 거야? 지금에 와서 그녀가 손을 뗀다는 것은 있을 수 없는 일이야. 내가……."

"그녀는 손을 뗀다고 하지는 않았습니다."

그 말을 듣고 샘은 다소 안심이 되어 물었다.

"그럼 도대체 무엇 때문에 그러는 거지?"

"제작자를 다른 사람으로 바꿔 달랍니다."

"아니, 뭐가 어쨌다고!"

샘은 수화기에 대고 소리를 빽 질렀다.

"랄프 더스틴이 마음에 맞지 않는답니다."

"더스틴 같은 일급 제작자를 만났다는 건 정말 운이 좋았기 때문이야."

"제 말을 못 알아들으시는군요. 샘, 그런 얘기가 아닙니다. 여하튼 그녀는 그 사람을 내보내지 않으면 손을 떼겠다고 합니다."

"계약을 했다는 사실을 잊지 말게, 바리."

"제가 그걸 왜 모르겠습니까? 그리고 사실, 테시는 영화만큼은 잘 만들어보려고 신경을 많이 쓰고 있습니다. 그녀의 몸이 말만 잘 들으면 말입니다. 그런데 기분이 잡치면 대사를 몽땅 까먹으니 그게 큰일입니다."

"나중에 다시 걸겠네."

샘은 신경질적으로 말하면서 수화기를 꽝 하고 내려놓았다.

'미친년 같으니라고!'

더스틴을 내보낼 이유가 없었다. 더스틴은 십중팔구 그녀와 동침하기를 거절했음이 틀림없었다. 그는 루실리에게, "랄프 더스틴한테 전화 걸어서 이리 오라고 해." 하고 말했다.

랄프 더스틴은 50대의 호인이었다. 그는 작가로 출발해서 제작자가 된 사람이었다. 더스틴이 제작한 영화들은 멋과 매력을 두루 갖춘 훌륭한 것들이었다. 샘이 먼저 말을 꺼냈다.

"랄프, 이것 참 뭐라고 말해야 좋을지……."

더스틴이 손을 들어 그의 말을 막으면서 말했다.

"괜찮습니다, 샘. 그렇지 않아도 이리로 오면서 그만두겠다고 말씀드리려던 참이었습니다."

"도대체 일이 왜 이렇게 꼬인 거요?"

더스틴이 어깨를 으쓱거리며 말했다.

"여왕님께서 가려운 데가 있다고 하십니다. 그걸 내가 긁어주지 않자 다른 사람을 찾고 계신 겁니다."

"그렇다면 당신 대신 벌써 누굴 점찍어 두기라도 했단 말입니까?"

"내참, 아니 그동안 화성에라도 갔다 오셨습니까? 잡지도 읽어보지 않으십니까?"

"그 따위 것은 읽어서 뭐하겠소? 아무튼 그 남자가 누구요?"

"남자가 아니라 여자입니다."

"아니, 뭐라고요?"

샘은 의외라는 듯이 깜짝 놀라 물었다.

"테시 영화의 의상담당 디자이너입니다. 그녀의 이름은 바바라 카터인데 자그마한 아가씨입니다."

"정확한 소식통입니까?"

샘이 다시 물었다.

"이 사실을 모르는 사람은 전 서반구를 통틀어 당신 한 사람밖에 없을 겁니다."

"나는 테시를 늘 솔직한 여자라고 생각했소."

샘은 알 수 없다는 듯이 머리를 가로저으며 말했다.

"샘, 테시는 굶주린 여자예요."

"어쨌든 그 개뼈다귀 같은 의상디자이너 따위한테 100만 달러짜리 영화를 맡길 생각은 없소."

더스틴은 히죽이 웃으면서 말했다.

"그건 잘 모르시는 말씀입니다."

"그건 또 무슨 소립니까?"

"브랜드는 영화업계에서 여성들이 공평한 대접을 못 받고 있다고 떠들어대고 있습니다. 그러니까 당신의 스타께서는 적극적인 여권운동가가 되셨다 이겁니다."

"절대로 그냥 지나칠 수 없는 일이로군요."

"좋을 대로 하십시오. 하지만 조언해드리고 싶은 것은 어떻게 하든 이 영화를 제작하도록 하는 것이 최선의 길이라는 것입니다."

샘은 다시 바리 허맨에게 전화를 걸었다.

"테시에게 랄프 더스틴이 이번 영화에서 손을 떼게 되었다고 말해주게."

"그 얘기를 들으면 매우 기뻐할 겁니다."

샘은 이를 악물고 물었다.

"테시가 그 영화를 제작할 만한 사람을 생각해둔 사람이라도 있단 말인가?"

"사실은 이렇습니다."

허맨은 선선히 대답하고 이어 사정을 설명했다.

"테시는 이와 같은 일에 적임자로 생각되는 아주 유능한 아가씨를 발견했습니다. 그 아가씨는 경력은 없습니다만 선생님처럼 훌륭한 분한테 지도를 받으면 훌륭한 제작자가 될 수 있을 겁니다, 샘."

"그 따위 시시한 소리 집어치워! 그럼 그게 핵심 요점인가?"

"그런 것 같습니다, 샘. 죄송합니다."

바바라 카터는 미모에다 훌륭한 몸매를 가진 아가씨였다. 뿐만 아니라 샘이 보기에 매우 여성다워 보였다. 그는 그녀가 자기 사무실의 가죽 소파에 길고 늘씬한 다리를 우아하게 포개고 앉아 있는 모습을 유심히 지켜보았다. 그녀의 목소리는 약간 허스키했으나 그것은 샘이 그렇게 생각해서 그런 목소리로 들리는지도 몰랐다. 그녀는 부드러운 잿빛 눈으로 그를 찬찬히 보면서 말했다.

"제 입장이 아주 난처합니다, 윈터스 씨. 저 때문에 누굴 쫓겨나게 할 생각은 추호도 없습니다. 그런데……."

그러고는 황망히 손을 들어 올리면서 말을 이었다.

"그런데 미스 브랜드는 내가 그 영화를 제작하지 않으면 자기도 그만두겠다고 합니다. 이럴 경우 저는 어떻게 하면 좋을까요?"

조금 뒤 샘은 다소 화가 풀려 그녀와 대화를 나누어보고 싶은 기분이 들었다.

"디자이너 외에 쇼 업계에서 다른 경험을 쌓은 일이 있습니까?"

"저는 극장 안에서 안내를 맡아본 적이 있을 뿐이에요. 덕분에 영화를 아주 많이 봤지만 말입니다."

"그런데 어째서 미스 브랜드는 아가씨가 영화를 제작해야 한다고 생각하게 되었습니까?"

샘이 어처구니없다는 듯이 물었다. 그는 마치 의자 위에 비어져 나온 스프링을 깔고 앉은 듯한 찜찜한 기분이었다. 바바라는 갑자기 활기를 띤 목소리로 말했다.

"테시와 저는 이 영화에 대해서 많은 토론을 주고받았습니다."

그녀가 지금 테시를 미스 테시라고 존칭을 넣어 부르지 않고 그냥 테시라고 부르고 있다는 점을 샘은 의식했다.

그녀는 계속해서 말했다.

"저는 원고에 잘못된 점이 많다고 생각합니다. 제가 그녀에게 그런 점들을 지적해주니 그녀도 제 말에 공감했습니다."

"그렇다면 아가씨는 대여섯 편의 훌륭한 영화와 브로드웨이 연극들을 써서 아카데미상을 수상한 작가보다 더 훌륭한 원고를 쓸 수 있다고 생각하는 겁니까?"

"아뇨, 그렇게 생각하진 않아요. 윈터스 씨! 다만 저는 여자에 관해서는 그들 남자보다 더 잘 알고 있다고 생각하고 있을 뿐입니다. 제 자신이 여자니까요."

그녀의 잿빛 눈동자는 더욱 커졌고, 목소리도 강세를 띠었다.

"선생님께서는 여자에 대한 얘기를 늘 남자 작가들이 쓰고 있다는 사실이 모순되었다고 생각하지 않습니까? 여자의 미묘한 감정은 여자만이 알 수 있는 것입니다. 제 얘기가 잘못됐나요?"

샘은 말씨름에 지쳤다. 결국 그녀를 채용하게 될 것이라는 것을 알았으며 그런 자신이 싫었다. 하지만 그는 스튜디오를 어떻게든 운영해나가야만 했다. 그의 임무는 영화 제작에 차질이 없도록 보살피는 것이었다. 만약 테시 브랜드가 그녀의 애완용 다람쥐로 하여금 이 영화를 제작시키고자 한다 하더라도 샘은 그 다람쥐가 먹을 도토리를 주문해주는 도리밖에 없었다. 테시 브랜드가 등장하는 영화라면 2, 3천만 달러의 수익은 쉽게 올릴 수가 있기 때문이었다. 그것도 그렇지만 바바라 카터는 영화를 망칠만한 엉뚱한 짓은 할 수 없을 것이다. 지금 이 단계에서는 그렇게 하고 싶어도 하지 못할 것이다. 촬영 날짜가 너무 촉박해서 전면적인 수정이 불가능하기 때문이었다.

"축하하오. 제작을 아가씨에게 맡기겠소. 잘 해낼 줄 믿어요."

샘은 내키지 않았지만 승낙했다.

다음 날 아침, 〈할리우드 리포터〉지와 〈버라이어티〉지 전면에는 바바라 카터가 테시 브랜드의 새 영화를 제작하게 되었다는 뉴스를 대서특필했다. 샘이 신문을 읽은 다음 쓰레기통에 집어던지려는 순간, 잡지 하단부에 실린 광고문에 눈길이 멎었다. 그 광고 문안은 다음과 같았다.

-토비 템플, 타호 호텔 라운지 공연 계약 체결-

토비 템플, 샘은 군복을 입은 그 어린 열렬한 사병의 모습이 떠올랐다. 토비의 기억은 샘의 얼굴에 미소를 떠올리게 했다. 샘은 마음속으로 혹시 토비가 할리우드에서 공연을 하게 되면 꼭 한번 가봐야겠다고 생각했다.

'그런데 왜 그는 제대를 하고 한 번도 나를 찾아와주지 않았을까.' 하고 그는 궁금해 했다.

쇠사슬이 끊어지다

모순된 이야기 같지만 토비 템플이 스타덤에 오르게 된 것은 밀리 덕분이었다.

결혼을 하기 전까지만 해도 토비는 단지 재능 있는 희극배우 중 한 사람에 지나지 않았다. 그런데 그가 결혼을 하고 나자, 그의 성격에 증오라는 새로운 성격적 요소가 하나 더 추가되었다. 토비 템플은 마음에도 없는 아가씨와 할 수 없이 결혼하게 되었지만, 그로 인해 마음 한 구석에 밀리를 맨손으로라도 죽일 수 있는 커다란 증오심이 자리 잡게 되었다.

비록 토비 자신은 깨닫지 못했지만 밀리는 나무랄 데 없이 훌륭한 헌신적인 아내였다. 밀리는 남편을 공경했으며 그를 즐겁게 할 수 있는 일이라면 무엇이든 가리지 않고 했다. 밀리는 베네딕트 캐넌에 있는 그들의 집을 아름답게 가꾸었다. 그러나 밀리가 토비를 즐겁게 해 주려고 애를 쓰면 쓸수록 토비는 밀리를 더욱더 증오했다. 토비는 항상 그녀를 의도적으로 깍듯이 대했으며 그녀를 자극하여 알 카루소에게 전화질을 할 만한 말은 결코 하지 않았다. 토비는 눈에 흙이 들어갈 때까지 자동차 체인이 그의 팔을 짓이겼을 때의 그 무서운 고통과 '만약에 자네가 밀리의 마음을 아프게 하는 행동을 할 경우에는' 하고 말하던 알의 무시무시한 표정을 잊지 못할 것이다.

토비는 아내에게는 증오를 나타낼 수 없는 입장이었기 때문에 그 분노의 화살을 관객들에게 돌렸다. 토비가 공연하는 도중에 누가 접시를 덜컥거린다거나 화장실에 드나든다거나 잡담을 하기라도 하면 그 사람은 여지없이 토비의 날카로운 혀의 채찍을 받았다. 토비가 이런 사람들을 아무리 가혹하게 비난해도 그 큰 눈의 천진난만한 매력으로 인해 관객들은 오히려 이 같은 비난을 재미있어 했다.

토비가 재수 없게 걸려든 희생자를 가차 없이 난타할 때는 관객들은 눈물까지 흘려대며 웃었다. 그의 순진하면서도 가식 없어 보이는 얼굴에 신랄하면서도 재치 있는 혀가 양념처럼 겸비되자, 관객들은 그에게 주체할 수 없도록 크나큰 매력을 느꼈다. 그가 아무리 도가 지나친 익살을 떨어도 그의 이런 점 때문에 관객들로부터 반감을 사지 않고 잘 해낼 수 있었다. 토비의 날카로운 혀의 채찍을 받으면 그것을 오히려 영광으로 생각했고, 진담으로 받아들이지 않았다. 그저 유망한 희극배우 한 사람에 불과했던 토비가 결혼으로 인해 흥행업계에서 화제의 대상이 된 것이다.

유럽에서 돌아온 클립톤 로렌스는 토비가 쇼걸과 결혼한 것을 알고는 기겁을 했다. 있을 수 없는 일로 생각되었지만, 그가 토비에게 자초지종을 묻자 토비는 그를 빤히 쳐다보면서 말했다.

"글쎄요, 뭐라고 말씀드려야 할지 모르겠군요, 클립톤. 어쨌든 밀리를 만나서 그녀를 사랑하다 보니 이렇게 되고 말았습니다."

왠지 그의 말에는 석연치 않은 데가 있었고, 에이전트인 그를 당황하게 만드는 그 무언가가 있었다.

어느 날 클립톤은 자기 사무실에서 토비에게 말했다.

"자네 인기가 날로 뜨거워져 가고 있다네. 나는 선더버드 호텔에 4주짜리 공연을 계약했지. 일주일에 2천 달러야."

"그럼, 거기 가서 공연하는 게 어떻습니까?"

"잊어버리게. 라스베이거스에 가면 그보다 열 배는 받을 수 있어. 그리고 모든 사람들이 자네 공연을 보고 싶어 한다네."

"라스베이거스 계약을 취소해주세요. 그리고 선더버드 호텔로 갑시다."

클립톤은 놀란 표정으로 그를 바라보면서 말했다.

"하지만 라스베이거스는……."

"전 절대로 싫습니다. 선더버드 호텔로 가게 해주십시오."

토비의 목소리에는 클립톤 로렌스가 이전에 들어보지 못한 강경한 어떤 힘이 들어가 있었다. 그것은 오만도 아니었고, 순간적인 기분도 아니었다. 여느 때와 같은 일상적인 감정이 아니라 깊이 억제된 분노 비슷한 것이었다. 그 천진난만한 토비의 얼굴이 그렇게 변할 수도 있다는 점이 몹시 놀라웠다.

그때부터 토비는 되도록이면 먼 곳으로 계속 떠돌아다녔는데 그것은 그가 자신의 감옥으로부터 벗어날 수 있는 유일한 탈출구였다. 그는 나이트클럽, 극장, 시민회관 등에서 공연을 계속했다. 그리고 그런 곳에서의 공연 계약이 끝나면 그는 클립톤 로렌스에게 대학에서라도 공연을 하게 해달라고 애원했다. 그는 어떻게 해서든 밀리가 있는 집으로 돌아가지 않으려고 애썼다.

어느 곳에서나 매력적인 아가씨들이 토비와 잠자리를 같이하고 싶어 안달을 했다. 그녀들은 쇼가 시작되기 전이나 끝난 후에 무턱대고 토비의 탈의실에서 기다리거나 그의 호텔 로비에서 어정거리며 토비에게 접근해오곤 했다. 그러나 토비는 그 어떤 여자와도 잠자리를 같이하지 않았다. 그는 남자의 심벌이 잘려 휘발유에 태워졌던 사나이의 이야기와 '자네 물건은 아주 쓸 만하군. 자네를 다치게 하지는 않겠네. 내 친구니까. 밀리가 자네를 소중하게 여기는 한.' 하고 말하던 알 카루소의 협박을 잊을 수가 없었다.

토비는 교묘하게 모든 여자들을 따돌렸다.

"나는 내 아내를 사랑합니다."

그는 그렇게 수줍은 듯이 말하며 그녀들의 접근을 멀리했다. 그러면 그녀들은 토비의 말을 진심으로 믿었고, 이로 인해 그를 더욱 흠모했다. 그리고 그 말은 널리 퍼졌다. 토비는 바로 그렇게 되기를 바랐다. 토비 템플은 바람을 피우지 않으며, 정말로 가정적인 남편이라는 소문이 퍼지기를 원했다.

그래도 철부지 어린 아가씨들은 끊임없이 그를 쫓아다녔다. 토비가 거절하면 할수록 그들은 더욱더 그를 원했다. 토비는 성적으로 너무 억제했으므로 늘 육체적인 고통을 느꼈고 아랫도리가 뻣뻣해서 제대로 일을 할 수 없을 지경일 때도 있었다. 그는 다시 자위행위를 시작했고 그럴 때마다 함께 동침하기를 원하는 아름다운 아가씨들의 모습을 떠올렸다. 토비는 자신의 저주스런 운명에 분노를 느꼈다.

그는 성적욕구를 충족시킬 수 없어서 욕구불만이 항상 그의 마음 한구석에 자리 잡고 있었다. 토비가 공연을 마치고 집에 돌아올 때마다 밀리는 애를 태우며 그의 사랑을 고대했다. 하지만 밀리를 보는 순간 그는 그토록 주체할 수 없었던 성욕이 씻은 듯이 사라졌다. 밀리는 철천지원수였다. 토비는 그녀가 그에게 보이는 헌신적 봉사에도 불구하고 그녀를 경멸했다. 그는 그런 자신을 억지로 달래어 그녀와 잠자리를 같이했지만 그것은 밀리의 욕망을 채워주는 행위가 아니라 알 카루소의 욕망을 채워주는 행위였다. 토비는 밀리와 성행위를 할 때마다 그녀를 고통으로 헐떡이게 하는 짐승 같은 잔인성을 보였다. 그는 밀리가 괴로워서 지르는 비명을 즐거움의 비명으로 착각하는 듯 시치미를 떼고 더욱더 거세게 짓눌러댔으며 마침내 독약과도 같은 분노의 정액을 폭탄처럼 품어냈다. 그것은 결코 사랑의 표출이 아닌 증오의 표출이었다.

1950년 6월, 북한이 38선을 넘어 남한을 공격했고, 트루먼 대통령은 미국 군대에게 한국전쟁에 참전할 것을 명령했다. 뭇 세상 사람들이야 한국전쟁을 어떻게 생각하든 토비에게 있어서는 더할 나위 없이 좋은 기회였다.

그해 12월 초, 〈데일리 버라이어티〉지에는 봅 호프가 서울에 주둔하고 있는 미군들을 위해 크리스마스 위문 공연을 떠난다는 기사가 실려 있었다. 토비 템플은 이 기사를 읽자마자 클립톤 로렌스에게 전화를 걸었다.

"봅 호프의 위문 공연단에 끼게 해주십시오, 클립톤 씨."

"뭐가 모자라서 그러나? 이젠 자네도 나이가 서른이 다 되었어. 여보게, 내 말 좀 들어보게. 한국 공연은 장난이 아니야. 나는……."

"장난이 아니든 장난이든 전 상관하지 않습니다. 군인들은 목숨을 걸고 싸우고 있습니다. 내가 하려는 일은 고작해야 그들에게 약간의 웃음을 선사하는 것뿐입니다!"

토비는 전화통에다 큰 소리로 외쳐대면서 말했다.

이것은 클립톤이 이제껏 보지 못했던 토비 템플의 또 다른 일면이었다. 그는 감격하기도 했으며 한편 흐뭇하기도 했다.

"좋아, 자네가 정 그러고 싶다면 내가 한번 알아보지."

클립톤은 토비와 약속했다.

한 시간 후에 그는 다시 토비에게 전화를 걸었다.

"봅에게 자네 얘기를 했더니 같이 가게 되어 기쁘다고 하더군. 그런데 지금이라도 마음이 변했다면……."

"마음이 변하다니요? 절대 그럴 리 없어요."

그는 그렇게 말하고 전화를 끊었다.

클립톤 로렌스는 한참 동안 자리에 앉아 곰곰이 토비에 대해 생각해보았다. 그는 그의 사람 됨됨이가 훌륭하다고 생각되었고, 그가 매우 자랑스러웠다. 그의 에이전트라는 사실에 긍지가 느껴졌고 무엇보다 토비의 성장을 돕는 장본인이 된 것이 기뻤다.

토비는 대구, 부산, 전주 등지를 돌면서 공연했는데, 그는 병사들의 웃음 속에서 많은 위안을 받았다. 밀리는 그의 마음속에서 거의 사라져가고 있었다.

크리스마스가 끝났다. 귀국하는 대신 토비는 괌으로 갔다. 그곳 군인들도 토비를 열렬히 환영해주었다. 토비는 다시 도쿄로 가서 군 병원에 입원해 있는 부상병들을 즐겁게 해주었다. 그러고는 더 이상 갈 곳이 없어서 어쩔 수 없이 귀국하게 되었다.

토비가 미드웨스트에서 10주간의 공연을 마치고 돌아온 것은 4월이었다. 밀리가 공항에서 그를 기다리고 있었다.

"토비, 곧 우리 아기가 태어날 거예요."

이것이 그녀가 공항에서 토비에게 한 첫마디였다.

토비가 깜짝 놀라서 그녀를 응시하자, 밀리는 토비가 너무 행복해서 그런 표정을 짓는 것으로 착각했다.

"멋진 일이죠? 이젠 당신이 여행을 떠나셔도 전 아기와 함께 있으니 외롭지 않을 거예요. 사내아이를 낳았으면 좋겠어요. 그러면 당신은 아들을 데리고 야구장에도 갈 수 있을 테니까요. 그리고……."

토비는 밀리가 지껄이는 의미 없는 말들을 더 이상 듣지 않고 있었다. 그녀의 말소리는 마치 꿈결처럼 가물가물하게 들려왔다. 토비는 언젠가는 반드시 어떻게 해서든 탈출할 구멍이 생길 것이라고 생각해왔다. 결혼한 지 겨우 2년밖에 안되었지만 토비에게는 마치 영겁의 세월이 흘러간 것처럼 느껴졌다. 이제 아이를 가졌으니 밀리는 '절대로' 그를 놓아주지 않을 것이다. 절대로!

출산 예정일은 크리스마스 무렵이었다. 토비는 연예단과 함께 괌으로 가야 하는 일정이었으나 밀리가 곧 아기를 낳으려 하는 터에 알 카루소가 밀리의 곁을 떠나도록 허용해줄지가 의문이었다. 그것을 알 수 있는 길은 알에게 직접 전화를 걸어보는 수밖에 없었다. 토비는 라스베이거스에 전화를 걸었다.

알 카루소의 쾌활하고 귀에 익은 목소리가 곧 수화기를 통해 들려왔다.

"아, 토비로군! 오래간만에 목소리를 들으니 반갑네."

"저 역시 반갑습니다, 알."

"곧 아빠가 된다는 소식을 들었네. 아주 기쁘겠군."

"어디 기쁘다 뿐이겠습니까."

토비는 진심에서 우러나는 소리처럼 말하고 나서 매우 걱정스러운 어조로 말했다.

"사실은 그 문제 때문에 전화를 드렸습니다, 알. 출산예정일은 크리스마스경인데."

그는 잠시 멈춘 다음 조심스럽게 다시 말을 이었다.

"어떻게 해야 좋을지 모르겠습니다. 저는 집사람이 몸을 풀 때 그녀 곁에 있고 싶은데 연예단에서는 한국과 괌도로 가서 위문공연을 하라고 독촉하고 있어서요."

잠시 침묵이 흐른 뒤 알이 말했다.

"그것 참 난처하게 되었군."

"저로서는 군인들을 실망시킬 수도 없고 그렇다고 밀리를 서운하게 하고 싶지도 않습니다."

또다시 침묵이 흐른 뒤 알의 목소리가 들려왔다.

"그럴 테지. 음, 우리는 모두 미국인들이지, 그렇지 않은가? 그 머나 먼 곳에서 군인들이 우리를 위해 목숨을 걸고 싸우고 있는데, 그렇지 않은가?"

그 말을 듣자 토비는 긴장이 약간 풀리는 것 같았다.

"그렇기는 하지만, 저는……."

"밀리에게 무슨 탈이야 없겠지. 여자들은 누구나 이제껏 아기를 낳아왔으니까. 아무 염려 말고 다녀오게."

카루소가 승낙했다.

6주 뒤 크리스마스 전날 밤, 토비가 우레와 같은 박수갈채를 받으며 무대에서 내려왔을 때, 부산에 있는 군대 우체국으로부터 그에게 급보가 전해졌다. 밀리가 출산 도중에 죽었으며 아기도 사산되었다는 것이었다.

토비는 이제 자유의 몸이 되었다.

미운 오리새끼

1952년 8월 14일은 조세핀 크진스키의 13번째 생일이었다. 조세핀은 자기와 생일이 같은 매리 루 캐넌으로부터 파티 초대를 받았으나 그녀의 어머니가 파티에 보내려하지 않았다.

"그런 사악한 친구들과 어울리느니 집에서 성경을 읽는 편이 나을 게다."

크진스키 부인은 딸아이를 나무랐다. 그러나 조세핀은 집에 남아 있고 싶은 생각이 조금도 없었다. 그녀의 친구들이 나쁜 아이들이 아니라는 걸 나중에 어머니에게 이해시켜드릴 방도가 꼭 있으리라고 생각했다.

조세핀은 어머니가 집을 나가자 보모를 해서 모아 두었던 5달러를 꺼내어 주머니에 쑤셔 넣고 집을 나섰다. 우선 시내로 가서 예쁜 하얀 수영복을 한 벌 샀다. 그러고는 매리의 집으로 향했다. 오늘은 멋진 하루가 되리라고 생각했다.

매리 루 캐넌은 유전인들의 저택 가운데 가장 훌륭한 저택에서 살고 있었다. 그녀의 집은 값비싼 골동품과 훌륭한 미술품들로 가득했다. 손님용 객실과 마구간, 테니스코트, 자가용 비행기 활주로 그리고 수영장이 2개나 있었는데, 하나는 가족용이고 뒤에 있는 이보다 작은 수영장은 손님용이었다.

매리 루에게는 데이빗이라는 오빠가 있었는데 조세핀이 이 집을 드나들면서 이따금 그의 모습을 몇 번 본 일이 있었다. 그는 조세핀이 지금껏 본 중에서 가장 멋진 미남 청년이었는데 그는 키가 10피트는 되어 보였다. 균형 잡힌 몸매에 미식축구 선수여서 어깨가 딱 벌어져 건장해보였고, 장난기 어린 회색 눈이 퍽 인상적이었다. 그는 미국 전체에서 최우수 하프백으로 선정되었으며 로데스 장학금을 받기도 했다. 매리 루에게는 베스라는 언니가 있었는데 그녀는 조세핀이 어렸을 때 죽었다고 들었다.

파티에 참석한 조세핀은 데이빗을 찾아볼 셈으로 은근히 주위를 두리번거렸으나 쉽사리 눈에 띄지 않았다. 가끔 데이빗은 조세핀 곁을 지나치다가 멈추어 그녀에게 말을 붙인 일이 있었는데 그때마다 조세핀은 얼굴이 붉어졌고 혀가 얼어붙은 듯 말이 제대로 안 나와서 쩔쩔맸었다.

파티는 대성공이었다. 모두 14명의 남녀가 참석했으며 이들은 정복을 한 집사들과 하녀들이 내온 쇠고기 바비큐, 통닭, 칠리와 감자 샐러드 그리고 레몬주스가 곁들인 훌륭한 점심을 먹었다. 그때 매리 루와 조세핀은 그들이 받은 선물 상자들을 보고는 저마다 한마디씩 했다.

"우리 모두 수영하러 가자."

매리 루가 제의했다. 그러자 모두들 수영장 옆에 있는 탈의실로 달려갔다. 조세핀은 새로 산 수영복으로 갈아입고 나자 더할 수 없는 행복감을 느꼈다. 오늘은 친구들과 함께 즐기는 그야말로 행복한 하루였다. 그녀는 비록 가난하기는 했지만 그들과 조금도 다름없이 어울리고 주위의 아름다움을 함께 즐길 수 있는 행복한 사람 중 하나였다. 그중에 사악한 사람은 아무도 없었다. 그녀는 시간이 이대로 정지하여 이 행복한 순간이 영원히 지속되었으며 좋겠다고 생각했다.

조세핀은 탈의실을 나와 눈부신 햇살이 쏟아지는 밖으로 나왔다. 그녀는 수영장 쪽으로 걸어가면서 모든 사람이 자기를 바라보고 있는 것을 의식했다. 여자아이들은 그녀의 아름다운 몸매에 노골적인 부러움을 나타냈고, 남자아이들은 쑥스러운 듯 그녀의 몸매를 곁눈질로 훔쳐보았다. 지난 몇 달 사이에 조세핀의 몸은 눈에 띄게 성숙해져 있었다. 앞가슴은 풍만하면서도 탄력이 있어서 수영복 상부를 팽팽하게 받치고 있었고 엉덩이도 이미 성숙한 여인처럼 자극적인 곡선을 그리고 있었다. 조세핀은 다른 아이들을 따라 수영장으로 뛰어들었다.

"우리 마르코 폴로 놀이 하자."

누군가가 제안했다.

조세핀은 이 놀이를 매우 좋아했다. 그녀는 눈을 가리고 따뜻한 물속을 돌아다니기를 좋아했다. 술래가 "마르코!" 하고 부르면 다른 아이들은 "폴로!" 하고 대답했다. 술래가 그들이 외치는 목소리를 듣고 눈을 가린 채 쫓아가서 아무나 손으로 잡게 되면 그 사람이 술래가 되었다.

그들은 게임을 시작했고 시시 토핑이 술래가 되었다. 그녀는 자기가 좋아하는 보브 잭슨이라는 사내아이를 잡으려고 했으나 그 아이를 잡지 못하고 대신 조세핀을 잡게 되었다. 조세핀은 두 눈을 꼭 가린 채 아이들이 내는 물장구소리에 온 신경을 모아 귀를 기울였다.

"마르코!"

조세핀이 소리쳤다. 그러자 아이들은 합창을 하듯 "폴로!" 하고 대답했다.

조세핀은 가장 가까이에서 나는 목소리를 향해 다이빙을 했다. 따뜻한 물의 촉감이 느껴졌다. 그러나 그녀가 뛰어든 곳에는 아무도 없었다.

"마르코!"

그녀는 다시 외쳤다.

"폴로!"라는 합창소리가 들려왔다.

조세핀은 손을 휘저었으나 잡히는 건 허공뿐이었다. 아이들이 자기보다 빨리 움직여서 잡을 수 없다 해도 그런 것은 상관이 없었다. 그녀는 이 게임이 영원히 계속되기를 바랐다. 오늘이 영원히 지속되기를 바라는 것처럼.

그녀는 물장구를 치는 소리, 킬킬거리는 소리, 속살거리는 소리에 귀를 세운 채 가만히 서 있었다. 그녀는 눈을 가린 채 두 손을 이리저리 내저으며 아이들의 뒤를 쫓아 수영장 안을 돌아다녔다. 그러다가 자신의 움직이는 소리를 죽여 가며 가만히 풀장의 층계 위로 올라섰다. 그리고 "마르코!" 하고 소리쳤다. 그러나 아무런 대답이 없었다. 그녀는 그곳에 선 채로 다시 "마르코!" 하고 외쳤다. 역시 대답이 없었다. 그녀는 수영장의 따뜻한 물속에 홀로 버려진 듯한 느낌이 들었다. 아이들이 그녀를 골려주려는 모양이었다. 아무도 대답하지 말자고 짜기라도 한 모양이었다. 조세핀은 웃으면서 눈가리개를 벗었다.

조세핀은 풀장의 층계 위에 혼자 있었다. 왠지 다리 사이로 따뜻한 느낌이 느껴져 그녀는 밑을 내려다보았다. 그녀의 흰색 수영복 밑이 빨갛게 물들어 있었다. 아이들은 수영장 둘레에 옹기종기 서서 그녀를 쳐다보고 있었다. 조세핀은 당황해서 그들을 올려다보고 무슨 말을 하려고 했으나 무슨 말을 해야 좋을지 몰랐다. 그녀는 부끄러운 곳을 감추기 위해 황급히 층계를 내려가 다시 물속으로 들어갔다.

"우린 그럴 땐 수영하지 않는데." 하고 매리 루가 말하자, 어떤 아이가 "폴란드 애들은 그럴 때도 수영을 하나 봐." 하고 킬킬거렸다.

"얘들아, 우리 샤워하러 가자."

"어째 몸이 으스스한 것 같아."

"피가 섞인 물에서 어떻게 수영을 하니?"

조세핀은 눈을 꼭 감았다. 아이들이 그녀를 남겨놓은 채 탈의실 쪽으로 가는 소리가 들렸다. 그녀는 두 손으로 눈을 꼭 가리고는 그 부끄러운 것이 흘러내리지 못하도록 다리를 옥죄고 서 있었다. 그녀는 한 번도 월경을 해본 일이 없었기 때문에 전혀 예상하지 못했던 일이었다. 잠시 후에 그들이 다시 그녀가 있는 곳으로 와서 자기들이 그런 말을 한 것은 그저 농담일 뿐이고 자기들은 여전히 그녀의 친구라는 것, 이 행복한 순간은 여기서 끝나지 않을 것이라고 말해주리라고 생각했다. 그녀가 눈을 감고 있는 지금, 그들은 이미 돌아와서 게임을 다시 할 준비를 하고 있을지도 모른다고 생각했다.

그녀는 눈을 꼭 감은 채, "마르코!" 하고 작은 소리로 속삭여 보았다. 그러나 그녀의 속삭임은 오후의 대기 속으로 자취 없이 흩어지고 말았다. 그녀는 눈을 감은 채 이 물속에서 얼마나 오랫동안 서 있어야 할지 몰랐다.

'우린 그럴 땐 수영하지 않는데.'

'폴란드 애들은 그럴 때도 수영을 하나 봐.'

조세핀의 머리는 망치질하듯 심하게 아파왔다. 속이 메스꺼웠고 갑자기 위가 뒤틀리듯 아팠다. 그러나 조세핀은 눈을 꼭 감은 채 아이들이 다시 돌아와서 그건 장난으로 한 소리라고 말할 때까지 그대로 계속 서 있어야 한다고 생각했다.

발자국 소리와 법석대는 소리가 들려왔다. 조세핀은 곧 모든 것이 괜찮게 되었음을 알았다. 아이들이 다시 돌아왔다. 그녀는 눈을 뜨고 위를 쳐다보았다. 그런데 뜻밖에도 매리 루의 오빠 데이빗이 손에 타월로 된 가운을 들고 수영장 옆에 서 있었다.

"아이들을 대신해서 내가 사과할게. 자, 어서 나와서 이 옷을 입어."

정중한 목소리로 데이빗이 말했다. 그러나 조세핀은 눈을 감은 채 꼼짝도 하지 않고 서 있었다. 가능하다면 그 자리에서 죽어버리고 싶은 심정이었다.

샘 윈터스의 일은 모두 순조롭게 풀려 나갔다. 테시 브랜드의 영화는 연일 초만원을 이루었다. 테시가 자기가 취한 행동의 정당성을 입증하기 위해 전심전력을 다했던 것도 이 영화를 성공으로 이끌었던 요인 중 하나였다. 그 이유야 어떻든 바바라 카터는 그 해 가장 인기 있는 신인 제작자로서 각광을 받고 있었다. 그 해는 의상 디자이너의 최고의 해였다.

팬퍼시픽사에서 제작한 텔레비전 쇼들은 다 잘 되었는데 그중에서도 〈금요일의 사나이〉가 가장 인기가 있었다. 방송국 측에서는 샘에게 이 연속물에 대한 계약을 5년간 더 연장하자는 제안을 했다.

샘이 점심 먹으러 나갈 채비를 하고 있을 때 루실리가 급히 들어와서, "소품부에 불을 지른 방화범을 경찰이 잡았대요. 지금 그 사람을 이리로 데려오고 있답니다." 하고 말했다.

잡혀 온 남자는 샘의 맞은편 의자에 묵묵히 앉아 있었고, 두 사람의 스튜디오 경비원이 그 사람 뒤에 서 있었다. 그 남자의 두 눈은 악의로 이글거렸다. 샘은 아직도 충격을 억제하지 못하고 있었다.

"어째서? 도대체 어째서 그런 짓을 하셨습니까?"

"왜 그랬냐고? 그건 말이다. 네놈의 그 거지발싸개 같은 동정심을 받고 싶지 않았기 때문이야. 나는 네놈 꼴도 보기 싫어. 이 스튜디오하고 이 썩어문드러진 영화업계가 온통 다 꼴도 보기 싫단 말이야. 이 영화업은 내가 일으켜 세웠어, 알았어? 이 개 같은 놈들아! 이 쓰레기통 같은 할리우드에 있는 스튜디오의 반 이상은 이제껏 내 덕에 먹고 살았단 말이야. 그런데 나만 빼놓고 네놈들만 돈을 벌었지. 넌 말이야, 마지못해서 그 엉터리 날조된 원고 몇 편을 사준다는 명목으로 하찮은 돈 몇 푼을 주어서 나를 따돌렸을 뿐 내게 영화를 제작할 수 있는 기회를 주지 않았어. 샘, 네놈은 나한테 전화번호부만도 못한 형편없는 원고들을 사주었을 뿐이란 말이야. 나는 그따위 동정은 더 이상 받고 싶지 않아. 나는 일자리를 원했지 돈 몇 푼을 원했던 게 아니야. 그런데 넌 나를 완전히 쓸모없는 인간 취급을 했어. 도저히 용서할 수 없다고!"

경찰들이 댈러스 버크를 데리고 나간 뒤 샘은 한동안 그의 생각에 잠겨 있었다. 그는 댈러스가 영화계에 공헌한 업적과 그가 만든 주옥 같은 영화들을 생각했다. 아마 다른 업계 같았으면 댈러스 버크는 지금쯤 영웅 대접을 받고 있거나 업계의 회장직 따위를 맡아 은퇴한 후에는 연금으로 안락한 생활을 할 수 있었을 것이다. 그러나 영화업계는 그야말로 험악한 세계였다.

죽음을 기다리는 집

토비 템플은 인기 절정에 달해 성공 가도를 달리고 있었다. 그는 시카고의 체즈 파레, 필라델피아의 라틴 카지노, 뉴욕의 코파카바나와 같은 일류 나이트클럽에서 공연했다. 그는 또한 소아과 병원 등에서 자선 공연을 하기도 했다. 그는 대상이나 장소, 시간을 가리지 않고 공연했다. 관객은 그의 생명의 샘이었으며 그들의 박수갈채와 사랑은 그의 생명수였다.

그는 완전히 쇼 업무에 몰두했다. 이즈음 세계 곳곳에서 중요한 사건들이 터지고 있었지만 이 사건들은 토비에게 그의 연기를 위한 좋은 소재가 될 뿐이었다.

맥아더 장군은 해임 당하던 1951년의 이임식장에서 "노병은 죽지 않고 사라져갈 뿐이다."라는 유명한 연설을 했다. 토비는 이 연설문을 이용해서 "제기랄! 그럼 우리는 늘 낡은 군복만 입어야겠네." 하고 익살을 부렸다.

1952년 수소폭탄이 투하되었을 때, 토비는 "그건 아무것도 아닙니다. 내가 애틀랜타에서 터뜨린 웃음폭탄은 정말 엄청났으니까요!" 하고 재치 있는 반응을 보였다.

닉슨 대통령이 장기 말을 인용한 연설을 했을 때, 토비는 "나는 지금 당장 그를 지지하는 투표를 던지겠습니다. 그러나 그를 지지해서가 아니라 그의 장기 말들을 위해서입니다."라고 말했다.

아이젠하워가 대통령이 되고 스탈린이 죽었다. 그리고 몽고메리에서는 버스 안타기 운동이 벌어지고 있었다. 이런 모든 시사문제가 토비의 코미디 소재가 되었다. 그가 눈을 크게 뜨고 어수룩한 표정을 지으며 이와 같은 재치 있는 코미디를 늘어놓으면 관객들은 환성을 올리다 못해 비명을 질러댔다.

토비의 연기생활은 정곡을 찌르는 신랄한 코미디로 가득했다. 관객들은 그를 사랑했으며, 그는 그들의 사랑을 먹고 살쪄갔다. 그는 더 높은 곳을 향해 치닫고 있었다. 항상 보다 나은 것을 추구했으며 결코 만족할 줄 몰랐다.

토비는 걷잡을 수 없는 초조감에 사로잡혀 어디선가에서 벌어지고 있을 더 훌륭한 파티, 더 좋은 관객, 더 아름다운 아가씨를 끊임없이 탐했다. 그는 마치 셔츠를 갈아입듯 아가씨들을 수도 없이 갈아치웠다. 밀리와의 그 끔찍한 일을 겪고 난 후 그는 결코 한 아가씨와 깊은 관계를 맺지 않았다. 그는 '화장실 서커스' 시절을 회상했다. 그때 그는 커다란 리무진 승용차에 쭉 뻗은 아리따운 여인들을 끼고 다니는 대스타들을 매우 부러워했었다. 그 꿈을 이루기는 했지만 외롭기는 그때나 지금이나 마찬가지였다. '사람의 욕심에는 한도 끝도 없다'는 명언은 누가 지은 말인지……

그는 오직 제1인자가 되겠다는 일념뿐이었으며 언젠가는 반드시 그렇게 되리라고 굳게 믿었다. 한 가지 애석한 일은 그 예언이 실현되고 있음을 지켜봐줄 어머니가 이 세상에 계시지 않는다는 것이었다.

어머니를 기억하게 하는 유일한 것은 아버지뿐이었다.

디트로이트에 있는 요양소는 1세기는 지난 것 같은 지저분한 벽돌 건물이었는데, 그 벽돌은 노파들의 퀴퀴한 냄새와 병과 죽음의 악취로 찌들어 있었다.

토비 템플의 아버지는 뇌일혈로 쓰러져 전신마비로 거의 움직이지 못하고 오로지 토비의 방문을 애타게 기다리고 있었다. 토비는 그의 아버지가 거처하고 있는 요양소의 지저분한 양탄자가 깔려 있는 홀 안으로 들어섰다. 간호사들과 수용자들이 환호하며 그의 주위로 몰려들었다.

"지난주에 해롤드 홉슨 쇼에 나오는 것 봤어요, 토비. 정말 멋지더군요. 그런 기막힌 말들을 어떻게 생각해내는 겁니까?"

"그건 작가들이 생각해낸 말들입니다."

토비가 대답하면 사람들은 토비의 겸손한 태도를 칭찬했다.

한 남자 간호사가 토비의 아버지를 휠체어에 태워 복도를 내려오고 있었다. 토비의 아버지는 면도도 말끔하게 했고, 머리도 단정히 빗겨 있었다. 그는 아들의 방문을 환영하기 위해 병원 사람들에게 부탁해서 양복을 말쑥하게 차려입었다.

"야! 아주 멋쟁이가 되셨군요!"

토비가 그의 아버지를 보고 소리치자 모든 사람이 부러운 눈으로 그를 돌아보면서 자기들도 토비처럼 잘생기고 유명한 아들이 있어서 가끔 찾아와준다면 얼마나 좋을까 하고 생각했다.

토비는 아버지에게 다가가서 허리를 굽혀 껴안고는, "아버지, 누구한테 농담을 하고 싶으십니까?" 하고 묻자 아버지는 남자 간호사를 손가락으로 가리켰다.

"아버지가 이 사람을 휠체어에 태우고 다니세요, 네? 아버지."

주위에 있던 사람들이 모두 웃었다.

그들은 토비 템플이 한 농담을 나중에 자기 친구들한테 써먹으려고 토비가 하는 농담을 하나도 빼놓지 않고 마음속에 새겨두었다. 그들은 친구들에게 토비를 가까이서 봤다며 자랑을 늘어놓을 것이다.

토비는 선 채로 그들을 웃기기도 하고 비꼬기도 했는데, 그들은 그가 하는 익살을 무턱대고 좋아했다. 토비는 그들의 성생활, 건강, 자녀들을 대상으로 은근히 까는 투의 농담을 했지만 그들은 자신들의 문제를 두고 하는 그런 농담에 대해서조차도 깔깔대고 웃었다. 한참 동안 그런 식으로 익살을 떤 다음, 토비는 몹시 아쉬워하며 정중하게 양해를 구했다.

"여러분처럼 훌륭한 관객들을 만나 뵙게 된 것은 실로 몇 년 만에 처음입니다. 그래서 여러분과 작별하기가 섭섭합니다만 잠시 제 아버지와 단둘이서만 시간을 가지고 싶습니다. 아버지께서는 저에게 멋진 농담을 가르쳐주시겠다고 약속하셨거든요."

사람들은 알았다는 듯이 미소를 지으며 자리를 피해주었다.

토비는 조그만 객실에 아버지와 단둘이 남게 되었다. 그 객실에도 죽음의 냄새가 배어 있었다. '이곳은 죽음을 위해서 존재하는 곳인가.' 하고 토비는 생각했다.

요양소는 그저 발에 거치적거릴 뿐인 아무 쓸모없는 노인들로 가득했다. 그들은 손님이 집에 찾아올 때는 방해가 되는 존재들이기 때문에 그들의 자식들이나 조카 또는 조카딸로부터 그동안 살던 가정의 조그만 구석방이나 식당, 거실 밖으로 내쫓겨 요양소로 보내진 사람들이었다. 그들을 집 밖으로 쫓아내면서 다음과 같은 사탕발림으로 설득했을 것이다.

'제 말씀 좀 들어보세요. 이건 순전히 아버지, 어머니를 위해서 하는 일이에요. 그곳에 가시면 아버지 어머니와 연세가 비슷한 분들이 많이 계셔서 친구 분을 많이 사귀실 수가 있을 거예요. 제 말뜻을 이해하시겠어요.' 하는 식으로. 하지만 사실은 '제가 그 요양소에 보내드릴 테니 그곳에 가서서 다른 쓸모없는 노인들과 함께 죽을 날이나 기다리세요. 식탁에 앉아서 허튼소리를 하거나 한 소리를 몇 번씩 되풀이하고, 공연히 애들이나 못살게 굴고 똥오줌이나 싸는 꼴을 이젠 더 이상 지겨워서 못 보겠어요.' 하는 것이 이들의 본심일 것이다. 그런 점에서는 오히려 에스키모 인들의 방법이 솔직하다고 할 수 있었다. 그들은 여러 말 없이 노인들을 얼음 위에 내다버린다.

"얘야, 네가 이렇게 와주니 기쁘구나. 너와 좀 더 이야기를 나누고 싶구나. 참 좋은 소식이 한 가지 있다. 어제 옆방에 있는 아트 릴레이 늙은이가 죽었단다." 하고 토비의 아버지가 숨이 찬 채 느린 목소리로 말했다.

토비는 놀란 표정으로 말했다.

"아니, 친구 분이 돌아가신 것이 좋은 소식이라는 말입니까?"

"좋은 소식이고말고. 그가 죽었기 때문에 그가 쓰던 방으로 옮겨갈 수 있게 되었거든. 거긴 독방이란다." 하고 토비의 아버지가 설명해주었다.

생존, 이것이 노인의 관심의 전부였다. 이제 얼마 안 있으면 죽을 것임을 알고 있을 텐데도 하찮은 안락에 급급한 것이 인간인 모양이다. 토비는 차라리 죽는 편이 나을 사람들이 악착같이 살려고 발버둥치는 모습을 지금까지 많이 봐왔다. 만약에 이제 막 95살이 된 도셋 노인에게 '오늘 아흔다섯 번째 생신을 맞이하신 기분이 어떻습니까?' 하고 묻는다면, 그 노인은 '죽는 것보다는 낫지.' 라고 대답할 것이 분명하다.

이제 아버지와 작별해야 할 시간이 되었다.

"곧 다시 찾아뵙겠습니다."

토비는 아버지와 약속했다. 그는 아버지에게 돈을 드리고 주위에 있던 간호사들과 일꾼들에게 팁을 넉넉히 주면서, "아버님을 잘 부탁합니다. 저는 아버님이 계시지 않는 세상에서는 연기를 할 수가 없습니다." 하며 아버지의 간호를 특별히 부탁했다.

그리고 토비는 떠났다. 요양소 문을 나서는 순간, 그는 요양소에서 있었던 일들을 말끔히 잊어버렸다. 그의 생각은 오직 그날 저녁에 할 공연에만 집착해 있었다.

토비가 방문했던 얘기가 몇 주 동안 요양소 사람들의 화젯거리가 되었다.

사랑에 눈뜨다

17살이 된 조세핀 크진스키는 텍사스 주 오데사에서 가장 아름다운 아가씨가 되었다. 엷은 초콜릿 빛 얼굴에다 그녀의 길고 검은 머리칼은 햇빛을 받아 연한 갈색으로 물들었고, 깊고 푸른 눈동자는 황금빛으로 반짝였다. 풍만하면서도 탄력 있는 가슴에 가는 허리, 그 아래로 부드러운 곡선을 이루며 풍선처럼 부푼 엉덩이를 타고 내려가면서 쭉 뻗은 다리, 한마디로 그녀의 육체는 뇌쇄적인 매력을 지니고 있었다.

조세핀은 13번째 생일 파티가 있던 날 이후부터는 유전인 촌의 부유층 아이들과 어울리지 않고 자기와 같은 부류의 빈촌 아이들과 어울렸다. 학교에 갔다 오면 그녀는 골든 데릭의 드라이브인에서 아르바이트를 했다. 매리 루와 시시 토핑, 그리고 그들의 친구들이 짝을 지어 그곳에 오면 조세핀은 이들을 늘 친절하게 맞아주기는 했지만 전과는 태도가 판이하게 달랐다.

조세핀의 가슴속에는 그녀 자신조차 알지 못하는 미지의 그 무엇에 대한 동경이 가득 차 있었다. 그녀는 이 추악한 고장을 떠나고 싶었지만 진정 가고 싶은 곳이 어디인지, 또 자신이 바라는 것이 과연 무엇인지조차 알지 못했다. 이런 문제들을 곰곰이 생각하면 다시 머리가 지끈거리기 시작했다.

그녀는 여러 남자들과 데이트를 했다. 그중에서도 그녀의 어머니가 가장 좋아하는 사람은 워렌 호프만이었다.

"워렌은 너에게 아주 잘 어울리는 남편감이다. 그 사람은 독실한 신자이고, 기술자이기 때문에 돈도 잘 번단다. 게다가 그는 너에게 정신을 못 차릴 만큼 빠져 있잖니."

그녀의 어머니는 조세핀의 눈치를 살피면서 타일렀다.

"스물다섯 살에 체격도 좋잖니. 가난뱅이 폴란드 처녀에게 번쩍이는 갑옷을 입은 기사가 나타나주기를 기다리는 시대는 지났단다. 그건 텍사스에서뿐만 아니라 그 어느 곳에서도 불가능한 일이야. 이제 너도 그 보랏빛 꿈에서 그만 깨어나렴."

조세핀은 어머니 성화에 못 이겨 워렌 호프만과 일주일에 한 번 정도 영화 구경을 갔다. 워렌은 영화를 보는 동안 내내 그의 땀에 젖은 군은살이 박인 큰 손에 그녀의 조그만 손을 꼭 움켜쥐고 있었다. 그러나 조세핀은 스크린에 나타나는 영상에 넋을 잃고 있었기 때문에 그러는 그에겐 거의 관심이 없었다. 스크린 위에 펼쳐지는 세계는 그녀가 지금껏 함께 자라온 멋쟁이들과 아름다운 일들로 가득 찬 세계를 확대한 것으로, 그 세계보다 훨씬 더 크고 재미가 있었다. 조세핀은 어렴풋이나마 할리우드야말로 그녀가 바라는 모든 것, 즉 아름다움과 즐거움, 웃음과 행복을 제공해줄 수 있는 곳이라고 생각했다. 돈 많은 남자와 결혼하지 않고서는 그런 멋진 생활은 도저히 할 수 없으리라고 생각했지만, 돈 많은 남자는 모두 돈 많은 여자가 채가고 없었다. 그러나 단 한 사람만은 채가도록 내버려둘 수가 없었다.

데이빗 캐넌, 조세핀은 그를 생각하는 일이 많아졌다. 그녀는 오래 전에 매리 루의 집에서 그의 스냅 사진 한 장을 훔쳐둔 것이 있었는데, 그것을 벽장 속에 감춰두고는 기분이 울적할 때마다 꺼내보곤 했다. 그 사진을 볼 때마다 수영장 옆에 서서 '아이들을 대신해서 내가 사과하겠어.' 하고 말하던 데이빗의 모습이 떠올랐다. 그 사진을 보고 있노라면 우울한 기분이 눈 녹듯 사라지고 어느덧 그의 따사로운 손길을 느낄 수 있었다.

그녀는 그가 자기에게 옷을 가져다주던 악몽과도 같은 그날 이후 데이빗을 꼭 한 번 만난 일이 있었는데, 그는 가족들과 함께 차를 타고 있었다. 조세핀이 나중에 들은 이야기지만 그때 그는 영국 옥스퍼드로 가기 위해 기차역으로 가는 중이었는데 그것은 벌써 4년 전의 일이었다. 데이빗은 여름방학이나 크리스마스 때가 되면 집에 왔지만 한 번도 길에서 마주친 일은 없었다.

조세핀은 다른 여자아이들이 데이빗에 관해 이야기하는 것을 이따금 들은 일이 있었다. 그들의 말에 의하면, 데이빗은 아버지한테서 물려받은 재산 이외에도 할머니에게서 500만 달러의 신탁자금을 받았다고 했다.

데이빗이야말로 결혼할 만한 가치가 있는 남자였다. 그러나 가난뱅이 재봉사 딸인 폴란드 계집아이로서는 오를 수 없는 나무였다.

***

조세핀은 데이빗 캐넌이 유럽에서 돌아온 줄을 모르고 있었다.

7월 어느 토요일 저녁, 그날도 조세핀은 골든 데릭에서 일을 하고 있었다. 그날따라 날씨가 무더워서 오데사 인구의 절반이나 됨직한 많은 사람들이 그곳 드라이브인으로 몰려와 몸의 열기를 식히느라 레몬주스와 아이스크림, 소다수 등을 통째로 들이켜고 있었다. 조세핀은 정신을 차릴 수 없을 정도로 바빠서 잠시도 숨 돌릴 틈이 없었다.

마치 동물들이 초원의 물웅덩이에 몰려들듯이 차들이 연이어 꼬리를 물고 네온등이 켜 있는 드라이브인으로 파고들어왔다. 조세핀은 자동차용 쟁반에 치즈, 햄버거, 샌드위치, 콜라병을 받쳐 수없이 배달을 해야 했다. 그녀는 이번에도 메뉴와 함께 치즈, 햄버거, 샌드위치와 콜라병을 쟁반에 받쳐 들고 방금 들어와 멈춰선 흰색 스포츠카를 향해 바삐 달려갔다. 조세핀은 상대편 얼굴을 자세히 보지도 않은 채 의례적으로, 그러나 명랑하게 인사말을 던지며 메뉴를 건네주었다.

"안녕!"

그것이 데이빗 캐넌의 목소리라는 것을 알아차린 조세핀의 심장은 두방망이질치기 시작했다. 그의 모습은 더욱 미남으로 보이는 점을 빼놓고는 예전과 조금도 다름이 없었다. 오히려 그의 외모에는 외국 생활이 가져다준 성숙함과 자신감이 엿보였다. 시시 토핑이 그의 옆좌석에 앉아 있었는데 고급 실크스커트와 블라우스를 입어서인지 아름다워 보이긴 했지만 차가워 보이기도 했다.

"어머나, 조세핀이잖아? 이렇게 무더운 밤에 일을 하다니."

그녀의 말투는 마치 조세핀은 냉방장치가 잘되어 있는 극장에 가거나 데이빗 캐넌과 함께 스포츠카를 타고 드라이브를 하기보다는 이런 일을 하기를 더 좋아한다는 것처럼 들렸다.

"응, 난 바빠서 놀 시간이 없어."

조세핀은 그저 담담하게 말했다.

그녀는 데이빗 캐넌이 자신에게 미소를 짓고 있다는 것을 알았고, 그가 자기 마음을 알아주리라고 생각했다.

조세핀은 그들이 가버리고 난 후 한참 동안 데이빗 생각에 젖어 있었다. 그러고는 그가 그녀에게 한 말들을 하나하나 되뇌어 보았다.

'안녕? 블랭킷 피그와 루트 맥주를 줘요. 커피도 부탁해요. 냉음료수는 이렇게 무더운 밤에는 해롭죠. 여기서 일하는 재미가 어때요? 계산은 내가 할게요. 다시 만나서 반가웠어요, 조세핀.'

그는 그가 한 말 가운데 혹시 그녀가 알아차리지 못한 다른 뜻이 있나 싶어 곰곰이 되뇌어 보았다. 물론 그는 시시가 옆에 앉아 있었기 때문에 무슨 말을 하고 싶어도 할 수가 없었을 것이다. 아니, 사실 자신에게 별로 할 말이 없었는지도 모른다. 그녀는 그가 자기 이름을 잊지 않고 기억해주는 것만으로도 고마웠다.

조세핀은 식당의 조그만 부엌에 있는 싱크대 앞에서 생각에 잠긴 채 서 있었다. 바로 그때 멕시코인 요리사 파코가 그녀의 등 뒤로 와서 걱정스레 물었다.

"무슨 걱정이라도 있어? 눈빛이 이상해 보이는군."

그녀는 파코가 좋았다. 파코는 20대 후반으로 호리호리한 키에 인상 좋은 사나이였다. 긴장하거나 우울해하는 사람을 보면 늘 웃으면서 가벼운 농담으로 풀어주곤 하는 착한 남자였다.

"방금 그 사람이 누구죠?"

"아무도 아니에요, 파코."

조세핀은 웃으면서 대답했다.

"정말 미치겠군. 바깥에서 여섯 대의 굶주린 차들이 아우성치고 있어! 바모스!"

다음 날 아침 데이빗에게서 전화가 걸려왔다. 조세핀은 수화기를 들기도 전에 데이빗일 거라는 예감이 들었다. 그녀는 밤새도록 그를 생각하느라 잠도 제대로 잘 수 없었다. 이 전화벨 소리도 마치 꿈의 연장인 것만 같았다.

"내가 이곳에 없는 동안 성숙한 미인이 되었더군요."

이것이 그의 첫인사였다. 그녀는 행복에 겨워 심장이 터질 것만 같았다.

데이빗은 그날 그녀를 데리고 저녁식사를 하러 나갔다. 조세핀은 데이빗이 그의 친구들을 만날 수 없는 외진 작은 음식점으로 갔으면 하고 바랐으나 그는 자신의 단골 클럽으로 그녀를 데리고 갔다. 사람들마다 그들의 테이블에 와서 데이빗에게 인사했다. 데이빗은 조세핀과 함께 남의 눈에 띄는 것을 수치스럽게 생각하지 않을 뿐만 아니라, 오히려 자랑스러워하는 표정이었다. 그녀는 데이빗의 그런 점이 마음에 들었고 그 밖에 여러 가지 이유들로 인해 그를 사랑했다. 데이빗은 미남일 뿐만 아니라 온화했고, 이해심도 많아서 그의 곁에 있으면 그저 푸근하고 더할 수 없이 행복했다. 이 세상에 데이빗 캐넌보다 더 훌륭한 남자는 존재할 것 같지 않았다.

조세핀이 일을 끝내고 나면 그들은 매일같이 만났다. 조세핀은 14살이 되던 해부터 주위의 남자들이 치근덕거리는 바람에 많은 시달림을 받아왔다. 그것은 그녀의 육체가 성적인 매력을 지니고 있었기 때문이었다. 남자들은 늘 그녀를 주물러대려 했고 젖가슴을 만지거나 심지어는 그녀의 스커트 밑으로 손을 집어넣으려는 작자도 있었다.

그것이 얼마나 그녀의 반감을 사게 하는 일인지도 모르고 그렇게 하면 그녀를 흥분시킬 수 있으리라 착각한 것이다.

데이빗 캐넌은 그런 놈팡이들과는 전혀 달랐다. 그는 결코 그런 수치스러운 행동은 하지 않았다. 그가 어쩌다가 그녀의 허리에 팔을 두르거나 우연히 그녀의 몸에 손을 댈 때는 조세핀은 온몸이 짜릿해왔다. 그녀는 어느 누구에게서도 그런 느낌을 가져본 일이 없었기에, 하루라도 데이빗을 못 보면 아무것도 손에 잡히지 않았다. 그녀는 그를 사랑하고 있다는 사실을 부인할 수 없었다.

세월이 흐름에 따라 그들은 함께 있는 시간이 더욱 많아졌다. 조세핀은 바야흐로 기적이 일어났음을 깨달았다. 즉 데이빗도 그녀를 사랑하고 있음을 안 것이다. 그는 자기 신상에 관한 문제까지도 그녀와 의논했다. 심지어는 자기 가족과의 어려운 문제도 그녀와 의논했다.

캐넌 가문의 재산으로는 유전과 정유공장들 외에도 남서부의 큰 목장과 호텔, 그리고 몇 개의 은행과 커다란 보험회사가 있었다.

"어머니는 내가 사업을 인수받기를 원하시지. 하지만 나는 아직 내 인생을 어떻게 보내야 할지 결정을 못 내리겠어."

"그러고 싶지 않다고 말씀드리면 안 되나요, 데이빗?"

"그건 우리 어머니를 잘 몰라서 하는 얘기야."

조세핀은 전에 데이빗의 어머니를 만나본 적이 있었다. 그의 어머니는 몸집이 자그마한 여성으로, 어떻게 저런 몸에서 데이빗 같은 건장한 아들이 나올 수 있었을까 하고 의아할 정도로 작았지만 세 자녀를 낳았다. 그녀는 아이를 낳을 때마다 임신 전후로 심하게 앓았으며, 셋째 아이를 출산하고 나서는 심장병에 걸려 죽을 고비를 넘겼다. 그녀는 몇 년을 두고 자식들에게 이때의 고통을 귀에 못이 박이도록 되풀이해서 말해왔기 때문에 자식들은 어머니가 자기들에게 생명을 부여해주기 위해서 죽음의 위험도 불사했었다는 믿음을 가지고 성장했다. 자식들이 그렇게 생각했기 때문에 그녀는 가족을 마음대로 쥐고 흔들었다.

"나는 나대로의 인생을 살고 싶어. 하지만 어머니를 상심시켜드릴 짓은 할 수가 없어. 주치의 말에 의하면 어머니는 얼마 못 사신다고 하더군."

어느 날 저녁, 조세핀은 데이빗에게 할리우드에 가서 스타가 되고 싶다는 그녀의 꿈을 얘기했다. 그러자 그는, "너를 할리우드에 가도록 내버려두지 않겠어." 하고 나직하고 힘 있는 어조로 말했다. 조세핀은 갑자기 심장이 격렬하게 고동치는 것을 느꼈다. 그들은 만날 때마다 더욱더 가까워져 갔다.

조세핀의 출신이나 가정환경 따위는 데이빗에게는 전혀 상관이 없었다. 남들이 다 문제시하는 그런 속물근성을 데이빗에게선 조금도 찾아볼 수가 없었다. 그의 이런 순수한 사랑의 감정으로 인해 어느 날 밤에 있었던 대수롭지 않은 사건은 더욱 충격적인 사건이 되었다.

문을 닫을 시간이었다. 그때 데이빗은 그녀를 기다리며 자동차 안에 앉아 있었다. 조세핀은 마지막 남은 접시들을 치우면서 파코와 함께 조그만 주방에 있었다.

"데이트 약속이라도 있는 거야?"

파코가 물었다.

조세핀은 웃으면서 말했다.

"어떻게 아셨어요?"

"얼굴이 달덩이처럼 환해. 누군지 정말 행운이라고 내 대신 얘기 좀 전해줘."

파코가 말하자 조세핀은 밝게 웃으면서, "꼭 말씀 전해드릴게요." 하며 기쁨의 충동에 못 이겨 파코의 뺨에 키스를 했다. 그 순간 자동차 엔진 소리가 들리더니 이내 급정거할 때 나는 타이어가 땅을 끄는 소리가 들렸다. 조세핀이 돌아보니 데이빗의 흰색 승용차가 다른 승용차의 흙받이를 들이받으며 급회전하더니 드라이브인을 빠져나가고 있었다. 그녀는 차의 꼬리 등이 밤의 어둠 속으로 사라져가는 모습을 멍청히 바라보고 서 있었다.

새벽 3시였다. 조세핀은 그때까지도 잠을 못 이루고 침대에서 몸을 뒤척이고 있었는데 밖에서 자동차가 정차하는 소리가 들렸다. 그녀가 창문으로 뛰어가서 창밖을 내다보니 데이빗이 술에 잔뜩 취해 운전석에 앉아 있었다. 조세핀은 옷을 걸치고 밖으로 뛰쳐나갔다.

"타라고!"

데이빗이 위협조로 명령했다. 조세핀은 차문을 열고 들어가 그의 옆자리에 미끄러지듯 앉았다. 한동안 무거운 침묵이 흘렀다. 그의 목소리는 탁했다. 술을 마신 탓만도 아닌 것 같았다. 데이빗이 내뱉는 한 마디 한마디는 마치 작은 폭탄처럼 분노로 폭발하고 있었다.

"내가 너를 소유한 것은 아니니 어떻게 행동하든 네 자유겠지. 하지만 나와 교제를 하고 있는 이상 그런 시시껄렁한 멕시코 놈 따위와 키스하는 꼴은 참고 볼 수가 없어. 알겠어?"

조세핀은 어처구니가 없다는 듯이 그를 빤히 쳐다보았다.

"제가 파코에게 키스를 한 것은 그 사람이 내게 기분 좋은 말을 해주었기 때문이에요. 그 사람은 내 친구예요."

데이빗은 속에서 끓어오르는 격한 감정을 억제하기 위해서 심호흡을 한 다음 말했다.

"내가 지금까지 아무에게도 해주지 않은 이야기를 해주지."

조세핀은 그 내용이 무엇일까 하고 궁금히 여기면서 그가 말을 하기를 잠자코 기다리고 있었다.

"내게는 베스라는 누나가 있지. 나는 그 누나를 무척 사랑해."

조세핀은 어릴 적 매리 루의 집으로 놀러 다닐 때 이따금 만나본, 금발에다 피부가 고운 베스의 얼굴이 어렴풋이 떠올랐다.

"베스는 죽지 않았나요?"

"아니, 살아 있어."

데이빗의 말은 충격적이었다.

조세핀은 그를 빤히 쳐다보면서 "하지만 사람들은 누구나 다……" 하고 말을 꺼내려 했지만 데이빗은 말허리를 자르면서 그녀의 얼굴을 뚫어지게 보며 말했다.

"베스 누나는 지금 정신병원에 있어. 우리 집에 있던 멕시코인 정원사한테 강간을 당했지. 누나의 방은 내 방 건너편에 있었어. 누나가 비명을 지르는 소리를 듣고 나는 누나의 방으로 뛰어 들어갔지. 들어가 보니 그놈이 누나의 잠옷을 벗겨 내리고 그 짓을 하고 있었어. 그래서……."

데이빗의 목소리는 그때의 기억으로 격해졌다.

"내가 그놈과 엎치락뒤치락하고 있을 때 어머니가 뛰어들어 오셔서 경찰에 신고를 했어. 마침내 경찰들이 도착해서 그놈을 감옥에 보냈지. 그놈은 그날 밤 감방에서 자살을 했지만, 누나는 머리가 돌아버리고 말았어. 아마 평생 정신병원에서 지내야 할 거야. 내가 누나를 얼마나 사랑했는지는 말로 다할 수가 없어. 조세핀! 누나가 곁에 없는 것이 나는 너무 애통해. 그날 밤 이후 난……."

그는 목이 메어 말을 잇지 못했다.

그녀는 데이빗의 손을 잡으며, "미안해요, 데이빗. 이해해요. 나한테 그런 말까지 해줘서 기뻐요." 하고 말했다.

가출

그날 이후 이상하게도 그들 사이는 더욱 가까워졌다. 그들은 전보다 좀 더 솔직하게 마음속을 털어놓을 수 있게 되었다. 조세핀이 자기 어머니의 광신적 믿음에 대해서 얘기하자 데이빗은 웃으면서 말했다.

"우리 집안에도 그렇게 광신적인 삼촌 한 분이 계셨는데 끝내 티벳에 있는 수도원으로 가버리시더군."

어느 날 데이빗은 조세핀에게 심각한 어조로 이렇게 말했다.

"나는 다음 달이면 24살이 돼. 우리 집 가풍으로는 남자가 24살이되면 결혼을 해야 해."

그 말을 듣자 조세핀의 가슴은 마구 뛰었다.

그 다음 날 저녁, 데이빗은 글로브 극장의 입장권을 2장 샀다. 그런데 그가 막상 조세핀을 데리러 왔을 때 그는, "영화 관람은 그만두고 우리 장래에 대한 이야기나 의논할까?" 하고 말했다. 그 말을 듣는 순간, 조세핀은 자기가 이제껏 기도해왔던 간절한 소망이 마침내 실현되는구나 하고 생각했다. 그녀는 데이빗의 눈빛 속에서 그것을 읽을 수가 있었다. 그의 눈은 사랑과 소유의 욕망으로 가득 차 있었다.

"그래요. 듀웨이 호수로 드라이브나 해요."

조세핀이 말했다.

그녀는 데이빗의 프러포즈를 되도록이면 낭만적인 것으로 만들어 이 다음에 자식들에게 두고두고 이야기해주고 싶었다. 그녀는 오늘 밤의 순간순간들을 하나도 놓치지 않고 가슴속에 영원히 새겨두고 싶었다.

듀웨이 호수는 오데사에서 50마일쯤 떨어진 작은 호수였다. 어스름한 달이 조각배처럼 떠 있고 별이 빛나는 아름다운 밤이었다. 별들은 물 위에서 춤을 추었고 대기는 신비로운 세계의 진화 소리들로 가득해서 마치 눈에 보이지 않는 수백만의 생물들이 사랑을 불태우고 잡아먹혀 죽어가는 소우주와도 같았다.

조세핀과 데이빗은 밤의 적막 속에 묵묵히 앉아 있었다. 조세핀은 운전대에 앉아 있는 진지한 표정의 데이빗을 지켜보았다. 그녀는 이 순간처럼 데이빗에게 이토록 격렬한 사랑을 느껴본 적이 없었다. 그래서 그녀는 그를 위해 뭔가 멋진 것을 해주고 싶었다. 그에 대한 어떤 징표를 남겨주고 싶었다. 문득 좋은 생각이 떠올랐다.

"데이빗, 우리 수영해요."

"수영복도 없는데?"

"그런 건 상관없어요."

데이빗은 그녀를 돌아보면서 무슨 말을 하려 했지만 조세핀은 차에서 내려 호숫가로 뛰어 내려갔다. 조세핀이 옷을 벗고 있을 때 데이빗이 그녀의 등 뒤로 다가오는 소리가 들렸다. 조세핀은 따뜻한 물속으로 뛰어들었다. 잠시 후 데이빗도 물속으로 들어와 그녀 옆에 섰다. 조세핀은 몸을 돌려 그의 품에 안겼다. 데이빗의 눈은 그녀를 탐하는 욕정으로 불타올랐다. 그들은 물속에서 포옹을 했다. 그때 조세핀은 그의 군건한 남성이 자기 몸에 와 닿는 것을 느낄 수가 있었다.

"나가자, 조세핀."

데이빗의 목소리는 그녀에 대한 욕정으로 인해 잠겨 있었다.

"그래요, 데이빗."

그들은 물 밖으로 나와 호숫가에 눕자마자 한 몸으로 엉켰다. 하늘의 별들과 우단 같은 밤의 대기가 두 사람을 포근히 감싸주었다.

그들은 꼭 껴안은 채 한참 동안 누워 있었다. 데이빗이 그녀를 집까지 태워다준 시각은 한밤중이었다. 집에 오고 나서야 조세핀은 그가 자기에게 청혼을 하지 않았다는 사실이 떠올랐다. 그러나 이제 와서 그런 것은 문제가 되지 않았다. 이미 그들을 묶어놓은 사랑의 밧줄은 그 어떤 결혼식보다도 더 강한 힘으로 그들을 결속하고 있었다. 내일쯤은 정식 청혼은 할 테지, 하고 조세핀은 생각했다.

조세핀이 눈을 뜬 것은 다음 날 점심 무렵이었다. 그녀는 가슴 벅찬 행복감으로 만면에 미소를 지으며 그대로 자리에 누워 있었다. 그때 그녀의 어머니가 오래 되긴 했지만 멋진 웨딩드레스를 들고 그녀의 침실로 들어왔다.

"블루베이커 상점에 가서 망사 12야드를 사오너라. 이건 토핑 부인이 입었던 웨딩드레스인데, 나한테 이걸 토요일까지 고쳐서 시시가 입게 해달라고 부탁하더구나. 시시와 데이빗 캐넌이 결혼한다더라."

그야말로 청천벽력과도 같은 말이었다.

데이빗 캐넌은 그날 밤 조세핀을 집에 바래다주고는 곧장 그의 어머니를 뵈러 갔다. 그의 어머니는 그때까지 자지 않고 있었다. 한때는 퍽이나 아름다웠던 부인이었으나 지금은 허약해진 볼품없는 노파일 뿐이었다.

데이빗이 조명이 희미한 어머니의 방으로 들어가자 어머니는 감았던 눈을 떴고 그녀는 들어온 사람이 누구인가를 알고는 미소를 지으며 "데이빗이냐? 어디 갔다 이제야 오니." 하고 물었다.

"조세핀과 데이트하고 왔습니다. 어머니."

그녀는 이지적인 잿빛 눈으로 그를 망연히 바라볼 뿐 아무 말이 없었다.

"어머니, 조세핀과 결혼하겠습니다."

그녀는 고개를 흔들며 "그런 실수를 저질러서는 안 된다, 데이빗." 하고 타이르고는, "조세핀을 잘 모르고 있는 모양인데, 그 아이는 사랑스러운 아가씨이긴 하지만 캐넌 집안의 며느릿감으로서는 적합치가 않다고 생각되는구나. 시시는 너를 행복하게 해줄 거야. 네가 그 아이와 결혼하면 이 어미도 기쁘겠다." 하고 말했다.

데이빗은 어머니의 가냘픈 손을 잡고는, "어머니, 저는 어머니를 얼마나 사랑하는지 모릅니다. 하지만 결혼 문제만큼은 제 스스로 결정하고 싶습니다." 하고 애원했다.

"하지만 네 판단이 옳지 않다고 이 어미가 판단했을 때는 그렇게 하도록 내버려둘 수 없지 않겠니?"

그녀는 부드럽게 타일렀다. 그는 어머니를 똑바로 바라보았다.

"데이빗, 너 정말 네 판단이 옳다고 자신할 수 있겠느냐? 분별을 잃은 것은 아니냐? 아무튼 판단을 그르쳐서는 안 된다."

데이빗은 잡았던 어머니의 손을 놓았다.

어머니의 말은 계속되었다.

"네가 지금 무슨 일을 하고 있는지 알고나 있니, 애야?"

그녀의 목소리는 훨씬 더 부드러워졌다.

"어머니, 제발!"

"그런 일이 아니더라도 너는 이미 이 가정에 많은 잘못을 저지르고 있지 않니? 더 이상 사고를 치지 마라. 이젠 나도 더 이상 견뎌낼 기력이 없구나."

그 말을 들은 데이빗의 얼굴이 하얗게 변했다.

"제가 무슨 잘못을 저질렀단 말씀입니까. 저는 정말……."

"넌 이제 더 이상 떠돌아다닐 나이가 아니다. 이젠 너도 어른이야. 그러니 어른처럼 행동해주렴."

"어머니! 저는 조세핀을 사랑해요."

그의 목소리에는 괴로운 빛이 역력했다. 그의 어머니는 그 말을 듣자 갑자기 경련을 일으켰다. 데이빗은 당황하여 의사를 불렀고 잠시 후에 그와 의사는 어머니의 병세에 관하여 의논했다.

"데이빗, 아무래도 얼마 못 사실 것 같네."

그런 상황에서 그는 더 이상 고집할 수가 없었다. 그래서 그 길로 시시 토핑을 찾아갔다.

"시시, 사실은 난 너 말고 다른 여자를 사랑하고 있어. 그런데 어머니께서는 너와 내가 짝이 되어야 한다고 막무가내로 고집하신다. 그래서……."

데이빗은 솔직하게 말했다.

"나도 눈치 채고 있었어요."

"이런 부탁을 하는 것이 너무 부끄러운 일인 줄 알지만 어쩔 수 없어. 우선 나와 결혼한 다음 어머니가 돌아가시면 이혼해줄 수 있어?"

시시는 한참 동안 그를 빤히 쳐다보더니 부드러운 어조로, "당신이 원한다면 그렇게 하겠어요, 데이빗." 하고 말했다. 그는 가슴을 짓누르던 답답증이 일시에 사라진 듯 홀가분했다.

"고마워, 시시. 정말 고마워."

"그래서 친구가 좋다고 하잖아요."

그녀는 웃으면서 말했다.

데이빗이 떠나자마자 그녀는 데이빗 어머니에게 전화를 걸었다.

"어머니, 잘 해결되었어요."

그녀는 그렇게 말하고는 간단히 통화를 끝냈다.

데이빗은 자기가 직접 조세핀에게 자세한 내막을 설명하기 전에 그가 시시와 결혼한다는 사실을 그녀가 알게 될 줄은 꿈에도 생각지 못했다. 데이빗이 조세핀의 집에 도착했을 때, 그는 문간에서 그녀의 어머니와 마주쳤다.

"저, 조세핀을 만나러 왔습니다."

조세핀의 어머니는 승리감에 가득 찬 눈으로 그를 뚫어지게 바라보았다. 그러고는 마음속으로 '주 예수님께서는 그의 적들을 반드시 무찔러 내시어 악한 자들은 영원히 저주받게 되리라.' 하며 이 통쾌한 승리를 하나님의 은총으로 돌렸다.

데이빗은 다시 점잖게, "조세핀에게 의논할 일이 있어서 왔습니다." 하고 말했다. 그러나 조세핀의 어머니 크진스키 부인은, "조세핀은 떠났어! 집을 나가버렸단 말이야!" 하고 꽥 고함을 질렀다.

오데사-엘파소-산 베르나르디노-로스앤젤레스를 거쳐 가는 먼지가 잔뜩 앉은 그레이하운드 버스는 오전 7시에 바인 가에 있는 할리우드 정류장에 도착했다. 이틀간에 걸친 1500마일의 여행도중 어느 지점에서 조세핀 크진스키는 질 캐슬로 변신했다. 외적으로는 같은 사람처럼 보였지만 정작 달라진 것은 그녀의 내부였다. 그녀의 내부에서 무엇인가가 사라졌다. 웃음이 사라진 것이다.

그 결혼 소식을 들은 순간, 조세핀은 그곳에 더 이상 머물 수 없다는 것을 깨달았다. 그녀는 무심결에 옷들을 가방 속에 던져 넣기 시작했다. 그녀는 어디로 가야 하는지, 또 그곳에서 무엇을 해야 할지 아무것도 모르고 있었다. 다만 이곳으로부터 당장 떠나지 않으면 안 된다는 것만 알고 있었다.

침실에서 걸어 나와 벽에 붙은 영화배우의 사진을 보았을 때, 갑자기 조세핀은 어디로 가야 할지를 깨달았다. 그로부터 2시간 뒤, 그녀는 할리우드로 가는 버스를 타고 있었다. 버스가 새로운 행선지로 그녀를 싣고 달리는 동안 오데사와 그곳에서 함께 살던 사람들은 그녀의 마음속에서 점점 멀리 사라져갔다.

그녀는 자꾸만 심해져 가는 두통을 잊으려고 안간힘을 썼다. 머리에 느껴지는 견딜 수 없는 고통을 빠른 시일 안에 의사에게 보이지 않으면 안 될 것 같았으나 지금은 더 이상 그것에 신경을 쓸 수 없었다. 그것 또한 그녀의 과거의 한 부분이었다. 이제부터 인생은 멋진 것이 될 것이다.

조세핀 크진스키는 이미 죽었다.

질 캐슬 만세!

제2부

A Stranger in the Mirror

슈퍼스타가 되다

토비 템플은 행운의 여신의 치맛자락을 단단히 움켜잡게 되었다. 친자 확인 소송, 충수파열, 미합중국 대통령 덕분에 슈퍼스타가 되었다.

워싱턴 프레스 클럽은 연례 만찬회를 준비하고 있었는데, 주빈은 미합중국 대통령이었다. 그 만찬회는 세상에 널리 알려진 연례행사로 부통령, 상원의원, 내각의 각료, 대법원 판사와 초대장을 사거나 빌리거나 훔칠 수 있는 명사들이 참석하고 있었다.

이 만찬회는 항상 국제적인 언론의 주목의 대상이 되었기 때문에, 사회자의 자리는 모두가 군침을 흘리는 영광스런 자리였다. 그 해에도 미국의 일류 코미디언 중 한 사람이 사회자로 선정되었다. 그 코미디언은 그 일을 수락한 일주일 뒤에 15살 소녀가 관련된 친자 확인 소송의 피고로 법정에 서게 되었다. 그러자 고문 변호사의 권고로, 즉시 휴가를 핑계로 미국을 떠났다. 만찬 위원회는 두 번째 후보인 유명한 영화배우 겸 텔레비전 스타에게 배턴을 넘겼다. 그는 만찬회 전날 밤 워싱턴에 도착했다. 만찬회 당일인 다음 날 오후, 그의 매니저가 전화를 걸어 그 배우가 충수가 파열해서 갑자기 수술을 받기 위해 병원에 입원했다고 통지해왔다.

만찬회는 겨우 6시간 뒤로 임박해 있었다. 위원회는 미친 듯이 그 자리를 맡을 사람의 명단을 뒤졌다. 그럴 듯한 사람들은 영화 촬영이나 텔레비전 쇼 스케줄 때문에 그 시간에 맞춰 워싱턴에 도착하기에는 너무 먼 곳에 있었다. 한 사람씩 후보자가 제외되고 마지막으로 명단의 밑바닥 근처에서 토비 템플의 이름이 떠올랐다. 한 위원이 고개를 가로저으며 반대했다.

"템플은 나이트클럽 코미디언일세. 너무 말이 거칠어서 말이야. 대통령께서 참석하는데 그런 사람을 내세울 수는 없지."

"우리가 원고를 손봐주면 괜찮을 걸세."

위원회 의장이 주위를 둘러보며 말했다.

"여러분, 그 친구로 정합시다. 하여간 그는 뉴욕에 있고, 한 시간이면 이곳에 올 수가 있소. 그 빌어먹을 놈의 만찬회가 오늘밤이라는 것을 기억합시다!"

그것이 바로 위원회가 토비 템플을 선택한 이유였다.

토비는 연회장에 참석한 사람들을 둘러보면서 이곳에 폭탄이 떨어진다면 미국 정부는 지도자들을 전부 잃겠구나 하고 생각했다.

대통령은 상석에 마련된 의장석 테이블 한가운데 정좌해 있었고, 그 뒤에 비밀 경호원 5, 6명이 서 있었다. 모든 사람들이 마지막 준비를 하느라 정신없이 바빠서 아무도 토비를 대통령에게 소개할 겨를이 없었지만 토비는 개의치 아니했다. 대통령이 꼭 자신을 기억하도록 해야겠다고 토비는 생각했다.

토비는 준비위원회의 위원장인 도우니와 나누었던 얘기를 생각했다. 도우니는, "우리는 자네 유머를 무척이나 좋아하네. 토비, 자네가 관객들을 공격할 때는 정말 일품이야." 하고 말했다. 그런 다음 목청을 가다듬어 힘겹게 말을 계속했다.

"토비, 오늘 이 좌석은 매우 조심스러운 자리일세. 내 말을 오해하지는 말게. 여기에 오신 분들은 자기 자신이 익살의 대상이 되는 것을 달갑게 생각하지 않는다네. 왜냐하면 오늘 이 자리에서 벌어지는 일들은 낱낱이 방송을 통해 전 세계로 보도되기 때문이지. 그러니 대통령님은 물론, 각료들의 입장을 난처하게 하는 말은 그 누구든 삼가주기를 바라네. 다시 말하자면, 자네가 재미있게 웃기는 건 좋지만, 절대로 누군가의 비위를 건드리는 말은 하지 말기 바라네."

이 말을 듣고 토비는, "저를 믿으십시오." 하고 도우니 위원장을 안심시켰다.

식사가 다 끝나가고 있었다. 도우니 위원장이 마이크 앞에 서서, "대통령님, 그리고 내외 귀빈 여러분. 여러분에게 오늘 만찬회의 사회자이며, 가장 발랄한 젊은 희극배우인 토비 템플 씨를 소개하게 된 것을 기쁘게 생각합니다." 하고 말했다.

토비가 자리에서 일어나 마이크 앞으로 가는 동안 의례적인 박수가 있었고, 그는 관객들을 둘러본 다음 대통령 쪽을 바라보았다.

대통령은 소박하면서도 격의가 없는 분이었다. 대통령은 전국 방송망을 통해 연설할 때마다 '인간 대 인간의 관계'를 강조하면서 "그런 인간적인 관계야말로 우리가 필요로 하는 것입니다. 우리는 컴퓨터에 의존하는 일 따위는 더 이상 하지 말아야 하며, 인간의 본성을 다시금 회복해야 합니다. 나는 외국 수뇌들과 자리를 같이할 때는 격의 없는 협상을 하고 싶습니다."라는 말을 자주 해왔다. 이 말은 거의 유행어가 되다시피해서 국민들의 인기를 끌었다.

토비는 대통령을 바라보면서 자랑스러운 목소리로, "대통령님, 저는 전 세계를 자신의 당나귀 귀에 묶어놓고 있는 위대한 분과 같은 단상 위에 서 있음을 일생일대의 영광으로 생각합니다." 하고 말했다.

일순간 장내가 물을 끼얹은 듯 조용했다. 그런데 대통령이 처음에는 키득키득 웃다가 너털웃음을 터뜨리자, 관객들은 일시에 폭탄 터지듯 웃음을 터뜨렸고 박수를 쳤다. 그때부터 토비는 청산유수 격으로 퍼부어댔다. 그는 상원의원, 법원장, 신문기자들, 닥치는 대로 마구 공격하며 쏟아냈다. 그들은 토비가 재치 있게 유머로 자기들을 공격하는 것을 알고는 환호성을 질렀다. 소년처럼 천진난만하게 생긴 사람이 쏟아내는 이런 익살은 오히려 기가 막히게 재미있는 일이었다. 그날 저녁 만찬회 석상에는 외국의 장관들도 참석했는데 토비가 외국어로 이중 통역을 하면서 익살을 부리자, 외국 장관들도 그를 격려하듯 고개를 끄덕였다. 토비는 그들을 칭찬하기도 하고 호되게 꾸짖기도 하며 얘기를 술술 풀어나갔는데 그는 모자라는 얼간이 같으면서도 매우 재치가 있어 보였다. 토비가 거칠게 횡설수설하는 것 같아도 그 의미는 너무나도 명확해서 연회석상에 있는 사람들은 누구나 다 그가 무슨 얘기를 하는지 알고 있었다.

토비는 기립박수를 받았다. 대통령이 토비 앞으로 걸어와서, "정말 멋졌네. 아주 훌륭했어. 토비, 월요일 저녁 백악관에서 만찬회가 있을 예정인데 와 주겠나?" 하고 말했다.

다음 날, 모든 신문이 대통령이 토비 템플을 초대한 것을 대서특필했다. 토비가 만찬회 석상에서 한 익살들은 곧 모든 사람들이 흉내를 내어 유행어가 되다시피 했다. 그는 백악관에서 사회를 맡아달라는 청탁을 받았는데 백악관에서는 더욱 요란한 선풍을 일으켰다. 세계 곳곳에서 토비와 계약을 하기 위한 거액의 손길을 뻗쳐왔다.

그 후 토비는 런던의 팔라디움에서 여왕을 모시고 공연을 하기도 했으며, 자선 공연을 위한 심포니 오케스트라의 사회를 맡아달라는 부탁을 받기도 했고, 국립예술위원회의 부탁을 받기도 했다. 그는 대통령과 자주 골프를 쳤으며 백악관에서 만찬회가 있을 때마다 초대를 받았다.

토비는 국회의원, 주지사 그리고 미국 대기업체들의 사장들을 만났다. 그는 이들 모두에게 함부로 말을 내뱉었다. 토비가 그들을 격렬하게 퍼부어대면 댈수록 그들은 더욱더 즐거워했다. 그들은 자기 손님들에게 신랄한 위트를 거침없이 해대는 토비를 그들 곁에 두기를 좋아했다. 토비와의 교제는 곧 저명인사의 상징이 되다시피 했다. 접근해오는 상담의 손길들을 주체하기가 힘들 정도였다.

클립톤 로렌스는 토비 못지않게 이러한 상담 쇄도에 흥분을 감추지 못했다. 여기서 느끼는 클립톤의 흥분은 사업이나 돈과는 무관했다. 토비 템플과 같은 훌륭한 인재를 만나게 되었다는 사실에 감격했다. 클립톤은 토비를 친아들처럼 생각했고 다른 스타들보다 유달리 더 많은 신경을 썼다. 그러한 노력의 보람이 있어 토비는 열심히 노력했으며, 그 결과 그의 연기술은 완벽하게 되어 미의 결정체인 다이아몬드처럼 찬란하게 빛났다. 게다가 그는 의리가 있었으며 관대했는데 이는 연예계에서는 흔치 않은 훌륭한 태도였다.

"토비, 라스베이거스에 있는 일류 호텔들마다 자네를 잡으려고 안달이야. 그들이 원하는 조건은 출연료를 원하는 대로 지불할 테니 되도록이면 오래 출연해달라는 거야. 내 책상 위에는 20세기폭스사, 유니버설 영화사, 팬퍼시픽 영화사에서 갖다 준 대본들로 빽빽하다네. 모두가 다 주연 급으로 등장하는 역할들이지. 유럽 공연을 하고 싶다면 그렇게 할 수도 있고, 게스트로 출연하고 싶다면 그것도 가능해. 그리고 단독 텔레비전 출연도 가능하지. 그러면서도 라스베이거스에서 공연을 하거나 1년에 영화 한 편 정도는 찍을 시간적인 여유가 있을 거야."

"텔레비전 쇼에 단독 출연을 하면 얼마나 받을 수 있나요?"

"잘하면 주당 버라이어티 쇼 한 시간 하는 데 1만 달러는 받아낼 수 있을 거야. 그런 조건으로 2, 3년간 계약을 체결할 수 있겠지. 방송국 측에서 자네라면 사족을 못 쓰고 있으니까 그 정도 조건도 충분히 받아들일 걸세."

토비는 기분이 느긋해져서 소파에 기대앉았다. 쇼 한 번 출연에 1만 달러이고, 1년이면 최소한 40회는 출연할 수가 있다. 그런 조건에 3년을 계약한다면 수입이 100만 달러 이상이 될 것 같았다. 그것은 그야말로 엄청난 금액이었다.

토비는 클립톤을 바라보았다. 클립톤은 이런 얘기를 대수롭지 않은 듯이 수월하게 했지만, 내심으로는 흥분 상태에 있다는 것을 토비는 직감할 수 있었다. 그는 토비가 방송국과 계약해주기를 바랐다. 그도 그럴 것이 계약만 체결한다면 클립톤은 토비의 재능과 땀의 대가로 앉아서 커미션으로 12만 달러를 벌 수 있기 때문이었다. 클립톤은 과연 그런 엄청난 돈을 받을 만한 자격이 있는 사람인가?

로렌스는 지금껏 한 번도 지저분한 싸구려 술집에서 일해본 적도 없고, 술 취한 관객들로부터 빈병 세례를 받아본 일도 없으며, 얻어걸리는 것이라고는 '화장실 서커스'를 드나드는 매춘부들뿐이었기 때문에 임질을 고치려고 돌팔이의사를 찾아가본 일도 없으리라.

바퀴벌레가 득실거리는 싸구려 여인숙 방과 지저분한 음식들, 그리고 그 지옥과도 같은 고장들을 밤새워 버스를 타고 달리는 따분하고 지리한 여행을 클립톤 로렌스 같은 사람이 알 리가 없었다. 이와 같은 쓰라린 고생을 그가 이해할 리 만무했다. 어떤 비평가가 토비에게 하루아침에 벼락출세한 배우라고 평했을 때 토비는 신경질적으로 웃었다.

지금 토비는 로렌스의 사무실에 앉아 있었다. 그는 클립톤에게, "텔레비전 쇼를 하고 싶습니다." 하고 말했다.

6주일 뒤, 텔레비전 쇼의 계약은 콘솔리데이티드 방송국과 체결되었다.

"방송국 측에서는 스튜디오를 선정해서 쇼 프로로 인한 결손 분을 메우려하더군. 그것은 오히려 잘되었다고 생각해. 왜냐하면 이 기회에 영화사와 거래를 틀 수가 있거든."

로렌스가 토비에게 말했다.

"어느 영화사입니까?"

"팬퍼시픽이야."

토비는 얼굴을 찡그리면서, "그럼 샘 윈터스가 있는 영화사로군요." 하고 말했다.

"맞았어. 그 사람이야말로 일류 영화사 사장이지. 그건 내가 보증하네. 게다가 그는 〈서부의 사나이〉 소유권도 가지고 있다네. 나는 자네가 그 영화에 출연해주기를 바라고 있네."

"전 샘 윈터스와 군대에 같이 있었습니다. 그 친구에게 빚을 좀 갚을 게 있죠. 그 거지 발싸개 같은 건방진 놈!"

토비가 내뱉듯이 말했다.

클립톤 로렌스와 샘 윈터스는 팬퍼시픽 스튜디오의 스포츠센터 안에 있는 사우나탕에 들어앉아 있었다. 뜨거운 열기와 함께 유칼리 향내가 진하게 풍겨 나왔다.

"요는 돈이 필요한 사람이 누구냐 하는 것이죠. 인생이란 다 그런

거 아니겠어요?"

클립톤이 한숨을 쉬고는 빙긋이 웃으며 말했다.

"당신은 나와 상담할 때마다 왜 그런 식으로 말하죠, 클립톤?"

"난 당신을 망치게 해드리고 싶지 않아요."

"콘솔리데이티드 방송국과 큰 계약을 했다면서요?"

"네, 그렇습니다. 방송국 사상 최대의 계약을 했습니다."

"쇼로 인한 결손을 어떻게 메우려 하던가요?"

"왜 마음에 안 내키십니까, 샘."

"아뇨, 저도 관심이 있어서요. 영화 출연 계약까지도 생각하고 있습니다. 얼마 전에 〈서부의 사나이〉를 구입했습니다. 아직까지 발표하지는 않았습니다만 그 역할에는 토비가 가장 적임자라고 생각하고 있습니다."

클립톤 로렌스는 난처하다는 듯이 얼굴을 찡그리면서, "이런 제기랄! 이 사실을 진작 알았더라면 좋았을 걸 그랬습니다, 샘. 이미 MGM 사와 계약을 해버렸으니……." 하고 말했다.

"그럼 계약을 완전히 끝낸 건가요?"

"사실상 그런 셈이죠. 그 사람들에게 약속을 했으니까요."

20분 뒤 클립톤 로렌스는 토비 템플에게 유리한 쪽으로 협상을 끌어나가 팬퍼시픽 스튜디오에서 '토비 템플 쇼'를 제작하기로 하고 토비를 〈서부의 사나이〉 주연으로 출연시키도록 일단락 지었다.

협상을 더 오래 끌 수도 있었으나, 사우나탕의 뜨거운 열기를 더 이상 참을 수가 없었다.

토비 템플은 계약을 할 때 연습 공연에는 참석하지 않겠다는 사항을 명기시켰다. 토비가 참가하는 것은 촌극에 등장하는 게스트 스타와 무용수들과의 연습 공연 때뿐이었다. 그러고는 마지막 연습 공연

211

에 참석하여 시작만 해주면 되었다. 그런 식으로 해서 토비는 그의 출연에 신선한 맛과 박진감을 유지할 수 있었다.

1956년 9월, 공연 첫날 오후, 토비는 쇼가 개봉되는 바인 가에 있는 극장으로 가서 쇼가 진행되는 것을 지켜보았다. 토비가 등장할 차례가 되자, 극장 안은 갑자기 조명으로 휘황찬란했고 그가 무대 위에 올라서자 쇼는 생기를 띠었으며 한층 빛을 더했다.

그날 나이트쇼가 개봉되어 방송이 되자, 4천만의 시청자들이 너나없이 이 프로를 시청했다. 마치 텔레비전이 토비 템플을 위해 만들어진 것 같았다.

방송이 끝나자 토비의 인기는 급상승했고 모든 사람들이 그를 자기 집에 초대하고 싶어 했으며 그 쇼는 급기야 닐슨 순위 1위로 뛰어올라 굳건한 자리를 지켰다. 토비는 드디어 슈퍼스타가 된 것이다.

생존경쟁

질 캐슬에게 있어서 할리우드는 그녀가 상상했던 것을 훨씬 뛰어넘는 매우 흥미로운 곳이었다. 그녀는 배우들의 저택을 관광하면서 자기도 언젠가는 벨 에어나 베벌리힐스에 그들과 같은 아름다운 집을 갖게 될 것이라고 상상했다. 그러나 지금으로서는 어쩔 수 없이 브론슨 가에 있는 목조 건물의 낡은 집에 세 들어 사는 것으로 만족해야 했다. 그것은 내부를 개조해 12개의 작은 방으로 나눈 싸구려 하숙방이었다. 이런 싸구려 방을 얻은 것은 그동안 근근이 모은 200달러를 최소한으로 절약해서 쓰기 위해서였으며 그 하숙집은 할리우드 심장부인 바인 가에서 걸어서 몇 분 거리밖에 안되었기 때문에 영화사에 드나들기가 편리했다.

이 집을 선택한 데에는 거리가 가깝다는 점 말고도 또 다른 이유가 있었다. 이 집에는 하숙인들이 10여 명 있었는데, 이들 모두가 영화계에 진출하고 싶어 하거나 또는 현재 엑스트라나 단역으로 출연하고 있었고, 영화계에서 은퇴한 사람들도 있었다. 소위 선임들은 부옇게 바랜 원피스에 머리에는 컬을 끼고 있거나 꾀죄죄한 양복에 다 낡아 터진 구두를 질질 끌면서 온종일 집안에 틀어박혀 있었다.

그들은 늙은 것이 아니라 제풀에 폐인이 된 사람들이었다. 이 하숙집에는 다 부서져가는 스프링이 튀어나온 소파 몇 개가 놓여 있는 공동 거실이 하나 있었는데, 하숙인들은 이 거실에 모여 쓸데없는 소문 나부랭이들을 저녁 내내 주고받으며 시간을 보냈다. 저마다 질에게 한마디씩 충고해주었는데 그 대부분이 얼토당토않은 충고들이었다.

"영화계에 발을 들여놓고 싶으면 AD를 직접 찾아나서야 된다고."

이 말은 최근에 텔레비전 시리즈에서 해고당해 죽을상이 된 한 여인이 질에게 하는 충고였다.

"AD가 뭐예요?"

질이 물었다.

"조감독을 말하지. 단역을 고용하는 건 완전히 AD에게 달렸어."

그녀는 그것도 모르느냐는 투로 퉁명스럽게 말했다.

질은 그녀의 도도한 태도에 기가 죽어 '단역'이 무엇이냐고 재차 물어볼 수가 없었다.

"내 말대로 해서 재수가 좋으면 배역감독을 만날 수도 있지. 조감독은 자기 영화에만 사람을 쓸 수 있지만, 배역감독은 어떤 영화에도 출연시킬 수가 있어."

이것은 팔순은 되어 보이는 한 이 빠진 노인이 해준 충고였다.

그 노인이 하는 말을 듣고 머리가 벗겨진 한 남자배우가 한마디 거들었다.

"그건 불가능한 얘기예요. 배역감독들은 거의가 다 동성연애자들이거든요."

"아무려면 어때요? 내 말은 그들을 통하면 어쨌든 발은 붙일 수가 있다는 말이지요."

작가 지망생인 한 안경 낀 청년이 끼어들었다.

"엑스트라로 시작하는 건 어때요?"

질이 머뭇거리며 물었다.

"그건 중심 배역감독에게……."

"어림없는 소리! 중심 배역감독의 마음에 들기가 그렇게 쉬운 줄 알아요? 장기를 가진 자가 아니면 등록조차 받아주지 않아요."

"저, 죄송하지만 장기자가 뭐죠?"

"장기자란, 말하자면 신체적으로 특별하거나 특별한 재능을 가진 자를 말해요. 신체 불구자는 보통 엑스트라들이 21달러 50센트를 받는데 33달러 58센트를 받죠. 말을 탈 줄 아는 사람은 28달러 33센트를 받을 수 있고, 카드놀이를 할 줄 알거나 주사위노름을 할 줄 하는 사람은 28달러 33센트, 미식축구나 야구를 할 줄 아는 사람은 신체 불구자와 같은 수준인 33달러 58센트, 낙타나 코끼리를 탈 줄 아는 사람은 55달러 94센트를 각각 받을 수 있어요. 내 말대로 해요. 엑스트라가 되겠다는 생각일랑 버리고 단역 쪽으로 밀고 나가라고요."

"엑스트라와 단역이 어떻게 다른지 저는 잘 모르겠는데요?"

"단역이란 적어도 대사를 한 줄쯤은 하는 역이고, 엑스트라는 여럿이 함성 따위를 지르는 경우를 제외하고는 말을 해선 안 되는 역이지."

"우선 가장 시급한 일은 에이전트를 물색하는 일이에요."

"어떻게 해야 에이전트를 구할 수 있죠?"

"〈스크린 액터〉지는 영화배우 조합에서 발행하는 잡지인데, 그 책에 에이전트 명단이 죄다 실려 있지. 내 방에 한 권 사다 둔 것이 있는데 빌려주지."

그들은 질과 함께 에이전트들의 명단을 훑어 내려가다가 거물급 에이전트는 피하고 그다지 이름이 알려지지 않은 에이전트의 명단 란에 이르렀다. 질의 입장으로서 거물급 에이전트에게 감히 접근할 수 없으리라는 의견이 일치되었던 것이다.

질은 자신에게 적당할 것 같은 에이전트들의 이름을 빽빽이 적어 하나하나 찾아다니기 시작했다. 처음으로 찾아갔던 6명의 에이전트들은 그녀에게 면회조차 해주지 않았다. 그녀가 일곱 번째 에이전트를 찾아갔을 때 그는 막 퇴근하려던 참이었다.

"실례합니다. 저, 에이전트를 찾고 있는 중인데요."

그는 잠시 동안 질을 쳐다보더니 퉁명스럽게 내뱉었다.

"어디, 당신 사진첩 좀 봅시다."

질은 무슨 뜻인지 몰라 멍청하게 그를 바라보았다.

"무슨 말씀이신지요?"

"저런, 시골에서 막차 타고 올라오셨구먼. 여기선 사진첩 없이는 일자리를 구할 수가 없어요. 가서 여러 가지 포즈로 사진을 찍어 와요. 몸매가 멋지게 빠지긴 했지만 그것만 가지곤 안 되지."

질은 하는 수 없이 데이빗 셀즈니크 스튜디오 근처에 있는 클루버 시티 사진관에 가서 거금 35달러를 들여 여러 가지 포즈를 취하면서 사진을 찍었다. 일주일 뒤에 사진첩을 찾으러 갔다. 아무리 봐도 사진에 나온 자신의 모습이 실물보다 아름다워 보이는 것 같았다. 그녀의 육체가 지니고 있는 모든 매력을 카메라가 속속들이 잡아낸 것이다. 애처로운 모습, 화를 내는 모습, 사랑스러운 모습, 선정적인 모습 등 여러 가지 포즈의 사진들이 있었다. 사진사가 그 사진들을 셀로판지에 한 장씩 넣은 뒤 사진첩으로 묶어 그녀에게 건네주며 말했다.

"이 사진첩 앞면에 출연 경력을 적으세요."

경력, 이것이 취해야 할 다음 단계였다.

사진첩을 만든 뒤 2주 동안 내내 질은 그녀가 메모한 에이전트들을 계속해서 찾아다녔지만 아무도 거들떠보지 않고, 고작 한다는 소리가, "밤차로 올라온 아가씨로군." 하고 빈정거릴 뿐이었다. 또 어떤 에이전트는 다음과 같은 말을 해주기도 했다.

"여길 찾아오는 아가씨들은 모두 아가씨처럼 아름다워요. 바로 그것이 문제입니다. 외모 상으로는 엘리자베스 테일러나 라나 터너 또는 애바 가드너 못지않게 다들 멋집니다. 아가씨가 다른 고장에서 영화계 아닌 다른 직장을 구하려 한다면 서로 데려가려고 아우성을 칠 거예요. 아가씨는 그 정도로 아름답고 성적인 매력도 있고, 몸매도 아주 훌륭해요. 어쩌면 이곳 할리우드에선 미인을 구하는 일은 마치 약방에 가서 약을 사는 일만큼이나 쉽죠. 내로라하는 절세의 미인들이 세계 곳곳에서 모여드니까요. 그들의 경력도 다양합니다. 어떤 아가씨는 고등학교 시절에 학교 연극에서 주연을 맡았는가 하면, 또 어떤 아가씨는 미인 경연대회에 나가 입상한 적도 있고, 또 그런가 하면 남자 친구가 영화배우가 되는 것이 좋겠다는 권유에 따라 배우를 지망하는 아가씨도 있어요. 그야말로 각양각색이죠. 이런 아가씨들이 수천 명씩 떼 지어 이곳 할리우드로 몰려듭니다. 누구나 다 비슷비슷해요. 여기 온 지 얼마 안 되어서 잘 모를 테지만 내 말을 명심해요."

질은 옆방 친구들의 도움을 받아 에이전트 목록을 다시 작성했다. 이번에는 먼젓번 에이전트들보다 더 급수가 낮은 사람들을 택했다. 그들의 사무실은 훨씬 더 좁았고, 그 위치도 싸구려 임대지역에 있었다. 그러나 결과는 마찬가지였다. 어디를 가나 경험이 없다는 이유로 거절당했다.

"경력을 쌓은 다음에 다시 한 번 와줘요. 아주 미인이군요. 내가 알기로는 그레타 가르보 이후로 아가씨 같은 미인은 처음입니다. 하지만 그만한 정도의 연기 경력을 쌓은 아가씨를 구하는 데 시간을 낭비할 수는 없어요. 출연 경력만 쌓는다면 그땐 꼭 아가씨의 에이전트가 되어주죠."

"하지만 아무도 나에게 기회를 주지 않는데 어떻게 경력을 쌓을 수 있죠?"

그 에이전트는 고개를 끄덕이면서 말했다.

"그래요. 바로 그것이 문제로군요. 아무튼 행운을 빌어요."

이제 찾아가 볼 만한 에이전트들은 모조리 찾아가 보고 그녀의 목록에는 단 한 사람만 남아 있을 뿐이었다. 그것은 그녀가 할리우드에 있는 메이플라워 다방에서 우연히 사귄 한 아가씨로부터 추천받은 에이전트였다.

그 사무실 이름은 더닝 중개소라고 했는데, 주거 지역인 라시네 가에서 조금 떨어진 한 작은 방갈로였다. 질은 상담 약속시간을 정하기 위해 그 사무실로 전화를 걸었다. 6시까지 오라는 말에 질은 약속 시간에 맞추어서 그 사무실로 찾아갔다. 사무실은 거실을 개조한 흔적이 여기저기 엿보였다. 부서져가는 책상이 하나 놓여 있었고 그 위에는 너절하게 종이가 흩어져 있었다. 그 외에 반창고로 땜질한 인조 가죽 커버를 씌운 소파와 네 귀가 뒤틀린 의자 3개가 여기저기 아무렇게나 놓여 있었다. 얼굴에 곰보 자국이 있는 키가 크고 몸집이 우람한 여자가 한쪽 방에서 나오더니 "어서 오세요. 어떻게 오셨나요?" 하고 질을 맞았다.

"저는 질 캐슬이라고 합니다. 미스터 더닝을 뵙기로 약속이 되어 있습니다만……."

"더닝은 남자가 아니라 여자죠. 내가 바로 더닝이에요."

"아, 그러세요. 실례했습니다."

"괜찮아요."

흥분으로 잔뜩 긴장한 질은 순간적으로, 왜 진작 여자 에이전트를 생각해내지 못했을까 하는 후회감이 들었다. 산전수전 다 겪은 여자 에이전트라면 자기와 같은 햇병아리의 심정을 누구보다도 잘 이해해 주리라고 생각했다. 같은 여자 입장으로서 남자 에이전트들보다 더 친절하게 대해줄 것 같았다.

"사진첩을 가지고 오셨군요. 좀 봐도 괜찮겠죠?"

질은 사진첩을 그녀에게 건네주었다. 그 여인은 자리에 앉아 사진 첩을 펼쳐들고는 한 장 한 장 넘길 때마다 계속 고개를 끄덕이면서, "사진이 아주 잘 받는군요." 하고 칭찬했다.

질은 감격한 나머지 뭐라고 말해야 좋을지 몰라서 '감사합니다'를 연발했다. 그 여인은 수영복 차림의 사진을 한참이나 들여다보고 나서, "몸매가 아주 훌륭하군요. 그건 아주 중요하죠. 어디 출신이죠?" 하고 물었다.

"텍사스 주 오데사입니다."

"할리우드에 온 지는 얼마나 됐습니까?"

"2개월가량 되었어요."

"에이전트는 몇 사람이나 만나봤습니까?"

질은 순간적으로 거짓말을 하고 싶었으나 그 여인의 눈이 연민의 정과 이해로 가득 찬 것을 느끼고 바른대로 대답했다.

"30명쯤 됩니다."

"그래서 마지막으로 이 로즈 더닝을 찾아오신 거로군요. 차라리 잘 된 일이에요. 나는 유명한 에이전트는 못되지만 내가 관리하는 사람 중에서 일거리가 없어서 쉬는 사람은 없어요."

"그런데 저는 출연 경력이 전혀 없습니다."

그 여인은 놀라는 기색도 없이, "경력이 있다면 윌리엄 모리스 같은 유명인을 찾아갔겠죠. 이를테면 나는 조련사와 같다고나 할까요. 재능 있는 사람들을 뽑아 쓸 만한 정도로 키워 놓으면 일류 중개소에서 그들을 채간답니다."

실로 몇 주일 만에 처음으로 질은 희망적인 말을 들을 수가 있었다.

"그러시다면 저를 알선해주실 의향이 있으신가요?"

"아가씨의 절반도 안 되는 못생긴 사람들에게도 일자리를 구해주고 있습니다. 그러니까 문제없을 거예요. 경험을 쌓자면 그 방법밖에는 없어요. 그렇잖아요?"

질은 고마워서 목이 멜 지경이었다.

"이 빌어먹을 할리우드에서의 가장 어려운 애로 사항은 아가씨 같은 훌륭한 사람들이 기회를 잡을 수 없다는 점이지요. 영화사들마다 신인 배우들을 물색 중이라고 떠들어대면서도 실은 높게 벽을 쌓아놓고 아무도 들어오지 못하게 막고 있습니다. 정말 웃기는 일이죠. 아가씨가 할 만한 일이 세 가지 있어요. 하나는 주간 방송물이고, 다른 하나는 토비 템플 영화에 단역 출연하는 것이고, 또 하나는 테시 브랜드의 새 영화에 출연하는 것입니다."

질의 머리는 황홀한 기분으로 핑핑 돌았다.

"하지만, 저 같은 사람을 그들이 어찌……."

"내가 추천하면 받아줄 겁니다. 나는 지금까지 엉터리들을 보내준 적이 없으니까. 하지만 단역이라는 점을 이해해야 합니다. 이제 시작한다고 생각하면 돼요."

"정말 뭐라고 감사 말씀을 드려야 할지 모르겠습니다."

"연속 방송극 대본을 가지고 있는 것이 있을 겁니다. 내가 찾아볼게요."

로즈 더닝은 통나무 같은 다리로 의자를 밀치고 일어서더니 옆방으로 가면서 질에게 따라오라고 손짓했다.

그 방에는 창 밑 구석에 더블 침대가 하나 놓여 있고, 맞은편 구석에는 서류용 철제 캐비닛이 세워져 있었다. 로즈 더닝은 캐비닛의 서랍을 열더니 대본을 하나 꺼내어 질에게 건네주었다.

"여기 있어요. 배역감독은 내 친구예요. 그러니까 이 대본만 잘 익혀두면 그는 아가씨에게 많은 일거리를 줄 겁니다."

"잘해보겠습니다."

"물론 그렇게 해야죠. 엉터리를 보내줄 수는 없으니까. 내가 듣는 데서 대사를 읽어보겠어요?"

"네, 그렇게 하겠습니다."

로즈 더닝은 대본을 펼쳐들고 침대에 걸터앉았다.

"자, 이 대목을 읽어봐요."

질도 침대 위에 걸터앉아 로즈 더닝 옆에서 대본을 들여다봤다.

"아가씨 역할은 나탈리에예요. 나탈리에는 부잣집 딸인데 병약한 남자에게 시집을 가 살고 있어요. 참다못해 그녀는 그 남자와 헤어지기로 결심하지만 남자 쪽에서 놔주질 않아요. 자, 이 대목부터 시작해 봐요."

질은 대본을 대충 훑어보았다. 그러고는 마음속으로 대본을 익힐 수 있는 시간이 하룻밤, 아니 한 시간이라도 있었으면 좋겠다고 생각했다. 모처럼의 기회인데 어떻게든 좋은 인상을 주고 싶었다.

"준비됐어요?"

"네."

대답을 한 다음 질은 눈을 감았다. 작중 인물의 입장으로 돌아가서 생각하려고 애를 썼다. 작중 인물은 그녀와 함께 성장해온 친구들의 어머니처럼 돈 많은 여자여서, 인생에 있어서 부족한 것 없이 다 갖추는 것을 당연한 일이라고 생각하며, 타인은 그들 자신의 편의를 위해 존재하는 것쯤으로 생각하리라. 그것은 시시 토핑이 사는 세계였다.

질 캐슬은 눈을 떴다. 대본을 들여다보면서 읽기 시작했다.

"피터, 당신과 의논을 할 게 있어요."

"나중에 하면 안 될까?"

로즈 더닝이 그녀의 상대역 역할을 해주었다.

"참을 만큼 참아 왔어요. 이젠 더 이상 참을 수가 없어요. 오늘 오후에 이혼 수속을 밟기 위해 리노 행 비행기를 타려고 해요."

"그렇게 서두를 것 없지 않겠소?"

"아녜요. 벌써 5년 전부터 그런 생각을 해왔어요. 하지만 피터, 이번에는 꼭 실행해야겠어요."

질은 로즈 더닝의 손이 자기의 허벅지에 올라와 있는 것을 느꼈다.

"다른 건 다 좋은데 아직 성인 기분을 표현하는 방법이 미숙하군요. 실감이 나지 않아요. 그 점에 대한 연기술을 익혀야겠군요."

로즈 더닝의 손이 질의 허벅지를 애무하고 있었다. 도저히 참을 수가 없었다.

"좋아요. 계속해요."

"제 몸에서 손을 떼주시겠어요?"

그러나 질의 충고에도 불구하고 그녀의 손은 질을 더욱 격렬하게 애무했으며 마침내는 은밀한 곳까지 손을 댔다. 질은 대본을 내려놓고 로즈 더닝을 노려보았다. 더닝의 얼굴은 벌겋게 상기되어 있었고, 두 눈은 애욕으로 이글거렸다.

"계속 읽으라고."

더닝은 흥분한 목소리로 헐떡이며 말했다.

"나는 도저히…… 정 그러시다면……."

질이 항의했다. 그녀의 손은 더욱 빨리 움직였다.

"내가 이렇게 하는 것은 아가씨에게 실감을 느끼게 하기 위해서예요. 그 대목은 아시다시피 성의 대결이거든요. 그래서 아가씨에게 성적 충동을 일으켜주려는 거예요."

그녀의 손은 질의 다리 사이로 더욱 거세게 파고들었다.

"안 돼요!"

질은 분에 못 이겨 몸을 떨면서 자리를 박차고 일어났다.

더닝의 입가에 게거품이 질질 흐르고 있었다.

"나를 상냥하게 대해주면 나도 그렇게 해주겠어요. 어서 이리 와요, 아가씨."

그녀의 목소리는 사뭇 애원조였다. 그녀는 손을 뻗어 질을 잡으려고 했으나 질은 후닥닥 사무실을 뛰쳐나왔다.

밖으로 나온 질은 심하게 구토를 했다. 속을 후벼대는 듯한 발작적인 증세가 멈추고 위경련이 가라앉기는 했으나 아직도 기분이 개운하지 않았다. 두통이 다시 일었다. 이러면 안 된다고 생각했다. 두통 따위는 옛날 조세핀 크진스키의 소유물이지, 지금 질 캐슬의 것이 아니기 때문이었다.

그 후 15개월 동안, 질 캐슬은 수년 아니 평생직장으로 영화업계에 발을 붙여보려고 갖은 애를 썼으나 끝내 뜻을 이루지 못하고 임시 직장을 전전했다. 그들의 은어로 '생존자'의 회원으로서 영화사 주위를 맴도는 별 볼일 없는 사람들 중의 한 사람으로 정식 딱지를 달게 되었다. 말이 임시 직장이지, 당초에는 임시로 다니겠다고 생각했던 직장을 10년 또는 15년씩 다니다 보면 결국은 배우가 되겠다는 꿈은 잊히고 한낱 평범한 직장인으로 굳어지고 마는 경우가 허다하다는 사실이

이들 '생존자'의 기를 꺾었다.

고대 종족들이 옛날의 전쟁터 주변에 둘러앉아 무용담이나 회상하듯이 이들 '생존자'들은 슈와브 드럭스토어에 죽치고 앉아 식은 커피잔을 홀짝거리면서 쇼 업계의 영웅담이나 최근에 얻어 들은 영화계의 뜬소문 따위를 주고받으며 노닥거리고 있었다. 그들은 영화계의 이방인이면서도 묘하게도 영화계 내부에서 벌어지는 일들을 그들 영화계 사람들보다 더 잘 알고 있었다. 그들은 앞으로 어떤 배우가 교체될 것이고, 어떤 제작자가 그의 감독과 동침을 하다가 발각되었으며, 어떤 방송국장이 한직으로 물러나게 될 것이라는 것까지 빠삭하게 알고 있었다. 그들은 그들만이 가지고 있는 정글북과 같은 은밀한 경로를 통해 누구보다 먼저 그런 정보들을 알고 있었다.

영화계는 정글 속과도 같은 곳이어서 그것도 무리가 아니었다. 그들은 정글에 대해서는 아무런 환상도 갖고 있지 않았다. 그들의 환상은 다른 방향에 있었다. 그들은 한결같이 영화사의 정문을 통과할 수 있거나 영화사의 높은 벽을 뛰어넘을 수 있는 방법을 발견할 수 있으리라 생각했다. 그들은 누가 뭐라고 하든 제 딴에는 엄연한 예술가들이었으며, 선택받은 자들이었다. 할리우드는 그들의 제리코였다. 언젠가 야훼가 나타나 나팔을 불면, 영화사들의 육중한 문이 그들 앞에 저절로 열려 그들의 적들은 모조리 섬멸되고 샘 윈터스가 그의 마술지팡이를 흔들어 그들을 영화사 안으로 불러드릴 것이다. 그러면 그들은 화려한 옷으로 차려입고 일약 스타가 되어 뭇사람들에게 선망의 대상이 되리라고 생각했다. 그러므로 드럭스토어에서 마시는 커피는 성령의 포도주와도 같은 것이었으며, 그들은 미래의 사도들로서 불원간에 이루어질 그들의 꿈을 간직한 채 살아가고 있었다. 그러나 지금은 서로 끌어안고 위로해주고, 자신의 체온으로 서로의 차가운 몸을 녹여주며 그날을 기다리고 있었다.

그들은 조감독을 만났었는데 조감독은 그들을 제작자에게 소개해주었고, 제작자는 다시 그들을 배역감독에게 소개해주었는데 그 배역감독은 그들을 기용하겠다고 약속했으니 언제 스타가 되느냐 하는 것은 시간문제일 뿐이라고 스스로를 위로하고 있었다. 이처럼 그들은 저마다 자신의 꿈이 실현될 것이라는 확고한 신념을 가지고 있었다.

그때가 오기까지 그들은 슈퍼마켓이나 자동차 정비공장, 미용실, 세차장 등에서 일을 해야만 했다. 그들은 끼리끼리 모여 생활했으며, 결혼도 이혼도 자기들끼리만 했다. 그들은 그러는 사이 점점 세월이 흘러 별 볼일 없는 무용지물이 되어가고 있는 자신을 깨닫지 못했다. 그들은 자신도 모르는 사이에 주름살이 늘어가고 관자놀이가 불거지며, 안색이 잿빛으로 변해서 아침 잠자리에서 일어나면 화장을 하는 데 반 시간 이상씩이나 소비해야 한다는 사실조차 깨닫지 못했다. 그들은 마치 상점의 진열대 위에서 썩어가는 철지난 상품과도 같이 제대로 꽃피워 보지도 못한 채 나이만 들어 플라스틱 공장에 가서 일하기에도 너무 늙었고, 아이도 낳을 수가 없으며, 한때 그렇게도 탐냈던 젊은이 배역조차도 맡을 수 없게 되고 만다.

이제는 고작해야 성격배우 역할밖에 할 수가 없게 되었는데도 꿈만은 여전히 버리지 못하고 살아가고 있었다. 또 이들보다 젊고 아름다운 아가씨들은 몸을 팔아 얻는 소위 화대비로 연명해가고 있었다.

"잠깐 가랑이를 벌리고 누워 있기만 하면 20달러쯤은 쉽게 벌 수 있는데 무엇 때문에 아침 9시부터 저녁 5시까지 허리가 부러지도록 일할 필요가 있겠어? 몸을 파는 것도 당분간일 테고, 에이전트한테 전화만 오면 보란 듯이 스타가 되는 거야."

젊은 아가씨들은 질에게 그런 충고를 하며 꼬드겼다. 그러나 질은 그런 꼬임에는 전혀 흥미가 없었다. 그녀의 유일한 관심사는 어떻게 하면 출연 경력을 쌓느냐 하는 것뿐이었다. 가난뱅이 폴란드 계집아이는 절대로 데이빗 캐넌과 같은 부유한 청년과는 결혼할 수가 없다는 사실을 이제야 겨우 깨달았다. 그러나 이 질 캐슬이 스타가 되는 날엔 어떤 남자든 원하는 대로 고를 수 있고, 원하는 것은 무엇이든지 가질 수가 있으리라고 생각했다. 만약 스타의 꿈을 이루지 못한다면 어쩔 수 없이 옛날의 조세핀 크진스키로 돌아갈 수밖에 없을 테지만…….

난생 처음으로 질이 영화에 출연할 수 있는 기회를 얻게 된 것은 '생존자' 중 한 사람인 해리엇 마커스를 통해서였다. 해리엇 마커스의 이혼한 형부가 텔레비전 연속극을 촬영하는 유니버설 영화사에 조감독으로 있었다. 그 사람이 질에게 기회를 준 것이다.

질이 맡은 역에는 한 줄짜리 대사도 있었는데 이것에 대한 보수로 사회보장기금과 원천세 및 영화협회에서 운영하는 구빈원 회비를 제외하고 57달러를 받게 되어 있었다. 질이 맡은 역은 간호사였다. 대본에 의하면 병실의 환자 침상 옆에 서서 그녀가 환자의 맥박을 재고 있을 때 의사가 들어오는 것으로 되어 있었다.

의사 : 환자 상태가 어떻지, 간호사?
간호사 : 상태가 좋지 않습니다. 박사님.

이것이 대사의 전부였다.

질은 월요일 오후에 영화사로부터 대본 중에서 한 페이지짜리 종이를 받았고, 다음 날 오전 6시까지 분장실로 나와 보고하라는 통지를 받았다. 그녀는 시간이 되기도 전에 촬영 현장을 100번도 더 가봤는데, 영화사 측에서 한 페이지짜리 대본이 아니라 완전한 대본을 주었으면 좋았을 텐데 하고 생각했다. 한 페이지짜리 대본으로 어떻게 맡은 배역의 특징을 알아낼 수 있단 말인가? 질은 간호사가 어떤 종류의 여자인지를 분석해보려고 애썼다. 결혼한 여자인가, 독신인가, 혹시 의사와 은밀한 사랑을 하고 있는 것은 아닐까, 불륜관계를 맺었다가 청산했을지도 모른다. 그 간호사는 환자에 대해서 어떤 느낌을 가지고 있을까? 환자가 사망할까 봐 두려워할까, 아니면 차라리 죽는 편이 나을 거라고 생각할까?

'상태가 좋지 않습니다. 박사님.'

이 한 줄의 대사를 그녀는 한껏 감정을 넣어 표현하려고 애썼다.

질은 자기 나름대로 대사의 악센트를 바꾸어 '매우 위독한 것 같습니다. 박사님'으로 고쳐 보았다. 이것은 환자가 곧 죽을 것이라는 것을 뜻하며 또한 환자가 이토록 위독하게 된 것은 의사의 잘못임을 책망하는 뜻이 되기도 한다고 생각했다. 만약 의사가 정부와 놀아나지 않고 그 시간에 환자를 돌봤더라면 환자가 이렇게 위독하지는 않았을 것이라는 비난의 의미를 품고 있는 말이라고 생각했다.

질은 어떻게 하면 간호사 역할을 멋지게 해낼 수가 있을까, 이 궁리 저 궁리를 하며 뜬눈으로 밤을 새웠다. 가슴이 벅차서 도저히 잠을 이룰 수가 없었다. 그래도 그녀가 아침에 일어나서 영화사에 전화로 보고를 했을 때는 잠을 한숨도 못 잤음에도 기분은 상쾌했고 생동감마저 느껴졌다.

아직 어둠이 채 걷히지 않은 시각에 질은 친구 해리엇의 자동차를 빌려 타고 랭커심 가에서 떨어져 있는 영화사에 도착했다. 질은 경비원에게 자기 이름을 댔다. 경비원은 명부와 대조해보더니 들어오라고 손짓하면서 "제7번 무대로 가세요. 두 구역 아래로 더 내려가서서 오른쪽으로 돌면 됩니다." 하고 자세히 일러주었다.

질 캐슬의 이름이 영화사 명부에 실려 있었다. 유니버설 영화사가 그녀를 기다리고 있었다. 질은 꿈을 꾸는 듯한 기분으로 제7번 무대로 차를 몰고 가면서 자기가 맡은 역할에 대해서 감독과 의논도 하고, 감독이 의도하고자 하는 뜻을 충분히 전달할 수 있는 능력이 자기에게 있음을 꼭 알려주어야겠다고 마음먹었다. 질은 대형 주차장으로 들어가 자동차를 세워두고 제7번 무대로 갔다.

무대는 조명 장치를 나르는 사람, 카메라를 설치하는 사람, 질이 알아들을 수 없는 외국어로 지시를 내리는 사람들로 복작거렸다.

질은 그곳에 서서 쇼 업계의 광경과 냄새 그리고 소리들을 천천히 음미하면서 지켜보았다. 바로 이런 것이 그녀의 세계, 그녀의 미래였다. 그녀는 감독의 눈길을 끌어서 자기가 남다른 인물이라는 것을 보여줄 수 없을까 하고 곰곰이 생각했다. 그녀는 배우로서가 아니라 인간 대 인간으로서 감독과 친분관계를 맺고 싶었다.

제2 조감독이 질과 10여 명의 다른 배우들을 의상실로 데리고 갔다. 거기에서 질은 간호사 옷을 건네받은 다음 무대로 돌아왔다. 그녀는 무대 한구석으로 가서 다른 단역배우들과 함께 분장을 했는데 분장이 끝나자 조감독이 그녀의 이름을 불렀다. 질은 감독이 카메라 옆에 서서 주연배우와 이야기하고 서 있는 병실 무대 장치로 재빨리 올라갔다. 주연배우의 이름은 로드 헨슨이었는데, 그는 자상하면서도 지혜로운 의사 역을 맡고 있었다. 질이 그들이 있는 곳으로 다가갔을 때 로드 헨슨이 감독에게 불평을 늘어놓고 있었다.

"대사가 이게 뭡니까? 그것들도 작가라고 젠장, 대사를 좀 특징 있게 쓸 수는 없습니까?"

"이봐, 로드. 우린 지금 이 방송을 5년째 해오고 있어. 괜스레 긁어 부스럼 만들지 말게. 관객들은 지금 이대로의 자네를 좋아하고 있어."

촬영기사가 감독에게 오더니, "준비 완료되었습니다. 감독님." 하고 말했다.

"수고했네, 할."

감독은 다시 로드 헨슨을 돌아보면서 다독거렸다.

"그 얘기는 이쯤 해두는 게 좋겠어. 더 할 얘기가 있으면 나중에 의논하세."

"머지않아 이 영화사와는 손을 뗄 날이 오겠군요."

로드 헨슨은 막무가내로 말하더니 휑 하니 걸어가 버렸다.

질은 혼자 남아 있는 감독을 쳐다보았다. 그녀는 이 기회야말로 자기가 맡은 역할에 대해서 감독과 상의하고, 감독에게 자기는 감독의 애로사항을 잘 이해하고 있으며, 그 장면을 멋지게 꾸밀 수 있도록 기꺼이 협조하겠다는 뜻을 전달할 수 있는 좋은 기회라고 생각했다. 그녀는 감독에게 미소를 지으면서 상냥하게 말했다.

"제가 질 캐슬입니다. 간호사 역을 맡고 있습니다. 간호사의 인물을 좀 더 멋지게 꾸밀 수 있다고 생각하는데, 제 의견은……."

감독은 건성으로 고개를 끄덕이더니, "침대 옆으로 가서 서요." 하고 말하고는 촬영기사에게로 가서 그와 무슨 얘기를 주고받았다.

질은 그의 뒷모습을 멍청히 지켜보고 서 있을 수밖에 없었다. 해리엇의 이혼한 형부인 조감독이 질에게 재빨리 다가오더니, 낮은 목소리로 다급하게 말했다.

"아니, 지금 뭘 하고 있는 거죠? 감독님 말씀도 못 들었어요? 빨리 침대 옆으로 가서 서요."

"저, 감독님에게 드릴 말씀이 있는데……."

"입 닥치고 빨리 가서 서 있기나 해요."

그는 작지만 화가 난 목소리로 다그쳤다.

질은 환자의 침대 쪽으로 걸어갔다.

"좋아요. 자, 여러분. 촬영합시다. 연습을 해본 다음 촬영하겠습니까, 감독님?"

조감독이 말하며 감독의 지시를 기다리고 있었다.

"아니, 이런 간단한 장면도 연습을 한단 말인가? 그냥 찍어버려요."

"알았습니다. 자, 여러분, 모두 제 위치에 서 주세요. 좋습니다. 조용히 하십시오. 신호 종을 쳐 주십시오. 촬영합니다. 스피드!"

질은 긴가민가하면서도 신호 종 소리에 귀를 곤두세우고 있었다. 그녀는 난처한 눈초리로 감독을 쳐다보았다. 감독이 그녀가 그 장면에서 어떻게 해주기를 바라는지, 죽어가는 환자와 간호사가 어떤 관계에 있는지를 감독에게 물어보고 싶었다.

"액션!"

한 목소리가 소리쳤다.

모든 사람들이 질이 등장하기를 기대하면서 그녀를 쳐다보았다. 질은 그 장면에 대해서 감독과 상의하려고 하니 촬영을 잠시 중단해달라는 당돌한 요구를 해야 좋을지 어떨지 망설이고 있었다.

감독이 소리쳤다.

"간호사! 어디 갔어? 이 장면은 시체실이 아니라 병실이란 말이야! 환자의 맥박을 재라고!"

질은 밝은 조명이 켜져 있는 주위를 조심스럽게 둘러보았다. 그녀는 심호흡을 한 다음 환자의 손을 잡아 그의 맥박을 짚었다. 아무래도 자기 생각대로 처리해야겠다고 그녀는 생각했다. 그 환자는 의사의 아버지였다. 그들 두 부자는 말다툼을 한 일이 있었는데, 그 뒤 아버지가 사고를 당한 것이다. 질이 올려다보니 로드 헨슨이 다가오고 있었다. 로드 헨슨이 그녀에게 오더니, "환자의 상태가 어떤가, 간호사?"

하고 대사를 말했다.

질은 의사의 눈에서 근심의 빛을 읽을 수가 있었다. 그녀는 그의 아버지가 죽어가고 있으며, 그들이 화해를 하기에는 이미 때가 너무 늦었다고 사실대로 말해주고 싶었다. 하지만 그녀는 의사의 마음에 상처를 주지 않도록 조심스럽게 말해야 한다고 생각했다.

감독이 다시 소리를 질렀다.

"컷! 컷! 컷! 저런 병신 같은 것! 한 줄짜리 대사도 못 외우다니, 내 참! 어디서 저런 걸 주워왔지? 창녀촌에서 주웠나?"

질은 당황해서 어쩔 줄 몰라 하며 어둠 속에서 들려오는 목소리를 향해서, "대사를 잊어버린 것이 아니라……." 하고 우물거렸다.

"아니, 대사를 알고 있으면 왜 말을 안 하는 거지? 그렇게 우물쭈물할 시간이면 기차라도 몰고 가겠다. 의사가 질문을 했으면 그 질문에 대답을 해야 될 게 아냐!"

"제 생각에는……."

"자, 다시 시작합시다. 빨리 빨리, 신호 종을 울려주십시오."

"가만히 계세요. 자, 촬영을 시작합니다."

"스피드!"

"액션!"

질은 다리가 후들후들 떨렸다. 이 장면에 대해서 신경 쓰고 있는 사람은 오직 그녀 한 사람밖에 없는 것 같았다. 그녀가 바라는 것은 오직 이 장면을 멋지게 꾸며보고 싶은 것뿐이었다. 조명의 열기로 인해 현기증이 났다. 그녀는 구슬 같은 땀방울이 겨드랑이 밑으로 흘러내려 뻣뻣하게 풀 먹인 간호사 복을 적시고 있음을 알 수 있었다.

"간호사, 액션!"

질은 환자 옆에 서서 그의 맥박을 짚었다. 만약에 그녀가 이 장면을 망친다면 그들은 다시는 질 캐슬에게 기회를 주지 않을 것이다. 그녀는 해리엇과 하숙집에 있는 다른 친구들, 그리고 그들이 들려준 이야기들을 생각했다.

의사가 들어와서 그녀에게 가까이 다가갔다.

"환자의 상태가 어떤가, 간호사?"

"상태가 좋지 않습니다, 박사님."

만약에 다른 영화사에서 자신이 여기서 한 실수를 알게 된다면, 그들은 그녀를 거들떠보지도 않을 것이다. 이것이 그녀의 처음이자 마지막 경력이 될런지도 몰랐다. 그렇게 된다면 모든 것이 끝장이다. 질 캐슬의 모든 인생은 끝장날 것이다.

"이 환자를 빨리 응급실로 옮겨!"

"좋아, 커트해서 복사해."

감독이 말했다.

질은 사람들이 바삐 움직이면서 다음 무대 장치를 세우기 위한 공백을 마련하기 위해 지금 막 촬영이 끝난 병실 무대 장치를 급히 뜯어내고 있는 것을 멍청하게 바라보고 서 있었다. 난생 처음으로 첫 장면을 해낸 것이다. 그녀는 다른 생각을 하고 있었다. 그녀는 자기 역할이 이렇게 간단하게 끝나버린 것을 도저히 믿을 수가 없었다.

어쨌든 그녀는 감독을 만나서 기회를 주어서 고맙다는 인사를 해야겠다고 생각했다. 그러나 감독은 무대 저쪽 끝에서 몇몇 사람들과 이야기를 주고받고 있었다. 예의 제2 조감독이 질 캐슬의 앞으로 오더니 그녀의 팔을 잡으면서, "좋아요, 잘했어요. 하지만 다음번에는 대사를 잊지 말도록 해요." 하고 말했다.

드디어 질이 등장하는 영화가 생기게 되었다. 처음으로 배우 경력을 쌓게 된 것이다.

'이제부터는 계속해서 영화사에서 일할 수 있을 거야.' 하고 질은 생각했다.

그 후 13개월이나 지나서야 질은 두 번째 배우 경력을 얻게 되었다. MGM사에서 단역을 맡게 된 것이다. 그동안에는 영화계가 아닌 여러 가지 지저분한 일을 하며 지냈다. 그녀는 청소부 노릇을 하기도 하고, 소다수 판매대 점원으로 일한 적도 있었으며, 잠시 동안은 택시 운전사 노릇을 하기도 했다.

돈이 달리게 되자 질은 해리엇 마커스와 아파트를 같이 쓰기로 했다. 침실이 2개 있는 아파트였는데 해리엇은 침실에 죽치고 앉아 있을 때가 많았다.

해리엇은 시내 백화점에서 모델 일을 했는데, 검고 짧은 머리칼에 검은 눈동자의 매력적인 아가씨로, 모델 특유의 여린 몸매에 훌륭한 유머감각을 지니고 있었다.

해리엇은 질에게 "너도 만약 호보켄 출신이었다면 나처럼 유머감각을 가지게 됐을 거야." 하고 말했다.

질은 처음에는 해리엇의 냉정하면서도 오만한 태도에 약간 겁을 먹었지만 그녀는 외모도 세련되었지만, 의외로 인정이 있는 여자라는 걸 곧 알게 되었다. 그녀는 쉬지 않고 사랑의 행각을 벌였다. 질과 만난 지 얼마 안 되었을 때 해리엇, "내 약혼자 랄프를 만나주겠니? 우리는 다음 달에 결혼할 예정이야." 하고 말했다.

그 말을 한 지 일주일 후에 랄프는 무슨 영화인가에 출연한다면서 해리엇의 차를 가지고 떠나버렸다.

랄프가 떠난 지 며칠 뒤, 해리엇은 토니라는 남자를 만났는데 그는 무역업을 하는 사람이었다. 해리엇은 이 남자와 깊은 사랑에 빠졌다.

어느 날 해리엇은, "토니는 저명인사야." 하고 소개했다. 그러나 토니에게 원한을 품고 있는 사람이 있었던 것 같았다. 왜냐하면 한 달 후에 토니는 입에 사과가 쑤셔 박힌 채로 로스앤젤레스 강물 위에 시체로 떠올랐기 때문이었다.

알레스는 그 다음으로 사귄 해리엇의 애인이었다.

"알레스만큼 멋진 남자는 이 세상에 없어."

알레스는 과연 미남이기는 했다. 그는 언제나 고급 옷을 입었으며 번쩍번쩍 빛나는 컨버터블 자동차를 타고 다녔고, 시간의 대부분을 자동차 경주장에서 보냈다. 그러나 이 낭만적인 사랑도 해리엇의 돈줄과 함께 끝장이 났다.

질은 해리엇의 남자에 대한 어리숙한 분별력에 화가 났다.

"나는 정말 어쩔 수가 없어. 딱한 처지에 있는 사람을 보면 왠지 마음이 끌려. 아마 그건 엄마의 본능 같은 것일지도 몰라. 언제나 엄마는 이것저것 따지지 않는 바보와 같거든."

해리엇은 웃으면서 자신의 마음을 고백했다.

질은 숱한 남자들이 해리엇을 거쳐 가는 꼴을 지켜보았다. 닉, 보비, 존, 레이먼드 등 질은 해리엇의 애인들 이름을 하나씩 꼽아 나가다가 한도 없을 것 같아서 그만두었다.

그들이 같은 아파트에 산 지 몇 달 후, 해리엇은 불현듯 임신을 했다고 말했다.

"레오나르드의 아기 같아. 하지만 확실하진 않아. 어둠 속에선 남자란 다 그 사람이 그 사람 같거든."

"레오나르드는 지금 어디 있지?"

"오마하가 아니면 오키나와에 있을걸. 난 지리엔 늘 자신이 없어."

"앞으로 어떻게 할 생각이야?"

"낳아야지 뭐."

몸이 워낙 날씬해서 몇 주일이 지나자 금방 표가 났기 때문에 그녀는 모델 업을 그만둘 수밖에 없었다.

　질은 임산부의 뒷바라지를 하기 위해서 슈퍼마켓에 일자리를 구했다. 그녀가 오후에 일을 마치고 집에 돌아와 보니 해리엇이 써놓은 메모지가 눈에 띄었다. 그 메모지에는, '나는 늘 아기를 가지게 되면 내 고향 호보켄에 가서 낳고 싶다고 생각해왔어. 고향에 가면 친척들이 있어. 그리고 나를 기다리고 있는 훌륭한 남자를 틀림없이 만나리라 생각해. 그동안 여러 가지로 고마웠어.' 라고 쓰여 있었고, '너의 친구 해리엇'이라고 사인이 되어 있었다.

　문득 아파트가 더욱 쓸쓸하게 느껴졌다.

정상에 오른 자

　토비 템플은 이제 42살이 되었다. 한창 전성기로 아쉬운 것 없이 모든 것을 다 소유하고 있었다. 그는 국왕이나 대통령과 농담을 주고받는 사이였지만 맥주를 마시는 그의 일반 팬들은 그런 그를 전혀 아니꼽게 생각하지 않았다. 왜냐하면 그가 항상 그들 편이라는 것을 잘 알고 있었기 때문이었다. 토비는 소에서 신선한 우유를 짜내는 목동이었으며, 고관대작들을 멋대로 희롱하고, 교인 특유의 성인군자인 체하는 어투를 여지없이 까버리는 신랄한 풍자가로 그들에게는 우상과도 같은 존재였다. 그들은 토비가 자기네들을 사랑하고 있음을 알고 있었으므로 그들 또한 토비를 사랑했다.

　토비는 인터뷰를 할 때마다 그의 어머니에 관한 이야기를 빼놓지 않았다. 그래서 그의 어머니는 차츰 성녀와도 같은 존재로 인식되었다. 이것이 토비가 자신의 성공을 어머니에게 나누어 드릴 수 있는 유일한 방법이었다.

토비는 벨 에어에 멋진 저택을 구입했다. 그 집은 튜더 양식으로 지은 집이었는데 8개의 침실과 중앙으로 통하는 대형 계단이 있었고, 벽면은 영국에서 수입해온 수공 판넬로 모두 장식되어 있었다. 뿐만 아니라 그 집 안에는 영화실, 오락실, 칵테일 라운지가 갖추어져 있었으며 앞뒤 마당에는 대형 수영장과 집사관과 귀빈 전용 별실들이 마련되어 있었다.

그는 팜스프링스에도 집을 한 채 사두었고, 경마장도 매입했다. 경호원도 3명이나 고용했다. 토비는 이들 경호원을 모두 맥(Mac)이라고 불렀지만 경호원들은 하나같이 그를 존경했다. 경호원들은 심부름은 물론이거니와 그의 승용차를 운전하거나, 그가 여자가 필요할 때는 낮이건 밤이건 가리지 않고 언제든 대령시켰으며, 토비가 여행할 때 그를 수행하거나 그에게 메시지를 전달하는 일도 했다.

이 세 사람의 맥들은 주인이 원하는 것은 무엇이나 구해다주는 충복들이었다. 이를테면 이들은 국가적인 어릿광대를 모시는 세 사람의 어릿광대들이었다.

토비는 4명의 비서를 두고 있었는데 이들 중 2명은 팬들로부터 오는 우편물만 취급했다. 그의 개인 비서는 이름이 셰리라는 21살의 금발 미인이었는데 그녀는 요염하기 이를 데 없는 관능적인 몸매를 갖고 있었다. 토비는 그녀에게 속옷을 입지 말고 짧은 스커트만 걸치고 있으라고 했다. 그렇게 하면 많은 시간을 절약할 수 있기 때문이었다.

토비 템플의 첫 번째 영화의 첫 상영은 대성황을 이루었다. 샘 윈터스와 클립톤 로렌스는 영화가 끝난 다음에 토비의 영화에 관한 의논을 나누기 위해서 차센 레스토랑으로 들어갔다.

토비는 계약을 체결한 이후 샘과의 첫 상봉이었다.

"저한테 전화 한 통화만 하셨어도 싸게 치를 수 있으셨을 텐데요."

토비는 그렇게 말하면서 자기가 그동안 샘을 만나기 위해 얼마나 애썼는지에 대해서 말해주었다.

"전혀 몰랐었네. 그러나저러나 내가 불운한 놈이지. 지나치게 많은 출연료를 요구하지만 않는다면 토비가 출연하는 영화 3편에 대한 계약을 맺고 싶은데요."

샘은 클립톤 로렌스를 돌아보면서 건의했다.

"이번엔 좀 봐드리죠. 내일 아침에 전화를 드리겠습니다."

클립톤은 샘에게 말하면서 시계를 보더니, "이제 가봐야겠는걸." 하고 말했다.

"어디로 가실 겁니까?"

"누굴 좀 만날 일이 있네. 나에겐 자네 말고 다른 스타들도 있지, 잘 알고 있잖아."

토비는 언짢은 듯이 그를 쳐다보며 "그러시겠죠." 하고 시큰둥하게 말했다.

다음 날 아침, 신문의 문예비평란들은 저마다 격찬의 미사여구로 가득 찼다. 평론가마다 토비 템플이 텔레비전에서와 마찬가지로 영화계에서도 대스타가 될 것이라고 예언했다.

토비는 신문들의 비평란을 샅샅이 읽어본 다음 클립톤 로렌스에게 전화를 걸었다.

"축하하네. 자네 〈리포터〉지와 〈버라이어티〉지의 비평란을 읽어봤나? 그건 비평이 아니라 차라리 러브레터 같더군."

"네, 읽어봤습니다. 세상이 싱싱한 치즈덩어리라면 나는 살진 쥐라고 할 수 있죠. 그 이상 기쁜 일은 없지 않겠습니까?"

"옛날에 내가 뭐라고 했나? 토비, 자네는 언젠가는 이 세상을 차지하게 될 것이라고 말하지 않았나? 이제 차지하게 된 거야. 모든 것이 자네 것이란 말일세."

클립톤의 목소리에는 지극히 만족해하는 기분이 깃들여 있었다.

"저 의논할 것이 있는데 이리 좀 오시겠습니까?"

"가고말고. 5시에는 시간이 나니까."

"아뇨, 지금 당장 말입니다."

잠시 망설이는 듯하더니 클립톤은 "글쎄, 약속이 있어서……." 하고 말꼬리를 흐렸다.

"아, 그러세요. 굉장히 바쁘시군요, 그만두세요."

1분 뒤 클립톤 로렌스의 비서로부터 전화가 걸려왔다.

"로렌스 씨가 지금 선생님 쪽으로 가시는 중입니다. 템플 씨."

클립톤 로렌스와 토비가 마주앉았다.

"아니, 도대체 왜 이렇게 보채지, 토비? 전에는 이런 적이 없었잖아? 내일 이야기하면 안 되는 건가? 왠지 모르겠군. 선약이 없다면야 괜찮겠지만……."

토비는 노려보기만 할 뿐 잠자코 앉아 있어서 등에 땀이 흥건히 흘렀다. 클립톤은 목청을 가다듬고 "이보게, 노여움을 풀게나. 자네는 나의 가장 소중한 고객이야. 그걸 몰랐단 말인가?" 하고 달랬다.

'사실 그렇지 뭐. 토비는 내가 키웠어. 토비는 나의 작품이야. 토비 못지않게 나도 그의 성공이 유쾌하다고.' 하고 클립톤은 속으로 생각했다.

"진심으로 말씀하시는 건가요?"

토비는 에이전트의 그 작은 몸뚱이에서 긴장이 사라져가는 것을 느낄 수 있었다.

"그동안 줄곧 생각해봤습니다만……."

"생각해보다니 그게 무슨 뜻인가?"

"고객들이 너무 많아서 제게는 별로 신경을 안 쓰시는 것 같은 생각이 종종 들더군요."

"그렇지 않아. 나는 자네에게 가장 많은 시간을……."

"저는, 제 일만 봐주셨으면 좋겠단 말입니다."

"무슨 농담을 그렇게 하나?"

"농담이 아니라 진심으로 하는 말입니다. 저는 이제 내 일만 전적으로 봐주는 에이전트를 둘 만한 처지가 되었다고 생각합니다. 그런 에이전트 같으면 다른 사람을 봐주느라 내게 시간을 내줄 틈이 없다고 말하지는 않을 것입니다. 여러 사람을 상대하다 보면 부당한 대접을 받게 되는 사람도 있을 것이 아닙니까?"

클립톤은 잠시 동안 토비를 묵묵히 바라보더니, "우리 술이나 한 잔 하세." 하고 말했다.

토비가 술을 가지러 가는 동안 클립톤은 곰곰이 생각했다. 진짜 문제가 무엇인지를 그는 잘 알고 있었다. 그것은 토비의 자존심도 아니고, 그의 건방진 생각 때문만도 아니었다. 그의 고독감이 문제였다. 클립톤이 알기로는 이 세상에 토비만큼 외로운 사람은 없었다. 클립톤은 그동안 토비가 한꺼번에 10여 명의 여자들을 돈을 주고 사는 일이라든가 푸짐한 선물로 친구들을 사귀어보려고 애쓰는 것을 여러 번 지켜봐왔다.

한 번은 어떤 악사가 토비에게 "토비, 당신은 돈을 주고 사랑을 살 필요가 없습니다, 누구나 다 당신을 사랑하고 있으니까요." 하고 말하는 걸 클립톤이 들은 일이 있었다. 토비는 이 악사에게 윙크를 하면서 '홍, 제까짓 게 무얼 안다고!' 하고 말했다. 그 후 그 악사는 토비의 쇼에는 두 번 다시 나오지 못하게 되었다.

토비는 무엇보다도 사람을 그리워했다. 토비에게는 어떤 강렬한 욕구가 잠재해 있었는데 얻는 것이 많으면 많을수록 그의 욕구는 그만큼 더 늘어났다.

클립톤은 토비가 한꺼번에 무려 6명의 여자와 함께 침대에서 뒹굴면서 그의 채울 수 없는 욕망을 충족시키려고 애를 썼다는 이야기를 들은 일도 있었다. 그래도 아무 소용이 없었다. 토비가 필요로 하는 것은 여러 여자가 아니라 오직 한 사람의 진정한 여자였다. 그런데 아직도 그런 여자를 발견하지 못했기 때문에 그는 여전히 숫자노름만 벌이고 있었다.

토비는 어떻게 해서든지 늘 자기 주위에 사람들이 와자지껄 붙어 있게 만들려고 했다. 고독감, 토비가 고독감을 느끼지 않는 유일한 시간은 관객 앞에 서서 박수갈채를 받으며 그들의 사랑을 느낄 때뿐이었다. '사실은 아주 간단히 해결될 수 있는 문제인데.' 하고 클립톤은 생각했다. 토비는 무대에 서지 않을 때는 늘 사람들을 끌고 다녔다. 그는 언제나 악사들, 경호원들, 작가들, 쇼걸들, 별 볼 일 없는 희극배우들 그리고 그 외에 토비가 자기 주변에 끌어들일 수 있는 사람들에게 둘러싸여 있었다. 그런 토비가 클립톤 로렌스를 원했으며 클립톤을 독차지하고 싶어 했다.

클립톤에게 속해 있는 연예인이 10여 명 됐지만 그들의 수입을 다 합쳐도 토비 한 사람이 나이트클럽, 텔레비전, 그리고 영화에서 벌어들이는 수입보다도 적었다. 그 이유는 클립톤이 토비를 위해 체결한 계약들은 모두가 거액이기 때문이었다. 그러나 클립톤은 돈만을 기준으로 결정한 것은 아니었고 토비 템플을 사랑하기 때문에, 그리고 토비가 그를 필요로 했기 때문에 그렇게 결정했던 것이다.

클립톤은 토비를 만나기 전까지 자신의 생활이 얼마나 무미건조했었던가를 생각해보았다. 수년 동안 새로운 도전은 없었고 고작해야 성공한 늙은 배우에게서 그럭저럭 재미를 보고 있을 뿐이었다. 그는 지금 새삼스럽게 그들 두 사람이 함께 누려왔던 즐거움, 웃음 그리고 깊은 우정 등 토비의 주위를 휘감고 있는 짜릿한 흥분을 되새겼다.

토비가 클립톤에게 돌아와서 그에게 술잔을 건네자, 클립톤은 "우리 두 사람을 위하여!" 하면서 축배의 잔을 올렸다.

토비에게는 성공의 계절, 즐거움의 계절, 파티의 계절이었다. 그는 눈코 뜰 새 없이 바빴고, 사람들은 그가 늘 웃겨주기를 기대했다. 배우는 셰익스피어, 버나드 쇼, 몰리에르 등 유명한 작가들의 훌륭한 대사 덕분에 미숙한 연기의 결점을 메울 수가 있고, 가수는 거시인, 로저스, 하트 또는 콜터의 훌륭한 연주 덕을 볼 수가 있을지 모르지만 코미디언은 벌거숭이와 마찬가지로 아무것도 기댈 것이 없었다. 코미디언의 유일한 무기라면 자신의 위트밖에 없었다.

토비 템플이 즉흥적으로 던지는 재담들은 그 자리에서 삽시간에 할리우드의 유행어가 되어 퍼져나갔다. 한 영화사 창설자를 축하해주는 파티장에서 어떤 사람이 토비에게, "저 사람이 정말 91살인가요?" 하고 묻자 토비는 다음과 같이 대꾸했다.

"네, 그렇습니다. 저 양반이 100살이 되면 사람들은 저 양반을 둘로 나누어서 똑같은 사람 둘을 만들 것입니다."

어느 날 저녁식사 자리에서 여러 배우들을 돌봐주는 한 유명한 내과의사가 따분한 농담으로 코미디언들을 웃기려고 하자 토비가, "박사님, 공자 앞에서 문자 쓰지 마시고 제발 좀 봐주슈!" 하고 하소연을 했다.

하루는 영화사에서 영화 장면에 사자를 등장시키려고 사자들을 촬영 장소까지 운반하고자 트럭에 싣고 있었다. 토비가 이것을 보고는, "기독교 신자들이여! 이제 10분만 있으면, 당신네들은 죽게 될 거요!" 하고 소리쳐서 거기서 일하고 있는 사람들을 웃겼다.

토비의 짓궂은 장난 또한 전설이 되었다. 그의 친구인 한 가톨릭 신자가 수술을 받기 위해 병원에 입원하게 되었다. 수술을 끝내고 침대에 누워 요양 중에 있을 때, 한 아리따운 수녀가 그의 침대로 가까이 다가와서 이마를 짚어보며 "열도 없고 정상이네요. 어머나! 피부가 아주 곱군요." 하고 호들갑을 떨며 말했다.

"감사합니다, 수녀님!"

그러나 여전히 수녀는 그의 머리 가까이에서 몸을 굽혀 그의 베개를 바로잡아 주려고 서성거렸다. 그때 그녀의 젖가슴이 그의 얼굴을 간질여서 그 친구는 자신도 모르게 발기가 되었다. 수녀는 그것도 모르고 베개를 바로잡아준 다음 다시 담요를 바로 펴주었다. 그러는 중에 수녀의 손이 불쑥 솟은 그 친구의 물건을 건드리게 되었다. 그 친구가 창피해서 어쩔 줄 몰라 하고 있자, 수녀는 깜짝 놀라며 "어머나! 여기 있는 게 뭐죠?" 하면서 담요를 들췄다. 그러자 돌처럼 빳빳하게 굳은 그의 페니스가 그대로 드러났다.

"정, 정말 죄송합니다. 수녀님, 나, 저는……"

"사과하실 거 없어요. 정말 대단하군요." 하고 감탄하면서 그녀는 침대로 올라와 그의 품으로 파고들었다. 그러나 그녀는 수녀가 아니라 토비가 보낸 거리의 여자였다는 걸 그 친구가 알게 된 것은 그 후 6개월이 지나서였다.

한 번은 토비가 엘리베이터에서 내리면서 한 건방진 방송국 중역을 향해, "그런데 월 씨, 그 추문 사건은 잘 해결을 보셨습니까?" 하면서 아주 진지하게 걱정스럽다는 듯이 물었다.

토비가 내리고 엘리베이터 문은 다시 닫혔으므로 그 방송국 중역은 엘리베이터 안에 타고 있는 사람들의 따가운 시선 때문에 여간 당황해한 것이 아니었다.

새 계약을 협상할 시기가 되자, 토비는 잘 훈련된 표범을 스튜디오까지 배달해달라고 미리 주문해놓고, 샘 윈터스의 사무실로 갔다. 샘은 회의 중이었다.

"제 에이전트가 선생님과 상담을 원하십니다." 하고 토비가 말한 다음 그 표범을 사무실 안으로 밀어 넣고는 문을 닫아버렸다. 나중에 들려온 소문에 의하면 그 사무실에 있던 사람들 중 세 사람이 심장병에 걸려 죽을 뻔했으며, 표범이 싼 오줌 냄새를 없애는 데 한 달이나 걸렸다고 했다.

토비는 오한론과 레인저로부터 시작해서 전용작가를 10여 명을 두고 있었지만 그들이 제공해주는 소재들이 마음에 들지 않는다고 늘 불평을 했다. 매춘부를 작가 팀의 한 멤버로 기용한 적도 있었는데, 작가들이 글은 쓰지 않고 이 매춘부와 침대에서 지내는 시간이 많다는 것을 알고는 그녀를 내보내지 않을 수가 없었다.

또 한 번은 오르간 강사와 원숭이를 작가들 회의에 데리고 들어온 일도 있었다. 이건 작가를 모욕한 야비한 행위였지만 토비는 그들의 원고를 황금으로 바꾸어 놓는 황금알을 낳는 거위와 같은 존재였으므로 오한론과 레인저는 물론 다른 작가들도 이를 문제 삼지는 못했다. 이처럼 토비는 흥행업계에서 어느 누구도 따를 수 없는 독보적인 존재였다.

토비는 지나치게 마음씨가 넉넉하기도 해서 친구들이나 직원들에게 금시계, 라이터, 옷 등 푸짐한 선물을 해주는가 하면, 유럽 여행을 시켜주기도 했다. 그는 엄청난 현금을 넣고 다니면서 무엇이든 현금으로 지불했는데 롤스로이스 고급 승용차를 한꺼번에 2대씩이나 선뜻 현금으로 사기도 했다. 또한 토비는 인정에 약한 사나이로 금요일이면 업계의 식객들이 그에게 용돈 따위를 얻어 쓰기 위해 수십 명씩 늘어섰다.

한 번은 토비가 늘 드나드는 식객 한 사람에게 느닷없이, "이봐, 여기서 뭘 하고 있는 거야? 〈버라이어티〉지를 보니 자네가 영화에 출연하게 되었더군." 하고 말했다. 그 사람은 〈버라이어티〉지를 읽어본 뒤 토비에게, "아니, 이게 어떻게 된 일이지? 영화사 측에서는 나한테 2주일 전에 통지를 해달라고 하는군." 하면서 기뻐 어쩔 줄 몰라 했다.

토비에 관한 미담은 굉장히 많이 떠돌아다녔고, 그 떠도는 미담 중 대부분은 사실이었다. 하루는 소재 집필을 위한 회의가 열렸는데 한 작가가 지각했다. 이는 용서받을 수 없는 실수였다.

"늦어서 죄송합니다. 오늘 아침에 제 아들놈이 자동차 사고를 당해서 그만……."

그 사람은 지각한 사유를 밝히면서 사과했다. 그러자 토비는 아랑곳없다는 듯이 무표정한 얼굴로 그 사람을 쳐다보면서, "소재는 준비해왔겠지?" 하고 물었다.

회의실에 있던 사람들은 누구나 토비의 냉담한 태도에 충격을 받았다. 회의가 끝난 다음 작가 한 사람이 오한론에게, "세상에 저런 냉혈한은 처음 봤어. 불난 집에다 물 팔아먹을 작자야." 하고 토비를 비난했다.

토비는 그날 아무도 모르게 일급 뇌수술 의사를 비행기에 태워 보내어 부상당한 그 작가의 아들을 수술하게 했으며, 치료비 일체를 부담했다. 그런 다음 그는 그 작가에게, "만약 이 사실을 다른 사람에게 얘기하면 자넨 모가지야." 하고 말했다.

토비로 하여금 고독감을 잊게 하고, 참된 인생의 기쁨을 느끼게 하는 유일한 것은 무대였다. 토비는 쇼가 잘되어 갈 때는 이 세상에 둘도 없이 재미있는 사람이었지만, 쇼가 잘 안될 때는 그의 잔인한 위트가 도달할 수 있는 범위 내에 있는 모든 사람을 신랄하게 까뭉개는 악마로 변신했다.

그는 또한 소유욕이 강했다. 한 번은 소재 집필을 위한 회의 도중 두 손으로 레인저의 머리통을 움켜쥐고는 회의실에 모여 있는 사람들을 향해서, "이 머리는 내 것이야. 내 거란 말이야!" 하고 외쳐댄 일도 있었다.

이와 반면에 그는 작가들을 점점 증오하게 되었다. 왜냐하면 그는 작가들을 누구보다도 사랑했기 때문이었다. 그래서 그는 작가들을 모욕적으로 다루었다. 월급날이면 수표로 종이비행기를 접어 날려주는가 하면 자신의 비위를 약간만 거슬러도 해고시켰다. 일광욕으로 얼굴이 탔다고 작가를 해고시킨 일도 있었다.

"왜 그런 일을 하셨습니까? 내가 생각하기론, 그는 가장 유능한 작가 중 한 사람인데요."

오한론이 이해를 못하겠다는 듯이 그 이유를 묻자 토비가 말했다.

"일을 열심히 하는 사람이라면 일광욕 따위를 할 시간이 어디 있겠나. 안 그런가?"

또 어떤 작가는 어머니에 관한 농담을 했다고 쫓겨나기도 했다.

토비는 만약 자신의 쇼에 게스트로 출연한 희극배우가 관객들로부터 열렬한 박수갈채를 받으면, "정말 훌륭했어! 이 쇼에 매주 출연해주길 바라네." 하고 말하면서 감독을 돌아보며, "내 말을 알아들었겠지?" 하고 말했다.

감독은 그 배우를 다시는 토비 쇼에 출연시키면 안 된다는 것을 알아차렸다.

토비는 한마디로 모순덩어리인 인간이었다. 그는 다른 희극배우들의 성공을 질투하는가 하면, 그 반대로 그들의 뒤를 돌봐주기도 했다.

어느 날 토비가 연습을 마치고 무대를 나오다가 고참 희극배우인 비니에 터켈의 탈의실 옆을 지나치게 되었는데, 비니에 터켈은 희극배우로서는 이미 오래전에 무용지물이 다 되다시피 한 사람이었다. 비니에를 고용한 것은 텔레비전 생방송 프로에 출연할 수 있는 기회를 주기 위해서였는데 토비는 이 기회에 그가 재생할 수 있게 되기를 바랐다. 토비가 탈의실 안을 들여다보니 비니에가 술이 잔뜩 취해서 긴 의자에 누워 있었다. 쇼 감독이 토비에게 다가오더니 말했다.

"볼 장 다 본 작자예요. 저 사람을 내보내세요."

"무슨 일이 있었나?"

"아시다시피 높고 떨리는 목소리를 내는 것이 저 사람의 특기죠. 연습 공연을 했는데, 그 특유의 진동음을 내려고 할 때마다 제대로 되지 않아서 비웃음을 샀습니다. 이젠 끝장난 주정뱅이라고요."

"그래도 그 사람은 이번 출연에 잔뜩 기대를 걸고 있는데, 그렇지 않아?"

감독은 이해를 못하겠다는 듯이 어깨를 으쓱거리며 말했다.

"기대를 거는 것은 어느 배우나 다 마찬가지죠."

토비는 비니에 터켈을 자기 집으로 데려가서 여러 모로 위로하고 격려해주었다.

"이봐요. 이번처럼 훌륭한 역을 맡은 것은 평생에 처음 있는 일이잖소? 멋지게 해낼 수 있지 않겠소!"

비니에는 머리를 가로저으며 괴로운 듯이 하소연했다.

"이젠 틀렸어요, 토비. 아무래도 안 되겠어요."

"안 되긴 왜 안 됩니까? 그 역할은 누구보다도 당신이 잘 해낼 수 있어요."

그 노인은 여전히 머리를 가로저으며, "사람들이 날 보고 웃어요." 하고 힘없이 말했다.

"웃는 거야 당연하죠. 평생 동안 웃겨 왔으니까 사람들이 당신을 보고 웃는 거라고요. 사람들은 당신이 웃기기를 바랐던 겁니다. 계속 노력하면 그들을 이겨낼 수 있을 거예요. 아니, 잡아 죽일 수가 있을 겁니다."

토비는 비니에 터켈의 자신감을 되찾아주려고 저녁나절을 온통 소비했다. 그날 저녁 토비는 감독을 집으로 불러들여 말했다.

"이제 터켈은 정상을 되찾았으니 그 사람에 대해서는 아무 걱정하지 말게."

"걱정할 필요 없게 되었습니다. 다른 사람으로 벌써 대치시켰으니까요."

"대치시켜서는 안 돼! 그 사람에게 용기를 불어넣어 주어야 해!"

"모험을 할 수는 없습니다, 토비. 그 사람은 또 술을 마실 테고 술을 마시면……."

"이봐, 그럼 이렇게 하지. 그 사람을 끼워주게. 그리고 만약에 연습 공연이 끝난 후에도 그 사람이 마음에 들지 않는다면 그땐 그 사람 역을 내가 대신 맡겠네. 물론 그에 대한 출연료는 받지 않겠네."

감독은 잠시 묵묵히 있더니, "진심으로 하는 말입니까?" 하고 다짐했다.

"진심이고말고. 나를 믿으라고." 하고 호쾌하게 대답했다.

"그럼 좋습니다. 비니에한테 내일 아침 9시까지 연습 공연에 나오라고 하십시오."

감독이 토비의 제안을 받아들였다.

그 쇼가 방영되자, 그 시즌의 히트작이 되었다. 평론가들은 그 어떤 배우보다도 비니에 터켈의 연기를 극구 칭찬했다. 그는 텔레비전 방송국에서 주는 상이란 상은 몽땅 휩쓸었다. 텔레비전 탤런트로서의 새로운 인생이 그 앞에 펼쳐진 것이다. 그는 토비에게 감사의 표시로 훌륭한 선물을 보냈으나, 토비는 "성공하신 것은 내 힘이 아니라 오직 당신 힘으로 하신 것입니다." 하는 쪽지와 함께 그 선물을 되돌려 보냈다. 이것이 토비 템플이었다.

그 후 몇 개월 뒤, 토비는 비니에 터켈과 그의 쇼에 출연계약을 맺었다. 비니에가 토비의 희극 대사의 상대역으로 등장하는 순간, 토비는 대사에도 없는 엉뚱한 말을 함으로써 그의 익살이 먹혀들지 않게 만들어 4천만 시청자들 앞에서 비니에를 톡톡히 망신시켰다. 이러한 점 또한 토비 템플의 일면이었다.

어떤 사람이 오한론에게 토비 템플의 참된 인간상이 무엇이냐고 묻자, 오한론은 "찰리 채플린이 백만장자를 만나는 영화를 기억하시죠? 그 영화에서 찰리 채플린은 그 백만장자가 술에 취했을 때는 친구로 대해 주지만, 그 백만장자가 맨 정신일 때는 그를 그의 말안장 위에서 굴러 떨어뜨려버립니다. 토비 템플은 바로 그 채플린과 같은 사람입니다."

한 번은 방송국에서 중역회의를 하고 있었는데 그때 한 젊은 중역이 토비에게 단 한 마디 말도 걸지 않았다. 회의가 끝난 다음 토비는 클립톤 로렌스에게, "그 친구가 날 못마땅하게 생각하는 모양이죠?" 하고 말했다.

"누구 말인데?"

"회의장에 있던 그 젊은 친구 말입니다."

"별걸 다 신경 쓰는군. 그 친구는 최하 말단 조감독에 지나지 않는 사람이야."

"그런데 그 친구가 나한테 단 한마디도 말을 걸지 않았습니다. 나를 싫어하는 게 틀림없습니다."

토비가 신경을 쓰는 것을 보고 클립톤 로렌스는 그 젊은 중역의 전화번호를 알아가지고 한밤중에 어리둥절해하는 그 사람에게 전화를 걸었다.

"자네 혹시 토비 템플에게 무슨 감정이 있나?"

"제가요? 나는 그를 세계 최고의 희극배우라고 생각하고 있습니다. 그런데 왜 제가……."

"그렇다면 한 가지 부탁이 있는데, 다름이 아니라 토비 템플에게 전화를 걸어서 그런 말을 좀 해주시오."

"무슨 말을 말입니까?"

"그에게 전화해서 자네가 그를 좋아한다는 말을 해달라는 말이오."

"그거야 어렵지 않죠. 내일 아침 일어나는 대로 바로 전화를 걸겠습니다."

"아니, 지금 당장 전화를 거시오."

"지금 새벽 3시입니다."

"상관없소. 토비는 자네 전화를 기다리고 있으니까."

그 젊은 중역이 토비에게 전화를 걸자 바로 통화가 되었다. 수화기를 통해 토비의 목소리가 들려왔다. 그 젊은 중역은 잔뜩 긴장해서 침을 꼴깍 삼켰다.

"저, 저 다름이 아니라, 나는 당신을 위대하다고 생각하고 있습니다. 그 말씀드리려고 전화를 드렸습니다."

"고맙네, 친구." 하고 대답하고는 토비는 전화를 끊었다.

토비 주변에는 사람들이 점점 늘어갔다. 어떤 때는 한밤중에 잠이 깨어 친구들에게 전화를 걸어 카드놀이를 하자고 불러들이거나 오한 론과 레인저를 깨워 회의를 소집하곤 했다. 그는 또한 경호원 3명과 클립톤 로렌스, 이류배우 6명, 그리고 식객들과 함께 종종 자기 집 영 화실에서 밤새워 영화를 보기도 했다. 그러나 토비는 자기 주위에 사 람이 많이 모여들수록 더욱더 고독감을 느꼈다.

늪에 빠지다

1963년 11월, 어느덧 늦가을의 햇살은 그 따스한 기운을 잃어가고 있었다. 이른 아침녘에는 안개가 끼어 으스스 추운 듯싶더니 이내 겨울을 재촉하는 가랑비가 부슬부슬 내리기 시작했다.

질 캐슬은 지금도 여전히 매일 아침이면 슈와브 드럭스토어에 들르곤 했다. 그곳에서 오가는 대화들은 늘 똑같은 내용뿐이었다. 대부분 한물간 배우들이었고 그들은 똑같이 누가 무슨 이유로 출연하지 못하게 되었나에 관해서 떠들어댔다. 그들은 유명한 현역 배우들을 신랄하게 비평하는 논평이 나올 때마다 그저 신바람이 났다. 그것은 아마 패배자들이 부르는 서글픈 노래이리라. 질은 자기 자신도 그들과 똑같은 부류의 인간이 되어가는 것이 아닌가 해서 불안했다.

그녀는 자기는 그들과는 달리 언젠가는 반드시 출세하리라는 신념에는 변함이 없었지만, 그녀가 언제나 대하는 낯익은 얼굴들과 마주칠 때마다 역시 똑같은 신념을 갖고 있음을 깨달았다. 어째서 그들은 하나같이 현실을 외면한 채 허황된 꿈에 매달려 허송세월을 보내고 있을까? 하는 생각을 하면 자신도 모르게 치가 떨렸다.

질은 어느덧 한물간 배우들의 대모와도 같은 존재가 되어버렸다. 그들은 어려운 문제가 있을 때마다 그녀를 찾아왔으며, 질은 그들의 말을 경청한 다음 충고해주거나 어느 땐 약간의 돈을 주기도 하고 1, 2주일쯤 잠자리를 제공해주기도 하면서 어떻게든 그들을 도우려고 애썼다.

질은 남자와 데이트하는 일도 거의 없었다. 자기 생활에 급급했던 이유도 있었지만 지금껏 그녀의 관심을 끌 만한 남자를 만나지 못했기 때문이었다.

질은 돈이 조금 모이면 자기가 얼마나 잘 지내고 있는지를 설명하는 기다란 편지와 함께 그 돈을 어머니에게 부쳤다. 처음에 어머니는 질이 회개하고 하나님의 딸이 되어주기를 간청하는 편지를 부쳐왔지만, 질이 영화에도 가끔 출연하고 집에 돈도 부쳐주자, 딸의 직업에 대해 창피함을 느끼면서도 영화배우라는 데에 약간의 자부심을 갖기 시작했다. 어머니는 질이 배우가 되는 것을 더 이상 반대하지는 않았지만 되도록 종교적인 영화에 출연할 것을 강요했다. 그래서 질에게 보내는 편지에, "디밀레 씨에게 너의 종교적 배경을 말씀드리면 그분은 틀림없이 너에게 배역을 주실 게야." 하고 썼다.

질의 고향인 오데사는 소도시였다. 질의 어머니는 아직도 유전인들의 삯바느질을 하고 있었다. 질은 그녀의 어머니가 자기에 관한 이야기를 틀림없이 그들에게 할 것이고, 그렇게 되면 조만간 데이빗 캐넌도 그녀의 성공에 관한 소식을 듣게 되리라고 생각했다. 이런 생각에서 질은 편지마다 유명배우들의 이름을 성도 쓰지 않고 적어서 그들과 상당히 친한 사이임을 드러내 보이려고 했으며 그들과 함께 출연한 듯이 적어 부치곤 했다. 또한 그녀는 촬영기사들을 매수해서 우연히 유명한 배우 곁에 서 있을 때 잽싸게 사진을 찍는, 단역 배우들이 흔히 쓰는 수법을 쓰기도 했는데, 촬영기사는 이렇게 찍은 사진 2장을 그녀에게 주었다. 질은 이 사진 중 한 장은 어머니에게 부쳤고, 다른 한 장은 자신이 간직했다.

질의 편지 내용은 마치 스타덤에 오르기 일보 직전인 사람이 쓴 것 같았다.

남캘리포니아에는 겨울에도 눈이 오지 않는다. 크리스마스 3주일 전부터 산타클로스 행렬이 할리우드 거리를 행진하고, 그 후 크리스마스 전야까지 8일 동안 밤마다 산타클로스 꽃마차 행렬이 거리를 누비는 것이 남캘리포니아의 관습이었다. 할리우드 시민들도 북쪽지방의 사람들과 마찬가지로 아기 예수의 탄생을 축하하는 것을 당연한 것으로 생각하고 있었다.

그들은 또 '하늘에 계신 하나님께 영광을', '고요한 밤', '루돌프 사슴' 등의 크리스마스 캐럴들이 화씨 85도에서 90도를 오르내리는 찌는 듯이 무더운 이곳 가정집이나 자동차 스피커에서 흘러나와도 그 노래가 어울리는지 안 어울리는지에 대해서는 전혀 아랑곳하지 않았다. 그들 또한 다른 애국적인 미국인들과 마찬가지로 흰 눈으로 덮인 화이트 크리스마스를 갈망하지만, 하나님이 이곳에 화이트 크리스마스를 허락하시지 않는다는 것을 잘 알고 있기 때문에 그들 나름대로 크리스마스를 축하하는 방식을 만들어냈다.

그들은 크리스마스 촛불, 플라스틱으로 만든 하얀 크리스마스트리, 종이로 오린 산타클로스가 썰매를 탄 모형 등으로 거리를 아름답게 장식한다. 스타가 됐든 성격 배우가 됐든 너나할 것 없이 산타클로스 행렬에 끼려고 치열한 경쟁을 벌이는데 그것은 그들이 길가에 늘어선

수많은 시민들과 어린이들에게 축제 분위기를 더해주기 위해서라기보다는 전국적으로 방영되는 텔레비전 화면에 어떻게든 한 번이라도 더 그들의 얼굴이 비쳐지기를 바라기 때문이었다.

질 캐슬은 기다란 꽃마차의 행렬과 그 꽃마차 위에서 길가에 늘어선 팬들에게 손을 흔들어 보이는 스타들을 지켜보면서 길 한 모퉁이에 서 있었다. 금년 행사의 주역은 토비 템플이었고 토비가 탄 꽃마차가 지나가자, 그를 좋아하는 군중들이 열렬한 박수를 보내며 환호했다. 질은 토비의 환하게 빛나는 천진스러운 얼굴을 얼핏 보긴 했지만 이내 스쳐지나가 버렸다.

토비 템플이 탄 대형 꽃마차와 해군 군악대의 뒤를 이어 할리우드 고등학교 밴드가 뒤따랐다. 그리고 그 뒤를 카우보이 복장을 한 말 탄 기수들과 구세군 악대, 그리고 성가대가 줄을 이었다. 이에 계속해서 국기를 들고 오색 테이프를 늘어뜨린 합창대와 짐승들과 새들로 장식한 노트 베리 농장의 꽃수레와 그리고 소방차, 어릿광대, 재즈 밴드들이 뒤따랐다. 이처럼 화려한 행사는 크리스마스 정신에 어긋날지 모르지만 유일하게 할리우드에서만 볼 수 있는 구경거리였다.

꽃마차를 탄 성격 배우들 중에는 질과 함께 출연했던 사람도 끼어 있었다. 그들 중 한 사람이 질을 알아보고 그녀에게 손을 흔들면서, "안녕 질, 요즘 어떻게 지내?" 하면서 큰소리로 외쳤다.

둘러서 있던 사람들이 부러운 눈으로 그녀를 쳐다보았다. 이로 인해 사람들이 그녀가 영화계에서 일하고 있다는 것을 자연히 알게 되었다는 사실에 그녀는 우쭐한 기분이 되었다. 바로 그때 곁에서 굵직한 목소리의 남자가, "실례지만, 배우십니까?" 하고 말을 걸어왔다. 질이 돌아보니, 금발에 키가 훤칠한 미남형인 20대 중반쯤 되어 보이는 남자였다. 그의 얼굴은 햇볕에 타서 가무잡잡했으며 치아는 희고 가지런했다. 그는 낡은 진바지 팔꿈치를 가죽으로 덧댄 청색 트위드 재킷을 입고 있었다.

"실은 나도 배우예요. 지독히 고달픈 직업이죠."

질은 자기 자신을 손가락으로 가리키면서, "저도 그렇게 생각해요." 하고 대답했다. 그러자 그 남자는 껄껄 웃으면서 "커피 한 잔 하시겠습니까?" 하고 청했다.

그 남자 이름은 앨런 프레스턴이었으며, 살트레이크시티 출신으로 그의 부친은 그곳에 있는 모르몬 교회의 장로라고 했다.

"저는 완벽한 종교적인 분위기에서 자랐지만 종교에는 도무지 흥미가 없었습니다."라며 질에게 솔직하게 털어놓았다.

'어머나, 기막힌 인연이군. 어쩌면 나와 그렇게도 비슷한 환경에서 자랐을까.' 하고 질은 속으로 생각했다.

계속해서 앨런은 "그래도 내 딴에는 연기에는 자신이 있다고 자부하는데 여기서는 도통 인정해주질 않는군요. 아가씨도 되도록이면 고향으로 돌아가세요. 그래도 고향 사람들은 누구나 도와주려고 할 겁니다. 그런데 여기선 서로 못 잡아먹어서 안달입니다." 하고 말했다.

그들은 커피숍이 문을 닫을 때까지 이야기를 나누었다. 어느덧 그들은 왠지 모르게 오랜 친구 같은 느낌을 갖게 되었다.

"제 숙소까지 함께 가시겠습니까?"

질은 잠시 망설이다가 마침내 가기로 작정했다.

앨런 프레스턴은 할리우드 거리에서 두 구역 떨어진 하일랜드 가 근처에 있는 하숙집에서 살고 있었다. 그의 방은 하숙집 뒤채에 있었다.

"사람들은 이곳을 쓰레기통이라고 하죠. 이곳에 사는 사람들을 만나보시면 도저히 이해하지 못하실 겁니다. 그들은 하나같이 언젠가는 쇼 업계에서 대성공을 거둘 것이라고 생각하고 있답니다."

질은 '어쩌면 내 환경과 이다지도 비슷할까.' 하고 생각했다. 앨런의 방에는 가구라고는 침대와 옷장, 의자 그리고 삐걱거리는 테이블 하나가 전부였다.

"돈을 벌 때까지 되는 대로 살아나가는 수밖에 뾰족한 수가 없죠?" 하고 앨런은 계면쩍은 듯 말했다.

"저 역시 마찬가지예요."

앨런이 동지 같은 마음에서 포옹하려 하자 질은 반사적으로 몸을 뺐다.

"왜 이러세요."

그는 그녀를 잠시 동안 바라보더니 순순히 그녀를 풀어주었다. 질은 갑자기 당혹감을 느꼈다. '도대체 지금 내가 이 남자의 방에서 뭘 하고 있는 거지?' 하고 자문해보았지만, 이 질문에 대한 대답은 너무나 자명했다. 그녀는 너무도 고독했다. 말 상대가 그리웠고, 모든 것이 잘될 것이라고 위로해주며 그녀를 포옹해줄 남자의 품안이 그리웠다. 남자로부터 포옹을 받아본 것은 정말 오랜만의 일이었다. 그녀는 데이빗 캐넌이 생각났다. 그러나 그는 그녀와는 완전히 동떨어진 별세계 인간이었다. 그녀는 그가 뼈에 사무치도록 그리웠다.

잠시 후, 앨런 프레스턴이 다시 포옹하자 그녀는 눈을 감고 몸을 맡겨버렸다. 앨런은 데이빗의 환상으로 바뀌었다. 그녀에게 키스하며 옷을 벗기고 애무하는 것은 앨런이 아니라 데이빗이었다.

질은 그날 밤을 앨런과 함께 보냈고, 그 후 며칠 뒤에 앨런은 질의 아파트로 거처를 옮겼다.

앨런 프레스턴처럼 멋대로 살아가는 사람도 세상에 없는 것 같았다. 그는 내일에 대해서는 전혀 아랑곳하지 않고 하루하루를 닥치는 대로 빈둥거리며 지냈다. 질이 생활 태도를 바꾸라고 하면 앨런은 오히려 큰소리쳤다.

"질, 사마라의 언약이란 말도 못 들어봤어? 다 때가 있는 법이라고. 운이 따라줘야지. 사람이 제아무리 노력한다고 되는 게 아니야."

질이 일자리를 찾아 외출한 후에도 앨런은 한참 동안 침대에 누워 빈둥거리는 것이 보통이었다. 그녀가 돌아와 보면 그는 느긋하게 의자에 앉아 책을 읽고 있거나 친구들과 어울려 맥주를 마시는 게 고작이었다. 돈은 한 푼도 벌어들이지 않았다.

"이 바보야! 그따위 놈팡이는 걷어차 버리라고. 침대에서 빈둥거리며 밥이나 축내고 그것도 모자라 술이나 마셔대는 놈팡이를 먹여 살리다니, 너도 참 한심하다."

질의 여자 친구가 보다 못해 충고했다. 그러나 질은 앨런을 차버릴 수가 없었다.

질은 이제야 비로소 해리엇의 마음을 이해할 수 있을 것 같았다. 해리엇만 아니라 사랑도 없이 오히려 혐오하는 남자에게 어쩔 수 없이 매달려 있는 다른 친구들의 마음을 이해할 수 있을 것 같았다. 그것은 바로 고독에 대한 공포 때문이었다.

크리스마스를 불과 며칠 남겨놓고 질은 실직을 했다. 돈은 수중에 몇 달러밖에 없었다. 어머니에게 크리스마스 선물을 보내드려야 하는데 걱정이 태산 같았다. 이 문제를 해결해준 사람이 바로 앨런이었다.

어느 날 아침, 앨런은 어디 간다는 말도 없이 집을 나갔다가 한참 만에 돌아와 질에게 일자리를 구했다고 말했다.

"무슨 일인데요?"

"연기하는 일이지, 우린 배우잖아, 그렇지 않아?"

질은 희망에 찬 눈으로 그를 바라보았다.

"정말이에요?"

"정말이고말고. 감독으로 있는 친구를 우연히 만났어. 그는 내일 영화를 촬영할 예정인데 우리 두 사람을 써주겠다는 거야. 그것도 단 하루 일하는데 한 사람당 100달러씩 주겠대."

"와! 한 사람당 100달러씩이라니!"

질은 기뻐서 손뼉을 쳤다. 그 돈이면 어머니에게 멋진 영국제 겨울 코트를 사드리고도 훌륭한 가죽 지갑을 살 만한 돈이 남을 것이다.

"아주 작은 영화사여서 어떤 사람의 차고 위에 있는 골방에서 찍을 예정이야!"

"그까짓 게 무슨 상관이야? 영화에 출연하는 건데."

질이 말했다.

촬영장인 차고는 중류계급의 점잖은 품위는 이미 100년 전에 잊혀져버린 지역인 로스앤젤레스 남부에 있었다.

앨런과 질이 문 안으로 들어서자 키가 작고 얼굴이 가무잡잡한 사내가 그들을 맞이했다. 그 사내는 앨런의 손을 잡으며, "수고했네. 아주 멋있군." 하고 작은 소리로 말했다. 그 사내는 질을 돌아보면서 놀랐다는 듯이 휘파람을 불었다.

"자네 말을 믿긴 했지만 정말 놀랍군. 아주 미인이야."

"질, 인사드리지. 여긴 페터 테라글로야."

"처음 뵙겠습니다."

"페터는 감독이야."

"별의별 일을 다 하죠. 감독이나 제작자 노릇을 하는가 하면 병 닦이 노릇도 한답니다. 들어오십시오."

그 사내는 그들을 데리고 빈 차고를 지나 한때는 하인들의 숙소로 썼음직한 골방으로 안내했다. 복도에서 좀 떨어진 곳에 침실이 2개 있었다.

그쪽에서 사람들이 말하는 소리가 다 들렸다. 질은 그 방을 지나칠 때 안쪽을 힐끗 들여다보고는 소스라치게 놀라 걸음을 멈췄다. 그 방 한가운데 놓인 침대 위에 네 사람이 발가벗은 채로 누워 있었는데 흑인 남자 한 사람과 멕시코인 남자 한 사람 그리고 여자가 두 사람이었다. 여자 한 사람이 멕시코인 남자와 성행위를 하고 있었고 카메라맨이 사진을 찍고 있었다. 그 여자는 잠시 행위를 멈추더니 숨을 헐떡이면서, "야, 이 병신아! 좀 잘해. 제대로 안 들어가잖아!" 하고 신경질을 부렸다.

질은 기절할 것만 같았다. 그녀는 발걸음을 돌려 나왔지만 다리가 후들후들 떨려서 걸음을 떼어놓을 수가 없었다. 앨런이 그녀를 안으며 부축해주었다.

"괜찮아?"

그녀는 대답할 수가 없었다. 그녀의 머리가 갑자기 빠개지듯 아팠으며 가슴이 칼로 도려내는 것처럼 쑤셨다.

"잠깐 기다려."

그는 잠시 후에 빨간 알이 든 약병과 보드카 술병을 가지고 돌아왔다. 앨런은 알약 두 알을 꺼내어 질에게 주었다.

"이 약을 먹으면 좀 나아질 거야."

질은 약을 입 안에 털어 넣었다. 머리가 망치질하듯 아팠다.

"이 술로 입가심해."

그녀는 그가 시키는 대로 했다.

앨런은 알약 하나를 더 주었다. 그녀는 그 알약을 보드카 술과 함께 삼켰다.

"질, 잠시 누워 있는 게 좋겠군."

그는 질을 비어 있는 침실로 데리고 들어갔다. 침대 위에 눕자 온몸이 나른해졌다. 알약이 약효를 나타내기 시작한 것이다. 기분이 훨씬 좋아지며 넘어오던 쓰디쓴 위액도 멎었다.

15분 후, 두통도 씻은 듯이 가셨다. 앨런이 또 알약을 주었다. 질은 별다른 생각 없이 그 알약을 받아먹었다. 그러고는 또 보드카를 마셨다. 통증이 가신 것은 물론이거니와 구름을 탄 듯이 기분이 좋았다. 앨런은 기이한 행동을 하면서 침대 주위를 맴돌았다. 그녀는 가만히 좀 앉아 있으라고 앨런에게 말했다.

"난 가만히 앉아 있어."

질은 재미있어서 웃음이 나왔다. 어찌나 웃어댔는지 뺨에는 눈물이 흘러내렸다.

"도대체 그게 무슨 약이죠?"

"두통약이야."

테라글로가 들여다보고는 "잘 되어가나? 기분이 어때요?"라고 물었다.

"아, 좋아요."

테라글로가 앨런을 보면서 고개를 끄덕였다.

"5분이야." 하고 말하고는 테라글로가 급히 가버렸다.

앨런이 질 위로 덮쳐 젖가슴과 허벅지를 애무하면서 스커트를 들어 올리고는 그녀의 다리 사이로 손가락을 밀어 넣었다. 질은 말할 수 없이 흥분되었으며 참을 수 없는 성욕을 느꼈다.

"내 말을 좀 들어봐. 나쁜 짓을 하라는 게 아니야. 다만 나와 사랑을 해보자는 것뿐이야. 지금까지 우리는 이렇게 사랑놀이를 해왔잖아. 이번에는 그냥 돈을 받고 한다는 것뿐이야. 200달러야. 그건 모두 당신 거야."

앨런이 질을 타이르며 사정했다.

질은 머리를 가로저으려 했으나 마음뿐이고 몸이 제대로 말을 듣지 않았다.

"그럴 수 없어요."

"못할 게 뭐 있어."

그녀는 정신을 집중하려고 애를 썼다.

"나, 난 스타가 될 거예요. 포르노 필름을 찍으면 안돼요."

"어때, 해줄까?"

그 순간 앨런은 데이빗으로 변신되었다. 질은 더 이상 성욕을 억제할 수가 없었다.

"그래요, 어서요. 어서 들어와요, 데이빗."

"그래, 그래. 나도 당신을 원해."

앨런은 질의 손을 잡더니 그녀를 침대에서 끌어내었다. 앨런이 그녀를 안아 올리자 그녀는 마치 하늘을 나는 듯한 기분이 들었다. 그들은 복도를 지나 다른 침실로 들어갔다.

"됐어. 아까와 똑같은 장치를 해. 피가 끓어오르는 듯한 느낌이 들거야."

테라글로가 그들을 보고 말했다.

"시트를 다른 것으로 바꿀까?"

그들 중 한 사람이 말했다.

"무슨 소리야? 우리가 MGM이라도 되는 줄 알아? 그대로 둬."

질은 앨런에게 매달려 있었다. 그녀는 앨런을 완전히 데이빗으로 착각하고 있었다.

"데이빗, 다른 사람들이 있잖아요."

"그들은 곧 갈 거야. 자, 이걸 먹어."

앨런은 그녀를 안심시키면서 알약을 꺼내어 질에게 주었다. 그러고는 보드카 술병을 그녀의 입에 대주었다. 그녀는 술과 함께 알약을 삼켰다. 그 순간부터 모든 일이 아지랭이 속에서 벌어졌다. 데이빗은 그녀의 옷을 벗기면서 사랑의 밀어를 속삭였다. 그들은 침대 위에 함께 누웠다. 앨런은 벌거벗은 몸을 그녀에게 밀착시켰다. 밝은 전등이 켜지자 눈이 부셨다.

"자, 이걸 입에 집어넣어."

데이빗의 음성이 들려왔다.

"그래요."

그녀가 앨런을 애무할 때 그 방에 있던 어떤 사람이 무슨 말을 하는 것 같았으나 잘 들을 수가 없었다. 데이빗이 몸을 비키자 질의 얼굴이 환한 불빛을 받게 되었다. 그녀는 뒤쪽에서 무엇이 압박해오는 것을 느꼈다. 그와 동시에 그녀의 앞쪽에서 또 한 사람이 공격했다. 그녀는 혼신을 다해 데이빗을 사랑했다. 전등불과 뒤에서 들리는 사람들의 웅얼거림 때문에 방해가 되었다. 그녀는 데이빗에게 그들이 들어오지 못하게 해달라고 말하고 싶었지만 이 황홀한 순간을 한순간도 놓치고 싶지 않았다. 오르가슴을 얼마나 여러 번 되풀이했는지 육체가 갈기갈기 찢겨나가는 것 같았다.

데이빗은 시시 토핑이 아닌 그녀를 사랑했다. 데이빗은 마침내 그녀에게 다시 돌아왔다. 그들은 결혼을 한 것이다. 그래서 그들은 지금 신혼 첫날밤을 치르고 있는 것이다.

"데이빗." 하고 말하면서 그녀가 눈을 떴다. 멕시코 사내가 그녀를 올라타고는 혓바닥으로 그녀의 몸뚱이를 핥고 있었다. 그녀는 그 사내에게 데이빗은 어디 갔느냐고 물어보려고 애를 썼으나 말이 입 밖으로 나오지 않았다. 그녀는 눈을 감았다. 사내가 계속해서 그녀의 몸을 핥았다. 질이 다시 눈을 떴을 때 이번에는 젖가슴이 풍만한 여자가,

기다란 빨강머리의 여자가 질의 배에 올라타고 있었다. 그 여자는 혓바닥으로 무슨 짓인가를 하고 있었다. 질은 다시 눈을 감았다. 그러고는 이내 의식을 잃어버렸다.

두 사내가 침대 위에서 벌어지는 광경을 내려다보며 서 있었다.

"저 여자 괜찮을까?"

테라글로가 묻자 앨런이 대답했다.

"괜찮겠지."

"이번엔 정말 잘 골랐군. 저 여잔 지금까지 온 여자 중에서 최상급이야."

테라글로가 치하했다.

"고마워."

테라글로는 두툼한 지폐 뭉치를 꺼내더니 그중에서 2장을 빼어 앨런에게 주었다.

"받게. 크리스마스 날 저녁식사나 같이하고 싶은데 어때? 스텔라가 자네를 보고 싶어서 안달이야."

"고맙지만 안 되겠어. 크리스마스는 아내와 애들과 함께 보낼 생각이야. 다음 비행기로 플로리다로 떠날 거야."

테라글로는 의식을 잃고 누워 있는 질을 내려다보면서 고개를 끄덕였다.

"그런데 그녀의 이름을 뭐라고 하고 광고를 내지?"

"본명을 쓰면 어떨까? 조세핀 크진스키야. 이 영화가 오데사에서 상영되면 그녀 친구들이 질겁하겠지?"

앨런이 빙그레 웃으며 말했다.

재회

악이 난무하는 세상, 흘러간 세월은 상처를 아물게 하기는커녕 젊음을 파괴하고 짓밟아가기만 한다.

계절은 여전히 바뀌어 갔다. 계절이 바뀔 때마다 새로운 경쟁자들이 할리우드로 몰려들었다. 그들은 남의 차를 얻어 타거나 모터사이클, 기차 또는 비행기를 이용해서 저마다 부산하게 몰려들었다. 그들은 질이 한때 그랬던 것처럼 대부분 10대들이었다. 하나같이 늘씬한 다리에 훌륭한 몸매, 모자를 쓸 필요가 없을 정도로 생기발랄하고 야심에 찬 얼굴, 밝은 미소를 짓고 있었다. 이러한 연례행사를 치를 때마다 질의 나이는 한 살씩 더 늘어갔다.

1964년 어느 날, 질은 문득 거울을 들여다보고 있노라니 이제 자신은 완전히 성숙한 25살의 숙녀가 되어 있었다. 한때 포르노 영화 제작에 뛰어들어 겪은 경험은 몹시 충격적이었으며, 숨기지 않으면 안 될 치명적인 비밀이었다. 만약 다른 영화감독들이 이 사실을 알게 된다면 다시는 자기를 거들떠보지도 않을 것이라는 두려움을 안고 살았다. 그러나 달이 가고 해가 감에 따라 그런 두려움도 차츰 희미하게 엷어져갔다. 질은 변했다. 세월이 흐름에 따라 그녀의 얼굴에도 주름살이 늘어갔다. 그녀는 자기에게 배우가 될 수 있는 기회를 주지 않았던 사람들, 약속을 했으면서도 저버렸던 사람들을 증오하며 세월을 보내고 있었다.

그녀는 따분하고도 달갑지 않은 일들을 계속하지 않을 수 없었다. 비서, 접수원, 파출부, 아이보기, 모델, 웨이트리스, 전화 교환원, 판매원 등 닥치는 대로 했다. 픽업되기까지는 어쩔 수가 없었다. 그러나 여전히 선발이 되지 않았으므로 그녀는 점점 지쳐가기만 했다. 엑스트라나 단역으로 가끔 영화에 출연했지만 그 이상 진전은 없었다.

그녀는 거울을 들여다보았다. 점점 늘어가는 얼굴의 잔주름은 초조감만 더해 주었다. 거울을 들여다보는 것은 마치 과거의 껍질 속을 들여다보는 것과도 같았다. 그래도 아직은 청운의 푸른 꿈을 안고 할리우드에 처음 왔던 처녀 시절의 신선한 자취가 어느 구석엔가 남아 있었다. 그러나 세월과 더불어 꽃다운 청춘은 지나가고 있었으며, 턱 선은 날이 갈수록 더욱 뾰족해지고 그렇게도 갈망했던 찬란한 데뷔는 한 번도 손아귀에 잡아보지 못한 채 세월만 흘러보내고 있었다. 헤아릴 수 없는 좌절감의 잔해들이 여기저기 흩어져서 초조한 마음에 이젠 더 이상 머뭇거릴 수가 없었다.

'서둘러야 돼, 질, 서둘러!'

어느 날, 폭스사의 조감독인 프레드 캐프가 질에게, 만약 그녀가 자기와 잠자리를 같이 하면 좋은 역을 맡게 해주겠다고 제의했을 때, 그녀는 그것을 받아들이기로 작정했다. 캐프는 비린내 나는 18살의 새파란 나이였다.

질은 캐프의 점심시간을 이용해서 스튜디오에서 만났다.

"시간이 30분밖에 없어. 가만 있자, 어디가 좋을까?"

프레드 캐프는 골똘히 생각하며 잠시 서 있더니 이내 밝은 표정을 지으며, "녹음실이 좋겠군. 따라와!" 하고 명령했다.

녹음실은 모든 음향이 한 릴에 묶여 있는, 완벽하게 방음 장치가 되어 있는 조그마한 영사실이었다. 프레드 캐프는 아무런 장식도 없는 썰렁한 방을 둘러보면서 "전에는 여기에 긴 의자가 하나 있었는데." 하고 중얼거렸다. 그는 시계를 들여다보더니 "서둘러야겠어. 얼른 옷을 벗어. 20분만 있으면 녹음실 직원들이 올 거야." 하고 재촉했다.

질은 창녀라도 된 듯한 처참한 기분이 들어서 그를 잠시 쳐다보았다. 죽이고 싶도록 그가 미웠으나 질은 그런 내색을 할 수가 없었다. 그녀는 지금까지 자신의 주관대로 열심히 살아왔지만 모두 실패했다. 이제부터는 남들이 사는 방식대로 살기로 작정했다.

그녀는 드레스와 팬티를 벗었다. 캐프는 옷 벗는 것도 귀찮은지 바지 앞섶의 지퍼를 내리고 질을 쳐다보며 히죽 웃더니, "근사한데! 어서 엎드려." 하고 말했다.

질은 주위를 둘러보며 기대고 엎드릴 만한 물건이 있는지 찾아보았다. 그녀 앞에는 단추만 누르면 방청객들의 웃음을 녹음한 테이프가 가득 감긴 웃음 제조기가 있었다.

"어서 엎드리라니까."

질은 잠시 우물쭈물하다가 웃음 제조기에 손을 짚고 몸을 앞으로 숙였다. 캐프가 그녀의 뒤로 덤벼들어 엉덩이를 두 손으로 움켜쥐었다. 잠시 후 그녀는 그의 것이 자기 항문에 와 닿는 것을 느꼈다.

"안 돼요! 거기가 아니라고요. 그러면 안 돼!"

질이 소리쳤다.

"그래, 계속 소리 질러!"

캐프는 계속 움직여 그녀에게 온몸이 찢기는 듯한 고통을 주었다. 질이 아픔을 견디지 못해 비명을 지를 때마다 그는 더욱더 거세게 깊이 파고들었다. 질은 캐프를 뿌리치려고 애썼지만 그는 그녀의 허리를 꽉 부둥켜안은 채 계속해서 위아래로 들썩거렸다.

이제 그녀는 몸의 균형을 잃어 웃음 제조기의 지렛대를 잡으려고 손을 뻗다가 그만 웃음 제조기의 버튼을 누르고 말았다. 그러자 순식간에 방안은 그 기계에서 흘러나오는 웃음소리로 가득 찼다. 질은 더 이상 고통을 참을 수가 없어서 기계를 주먹으로 두드리며 소리쳤다. 웃음 제조기에서는 한 여인이 킥킥대며 웃는 소리, 여러 명이 한꺼번에 깔깔거리는 소리, 한 아가씨가 킬킬대는 소리, 수백 명이 어떤 외설적이고도 은밀한 익살을 듣고 떠나갈 듯이 큰 소리로 웃어대는 소리들이 흘러나왔다.

그녀는 갑자기 캐프가 부르르 몸을 떠는 것을 느꼈다. 잠시 후 그녀의 살 속을 후벼대던 물건이 빠져나갔다. 방안의 웃음소리도 차츰 가라앉았다. 질은 고통을 참기 위해 한동안 눈을 감은 채 있다가 간신히 몸을 일으켰다. 캐프가 바지를 올리고 있었다.

"정말 훌륭했어. 비명을 질러서 훨씬 더 좋았어."

그가 말하자, 질은 몸서리가 쳐졌다. 캐프는 질이 피를 흘리는 것을 보더니 언짢은 표정을 지으며 말했다.

"깨끗이 씻고 12번 무대로 나와. 오후부터 일을 시작하게 될 거야."

이런 일이 있은 뒤로는 만사가 순조로웠다. 질은 거의 모든 영화사에서 정규적으로 일을 하기 시작했다. 워너 브러더스, 파라마운트, MGM, 유니버설, 콜롬비아, 폭스 등 어느 영화사에서나 일자리를 구할 수 있었으나 섹스가 통하지 않는 디즈니 영화사에서만 일자리를 주지 않았다.

질은 마치 연기를 하는 기분으로 정교한 기술을 다해 성행위를 했다. 그녀는 동양의 성애에 관한 서적들을 사다 읽었으며, 산타 모니카가에 있는 마약 상으로부터 흥분제와 자극제들을 사들였다. 그녀는 또한 항공회사의 스튜어디스들에게 부탁해서 신비로운 촉감을 주는 동양제 로션을 구입하기도 하여, 그녀를 찾아오는 남자들을 감각적인 마사지로 황홀경에 빠뜨리는 기술도 익혔다.

"자, 편안히 누워서 아무 생각도 마시고 내가 당신 몸에 베푸는 촉감들을 느껴보세요."

질은 그렇게 속삭이며 로션을 손바닥에 묻힌 다음, 사내의 가슴과 배로부터 문질러 내려가기 시작해서 서서히 회전운동을 하며 부드럽게 마사지했다.

"눈을 감고 실컷 즐기세요."

그녀의 손가락은 나비의 날개처럼 부드러운 촉감으로 남자의 알몸을 애무했다. 그러면 아무리 목석같은 남자라도 자기도 모르게 성욕이 동하게 마련이었다. 그녀는 사내에게 최상의 오르가슴에 도달하여 폭포수처럼 쏟아내는 요령을 가르쳐주었다. 남자들은 더할 수 없이 만족해서 옷을 입고 나갔다. 그 어떤 남자도 그녀의 오아시스 같은 품속에 안기면 5분 이상을 견뎌내지 못하고 녹초가 되어버렸다.

배역감독이나 조감독 또는 감독이나 제작자들은 질이 자신에게 베풀어준 최고의 환희에 대한 대가로 그녀에게 대단찮은 영화에 출연할 수 있는 기회를 주기만 하면 되었다. 그녀는 곧 '화끈한 여자'라는 평판을 얻게 되었다. 모든 사내들이 그녀와 동침의 즐거움을 맛보려고 군침을 흘렸으며 그녀는 자기를 원하는 모든 남자들에게 그 즐거움을 베풀어주었다. 하지만 그런 행위를 할 때마다 그녀의 자존심과 애정은 메말라갔으며, 어느덧 그것은 증오와 분노로 바뀌어 갔다.

그 후 5년 동안 질은 수십 편의 영화와 텔레비전 쇼 및 상업방송에 출연했다. 그러면서 때로는 보모, 엘리베이터 걸, 스키복 외판사원 등을 짬짬이 하기도 했다. 그러나 그 이상의 진전은 없었다. 그녀는 여전히 대중 속에 묻혀 있는 이름 없는 얼굴이었다. 평생을 이런 꼴로 살아야 하나 생각하니 어깻죽지가 축 처지며 암담했다.

1966년 질의 어머니가 세상을 떴다. 질은 장례식에 참석하기 위해 오데사로 돌아갔다. 장례식에는 10여 명 남짓되는 사람들이 참석했는데, 그녀의 어머니가 반평생을 몸 바쳐 일해 주었던 귀부인들은 한 사람도 없었다. 교인들과 천벌론을 설파했던 부흥사들의 얼굴이 몇몇 보였다. 질은 어린 시절 부흥회에서 겪었던 그 끔찍한 추억들을 회상했다. 그러나 그녀의 어머니는 부흥집회를 통해서 어머니를 괴롭혔던 악마를 쫓아내는 데 일종의 위안 같은 것을 받았던 것 같다.

한 귀에 익은 목소리가 그녀를 조용히 불렀다.

"안녕, 조세핀?"

그녀가 돌아보니 데이빗이 자기 옆에 서 있었다. 그녀는 그의 눈 속을 바라보았다. 전혀 생소한 느낌이 들지 않았다. 그들은 아직도 서로를 소유하고 있는 것처럼 느껴졌다. 그의 얼굴에는 세월이 가져다 준 어른스러운 티가 엿보였으며, 짧게 기른 구레나룻에는 흰털이 간간이 섞여 있긴 했지만, 그 밖에 변한 것은 별로 없었다. 그는 여전히 변함없는 데이빗, 그녀의 데이빗이었다. 그러나 그들은 지금 남남 사이였다.

"진심으로 애도합니다."

"고마워요, 데이빗."

그녀는 자신의 목소리가 생경하게 느껴졌다. 마치 연극대사를 읽는 것처럼 들렸다.

"얘기할 게 있는데, 오늘 저녁에 시간 좀 내주지 않겠어?"

그의 목소리에는 간청하는 빛이 서려 있었다.

그녀는 불현듯 그들이 함께 지냈던 마지막 밤의 추억과 그때 그를 얼마나 원했는지, 그 언약과 꿈들이 생각났다.

"좋아요, 데이빗."

"그 호수가 어떨까?"

그녀는 머리를 끄덕였다.

"그럼 한 시간 후에 호숫가에서 만나."

시시는 디너파티에 참석하기 위해 옷을 갈아입을 채비를 하고는 나체로 거울 앞에 서서 데이빗이 도착하기를 기다리고 있었다. 데이빗이 그녀의 침실로 들어와 그녀를 바라보았다. 시시는 아름다웠다. 그녀는 다이어트와 운동으로 언제나 날씬한 몸매를 유지하고 있었다. 시시의 날씬한 몸매는 그녀의 중요한 재산이었다. 그런 아내였지만 데이빗은 아무런 애정을 느끼지 못할 뿐만 아니라 매몰차리만큼 냉정하게 대했다. 데이빗은 시시가 그녀의 골프 코치, 스키 선생, 비행기 강사와 놀아나고 있음을 잘 알고 있었지만 그녀를 나무라기는커녕 아는 체도 하지 않았다. 그가 시시와 잠자리를 같이 한 지도 오래전의 일이었다.

데이빗은 그의 어머니가 돌아가시면 이혼을 해주겠다던 그녀의 말을 아무런 의심 없이 그대로 믿었다. 그러나 데이빗의 어머니는 돌아가시기는커녕 아직도 정정했다. 데이빗은 자기가 속임수에 넘어갔다는 것을 까맣게 몰랐으며, 이혼이라는 기적이 절대로 자기에게 주어지지 않으리라는 사실도 전혀 몰랐다.

그들이 결혼한 지 1년쯤 지난 뒤에 데이빗이 시시에게, "이젠 이혼 문제에 대해서 의논할 때가 됐다고 생각하지 않소?" 하고 말해보았다. 그러자 시시는 "이혼이라뇨?" 하고 어이없다는 투로 말하더니 깔깔대고 웃으면서 "저는 데이빗 캐넌의 부인으로 아주 만족하고 있어요, 여보. 그따위 형편없는 폴란드 계집년 때문에 내가 당신을 포기할줄 알았어요?" 하고 반문했다.

그 다음 날 데이빗은 변호사를 만나러 갔다. 데이빗이 자초지종을 말하자 변호사가 말했다.

"이혼장은 받아낼 수 있지만, 만약 시시가 당신을 놓아주지 않는다면 상당한 출혈을 각오해야 할 겁니다, 데이빗."

"얼마가 들든 상관없으니 꼭 이혼장을 받아줘요."

시시는 이혼 서류를 받자 욕실로 들어가 문을 잠근 다음 수면제를 다량으로 삼켰다. 데이빗과 일하는 사람들이 합세해서 문을 간신히 부수고 들어가 보니 시시는 사경을 헤매고 있었다. 데이빗은 그녀가 입원한 병원으로 그녀를 찾아갔다.

"죄송해요, 데이빗. 당신과 헤어지느니 차라리 죽는 게 나아요."

그 다음 날 아침 데이빗은 이혼 소송을 취소했다.

10년 전쯤에 일어난 일이었다. 그 후, 데이빗의 결혼생활은 늘 불안한 휴전 협정과도 같았다. 그는 캐넌 왕국을 완전히 인수받아 이를 경영하는 데 온 정열을 다 바쳤다. 그는 그가 사업상 찾아가는 세계의 여러 도시에서 만나게 되는 아가씨들과 어울려 육체적 욕구를 해소시켰다. 그런 중에서도 그는 조세핀을 한시도 잊은 적이 없었다.

데이빗 캐넌은 조세핀이 그를 어떻게 생각하는지 그녀의 속마음을 알고 싶었지만 결과가 뻔한 것 같아서 알아보기가 두려웠다. 질이 캐넌을 증오할 만한 이유는 얼마든지 있었다. 그는 조세핀의 어머니가 죽었다는 소식을 듣고는 조세핀을 만나기 위해 장례식장으로 달려갔다. 캐넌은 질을 보는 순간, 아무것도 변한 것이 없다는 사실을 깨달았다. 그녀를 사랑하는 자기의 마음에도 아무런 변화가 없었으며 질 또한 마찬가지였다. 많은 세월이 모르는 사이에 흘러갔지만 그녀를 사랑하는 마음은 예전과 다름없었다.

'얘기할 것이 있는데…… 오늘밤 만나주겠소……?'

'좋아요, 데이빗…….'

'그럼, 호숫가에서.'

시시는 데이빗이 거울 속에 비치자 그를 돌아보면서, "파티에 늦겠어요, 데이빗. 어서 옷을 갈아입으세요." 하고 말했다.

"나는 조세핀을 만날 예정이야. 만약에 그녀가 좋다고 한다면 그녀와 결혼하겠어. 이제 이따위 어릿광대 같은 생활은 끝장낼 때가 됐어. 당신도 그렇게 하는 것이 좋을 거야. 그렇지?"

시시는 데이빗을 빠히 쳐다보며 서 있었다. 그녀의 나신이 거울에 반사되었다.

"옷 좀 입겠어요."

데이빗은 고개를 끄덕이고는 방을 나갔다. 그는 커다란 응접실로 들어가서 담판 지을 준비를 하면서 서성거렸다. 그동안 따분한 생활을 해왔으니 시시도 빈 조가비와 같은 공허한 결혼생활에 더 이상 매달리려 하지 않을 거라고 생각했다. 그는 시시가 달라는 것은 무엇이든지 다 주어버릴 생각이었다. 단, 이혼만 해준다면…….

그때 자동차에 시동이 걸리고 이내 차 바퀴가 끌리는 소리가 나면서 길 아래로 질주해가는 소리가 들렸다. 시시가 어느새 승용차에 올라 고속도로를 향해 미친 듯이 달리고 있었다. 데이빗은 재빨리 자동차에 시동을 건 다음 쏜살같이 시시의 뒤를 쫓았다.

데이빗이 고속도로에 다다르자, 그녀의 자동차가 저 멀리 사라지는 것이 보였다. 그는 액셀러레이터를 더욱 세게 밟았다. 시시의 차는 데이빗의 롤스로이스보다 더 빠른 차였다. 그는 계속해서 액셀러레이터를 밟아댔다. 속도계는 70…80…90으로 올라갔다. 그녀의 자동차는 이미 시야에서 사라져 보이지 않았다. 100…110…그래도 안 보였다.

언덕 위로 올라가자 저 멀리로 커브 길을 급히 돌아가는 그녀의 자동차가 장난감처럼 조그맣게 보였다. 반동에 의해 자동차가 한쪽으로 기울어졌고 바퀴들이 노면 위를 날았다. 시시의 승용차는 앞뒤로 흔들거리더니 고속도로를 벗어났다. 다시 안정을 찾는가 싶더니 커브 길을 돌아갔다. 그러다가 갑자기 그 자동차는 도로의 모서리를 들이받더니 공깃돌처럼 공중으로 떠올랐다가는 벌판으로 굴러 떨어졌다. 가스탱크가 폭발하기 직전에 데이빗은 의식을 잃은 시시 토핑을 자동차에서 끌어냈다.

다음 날 아침 6시에 외과의사가 수술실을 나오면서, "생명에는 지장이 없습니다." 하고 데이빗에게 말해주었다.

✻✻✻

질이 호수에 도착한 것은 하늘이 온통 노을로 가득 찬 해질녘이었다. 그녀는 호숫가로 차를 몰고 갔다. 그녀는 엔진을 끄고 바람 소리에 귀를 기울였다. 이제 데이빗이 오면 '오늘처럼 행복한 날은 없었어요.' 라고 말해주어야겠다고 생각했다가는 이내 다시 고쳐서, '아니, 행복했던 때가 있었어요. 바로 여기에서요, 데이빗.' 하고 말해야겠다고 생각했다.

그녀는 그때 느꼈던 데이빗의 따사로운 체온과 황홀했던 순간을 떠올렸다. 그들의 사랑을 가로막았던 장애물들은 이제 모두 사라졌다.

그녀는 데이빗을 만나는 순간 그렇게 느껴졌다. 데이빗이 아직도 자기를 사랑하고 있음을 그녀는 알았다.

질은 저 멀리 호수의 수면 위에 핏빛 태양이 서서히 가라앉아 가는 것을 보았다. 어둠이 깔리기 시작했다. 그녀는 데이빗을 초조하게 기다렸다.

한 시간이 지나고, 두 시간이 지나가자 대기는 찬 기운을 띠어갔다. 그녀는 조용히 차 속에 앉아서 기다렸다. 그녀는 커다란 핏기 잃은 허연 달이 수면 위로 떠오르는 것을 지켜보았다. 그녀는 사면에 밤이 깔리는 소리를 들었다. 그리고 '데이빗은 꼭 나올 거야.' 하고 자신의 마음속에서 울리는 절규를 들었다.

질은 태양이 다시 수평선을 빨갛게 물들이며 떠오르는 다음 날 아침까지 데이빗을 기다리며 차 속에 앉아 있었다. 그때까지도 데이빗이 오지 않자, 그녀는 할리우드를 향해 차를 몰았다.

질은 화장대 앞에 앉아서 거울에 비친 자신의 모습을 찬찬히 들여다보았다. 눈가에는 어느새 짙은 주름이 자리 잡고 있었다. 그녀는 세월의 무상함에 얼굴이 찌푸려졌다.

'남자는 나이나 외모에 대해 그다지 구애받지 않을 수 있어. 흰 머리가 나도, 배가 볼록 튀어나오고 얼굴에 주름살이 잔뜩 생겨도 상관없지. 그런데 여자는 주름살이 한 개만 생겨도 거들떠보려고 하지 않으니 정말 공평치 못한 일이야.'

질은 화장을 하기 시작했다. 할리우드의 일류 분장사인 봅 시퍼가 그녀에게 젊게 보이는 비법 몇 가지를 알려준 것이 있었다. 질은 지금까지 써왔던 파우더 베이스 대신 팬 스틱 베이스를 발랐다. 파우더는 피부를 건조해보이게 하는 반면, 팬 스틱은 윤기가 나게 했다. 그런 다음 그녀는 눈 화장을 집중적으로 했다. 눈 화장이 자연스러워 보이도록 다른 부분의 화장보다 엷은 색으로 서너 번 화장하고, 눈에 좀 더 색감을 주기 위해서 아이섀도를 살짝 찍어 바른 다음, 인조 속눈썹을 붙여 눈을 더 커보이게 했다. 속눈썹을 좀 더 돋보이게 하기 위해서 진짜 속눈썹 밑의 아래 눈꺼풀에 작은 점들을 그려 넣었다. 그런 다음 그녀는 립스틱을 바르고 다시 한 번 바르기 전에 입술에 살짝 파우더를 발랐다. 양 볼에 블러셔를 하고는 파우더로 얼굴을 두드릴 때 파우더가 묻어 눈가의 잔주름이 드러나 보이지 않도록 눈 주위를 피해가며 조심스럽게 두드렸다.

질은 다시 화장대로 가서 의자에 앉아 거울을 들여다보며 화장이 제대로 됐는지 구석구석 살펴보았다. 그런대로 괜찮아 보였다. 언젠가는 테이프로 살갗을 잡아당겨 주름살을 펴야 할 날이 올 테지만 그 정도가 되려면 아직 몇 년은 더 여유가 있었다. 질은 늙은 여배우들이 테이프 수법을 쓰고 있다는 것을 알고 있었다. 그들은 머리카락이 나기 시작한 머리선 바로 밑에 스카치테이프를 가늘게 오려 늘어진 피부를 잡아당겨 붙인 다음, 머리카락으로 살짝 가리는 수법을 쓰고 있었다. 그렇게 하면 돈을 들여 수술을 하지 않아도 얼굴의 처진 피부를 팽팽하게 할 수가 있었다.

탄력을 잃은 유방을 변형시키는 방법도 잘 알고 있었다. 유방에다 테이프의 한쪽 끝을 붙인 다음, 그것을 잡아당겨 테이프의 다른 한쪽 끝을 가슴의 단단한 살에다 붙이면 일시적으로나마 이 문제를 해결할 수가 있었다. 그러나 질의 가슴 역시 아직까지는 탄력이 있었다.

그녀는 검은 머리카락을 빗어 넘기며 거울 속으로 보이는 괘종시계를 보았다. 서둘러야 할 시간이었다. '토비 템플 쇼' 출연을 위한 인터뷰에 응하기 위해서였다.

유혹의 날들

애디 베리간은 '토비 쇼'의 배역감독으로 유부남이었다. 애디는 한 친구의 아파트를 일주일에 사흘을 사용할 수 있도록 해놓았다. 그는 그중 하루는 정부를 위해서, 다른 이틀은 소위 '늙은 탤런트'와 '신인 탤런트'를 위해서 사용했다.

질 캐슬은 신인 탤런트였다. 애디는 몇 명의 친구들로부터 질이 화끈한 여자라는 말을 여러 번 들었었다. 애디는 그녀를 오랫동안 건드리고 싶어했는데 마침 그녀에게 적합하다고 생각되는 단역이 하나 생겼다. 이 단역으로 등장하는 배우는 한두 줄 말한 다음 퇴장하는 것이 전부였지만 색시해보여야 하는 역할이었다.

애디는 질에게 자기 앞에서 대사를 읽어보라고 했다. 질이 주연배우가 아니므로 그녀가 맡을 역이 신통할 리는 없었다.

"좋소, 그 역을 맡으시오."

그가 말했다.

"감사합니다, 애디 씨."

"여기 대본이 있어요. 연습은 내일 아침 정각 10시부터 시작합니다. 절대로 시간을 엄수해야 하고 대사를 잊어서는 안돼요."

"네, 알겠습니다."

"그런데 오늘 오후에 잠깐 만나 커피나 한 잔 하면 어떨까요?"

질은 고개를 끄덕였다.

"내 친구 아파트가 아질 9513번지에 있어요."

"네, 어딘지 알아요."

"D동 6호실이오. 그럼 3시에 만나요."

연습은 별 탈 없이 순조로웠으며 훌륭한 쇼가 될 것 같았다. 그 주의 출연 팀 중에는 아르헨티나에서 온 대규모 무용단과 인기 좋은 로큰롤 그룹, 그리고 무엇이든지 눈앞에서 감쪽같이 사라지게 할 수 있는 마술사와 일급 보컬 팀이 출연하기로 되어 있었다. 단 한 가지 서운한 점은 연습 공연 때 토비 템플이 한 번도 얼굴을 비치지 않는 것이었다.

질은 애디 베리간에게 토비가 혹시 몸이라도 아파서 나오지 못하는 것이냐고 물어보았다. 그러자 애디는 코웃음을 쳤다.

"흥! 아프긴! 그 친구 보통 깍쟁이가 아니라고. 다른 사람들 모두가 진땀을 빼며 연습하는 동안 그 늙은 토비는 재미를 보고 있지. 토요일이나 되어야 슬슬 나타나서 쇼 공연을 위한 테이프를 끊고는 사라진다고."

토비 템플은 토요일 아침에 나타나서 마치 왕이라도 되는 듯 당당하게 스튜디오 안으로 들어섰다. 질은 무대 한쪽 구석에서 토비가 들어오는 것을 지켜보았다. 경호원 3명과 클립톤 로렌스, 그리고 고참 희극배우 2명이 토비의 뒤를 따랐다. 질은 그 요란한 광경이 몹시 못마땅했다. 그녀는 토비 템플에 관해서 들은 소문이 많았다. 그 소문에 의하면, 할리우드에 있는 여배우란 여배우는 모두 자기 손길이 가지 않은 사람이 없다고 자랑처럼 떠벌이는, 병적일 정도로 자기중심적인 인간이었다. 그의 데이트를 거절한 여배우는 한 사람도 없었다는데, 과연 그런지 어디 두고 보자고 질은 속으로 별렀다.

키가 작달막하고 신경질적으로 생긴 해리 더킨이라는 감독이 질을 토비에게 소개했다. 토비는 웬만한 배우들과는 거의 한 번씩 공연한 일이 있었고, 또한 할리우드는 좁은 곳이어서 배우들의 얼굴은 곧 익숙해지게 마련이었다. 그러나 토비는 이제까지 한 번도 질 캐슬을 만나본 적이 없었다. 베이지색 린넨 드레스를 입은 그녀는 차보이면서도 우아한 아름다움이 있었다.

"어떤 역을 맡았죠?"

"우주 비행사 극에 나옵니다, 템플 씨."

토비는 질에게 다정한 미소를 보내며 말했다.

"내 친구들은 나를 토비라고 부르죠."

연습이 시작되었다. 연습 공연은 다른 때보다 잘 되어가고 있었는데 더킨은 그 이유를 곧 알게 되었다.

토비가 질을 보기 위해서 연습장에 자주 나타났기 때문이었다. 그는 그 쇼에 출연하는 여배우들을 모두 정복했는데 이제 질 캐슬이 새로 나타난 것이다.

토비가 질과 함께 등장하는 장면이 그 쇼의 핵심 부분이었는데, 토비는 질을 위해 대사를 두 줄 더 늘였으며, 장면도 좀 더 재미있게 꾸미게 했다.

연습이 끝난 뒤 토비가 그녀에게, 휴게실로 가서 술 한 잔 하는 게 어떻겠느냐고 청하자, 질은 가볍게 사양하면서 미소를 짓고는 나가버렸다.

질에게는 배역감독과의 데이트가 토비 템플을 만나는 것보다 더 중요했다. 왜냐하면 토비 템플과는 한 번의 출연으로 끝이지만, 배역감독의 비위를 잘 맞춰주기만 하면 일자리 걱정이 없기 때문이었다.

첫 공연이 있던 날의 저녁 쇼는 대성공을 거두었다. 토비의 쇼 중에서 가장 큰 성공을 거 둔 듯싶었다.

"계속 미어지는군. 그 우주 비행사 얘기가 제일 인기 있었어."

클립톤이 토비에게 말했다.

"그래요. 그 꼬마 암탉을 그 장면에 등장시킨 것이 히트를 친 것 같아요. 그 아가씬 어딘가 색다른 점이 있더군요."

"미인이더군."

클립톤이 말했다.

토비는 아가씨를 매주 바꾸었다. 토비는 뭔가 색다른 듯싶은 아가씨라고 생각되면 어떤 수단을 써서라도 그녀와 잠자리를 같이했다. 그러나 일단 자고 나면 그건 이미 어제의 일로 까맣게 잊혀졌다.

"그녀가 우리와 함께 오늘 저녁식사를 같이 할 수 있도록 주선해놓으세요."

이건 요청이라기보다 명령이나 다름없었다. 1, 2년 전까지만 해도 지시를 하는 것은 클립톤이었지, 토비가 아니었다. 그러나 요즘에 와서는 입장이 뒤바뀌고 말았다. 토비는 왕이고 이곳은 토비의 왕국이었다. 누구든 쫓겨나지 않으려면 그의 비위를 맞춰야만 했다.

"알았네. 그렇게 하도록 주선해놓겠네, 토비."

클립톤은 홀을 내려가 탈의실 쪽으로 갔다. 그는 문을 노크한 다음 안으로 들어섰다. 그 방안에는 여러 무대에 출연하는 여자 무용수들과 여자 출연배우들이 부산하게 옷을 갈아입고 있었다. 10여 명의 여배우들은 어느새 평상복 차림으로 갈아입은 뒤였다. 그들은 입으로만 건성으로 인사를 할 뿐 그에게 관심도 보이지 않았다. 질은 무대 의상을 벗고 평상복으로 갈아입고 있었다. 클립톤은 그녀에게 다가가서 그녀의 훌륭한 연기를 칭찬했다.

질은 무관심한 표정으로 거울 속에 비친 그를 흘깃 바라보며 "고맙습니다." 하고 말할 뿐이었다.

옛날 같았으면 클립톤 로렌스와 이렇게 가까이 있다는 사실만으로도 안절부절못했을 것이다. 왜냐하면 로렌스는 질을 위해 할리우드의 모든 문을 열어줄 수 있는 가장 능력 있는 에이전트였기 때문이었다. 그러나 지금 그는 토비의 수행인에 지나지 않는다는 사실을 누구나 다 알고 있었다.

"질에게 좋은 소식을 가지고 왔어. 템플 씨가 아가씨와 함께 저녁식사를 드시고 싶어 하더군."

질은 손가락 끝으로 머리카락을 매만지며 "피곤해서 잠을 좀 자야 한다고 전해주세요." 하고 시큰둥하게 말하고 탈의실을 나가버렸다.

그날 저녁식사 분위기는 침울하기 짝이 없었다. 토비와 클립톤 로렌스와 해리 더킨 감독은 라우의 앞쪽 칸막이 좌석에 앉아 있었다. 더킨이 쇼걸 2명을 초대하여 함께 식사하는 것이 좋지 않겠느냐고 제안하자, 토비가 화를 버럭 냈다.

"템플 씨, 주문해주시겠습니까?"

웨이터가 와서 정중하게 말했다.

토비는 손가락으로 클립톤을 가리키면서 말했다.

"저 멍청이한테 헛바닥고기나 갖다 주시오."

클립톤은 토비가 단순히 농담으로 받아들이며 모르는 체하고 덩달아 웃을 뿐이었다.

"그녀를 저녁식사에 초대하라고 했지, 누가 겁을 주어서 쫓아버리라고 했소?"

토비는 화를 참지 못해 소리를 꽥 질렀다.

클립톤은 웃다 말고 움찔해서 변명을 늘어놓았다.

"그녀가 피곤하다고 하면서……."

"어떤 여자든 내 저녁식사 초대를 거절할 정도로 피곤한 여자는 지금까지 없었다고. 당신이 못마땅하게 바보같이 했으니까 거절한 게 틀림없어."

칸막이 좌석 건너편에 앉아 있던 사람들이 그들을 바라보았다.

토비는 그들에게 앳된 소년 같은 미소를 지으면서, "지금 이별의 저녁식사를 들고 있는 중입니다, 여러분." 하고 말하고는 클립톤을 가리키면서, "이 사람은 머리를 동물원에다 기증했습니다." 하고 말했다.

다른 테이블에서 그 말을 듣고 폭소가 터져 나왔다. 클립톤은 짐짓 억지웃음을 웃었지만 테이블 밑에 가려진 그의 손은 주먹을 불끈 쥐고 있었다.

토비는 계속해서 옆 테이블에 있는 사람들에게 말했다.

"여러분은 이 사람이 얼마나 멍청한지 잘 모르실 겁니다. 폴란드에서는 이 사람에 대한 농담을 하고 있을 정도라고요."

웃음소리는 더욱 커졌다. 클립톤은 자리를 박차고 나가버리고 싶었지만 차마 그럴 수가 없었다. 더킨은 당황해서 무슨 말을 해야 좋을지 몰라 안절부절 못하고 있었다. 이제 여기저기 테이블에 있던 사람들이 토비를 바라보며 토비의 입에서 어떤 재미있는 재담이 나올 것인가 귀를 기울이고 있었다. 그는 매력적인 미소를 띠면서 다시 목소리를 높였다.

"여기 앉아 있는 클립톤 로렌스는 솔직하게 말하면 태어날 때부터 멍청이입니다. 이 사람이 세상에 태어나자 그의 부모는 대판 싸움을 벌였죠. 그의 어머니가 자기 아이가 아니라고 주장했답니다."

저녁식사가 마침내 끝났다. 그러나 내일이면 여기서 벌어졌던 클립톤 로렌스의 이야기가 할리우드 전체에 파다하게 퍼질 것이다.

클립톤 로렌스는 그날 밤을 꼬박 뜬눈으로 새웠다. 그는 토비가 자기에게 모욕적인 말을 하도록 그대로 내버려두었던 자신에게 더욱 화가 났다. 그러나 어쩔 수가 없었다. 토비 템플로 인해 그가 벌어들이는 수입은 1년에 25만 달러 이상이었다. 클립톤은 낭비벽이 심한 사람으로 이제까지 단 한 푼도 저축해놓은 것이 없었다. 다른 고객들을 다 놓아 보낸 지금의 그로서는 토비가 절대적으로 필요했다. 그것이 문제였고 토비도 그 사실을 잘 알고 있었다. 클립톤을 못살게 구는 일이 이제 토비에게 없어서는 안 될 한 가지 재미있는 놀이가 되었다. 클립톤은 너무 늦기 전에 빠져 나왔어야 했다. 그러나 그는 이미 때가 너무 늦었다는 것을 절실하게 알고 있었다.

그는 토비에 대한 사랑 때문에 자신도 모르는 사이에 이런 지경까지 빠져들었던 것이다. 그는 토비를 진실로 사랑했다. 그는 토비가 그에게 반한 여자들, 그와 경쟁을 하려고 애를 썼던 희극배우들, 그를 혹평했던 평론가들을 무참하게 파멸시키는 것을 너무도 많이 봐왔다. 그러나 그것은 어디까지나 남의 일이었고 클립톤 자신이 그런 꼴을 당하리라고는 상상조차 하지 못했다. 그는 지금까지 토비를 위해서만 헌신해왔고 그와 토비는 떼어놓으려야 떼어놓을 수 없는 친밀한 사이였다.

클립톤은 자신의 앞날을 내다보기가 두려웠다.

처음에 토비는 질을 그저 한 번 더 쳐다볼 뿐 별다른 관심은 보이지 않았었다. 그러나 토비는 자신의 요구가 거부당하는 일에 전혀 숙달이 되어 있지 않았으므로 그녀의 거절은 그야말로 충격적이었다.

토비는 다시 질을 저녁식사에 초대했다. 그녀가 다시 거절하자, 토비는 그녀가 어리석은 짓을 하고 있다는 듯이 모른 척하고는 그녀를 생각지 않기로 작정했다. 아이러니컬한 것은, 이것이 만약 게임이라면 질이 토비를 결코 속여 넘길 수 없다는 점이었는데, 그것은 토비가 여자들의 속셈을 너무나 잘 알고 있기 때문이었다. 하지만 질은 정말로 그와 함께 외출하고 싶지 않았다. 토비는 그녀를 마음대로 다룰 수가 없게 되자 이젠 화가 났다.

토비는 애디 베리간에게 다음 쇼에 질 캐슬을 기용하는 것이 좋겠다고 말했다. 애디는 곧바로 그녀에게 전화를 걸었다. 그녀는 서부영화에 단역을 맡고 있기 때문에 바빠서 쇼에 출연할 수 없다고 거절했다. 애디가 들은 그대로 토비에게 보고하자, 토비는 벌컥 화를 냈다.

"우리가 보수를 더 많이 주겠으니 스케줄을 전부 취소하라고 하게. 이번 쇼는 텔레비전으로 방송될 일급 쇼야. 도대체 그 멍청이 같은 계집애가 왜 이렇게도 애를 먹이는 거지?"

애디는 다시 질에게 전화를 걸어 토비의 의견을 전달했다.

"질, 토비는 당신이 쇼에 나와 주기를 간청하고 있어요. 출연해주겠소?"

"죄송합니다. 지금은 유니버설의 촬영 관계로 도저히 빠져나갈 수가 없어요."

질은 유니버설을 빠져나올 생각이 정말로 없었다. 배우가 영화사와의 약속을 어겼다가는 할리우드에 발을 붙일 수가 없기 때문이었다. 다음 날 저녁, 그 위대한 토비 템플이 직접 그녀에게 전화를 걸었다. 수화기에서 들려오는 토비의 목소리는 따사롭고 상냥했다.

"질? 난 같이 출연했던 토비입니다."

"안녕하세요. 템플 씨?"

"질, 제발 내 청을 좀 들어줘요! 왜 그리 쌀쌀맞죠? 저, 혹시 야구 구경 좋아하지 않아요?"

아무런 대답이 없었다.

"특석 좌석권을 사두었는데……."

"전 야구를 좋아하지 않아요."

"사실은 나도 야구를 좋아하지 않아요. 한번 테스트를 해본 것뿐이오. 토요일에 저녁식사나 같이 하는 게 어떻겠소? 파리에 있는 맥심식당에 있던 주방장을 빼왔는데, 그는……."

"죄송합니다, 템플 씨. 토요일엔 약속이 있어서요."

그렇게 말하는 그녀의 목소리에는 전혀 관심의 기미가 없었다. 토비는 수화기를 쥔 손에 힘을 조이며, "그럼, 언제쯤 시간이 날까요?" 하고 애원하다시피 말했다.

"글쎄요, 전 팔자가 사나운 여자라서 자나 깨나 열심히 일하지 않으면 안 돼요. 그래서 한가하게 외출을 못해요. 어쨌든 감사합니다만."

그러고는 전화가 끊어졌다. 이름도 없는 하찮은 삼류배우 따위가 위대한 토비 템플의 전화를 도중에서 끊다니! 토비와 하룻밤을 자기 위해서라면 목숨을 1년 단축시켜도 서슴지 않을 여자들이 얼마든지 있을 터에 그 따위 하찮은 계집한테 거절당한다는 자체가 말도 안 되는 일이었다.

토비는 화가 머리끝까지 올라 주위에 있는 모든 사람들에게 마구 화풀이를 해댔다. 모든 것이 못마땅하고 짜증스러웠다. 대본은 고리타분했고, 감독은 얼간이 같았다. 음악은 형편없었으며, 남자배우들은 모두 쓰레기처럼 생각되었다. 그는 배역감독인 애디 베리간을 그의 탈의실로 불러들였다.

"이봐, 질 캐슬에 대해 아는 것이 있으면 말해 봐!"

"아는 것이 없는데요."

애디가 얼른 대답했다. 애디는 바보가 아니었다. 쇼에 관련된 다른 모든 사람들과 마찬가지로 그도 어떤 일이 벌어질 것인가를 잘 알고 있었다. 사태가 어느 쪽으로 진전되든 거기에 말려들고 싶지 않았던 것이다.

"아무 놈하고나 붙어 자는 그런 여자지?"

"아닙니다. 그런 여자라면 제가 모를 리 있겠습니까?"

애디는 단호하게 잘라서 말했다.

"자네가 그 여자 뒤를 한 번 밟아보게. 어떤 놈팽이하고 놀아나는지 알아보란 말이야. 그 여자가 어딜 가는지, 무얼 하는지 샅샅이 알아봐. 알겠어?"

"네, 알겠습니다."

새벽 3시였다. 애디는 머리맡의 전화벨 소리에 잠이 깨었다.

"뭔가 찾아낸 사실이 있나?"

애디는 졸린 눈을 비비며 일어나 앉아 도대체 누구냐고 물어보려다가 문득 전화를 건 사람이 토비임을 깨닫고는 허겁지겁 대답했다.

"확인해봤습니다만, 그녀의 건강 기록은 깨끗했습니다."

"이봐, 누가 건강 기록 따위를 알아보라고 했어? 어떤 놈하고 놀아나고 있는지 누구랑 사귀는지 알아봤느냔 말이야?"

"없습니다. 사귀는 남자는 없습니다. 친구들한테 물어봤는데 그들은 한결같이 그녀를 칭찬했고 또 연기도 훌륭해서 모든 영화에서 그녀를 기용하려고 한다는 사실도 알았습니다."

그는 토비를 안심시키느라 더욱 빠른 속도로 지껄여댔다. 만약 토비가 자기와 동침했던 사실을 알게 된다면, 감독으로서 자신의 생명은 끝장이 나고 말 것이다. 애디는 배역감독으로 있는 친구들에게 토비가 질에게 관심을 두고 있다는 사실을 알려주었다. 그들도 역시 애디와 같은 입장이었으므로 한결같이 입을 모아 '그녀는 정숙한 여자다.'라고 대답하기로 음모를 꾸몄다. 누구도 토비 템플의 적이 되고 싶은 사람은 없었다.

토비의 목소리가 한결 누그러졌다.

"알겠네. 보통 여자들과는 좀 다른 데가 있는 여자 같더군."

"네, 그렇습니다."

애디는 안도의 한숨을 돌렸다.

"잠을 깨워서 미안하네."

"아닙니다. 괜찮습니다, 템플 씨."

전화를 끊고 난 뒤에도 애디는 만에 하나 그 사실이 밝혀지면 장차 어떤 일이 벌어질 것인가를 생각하니 소름이 끼쳐 한참 동안이나 잠을 이루지 못했다.

왜냐하면 할리우드는 토비 템플의 왕국이기 때문이었다.

토비와 클립톤 로렌스가 힐크리스트 컨트리클럽에서 점심식사를 하고 있었다. 로스앤젤레스의 일류클럽에서는 유대인들을 받아들이지 않기 때문에 유대인 전용 힐크리스트가 생겨나게 되었다. 유대인들을 받아들이지 않는 일류클럽들의 방침은 아주 엄격하게 지켜졌다.

한 번은 비유대계 사람이 유대인인 그루초 막스의 10살 난 딸아이를 데리고 한 클럽의 수영장에 들어갔다가 퇴장 당한 일이 있었다. 아이 아버지인 그루초가 이 말을 듣고 그 클럽의 매니저에게 항의 전화를 걸었다.

"이것 봐! 우리 딸아이는 유대인 피가 반밖에 섞이지 않았소! 그러니까 그 아이 몸뚱이의 반은 그 수영장 물에 담글 수 있지 않겠소?"

이런 사고가 자주 발생하게 되자, 반유대주의자들을 아니꼽게 생각하는 골프, 테니스, 진 러미를 즐기는 돈 많은 유대인들이 합자해서 유대인 전용 클럽을 만들게 되었는데 그것이 힐크리스트 클럽이었다. 힐크리스트는 베벌리힐스 심장부에서 그다지 멀리 떨어지지 않은 아름다운 공원 안에 세워졌는데 이 클럽은 얼마 안 가서 뷔페와 자극적인 담소 장소로 유명해지게 되었다. 그래서 비유대인들도 이 클럽에 드나들기를 갈망했다. 클럽 이사진 측은 관용적인 제스처로 비유대인의 출입을 조금 허용하도록 규정을 고쳤다.

토비는 언제나 코미디언 전용 테이블에 앉았는데 이 테이블에는 할리우드의 재담가들이 모여 기발한 농담들을 주고받았다. 그러나 오늘 토비의 마음속에는 농담이 아닌 다른 일들이 꽉 차 있었다. 그는 클립톤을 데리고 구석진 테이블로 갔다.

"내게 충고가 필요해요."

그 자그만 체구의 에이전트는 놀란 눈으로 토비를 바라보았다. 토비가 자신에게 충고를 구하는 것은 실로 오랜만의 일이었다.

"무슨 일인데 그래, 토비?"

"실은 그 아가씨 문제인데……."

토비가 이렇게 입을 열자 클립톤은 벌써 토비가 무슨 말을 하려는지 꿰뚫어보았다. 할리우드에 이미 그 소문이 파다하게 퍼져 있었다. 심지어 어떤 칼럼니스트가 익명 기사로 이것을 재미있게 꾸민 일도 있었는데 토비가 그 기사를 읽고, "어떤 얼간이 같은 놈이 이따위 글을 썼지?" 하고 분개했다. 천하의 바람둥이가 별 볼 일 없는 여자에게 빠져서 번번이 퇴짜를 당하는 것이었다. 어떻게 하든 이 문제를 해결해야만 했다.

"질 캐슬이라고 생각하나요? 지난번 쇼에 같이 출연했던 여자 말입니다."

"그럼, 생각나지. 그 날씬하게 빠진 아가씨 말이지? 그런데 그 아가씨가 왜?"

"나도 뭐가 뭔지 잘 모르겠어요. 그 여자가 나한테 무슨 원한이 있어서 그런 것 같기도 하고, 아무튼 내가 데이트를 청할 때마다 번번이 딱지를 놓지 뭡니까. 마치 아이오와에서 똥 묻은 발로 걸어차인 것처럼 영 기분이 잡친단 말입니다."

클립톤은 위험을 무릅쓰고 "그럼, 데이트를 청하지 않으면 되잖나!" 하고 모르는 체하고 토비의 의중을 떠보았다.

"그게 바로 잘 안 된다는 겁니다. 우리끼리 이야기지만 내 평생 한 여자를 이토록 그리워해본 적이 없습니다. 그녀 생각 때문에 아무 일도 할 수가 없을 정도예요. 미칠 지경이지요. 나보다 인생을 더 많이 사셨으니 어떻게 해야 좋은지 아실 거예요. 좀 알려주세요."

클립톤은 순간적으로 토비에게 사실대로 말해주고 싶은 충동을 느꼈지만 가까스로 참았다. 그가 꿈속에서도 그리는 여자가 하루 치 일거리를 줄 수 있는 배역 조감독 따위 뭇 잡놈들과 놀아나는 형편없는 여자라는 이야기를 차마 해줄 수가 없었다. 토비와의 관계를 끊고 싶다면 그런 말을 해도 좋으리라.

클립톤은 한 가지 제안을 했다.

"좋은 생각이 하나 있는데 그 여자가 배우 업을 진정 좋아한다고 생각하나?"

"좋아하다마다요. 야심이 대단한 것 같던데요."

"됐어. 그럼 그 여자가 꼭 받아들일 만한 미끼를 던져 초대를 하지."

"어떤 미끼를 말입니까?"

"파티를 열어 초대하는 거야."

"벌써 그렇게 해봤지만……."

"내 말 좀 들어보게. 영화사 사장, 제작자들, 감독들 그녀에게 도움을 줄 수 있는 사람들을 다 초청하라고. 만약 그녀가 일류배우가 되는 것이 꿈이라면 틀림없이 그런 사람들을 만나보고 싶어서 초대에 응할 걸세."

토비는 질의 전화번호를 돌렸다.

"안녕, 질?"

"누구신가요?"

그녀가 물었다.

할리우드에 사는 사람은 누구나 그의 목소리를 알아듣는데, 질은 지금 토비의 목소리를 알아듣지 못하고 묻는 것이다.

"토비, 토비 템플입니다."

"아, 그러시군요."

짤막했지만 어떤 의미를 담고 있는 대꾸였다.

"질, 다음 주 수요일에 우리 집에서 작은 디너파티가 열리는데요."

그 순간 그녀가 거절하려고 하자, 토비는 서둘러서 "그런데 그 파티에는 팬퍼시픽 영화사 사장 샘 윈터스를 비롯해서 이곳에 있는 다른 영화사 사장 몇 사람과 제작자들, 감독들을 초대할 예정입니다. 아가씨가 그들을 만나보는 것이 도움이 되리라고 생각해서 전화를 한 거예요. 시간이 나시겠습니까?"

잠시 머뭇거리는 듯싶더니 질 캐슬이 말했다.

"수요일 밤이라고 하셨나요? 마침 그날은 약속이 없군요. 초대해주셔서 감사합니다."

그 약속이 사마라의 약속이 될 줄은 그들 중 아무도 몰랐다.

290

테라스에서 오케스트라가 연주하는 동안 깔끔하게 정복을 입은 웨이터들이 전채요리와 샴페인 글라스들을 날라 왔다.

질은 45분쯤 늦게 도착했다. 토비가 문까지 쫓아나가서 그녀를 맞았다. 그녀는 순백색의 실크 드레스를 입고 있었고, 검은 머리카락이 어깨 위로 부드럽게 흘러내리고 있어서 매우 매력적으로 보였다. 토비는 그녀로부터 눈을 뗄 수가 없었다. 질은 자기가 아름답게 보이리라는 것을 자신했다. 그녀는 머리 손질을 세심하게 했으며, 어느 때보다 오랜 시간을 들여 화장을 했다.

"이 파티에는 당신이 만나고 싶어 하는 사람들이 많이 참석해 있을 거요."

토비는 질의 손을 잡고 커다란 연회장을 지나 응접실로 안내했다. 질은 출입구 앞에 멈추어 서서 그곳에 모인 사람들을 둘러보았다. 그곳에 있는 사람들은 거의가 다 낯익은 얼굴들이었다. 그녀는 그들의 얼굴을 〈타임〉지의 표지나 〈라이프〉지, 〈파리스 마치〉지, 그리고 〈오지〉의 표지에서나 영화 스크린에서 익히 보아왔다. 그곳은 할리우드의 축소판이었다. 바로 이 사람들이 영화 왕국을 지배하는 주인공들이었다. 질은 이들과 자리를 함께하여 대화를 나눌 수 있는 기회를 얼마나 오랫동안 갈망해왔던가를 생각해보았다. 꿈이 아닌 현실이 눈앞에 펼쳐져 있었다. 이제 그녀가 그 현실이 어떤 것인가를 직접 알아보는 것은 아주 손쉬운 일이었다.

토비는 그녀에게 샴페인 잔을 건넸다. 그런 뒤 곧바로 질의 팔짱을 끼고 여러 사람들에게 둘러싸여 있는 한 남자에게로 데리고 갔다.

"샘, 질 캐슬을 소개하겠어요."

"안녕하십니까, 질 캐슬 양?"

"질, 이분은 팬퍼시픽 스튜디오의 인디언 추장 샘 윈터스라는 분이에요."

"네, 윈터스 씨가 어떤 분인지는 잘 알고 있습니다."

"샘, 질은 아주 훌륭한 여배우예요. 이 아가씨를 기용할 수 있을 텐데 잘 좀 봐줘요."

"알았네. 명심해두지."

토비는 질의 손을 꼭 잡아끌고 "이리 와요, 질. 모두 다 소개해드릴 테니까." 하면서 그녀를 모든 사람들에게 인사시켰다.

질은 그날 저녁 만찬회가 끝나기까지 3명의 영화사 사장과 5, 6명의 거물급 제작자들, 3명의 감독들, 몇몇 작가들과 신문 및 텔레비전의 칼럼니스트들 그리고 10여 명의 스타들을 만나 보았다.

저녁식사를 할 때 질은 토비의 오른쪽에 앉았다. 그녀는 식사 도중 여러 가지 대화에 귀 기울이면서 마침내 영화계 안에 들어선 듯한 즐거움을 만끽했다.

"사극의 문제점은 단 한 작품이라도 실패를 하면 그것으로 영화사 전체가 폭삭 주저앉고 말게 되지. 폭스 사에서는 〈클레오파트라〉가 어떤 결과를 가져올지 몹시 초조해하고 있는 실정이야."

"빌리 와일더의 새로 나온 영화 봤어? 대단한 성공을 거뒀더라고."

"그래? 나는 그 사람이 브랙켓과 출연할 때가 더 좋았다고 생각해. 브랙켓이야말로 일류지."

"빌리도 재능이 있어."

"나는 지난주에 팩에게 수사물에 관한 대본을 보내주었는데 무척이나 마음에 들어 하더군. 2일 후에 확답을 해주겠다고 했어."

"나는 사실 힌두교의 새로운 선사 키리시 프라마나나다를 만나기 위해서 이번 초청을 수락했는데 알고 보니 그의 성년 축하식에서 이미 만나본 사람이더구먼."

"2시에 있을 영화 편성 말인데, 최종 복사판을 내기까지는 인플레이션과 조합비로 인해서 서너 장은 더 추가가 될 것 같아."

질은 이들이 말하는 서너 장이라는 말은 300만 내지 400만 달러를 뜻한다는 것을 알고는 속으로 놀랐다. 예전에 그녀가 영화사들로부터 흘러나오는 정보의 빵부스러기들을 탐욕스럽게 먹어대며 슈와브 드럭스토어에서 주고받던, 식객들과 한물간 늙은 배우들의 끊임없는 시시껄렁한 대화들을 기억했다. 오늘밤 이 만찬에 모인 사람들이야말로 참다운 '생존자'들로서 할리우드의 모든 일을 꾸며내는 주역들이었다.

이 사람들은 영화사의 문을 굳게 잠근 채 그녀의 출입을 막았을 뿐만 아니라 그녀에게 아주 작은 기회조차도 주기를 거절했던 사람들이었다. 반면에 이들 모두가 그녀에게 도움을 줄 수 있는 사람이며 그녀의 인생을 완전히 바꿔놓을 수 있었던 사람들이었다. 그러나 이들 중 그 누구도 질에게 단 5분의 시간도 내주지 않았었다. 그녀는 새로 낸 대뮤지컬 영화로 한창 상승 가도를 달리고 있는 한 제작자를 쳐다보았다. 그는 질 캐슬과의 인터뷰를 거절했던 사람이었다.

테이블 저쪽 끝에 유명한 코미디 감독이 그가 최근에 촬영한 영화의 주연 배우와 화기애애한 대화를 나누고 있었다. 그 감독도 질과의 인터뷰를 거절했었다.

샘 윈터스는 어느 영화사 사장과 담화를 나누고 있었다. 질은 전에 한 텔레비전 쇼에 나오는 자기의 연기를 봐달라는 편지를 윈터스에게 보냈지만 그는 그 편지에 대한 답장조차 해주지 않았다.

질은 이들로부터 받은 경멸과 모욕을 언젠가는 반드시 갚아주고야 말겠다고 마음먹었다. 이들뿐만 아니라 그녀를 천대하고 외면했던 할리우드의 모든 인간들에게 복수해주겠다고 굳게 마음먹었다. 지금 현재로서는 여기에 있는 사람들에게 자기가 하찮게 보일지 모르지만 그렇지 않을 날이 반드시 오리라고 그녀는 생각했다.

최고급의 요리가 나왔지만 질은 여러 가지 착잡한 생각으로 전혀 맛을 느끼지 못했다. 저녁식사가 끝나자 토비는 자리에서 일어나더니 영화가 시작되기 전에 빨리 가보는 게 좋겠다고 말했다. 그는 질의 팔짱을 끼고는 영화가 상영되는 커다란 영사실로 그녀를 안내했다. 영사실은 60명 정도의 사람들이 긴 의자에 편안히 앉아 영화를 감상할 수 있을 정도로 널찍했다. 캔디가 가득 든 캐비닛이 문이 열린 채 입구 한쪽에 서 있었고, 다른 한쪽에는 팝콘 기계가 서 있었다.

토비는 질의 바로 옆자리에 앉았다. 영화를 상영하는 동안 토비가 화면보다는 그녀의 눈을 자주 응시한다는 것을 그녀는 직감적으로 느꼈다. 영화가 끝나고 불이 켜지자 커피와 케이크가 나왔다. 30분 뒤 사람들은 저마다 흩어지기 시작했는데, 그들 대부분이 파티가 미처 끝나기도 전에 영화사들로부터 전화를 받고 다음 약속에 대비하고 있었다.

토비가 문에서 샘 윈터스를 배웅하고 있을 때 질이 코트를 입고 문쪽으로 걸어왔다.

"아니, 벌써 돌아가려고요? 내가 집까지 데려다줄게요."

"감사하지만 제 차가 있는걸요. 파티 즐거웠습니다, 토비 씨."

질은 그의 제의를 상냥하게 물리치고는 총총히 떠나버렸다.

토비는 질의 차가 시야에서 사라지는 모습을 멍청히 서서 바라볼 수밖에 없었다. 그는 파티가 끝난 다음 그녀와 단둘만의 멋진 계획을 세워두었었다. 그녀를 데리고 2층 침실로 올라가서 '오늘 밤 나의 침대에 든 여인은 그 누구라 하더라도 감사히 생각하리라' 하는 내용의 테이프를 틀어줄 생각이었다. 토비와 잠자리를 같이한 여자들은 모두 단역배우의 울타리를 벗어나서 스타가 되었다. 그런데 질 캐슬은 어리석게도 그 행운의 기회를 거부하고 있는 것이다. 토비로서는 이제 모든 것이 끝장이었다. 그는 한 가지 사실을 가슴 깊이 새겨두었다.

'앞으로 두 번 다시는 질이라는 여자를 생각하지 않으리라.'

그러나 토비의 군은 결심은 그 다음 날 아침 9시, 질에게 전화를 거는 것으로 무너졌다. 하지만 본인은 없고 녹음테이프가 돌아가고 있었다.

"안녕? 질 캐슬이에요. 죄송하지만 지금 저는 외출중입니다. 성함과 전화번호를 말씀해주시면 나중에 전화 드리겠습니다. 신호소리가 날 때까지 기다려주십시오. 감사합니다."

그러더니 삑 하는 신호음이 울렸다.

토비는 전화기를 으스러뜨릴 듯이 움켜쥐었다가 아무 말도 남기지 않고 내동댕이쳤다. 녹음테이프에 담긴 목소리와 대화를 하다니 자존심이 너무 상했다. 그러나 그는 잠시 후 다시 다이얼을 돌렸다. 녹음테이프의 목소리가 들려왔다.

"아마, 아가씨 목소리가 이 할리우드 전체에서 가장 아름다울 것 같군요. 그 아름다운 목소리를 소중히 아껴야겠소. 나는 저녁만 먹고 삑 소니치는 아가씨와는 두 번 다시 상대하지 않지만 아가씨에게만 예외로 해드리죠."

말이 채 끝나지도 않았는데 전화가 끊어졌다. 테이프 길이에 비해 말을 너무 많이 했기 때문이었다. 미칠 지경이었다. 어떻게 해야 좋을지 몰랐다. 완전히 바보가 된 느낌이었다. 화가 치밀어 다시 전화하지 않고서는 배길 수가 없었다. 그래서 그는 세 번째로 전화를 걸었다.

"말이 끝나기도 전에 전화가 끊겨서 다시 하는 거요. 오늘 저녁에 식사나 같이하는 것이 어떻겠소? 전화 기다리겠소." 하면서 그는 자기 전화번호를 말한 다음 수화기를 내려놓았다.

토비는 하루 종일 초조한 마음으로 전화를 기다렸으나 전화는 오지 않았다.

7시가 되자 그는 '제기랄! 이번이 마지막 기회였다고!' 하고 혼자 씨부렁거리고는 그녀를 잊어버리기로 결심했다. 토비는 수첩을 꺼내어 데이트할 상대의 전화번호를 골라보았지만 그 어떤 아가씨도 마음에 내키지 않았다.

인간의 덫

질은 난생 처음 융숭한 대접을 받았다.

그녀는 토비가 할리우드에 있는 그 어떤 여자를 택할 수 있음에도 불구하고 왜 그토록 자기를 원하는지 그 까닭을 알 수 없었다. 어쨌든 토비가 자신을 원하고 있는 것은 사실이었다. 며칠이 지나도 질은 그 때 디너파티에 참석했던 유명인사들이 한결같이 토비의 비위를 맞추기에 급급하던 모습을 잊을 수가 없었다. 그들은 토비를 위해서라면 무슨 일이든 마다하지 않을 것 같아 보였다.

여하튼 질은 자신의 출세를 위해 토비를 이용할 수 있는 방법을 모색해야겠다고 생각했다. 그녀는 자신에게 그 정도의 머리는 있다고 스스로 자부했다. 토비라는 사람은 일단 침대로 데리고 간 아가씨에 대해서는 곧 흥미를 잃고 만다는 평판이 파다하게 나 있었다. 그가 즐겨 추구하는 것은 새로운 도전인 듯싶었다. 그녀는 토비를 어떻게 다루어야 할 것인지 작전을 짜는 데 많은 시간을 보냈다.

토비는 하루도 빼놓지 않고 그녀에게 전화를 걸었다. 그녀는 일주일이 지나서야 겨우 그의 저녁식사 제안을 받아들였다. 이로써 토비는 일주일 간의 긴 유혹의 종지부를 찍은 셈이었다.

그녀와의 약속을 받아낸 그가 어쩌나 좋아하는지 주위의 배우들이나 영화계 사람들 입에 화젯거리로 오르내릴 정도였다.

"난 질 캐슬을 사랑해! 그녀에 대한 생각만 해도 흥분이 된다고요."

토비가 클립톤에게 털어놓았다.

그가 질과 첫 데이트를 하던 날 저녁, 그는 차를 타고 그녀의 아파트로 갔다.

"체이슨에 예약을 해두었소."

토비는 체이슨 정도면 그녀에 대한 충분한 대접이 되리라 생각했다.

"그랬어요?"

그녀의 음성에 실망의 빛이 역력했다. 토비는 눈을 깜박거리며 물었다.

"혹시 다른 데 가고 싶은 곳이라도 있어요?"

그날이 토요일이긴 했지만 토비는 페리노든 앰버서더든 더비이든 관계없이 언제라도 테이블을 차지할 수가 있었다.

"어디든 말해 봐요. 나는 아무래도 좋으니까."

"아마 웃으실 거예요."

"괜찮아요, 말해 봐요."

"전 토미 식당으로 가고 싶어요."

토비는 수영장 옆에서 경호원에게 마사지를 받고 있었고, 클립톤 로렌스는 그를 지켜보고 있었다. 토비가 그녀를 극구 칭찬하며 이야기를 늘어놓았다.

"아마 믿어지지 않을 거예요. 그녀와 나는 햄버거 가게 앞에서 20분

동안 줄을 서 있었다고요. 그 토미 식당이 어디 있는지 아세요? 로스 앤젤레스 중심가에 있어요. 거긴 멕시코 밀입국자들만 가는 형편없는 곳이었어요. 그녀는 참 기가 막힌 여자예요. 내 딴에는 프랑스제 샴페인을 곁들여 식사할 요량으로 그녀를 위해 100달러쯤 쓸 생각이었는데 글쎄, 단돈 2달러40센트로 저녁을 때웠지 뭡니까. 저녁을 먹고 나서는 그녀를 필 클럽으로 데리고 가려고 했는데 어땠는지 아십니까? 우리는 산타모니카 해변을 산책했어요. 내 신발에 모래가 들어갔지요. 밤중에 해변을 산책하는 사람은 없잖아요. 스쿠버 다이버들한테 목을 졸릴 염려가 있으니 말예요. 클립톤, 질 캐슬을 믿을 수 있는 여자라고 생각하세요?"

"글쎄…… 잘 모르겠군."

클립톤이 담담하게 말했다.

"우리 집에 가서 술 한 잔 하자니까 싫다고 하더군요. 그래서 그녀의 집으로 잠깐 가기로 했죠. 그녀가 내 청을 들어줬을 것 같아요?"

"물론 들어주지 않을 리가 있나."

"웬걸요. 그녀는 자기 아파트에 한 발짝도 들여놓지 못하게 했어요. 내 뺨에 키스를 해주곤 날 혼자 돌아가게 하더라고요."

"그럼, 앞으로도 계속 그 여자를 만날 작정인가?"

"그럼요, 만나야죠."

***

그 후 토비와 질은 거의 매일 밤 만났다. 어쩌다가 질이 바쁘다거나 아침 일찍 전화를 걸어와 시간이 없다고 말하면 토비는 너무도 실망스러워했다.

토비는 질에게 하루에도 수십 번씩 전화를 했고, 그녀를 최고급 음식점과 손님이 극히 제한되어 있는 일류 클럽으로만 데리고 다녔다. 그러나 질은 그를 산타모니카 해변의 도로나 싸구려 술집인 트랜커스, 택시라고 부르는 조그마한 프랑스식 가족용 식당, 돈 한 푼 없는 여배우가 드나듦직한 가지각색의 싸구려 집으로 그를 안내했다. 토비는 질이 그의 옆에 있어 주기만 하면 어딜 가든 상관없었다. 질은 토비의 고독감을 깨끗이 잊게 해주는 첫 번째 여인이었다.

이제 토비는 질에게 잠자리를 같이 하자고 요구하기가 두려워졌다. 왜냐하면 이 신비로운 마법의 힘이 사라져버릴까 봐 그 자신이 지레 겁이 났다. 그러나 그는 자기가 이제껏 겪어본 어떤 여자에게보다 욕정을 느꼈다.

한번은 데이트를 끝내고 질이 그에게 키스를 해주자 토비는 참다못해 그녀의 다리 사이로 손을 뻗으면서 "질, 오늘도 당신을 소유할 수 없다면 난 미쳐버릴 거야." 하고 말했다. 그러자 그녀는 후다닥 뒤로 몸을 빼면서 쌀쌀하게, "그렇게 여자가 그리우면 20달러만 주면 어디서든 살 수 있을 텐데요." 하고 말하고는 그의 면전에서 문을 쾅 닫아버렸다.

그러나 실은 자기가 너무 지나치게 대하지 않았나 싶어서 문에 기댄 채 몸을 떨면서 한참이나 문 밖 동정을 살펴야 했다. 토비가 그런 사실을 알 리가 없었다.

질은 그날 밤 걱정이 되어 뜬눈으로 꼬박 밤을 새웠다.

그 다음 날 토비는 그녀에게 다이아몬드 팔찌를 선물했다. 그것으로 질은 모든 것이 아무 이상이 없다는 것을 알았다. 질은 신중하게 생각한 끝에 '저를 그토록 생각해주시니 대단히 감사합니다. 그러나 이것을 아무 이유 없이 받을 수는 없습니다.'라는 쪽지와 함께 팔찌를 돌려보냈다.

"3천 달러나 주고 산 팔찌인데 되돌려주었어요. 그녀를 어떻게 생각하세요?"

토비는 믿을 수 없다는 듯이 머리를 흔들며 클립톤에게 자랑스럽게 말했다.

클립톤은 자기 생각을 솔직하게 말해주고 싶었지만 억지로 참으며 대꾸했다.

"정말 요즘 보기 드문 아가씨로군."

"그렇죠? 보기 드문 여자죠? 이 할리우드에 있는 계집들은 하나같이 이런 걸 얻으려고 어떤 짓이든 마다하지 않는단 말입니다. 질이야말로 내가 만나본 여자 중에서 제일 돈 욕심 없는 순수한 아가씨 같아요. 그러니 내가 그녀에게 정신을 못 차리는 것도 괜한 짓이 아니겠죠?"

"그래, 그렇고말고."

대답은 그렇게 했지만 클립톤은 걱정이 되었다. 그는 질이 어떤 여자인지 잘 알고 있었다. 그는 토비에게 좀 더 일찍 솔직하게 말해주지 않은 것이 후회가 되었다.

"질이 당신의 관리를 받고 싶어 한다면 일해보지 않겠어요? 그녀는 틀림없이 대스타가 될 겁니다."

토비의 제안에 클립톤은 능숙하게, 그러나 분명한 어조로 교묘히 얼버무렸다.

"아니야, 사양하겠네, 토비. 나에게 슈퍼스타는 자네 한 사람이면 족하네."

그날 밤 토비는 클립톤에게 했던 말을 질에게도 되풀이했다.

그는 질을 침대로 유혹하려다가 실패한 뒤 다시는 그따위 소리를 입 밖에 내지 않으려고 조심했다. 그리고 질이 자기를 거절했다는 점에서 더욱 그녀가 자랑스럽게 생각되었다. 그와 잠자리를 같이했던 여자들은 모두 다 걸레조각 같은 쓰레기에 지나지 않는 것 같았다. 질은 그런 여자들과는 상대가 되지 않았다. 그녀가 생각하기에 건방지다고 여기는 행동을 토비가 할라치면 그녀는 서슴지 않고 그렇게 하지 말라고 지적해주었다.

어느 날 밤 토비는 그에게 사인을 해달라고 졸라대는 한 남자에게 욕지거리를 퍼부어 쫓아버린 일이 있었다. 나중에 질은 토비에게, "토비, 그 남자는 당신의 연기를 좋아하는 팬이에요. 팬의 기분을 상하게 하는 것은 좋지 않아요." 하고 충고했다.

토비는 그 남자에게 가서 정중하게 사과했다. 또한 질은 토비에게 지나치게 과음하는 것은 건강에 좋지 못하다고 말함으로서 토비는 곧 술을 줄이기도 했다. 그녀가 어쩌다 지나가는 말로 그의 의상을 비평이라도 하면 그는 당장 재단사를 갈아치웠다. 다른 사람에게 그런 말을 들었다면 참지 못했을 것도 그녀가 하는 말이라면 무엇이든 순순히 들었다.

그의 어머니라면 몰라도 질 이외에 그 누구도 감히 그를 좌지우지하거나 비난하지 못했다.

질은 토비로부터 돈이나 값비싼 선물받기를 거부했지만, 토비는 그녀가 매우 쪼들리고 있다는 것을 잘 알고 있었다. 그러한 그녀의 행위가 토비에게는 더욱 자랑스럽게 여겨졌다.

어느 날 저녁, 저녁식사를 하기 위해 외출하려고 그녀가 옷을 갈아입는 것을 기다리는 동안 토비는 그녀의 아파트 거실에 청구서가 쌓여 있는 것을 목격하게 되었다. 그는 그 청구서들을 슬그머니 주머니에 넣고 와서 그 다음 날 클립톤을 시켜서 모두 지불하게 했다. 그러자 토비는 왠지 흡족하고 기뻤다. 그러나 그는 질을 위해 좀 더 요긴한 일을 해주고 싶었다.

토비는 멋진 아이디어가 떠올랐다.

"샘, 아주 긴한 부탁이 있는데, 들어주겠어요?"

재능 있는 스타들을 경계하는 버릇이 있는 샘은 왠지 마음이 썩 내키지 않았다.

"영화 〈켈러〉의 주연 여배우를 물색하고 있다는 게 사실인가요? 내가 그 역에 적합한 여자를 소개해주겠어요. 바로 질 캐슬이라는 아가씨죠."

샘은 언젠가 파티에서 본 그녀의 얼굴이 기억났다. 얼굴이 아름다운 검은색 머리칼의 아가씨였지만 켈러의 10대 역을 맡기에는 나이가 너무 많다고 생각되었다. 그러나 토비 템플이 그 역할에 대해 그녀를 테스트해주기를 바란다면 샘으로서는 그 요청을 받아들일 수밖에 없었다.

"오늘 오후 나에게 보내게나."

샘은 세심한 주의를 기울여 질 캐슬을 테스트했다. 그 스튜디오의 일급 카메라맨을 시켜 촬영했을 뿐만 아니라 켈러로 하여금 직접 테스트하도록 했다.

샘은 그 다음 날 촬영되어 나온 필름을 검토했지만 역시 그가 생각한 대로 질은 소녀 역을 맡기에는 너무 노숙했다. 그 점을 빼놓는다면 별로 흠잡을 데가 없었다. 스크린을 뛰쳐나와 관객을 사로잡을 수 있는 마술적인 힘, 즉 카리스마적 기질이 부족하다는 것이 질 캐슬의 결점이었다.

그는 토비 템플에게 전화를 걸었다.

"오늘 아침에 질의 테스트 결과를 검토해보았네, 토비. 사진도 잘 받고 대사도 잘 외우는데 아무래도 주연배우로서는 적합지가 않더군.

조연 정도는 잘 해낼 수 있으리라고 생각하네. 아무튼 만약 그녀가 대스타가 되겠다는 생각을 갖고 있다면 잘못 생각한 것 같아."

토비는 그날 저녁 할리우드에 방금 도착한 영국인 감독을 주빈으로 한 축하 만찬회에 그녀를 데리고 가기 위해 질의 아파트로 갔다. 질은 테스트 결과를 하루 종일 눈이 빠지게 기다리고 있었다.

그녀가 문을 열며 토비를 반갑게 맞아들였지만 그가 문으로 들어오는 순간 뭔가 잘못됐다는 것이 금방 느껴졌다.

"테스트 결과가 좋지 않군요."

그녀는 토비의 얼굴을 살피며 조심스럽게 물었다.

토비는 괴로운 듯 고개를 끄덕였다.

"샘 윈터스가 전화를 했더군요."

토비는 질에게 충격을 주지 않으려고 애쓰면서 샘이 한 말을 해주었다.

질은 아무 말도 없이 잠자코 듣고 있었다. 그녀는 배역도 마음에 들었던 터라 크게 기대하고 있었다. 불현듯 어린 시절에 백화점 쇼윈도에 진열되었던 골든 컵의 기억이 떠올랐다. 그렇게 가지고 싶어 하던 골든 컵을 놓친 것이 어린 마음에도 몹시 가슴이 아팠었다. 질은 그때와 똑같은 절망감을 다시 한 번 느꼈다.

"신경 쓰지 말아요. 샘 윈터스의 판단을 전적으로 믿을 수야 없죠."

어쩌면 샘의 판단은 정확한 것인지도 모른다. 그녀는 아마 대스타가 되기는 틀렸는지도 모른다. 그렇다면 그동안의 고뇌와 고통 그리고 희망이 깡그리 수포로 돌아가고 마는 것이었다. 그녀의 어머니 말이 맞았는지도 몰랐다. 복수심을 불태우고 있는 하나님이 그녀가 무엇인지 알지도 못하는 죄로 그녀를 벌하고 있는지도 몰랐다.

그녀는 어린 시절 목사가 외쳤던 목소리가 들려오는 듯했다.

'이 어린 계집아이를 보십시오. 하나님께 영혼을 바쳐서 회개하지 않는다면 이 아이는 그가 지은 죄로 지옥의 화염 속에서 불타게 될 것입니다.'

그녀는 사랑과 꿈을 안고 할리우드에 왔다. 그런데 할리우드는 그녀를 타락의 구렁텅이로만 계속 몰아넣었다.

그녀는 북받쳐 오르는 서러움을 억제할 수가 없었다. 그녀는 자기를 감싸 안는 토비의 팔을 느끼기 전까지는 자신이 흐느껴 울고 있다는 사실을 전혀 의식하지 못했다. 토비의 따뜻한 위로의 말은 그녀를 더욱 슬프게 했다.

그녀는 토비의 품에 안긴 채로 서 있었다. 그리고 토비에게 자기가 태어나던 날 아버지가 돌아가신 일, 골든 컵과 부흥회와 두통, 그리고 하나님이 그녀에게 벌을 내릴까 봐 두려움에 떨며 지새웠던 밤들에 관한 이야기를 해주었다. 오직 배우가 되겠다는 일념으로 그녀가 해왔던 고되고 힘든 일들과 실패의 연속에 관해서도 숨김없이 말해주었다. 다만 선천적으로 타고난 여성 특유의 본능이 가르치는 대로 남자에 대한 이야기는 빼놓았다. 이제까지는 토비와 게임을 벌이느라 가식적인 행동을 해왔지만 지금 이 순간 그녀는 가식의 탈을 하나하나 벗고 있었다. 자신의 취약점을 적나라하게 펼쳐 보임으로써 그녀는 토비의 마음을 움직였다. 그녀는 그 누구도 손닿지 않는 토비의 가슴 깊이 묻혀 있는 마음의 줄을 퉁겼다.

토비는 주머니에서 손수건을 꺼내어 그녀의 눈물을 닦아주었다.

"정말 고생이 많았군요. 하지만 나도 마찬가지예요. 우리 아버지는 정육점을 하셨는데……."

그들은 새벽 3시까지 지칠 줄 모르고 서로의 마음에 있는 말들을 털어놓았다. 토비가 한 인간으로서 한 여인과 이렇게 진실한 대화를 나

눈 것은 처음이었다. 그는 그녀를 이해할 수 있었다. 너무도 자신의 처지와 비슷했던 그녀를 어찌 이해하지 못한단 말인가.

누가 먼저 시작했는지는 모르지만 그들은 서로를 애무하고 있었다. 몸은 점점 뜨거워져 동물적 욕망으로 변해갔고, 그들은 뜨거운 키스와 함께 누가 먼저랄 것 없이 서로를 힘차게 끌어안았다.

그들은 밤새도록 이야기꽃을 피웠다. 마치 오래 살아온 부부 사이와도 같았다.

토비는 이제 그녀를 좋아하는 것이 아니라 미치도록 그녀를 사랑하고 있었다. 그들은 침대에 누웠다. 토비는 모든 위험으로부터 질을 보호해주려는 듯이 그녀를 품에 꼭 안았다. 토비는 '이것이야말로 참 사랑이로구나.' 하고 생각했다.

그는 얼굴을 돌려 그녀를 바라보았다. 그녀는 따사로웠고 천사처럼 아름다워 보였다. 그는 태어나서 어느 누구도 이토록 사랑한 적이 없었다.

"질, 나와 결혼해주겠소?"

진정으로 사랑하는 사람에게 구혼을 한다는 것은 세상에서 가장 자연스러운 일이다. 질은 그의 품에 더 깊이 파고들었다.

"네, 토비."

그녀는 토비를 사랑했으며 그와 결혼하고 싶었다.

흥분이 가라앉은 뒤 몇 시간이 지나서야 질은 어쩌다가 이런 일이 일어나게 되었는지 곰곰이 생각해보았다. 그것은 그녀가 토비의 힘을 필요로 했기 때문이었다. 토비의 힘을 이용해서 지금까지 자신을 이용하고 상심시키고 농락한 모든 인간들에게 복수해주고 싶은 집념 때문이었다.

이젠 쌓아온 복수심을 행동으로 옮기기만 하면 되었다.

달콤한 복수

클립톤 로렌스는 일이 이렇게까지 된 것은 전적으로 자신의 책임이라고 깊이 통감했다. 클립톤은 토비의 바에 앉아 있었다.

토비가 말했다.

"오늘 아침 질에게 프러포즈를 했는데 그녀가 내 프러포즈를 받아 주었어요. 나는 지금 마치 16살밖에 안된 소년 같은 기분이에요."

클립톤은 안간힘을 써서 놀라움을 감췄다. 그는 이 문제를 지극히 조심스럽게 다루어야 했다. 그는 어떤 일이 있어도 그 더러운 매춘부 같은 여자와 토비 템플이 결혼하도록 내버려 두어서는 안 된다고 생각했다.

두 사람의 결혼이 발표되자마자 할리우드의 바람둥이들은 질을 제일 먼저 손댄 것은 자기라고 서로들 떠들어댈 것이다. 질이 어떤 여자인지 토비가 까맣게 모르고 있는 것은 기적과도 같았다. 그러나 영원한 비밀이란 있을 수 없었다. 토비가 그 진상을 알게 되는 날에는 자신을 죽이려고 덤벼들 것이다. 그는 누구보다도 이런 일이 일어나는 것을 모른 체했던 주변 사람들을 원망할 것이다. 그리고 클립톤 로렌스가 첫 번째 목표물이 될 것이다.

클립톤은 두 사람의 결혼이 이루어지는 것을 절대로 묵과할 수 없었다. 그의 기분 같아서는 토비가 질보다 나이가 스무 살이나 더 많다는 것부터 지적해주고 싶었지만 그것은 너무 빈약한 이유였다.

"그렇게 서두를 거야 없잖은가. 서두르다 보면 실수도 하게 되고, 그리고 인간성을 알아보는 데는 상당한 시간이 걸릴 거야. 신중히 생각해서 결정하게나."

그는 토비의 눈을 바라보며 진심으로 말했다.

"내가 가장 믿는 분은 당신이에요. 결혼식을 여기서 올리는 게 좋을까요, 아니면 라스베이거스에서 올리는 게 좋을까요?"

토비는 그의 충고는 들은 척도 하지 않고 결혼식 얘기만 꺼냈다.

클립톤은 이미 어떤 말을 하든 소용이 없음을 깨달았다. 이 비극을 막는 데는 한 가지 방법밖에 없었다. 그것은 질을 직접 만나서 토비와 결혼하지 말라고 설득하는 것이었다.

그날 오후 클립톤은 질에게 전화를 걸어 당장 자기 사무실로 나와달라고 말했다. 그녀는 곧장 그의 사무실로 와서 그의 뺨에 키스했다.

"무슨 일인지 빨리 말씀해주시겠어요? 토비와 만나기로 한 약속시간이 얼마 남지 않았거든요."

클립톤은 그녀를 뚫어지게 쳐다보았다. 예전의 그녀가 아니었다. 지금 앞에 앉은 질은 그가 2개월 전에 그녀를 처음 보았을 때와는 전혀 다른 사람이었다. 자신감이 넘쳐흘렀다. 그러나 그는 이런 부류의 아가씨들을 여러 번 다루어본 경험이 있으므로 자신했다.

"질, 솔직하게 털어놓고 얘기하지. 당신은 토비와 어울리는 상대가 아니야. 할리우드를 떠나주었으면 좋겠어. 자, 5만 달러야, 받아줘. 이 돈이면 어디 가든 살 수 있을 거야."

클립톤은 책상 서랍에서 흰 봉투를 꺼내 주었다.

그녀는 잠시 동안 놀란 표정으로 그를 바라보았다. 그러나 그녀는 곧 표정을 바꾸더니 소파에 느긋하게 기대앉아서 깔깔대고 웃었다.

"이봐, 농담이 아니라고. 만약 토비가 당신이 할리우드의 뭇 사내 놈들과 놀아났다는 사실을 알게 되면 그때도 당신과 결혼할 거라고 생각하나?"

그녀는 한참 동안 클립톤에 대해서 생각해보았다. 그런 일이 일어나게 된 것은 모두 당신 책임이라고 말해주고 싶었다. 그를 포함해서 모든 힘 있는 자들이 그녀에게 기회주기를 거절해왔다. 그들은 그녀에게 육체를 팔고 자존심과 영혼까지 팔도록 강요해왔다. 그러나 그녀로서는 자신의 입장을 그에게 이해시킬 길이 없었다. 이제 클립톤은 그녀를 벼랑 아래로 떨어뜨리려고 애쓰고 있었다. 그러나 자기를 헐뜯는 얘기를 감히 토비에게 하지는 못할 것이라고 생각했다.

질은 자리를 박차고 일어나 사무실을 나왔다.

한 시간 뒤에 클립톤은 토비로부터 전화를 받았다. 토비가 그렇게 흥분한 채 말하는 것은 처음이었다.

"질한테 무슨 말을 했는지 모르지만 우린 지금 결혼식을 올리기 위해서 라스베이거스로 떠나니 그런 줄 아세요!"

데이빗의 제트기인 리어 호는 시속 250노트로 국제공항 로스앤젤레스로부터 35마일 떨어진 상공을 비행하고 있었다. 데이빗 캐넌은 랙스 관제탑과 교신하여 자기 비행기의 위치를 관제탑에 알려주었다.

데이빗의 가슴은 환희로 가득 찼다. 데이빗은 지금 질을 만나러 로스앤젤레스로 가는 길이었다. 아내인 시시는 자동차 사고에서 입은 상처가 거의 아물긴 했지만 얼굴에 심한 흉터가 생겼다. 그래서 데이빗은 그녀를 브라질에 있는 세계적으로 유명한 성형외과 의사에게 보냈다. 그녀는 그 병원에 6주 동안 입원해 있었는데, 시시가 그 의사와 뜨겁다는 소문이 들려왔다. 그런데 바로 어제, 시시로부터 데이빗과 이혼하겠다는 전화를 받고 데이빗은 그녀가 그 의사와 사랑에 빠진 것이 소문만은 아니라는 것을 알게 되었다.

데이빗은 이 꿈같은 행운이 실감나지 않았다. 그는 너무 기뻐서 전화에 대고 소리쳤다.

"야! 정말 잘 생각했어. 그 의사와 결혼하면 행복할 거야!"

"아, 아니에요. 의사가 아니고 이곳에 조그만 농장을 가지고 있는 사람이에요. 그 사람은 당신과 많이 닮았어요, 데이빗. 한 가지 다른 점은 그분은 나를 사랑해준다는 거예요."

삑삑거리는 무전 교신이 데이빗의 생각을 흩어버렸다.

"리어 트리 알파 파파, 여기는 로스앤젤레스 관제탑. 항로 거리 25마일 남았다. 착륙시에는 오른쪽에 있는 이동 트랩으로 착륙할 것."

"알았다, 오버."

데이빗은 하강을 시작했다. 그의 가슴은 기쁨으로 두근거렸다. 이제 곧 질을 만나게 될 것이다. 그는 질에게 아직도 자기는 그녀를 사랑하고 있으니 결혼해달라고 말할 생각이었다.

그는 터미널을 빠져나오다가 신문 가판대 옆을 지나치게 되었다. 그런데 이게 웬일인가! '토비 템플, 여배우 질과 결혼'이라는 커다란 글씨가 신문에 대문짝만하게 쓰여 있는 것이 아닌가. 그는 그 기사를 두 번이나 읽어보고는 발길을 돌려 공항으로 바로 들어갔다.

데이빗은 그곳에서 계속 술을 퍼마시다가 사흘 뒤 비행기를 타고 텍사스로 돌아갔다.

소설 속에서나 그려질 듯한 꿈같은 신혼여행이었다. 토비와 질은 자가용 비행기를 타고 라스하다스로 날아가서 멕시코의 정글과 해변으로 둘러싸인 동화처럼 아름다운 휴양지에 있는 파티노스로 갔다.

이들 신혼부부는 선인장과 하이비스커스와 눈부신 부겐빌레아, 색색의 화려한 꽃들로 장식된 숲속 별장에 투숙했다. 숲속에서는 기이한 새들이 그들을 위해서 밤새도록 세레나데를 불러주었다.

그들은 구경도 하고 요트도 타고 파티를 벌이면서 열흘을 보냈다. 그들은 레가스피 음식점에서 미식 전문 요리사가 준비한 최고급 저녁 식사를 즐겼으며, 수정처럼 맑은 수영장에서 수영도 하고, 플라자에서 아름다운 장신구들도 샀다.

그들은 멕시코에서 다시 비행기를 타고 비아리츠로 가서 그곳에 있는 뒤 팔레호텔에 들었는데 이 호텔은 나폴레옹 3세가 그의 왕비를 위해 지은 화려한 궁전이었다. 그들은 카지노에서 도박도 하고 투우 구경도 하고 낚시도 즐겼다. 그리고 밤새도록 사랑을 나눴다.

그들은 또 코트 바스크에서 동쪽으로 자동차를 타고 베르네제 오버란트에 있는 해발 3500피트의 그슈타트까지 갔다. 몽블랑과 마터호른 산봉우리들을 비행기를 타고 관광했으며 눈부신 흰 눈으로 덮인 산비탈에서 스키와 썰매를 탔다. 또 퐁듀 파티에 참석해 춤을 추기도 했다. 더없이 행복했다. 토비는 질로 인해 그의 인생이 완벽해졌음을 알았다. 그는 이제 고독하지 않았다.

토비는 이 달콤한 신혼여행을 영원토록 계속하고 싶었지만 질이 얼른 돌아가자고 애원했다. 그녀는 낯선 고장이나 낯선 사람들에게는 흥미가 없었다. 이제는 낯선 고장에서가 아니라, 그녀의 고장 할리우드에서 새로운 여왕으로 군림하고 싶어서 한시라도 빨리 할리우드로 돌아가고 싶었다.

토비 템플 부인에게는 복수해줄 사람이 많았다.

제3부

A Stranger in the Mirror

칼을 든 자

실패자에게서는 악취가 난다. 그것은 찰싹 달라붙어 떨어질 줄을 모른다. 개들이 죄지은 사람의 태도에서 풍기는 공포의 냄새를 맡을 수 있듯이, 사람들도 어떤 사람이 몰락해가면 그 낌새를 알아차리게 된다. 아주 예민하게. 할리우드에서는 더욱 그러하다.

영화계에 종사하는 사람들은 누구나 다 클립톤 로렌스는 볼 장 다 본 한물간 사람이라는 것을 알고 있었다. 사람들은 로렌스의 주변을 맴도는 낙오자의 낌새를 이미 알아차리고 있었다.

클립톤은 토비가 신혼여행을 마치고 돌아온 지 일주일이 지났는데도 아무런 연락을 받지 못하고 있었다. 그는 그들에게 값비싼 선물도 보내고 전화 안부를 세 번씩이나 했는데도 감감 무소식이었다. 질이 가운데서 농간을 부렸음이 틀림없었다. 그녀가 토비의 마음을 그로부터 돌아서게 만들었을 것이다. 클립톤은 회유책을 써야겠다고 생각했다. 클립톤 로렌스와 토비의 관계는 그 사이를 누가 끼어들 수 없을 정도로 완벽한 것이라고 그는 믿고 있었다.

클립톤은 토비가 스튜디오에 나가고 없으리라고 생각되는 아침나절을 택해서 토비의 집을 향해 차를 몰았다. 질은 그의 차가 차도 위로 달려오는 것을 보고 문을 열어주었다. 질은 눈이 부시도록 화사져 있었다. 클립톤은 그녀의 아름다움에 찬사를 보냈고 질도 로렌스를 상냥하게 맞아들였다. 그들은 정원에 앉아 커피를 마셨다. 질은 그에게 신혼여행에 다녀온 여행지들에 관해 들려주었다. 그러더니 그녀는, "여러 번 전화를 하셨나 본데 그이가 전화를 못 드려서 정말 죄송해요. 신혼여행에서 돌아오니 눈코 뜰 새 없이 바쁘네요." 하고 미안하다는 듯이 말했다. 클립톤은 자신이 질을 오해한 것이 아닌가 하고 생각했다. 질은 자신의 적이 아닐지도 몰랐다.

"옛날 일은 깨끗이 잊고 사이좋게 지내고 싶군요."

"감사해요. 저 역시 그러고 싶어요."

클립톤은 크게 안심이 되었다.

"두 분을 위해서 디너파티를 열고 싶군요. 비스트로의 특실을 빌릴 생각입니다. 일주일 뒤로 잡을까 하는데, 어떠십니까? 정장을 하고 친구 분들도 많이 모시고 오세요."

"멋진 파티가 되겠군요. 토비도 좋아할 거예요."

질은 그동안 아무 연락도 하지 않다가 파티 날 오후가 되어서야 클립톤에게 전화를 걸다.

"너무 죄송하게 되었어요. 컨디션이 좋지 않아서 오늘 저녁에는 도저히 외출을 못하겠어요. 그이도 집에서 쉬는 게 좋겠다고 하더군요."

클립톤은 당황했으나 가까스로 감정을 억제하면서 "정말 유감입니다, 질. 그렇다면 할 수 없는 일이지요. 하지만 토비는 참석할 수 있겠죠?" 하고 물었다.

질의 한숨을 쉬는 소리가 전화기를 통해 들려왔다.

"어쩌면 좋죠? 그이는 저 없이는 아무 곳도 가지 않으려고 해요. 즐거운 파티가 되길 빕니다."

그녀는 전화를 끊었다.

이제 와서 파티를 취소할 수도 없었다. 파티를 준비하느라 3천 달러나 들었으나 파티비용이 문제가 아니었다. 그보다 더 심각한 건 그가 자기의 유일한 고객인 토비로부터 따돌림을 받았다는 사실이었다.

파티에 참석했던 영화사 사장들과 배우들, 감독들 그리고 영화계에 종사하는 모든 사람들이 이 사실을 눈치챘다. 클립톤은 질이 몸이 좋지 않다고 말함으로써 이 사실을 은폐시키려고 애썼지만 아무도 믿지 않았다.

그 다음 날 오후 그가 〈헤럴드 이그재미너〉를 보니, 파티가 있었던 전날 밤에 도저스 스타디움에서 찍은 토비 템플 부부의 사진이 보란 듯이 실려 있었다.

클립톤 로렌스는 앞날이 캄캄했다. 만약에 토비가 자신을 버린다면 그의 주변에는 자기를 받아줄 사람이 아무도 없을 것 같았다. 고객들을 끌어들일 수도 없기 때문에 동료 에이전트들도 그를 받아주지 않을 것이다. 다시 혼자 힘으로 새 출발을 해야 한다고 생각하니 눈앞이 캄캄했다. 하지만 새 출발하기에는 이제 너무 늦었다. 어떻게 하든 질과 화해할 수 있는 길을 찾아야만 했다. 그는 당장 질에게 전화를 걸어 상의할 일이 있어서 집으로 찾아가고 싶다고 말했다.

"그러시죠. 그렇지 않아도 어젯밤에 토비에게 선생님을 만나 뵌 지가 오래 되었다는 말을 했어요."

"15분 후에 가겠습니다."

클립톤은 전화를 끊고 나서 캐비닛에서 스카치 술병을 꺼낸 다음

두 잔을 연거푸 마셨다. 그는 요즘 들어 술을 지나치게 마시고 있었다. 대낮부터 술을 마신다는 것이 나쁜 버릇이기는 했지만 그러지 않고서는 답답한 마음을 달랠 길이 없었고, 앞으로의 일을 생각하면 그저 암담할 뿐이었다.

매일같이 토비에 대한 중요한 상담이 들어오고 있었지만, 그런 문제에 대해서 토비와 상담 할 기회조차 없었다. 전에는 모든 문제들을 둘이서 의논했었다. 클립톤은 그들 두 사람이 함께 보냈던 즐거운 시절이 그리웠다. 둘은 여행도 함께했고, 파티에도 늘 함께 참석했으며, 여자도 함께 즐겼었다. 쌍둥이처럼 늘 붙어 다녔고, 특히 토비는 모든 것을 클립톤에게 의존했었다. 그런데 지금은……. 클립톤은 술을 한 잔 더 마시자, 손 떨림이 훨씬 덜했다.

클립톤이 토비의 집에 도착했을 때 질은 테라스에서 커피를 마시고 있었다. 질은 클립톤이 다가오는 것을 보고는 미소를 지었다. 클립톤은 순간적으로, 이제는 구걸하는 외판원 신세가 되었구나 하고 생각하니 기분이 몹시 처량했다.

"안녕하세요. 반가워요, 앉으시죠."

"고마워요, 질."

로렌스는 커다란 테이블을 사이에 두고 그녀 맞은편에 앉아 그녀를 바라보았다. 하얀 여름 드레스를 입고 있었는데 그녀의 검은 머리카락과 황금빛으로 탄 피부가 대조를 이루어 눈부시도록 아름다웠다. 그녀는 전보다 더 젊어보였고 더할 수 없이 천진난만해보였다. 그녀는 따사롭고 우정 어린 눈길로 클립톤을 바라보았다.

"아침식사 좀 드시겠어요?"

"아닙니다. 먹었습니다."

"토비는 지금 집에 없어요."

"알고 있습니다. 난 당신과 단독으로 얘기하고 싶어서 왔어요."

"무슨 말씀이신데요?"

"정식으로 사과하니 받아주십시오."

클립톤은 진지하게 말했다. 그의 평생에 이렇게 애걸을 해보긴 처음이었으나 지금의 처지로서는 어쩔 수가 없었다.

"애당초 내가 잘못 생각했어요. 모든 것이 내 오산이었습니다. 토비는 내 고객이고 또 오랜 동안 친구 사이이고 해서 그를 보호해주고 싶었을 뿐입니다. 이해할 수 있겠죠?"

질은 고개를 끄덕였다. 그녀의 갈색 눈이 클립톤을 쏘아보았다.

"이해해요, 클립톤."

클립톤은 심호흡을 하고 나서 말을 이었다.

"토비한테 들으셨는지 모르지만, 토비는 내가 키웠습니다. 토비를 처음 보는 순간, 나는 그가 대스타가 되리라고 생각했습니다. 나는 중요한 고객들을 상대해왔습니다만 토비를 좀 더 집중적으로 뒷바라지하기 위해서 그들과는 손을 끊었습니다, 질."

그는 질이 자기의 말에 신중히 귀를 기울이고 있음을 느꼈다.

"토비도 선생님한테 신세를 많이 졌다고 말하더군요."

"정말입니까?"

클립톤 로렌스는 반가운 마음에 정색을 하며 반문했으나 곧 자신의 그런 태도가 부끄러웠다.

질은 웃으면서 말했다.

"그이는 자기가 배우학원 시절에 생 골드윈이 시킨 것처럼 거짓 전화를 했는데, 선생님은 그대로 속아서 연습 공연에 참석하셨다는 얘기를 한 적도 있어요."

"나는 토비와 나와의 관계에 아무런 이상이 없기를 바랍니다. 그리고 부인이 나를 후원해주셨으면 좋겠어요. 우리 둘 사이에 있었던 일은 잊어주시기 바라고, 주제넘게 굴었던 점도 용서하기 바랍니다. 토비를 보호해야겠다는 단순한 생각에서 그런 실수를 저질렀어요. 부인께서도 나 못지않게 토비가 잘되기를 바라고 계시리라 믿습니다."

클립톤은 몸을 앞쪽으로 숙이며 진지하게 말했다.

"저 역시 마찬가지예요. 저는 토비가 잘되기를 누구보다도 바라고 있어요."

"만약 토비가 날 버린다면 나를 죽이는 것이나 다름없습니다. 단순히 사업상의 관계에서만 그런 것이 아닙니다. 우리 둘 사이의 관계를 말하는 것입니다. 나는 토비를 친자식처럼 사랑합니다."

그는 이토록 비열해진 자신이 죽이고 싶도록 미웠지만 그는 자신도 모르게 계속 애걸하고 있었다.

"질, 제발 날 좀……."

클립톤 로렌스는 목이 메어 더 이상 말을 잇지 못했다.

질은 그 깊은 갈색 눈으로 그를 한참동안 응시하더니 손을 내밀면서 말했다.

"저는 조금도 원한을 품고 있지 않아요. 내일 저녁에 오셔서 식사나 같이 하시죠."

클립톤은 안도의 숨을 내쉬었고 밝게 웃으며 몇 번이나 감사하다는 말을 되풀이했다. 그의 눈시울이 뜨거워졌다.

"정말 이 은혜는 평생토록 잊지 않겠습니다."

그러나 그 다음 날 아침 클립톤이 사무실로 들어서자 그의 책상 위에는 등기 편지가 기다리고 있었다. 토비의 에이전트로서의 거래가 끝났음을 알리는 내용이었다.

거물급 스타의 명암

질 캐슬 템플은 할리우드에서 가장 요란한 화젯거리가 되었다. 이는 영화계의 관심을 집중시켰던 시네마스코프 시절 이후 전무후무한 것이었다. 화려한 이 조그만 왕국 같은 도시에서 질은 자신의 혀를 낫처럼 무자비하게 휘둘러댔다. 아첨과 아부가 일상 대화처럼 통용되는 이 도시에서 질은 두려움도 거리낌도 없이 자기 생각을 거침없이 말했다. 토비를 곁에 둔 그녀는 토비의 영향력을 무기삼아 영화계의 인사들을 마구 공격했다. 할리우드에서는 지금까지 한 번도 없었던 일이었지만 아무도 감히 그녀의 비위를 건드리지 못했다. 질을 두려워한 것이 아니라 토비가 두려웠던 것이다. 토비는 황금 알을 낳는 거위와 같은 존재로서 할리우드의 영화업자들은 토비를 끌어들이기 위해 너나 할 것 없이 치열한 경쟁을 벌였다.

토비는 최상의 거물급 스타였다. 토비의 텔레비전 쇼는 닐슨 인기 순위 선정에서 매주 1위를 마크했으며 그가 출연한 영화들은 어느 것이나 엄청난 돈을 벌어들였다. 토비가 라스베이거스에서 공연을 하자, 그곳의 카지노 도박장들은 당장에 수입이 2배로 늘었다. 토비는 쇼 업계의 왕자였다. 이에 덩달아 사진업계, 음반업계에서도 토비를 원했으며, 개인 출연 요청도 들어왔고 상업 광고업계와 자선단체, 영화사 등 모든 사람들이 토비를 원했다.

할리우드의 저명인사들은 앞 다투어 토비의 환심을 사려고 전전긍긍했다. 그들은 곧 토비의 환심을 사려면 먼저 질에게 잘 보여야 한다는 사실을 알고 있었다. 질은 남편의 모든 스케줄을 계획하고, 자신이 인정하는 사람이 아니면 만날 수 없도록 그의 스케줄을 주도면밀하게 짰다. 그녀는 토비의 주위에 어느 누구도 뚫을 수 없는 장벽을 쳐놓고는 부유한 사람, 저명인사, 영향력 있는 사람들만 그를 만날 수 있도록 허용했다. 질은 그야말로 불꽃의 파수꾼이었다. 텍사스 오데사 출신의 자그마한 여인이 주지사, 대사, 세계적으로 유명한 예술가들 그리고 미국의 대통령을 환대하고 또 이들로부터 환대를 받았다. 할리우드는 이제까지 그녀를 가혹하게 대했지만 앞으로는 절대로 그렇게 대하지 못할 것이다. 질이 토비 템플을 소유하고 있는 한은 말이다.

진짜 난리가 난 사람들은 질의 복수자 리스트에 올라가 있는 사람들이었다.

어느 날, 토비와 질은 침대에서 열렬한 사랑을 했다. 토비가 욕구를 충족하고 느긋하게 누워 있을 때, 그녀는 토비의 품안으로 파고들며 속삭였다.

"내 사랑! 언젠가 내가 에이전트를 찾아 헤매다가 마지막으로 여자를 만났어요. 그 여자 이름이 뭐더라, 아 기억나요. 로즈 더닝이에요, 그 여자를 만났던 일을 당신한테 얘기하지 않았죠? 글쎄 그 여자가 내게 일자리를 구해주겠다고 하면서 나를 침대에 앉히더니 대본을 하나

주면서 읽어보라고 하더군요."

토비는 눈을 가늘게 뜨고 질을 바라보았다.

"그랬는데?"

질은 미소를 지었다.

"나도 참 순진했지. 내가 대본을 읽고 있는데 그녀의 손이 내 허벅지를 더듬으며 올라오지 않겠어요?"

질은 머리를 뒤로 젖히며 깔깔 웃더니 이야기를 계속했다.

"난 기절초풍을 했지요. 후닥닥 거길 뛰쳐나와 죽어라 도망쳤어요."

그런 지 10일 뒤에 로즈 더닝은 에이전트 면허를 취소당했다.

그 다음 주말, 토비와 질은 팜스프링스에 있는 그들의 집 정원에서 쉬고 있었다. 토비는 마사지 테이블에 두꺼운 터키 타월을 깔고 누워 질에게 부드럽고 감미로운 마사지를 받고 있었다. 강한 햇살을 가리기 위해 눈에 면 수건을 덮고 반듯이 누운 토비에게, 질은 부드러운 크림 로션으로 토비의 다리를 마사지했다.

"당신이 아니었더라면 나는 클립톤의 진면목을 영영 모르고 말았을 거야. 그 사람은 내 피를 빨아먹는 기생충이나 다름없는 인간이었어. 요즘 여기저기 돌아다니면서 동업자를 구하고 있다더군. 그를 원할 사람은 아무도 없지. 나 없이는 어림없는 일이라고."

질은 마사지하던 손을 잠시 멈추면서, "그렇지만 전 클립톤이 불쌍해요." 하고 몹시 동정하는 듯이 말했다. 그러자 토비가 말했다. "당신은 바로 그게 문제야. 이성보다 감정을 앞세우니 말이야. 좀 냉정하게 생각하라고."

질이 조용히 미소 지으며 대꾸했다.

"전 어쩔 수가 없어요. 타고난 천성이 그런걸요 뭐."

그녀는 다시 토비의 다리를 마사지하면서 서서히 가볍고도 민감한 손놀림으로 그의 허벅지 위쪽으로 점점 주물러 올라갔다. 토비는 신음소리를 냈다. 그녀의 손이 남성의 뿌리 밑을 향해 가까이 감에 따라 그의 페니스는 더욱 단단해졌다. 토비는 흥분을 참지 못해 소리쳤다.

"빨리, 내 위로 올라와!"

그들은 토비가 질을 위해 구입한 대형 모터보트 '질호'를 타고 해안을 항해했다. 토비의 이번 시즌의 첫 텔레비전 쇼는 내일 공개될 예정이었다.

"이렇게 즐거운 휴가는 정말 난생 처음이야. 일이고 뭐고 계속 휴가나 즐겼으면 좋겠어."

"이번 쇼는 정말 멋져요. 저는 그 쇼에 출연하면서 아주 큰 보람을 느꼈어요. 그 쇼를 만들 때 사람들이 모두 제게 친절했어요." 하고 말하고는 잠시 쉬었다가, "모든 사람들이 다 친절히 대해준 것은 아니지만⋯⋯." 하고 말꼬리를 흐렸다.

"뭐라고? 당신한테 불친절하게 한 사람도 있었어? 그게 누구야!"

토비의 음성은 날카로운 노기를 띠고 있었다.

"아니에요, 아무것도. 공연히 쓸데없는 말을 했군요."

말을 그렇게 했으면서도 그녀는 토비를 은근히 충동질하여 마침내 그 사람의 이름을 밝혔다. 그 다음 날 배역감독인 애디 베리간이 일자리에서 쫓겨났다.

질은 그녀의 복수자 명단에 올라가 있는 다른 배역감독들도 그런식으로 토비에게 험담함으로써 몇 개월 사이에 하나둘씩 제거해갔다. 예전에 그녀를 농락했던 사람들은 이제 그녀에게 진 빚을 갚아야 했다. 이것은 마치 여왕벌과의 짝짓기 의식과도 같은 것이었다. 여왕벌로부터 기쁨을 얻은 수벌들은 그에 걸맞은 희생을 치러야 했다.

토비에게 질의 재능이 부족하다고 주제넘게 말했던 샘 윈터스에게 다음 화살이 겨누어졌다. 그녀는 샘 윈터스를 비난하는 말을 하기는 커녕 오히려 그를 극구 칭찬했다. 그러나 칭찬을 하면서 샘 윈터스보다 다른 영화사 사장들을 더 추어올리는 수법을 썼다. 토비에게는 샘보다는 다른 사람들이 더 적합하다든가 그들이 토비를 더 잘 이해하고 있다는 식으로 말했으며 이에 덧붙여 샘 윈터스는 토비의 재능을 제대로 평가하지 못하고 있는 것 같다는 말도 잊지 않았다.

얼마 안 가서 토비는 무엇이든지 질이 하자는 대로 따라하게 되었다. 클립톤 로렌스가 떠난 뒤로 토비는 질 외에는 거의 누구와도 의논하지 않았고 믿지도 않았다. 토비가 다른 영화사에서 자기 영화를 만들어야겠다는 결정을 내렸을 때 이는 순전히 자기 자신이 내린 결정이라고 말했으나 샘 윈터스는 토비가 질의 농간에 흔들리고 있음을 짐작했고, 질은 샘 윈터스가 충분히 후회했으리라 생각했다.

'보복!'

주변 사람들은 대부분 질과 토비의 결혼이 얼마 못갈 거라고 생각했다. 그녀는 일시적인 침해자이고 토비의 순간적인 노리개에 불과하다는 것이다. 그래서 그들은 질 템플이 쫓겨날 때까지 너그럽게 봐주거나 아예 외면했고 내심 깊이 경멸감을 품고 그녀를 대했다. 그러나 그들의 생각은 잘못된 것이었다. 질은 그들을 하나씩 차례차례 제거했으며 토비의 생활에 그녀 자신보다 중요한 인물처럼 보이거나 토비나 그녀에게 이롭지 못한 영향력을 발휘할 수 있는 사람이 그들 주위에 있는 것을 그대로 두지 못했다. 그녀는 면밀한 계획을 세워 토비로 하여금 그의 변호사와 섭외 사무직원들을 바꾸도록 한 다음, 그녀 자신이 선정한 사람들을 고용하게 했다. 그녀는 또 3명의 경호원들과 그 외 토비의 측근들을 모두 제거했다. 심지어는 아랫사람들까지도 모두 갈아치웠다. 토비의 집은 이제 질의 집이 되었으며 질은 그 집의 어엿한 여주인이었다.

토비의 집에서 벌이는 파티에 참석한다는 것 자체가 곧 영광된 일로 여겨질 정도로, 유명 인사들은 모두 그 파티에 참석했다. 이 파티에서 배우들은 명사들과 주지사, 그리고 큰 회사 사장들과 어울릴 수 있었다. 또 그 파티에는 한 떼의 신문기자들이 항상 진을 치고 있었으므로 파티에 참석할 수 있는 운 좋은 사람들은 파티 그 자체에서 얻는 즐거움도 컸지만 그 파티가 방송망을 통해 전국으로 보도되기 때문에 즐거움 외에 다른 큰 이점이 있었다.

템플 부부는 파티의 주인이 아니면 다른 곳에서 벌어지는 파티에 손님으로 초대를 받아 갔다. 그들을 초대하는 초대장이 늘 산더미처럼 쌓여 있었다. 이들 부부는 공연 축하연이나 자선 디너파티 또는 정치적인 행사나 심지어는 음식점이나 호텔 등의 개업식에 초대를 받아 가기도 했다.

토비는 이런 파티에 참석하기보다는 집에서 질과 오붓한 시간을 즐기고 싶어 했지만 질이 나다니기를 좋아했으므로 때에 따라서는 하루 저녁에 서너 군데 파티에 참석하는 경우도 있었다. 그럴 때마다 그녀는 토비를 재촉해서 이리저리 끌고 다녔다. 그런 그녀에게 토비는, "당신은 차라리 사교 지배인이 되었으면 좋을 뻔했군." 하고 말하곤 했는데, 그러면 질은 그 말에 지지 않고, "앞으로는 당신을 위해 사교 지배인이 되겠어요." 하고 받아넘겼다.

토비는 MGM에서 하는 영화를 찍고 있었기 때문에 몹시 바빴다. 바쁜 스케줄 때문에 밤늦게 집에 돌아와 쉬려고 하면 질이 미리 준비해놓은 외출복이 기다리고 있었다.

"또 외출인가? 1년 내내 단 하룻밤도 집에서 보내지 못했잖아?"

"오늘은 데이비스 부부의 결혼기념일이에요. 우리가 안 가면 섭섭해 할 거라고요."

토비는 침대 위에 몸을 던졌다.

"나는 오랜만에 따뜻한 물에 목욕을 하고, 당신과 저녁시간을 즐기려고 했는데……."

토비는 투정해보았지만 파티에 가지 않고는 배겨날 수가 없었다. 왜냐하면 그는 언제나 파티 석상의 중심인물이었기 때문이었다. 파티에 일단 참석하면 무궁무진한 재능을 발휘하여 사람들의 박수갈채를 받았으며 천재적인 희극배우의 면모를 유감없이 보여주었다.

파티를 끝내고 밤늦게 돌아오면 너무도 피곤해서 잠을 제대로 이룰 수 없었지만 마음은 하루를 열심히 보냈다는 만족감에 그는 더할 수 없이 행복했다. 이 모든 것이 질 덕분이라고 생각했다. 어머니가 살아계셨더라면 며느리를 얼마나 대견스럽게 생각하셨을까 하고 토비는 생각했다.

그해 3월, 토비 템플 부부는 칸 영화제에 참석해달라는 초대장을 받았다. 질이 그 초대장을 그에게 보여주자 토비는 투덜거리며 말했다.

"난 도저히 못 가겠어. 내가 하고 싶은 일은 오직 목욕하는 것뿐이야. 피곤해 죽겠어. 여보, 어떻게나 일에 시달렸는지 엉덩이 살이 다 빠졌다고."

토비의 섭외 담당인 제리 구트만은 질에게 토비가 칸 영화제에 참석하면 그의 영화가 최우수 영화로 선정될 가능성이 크며, 그렇게 되면 앞으로 토비의 사업에 많은 도움이 될 것이라고 말했다.

토비는 늘 너무나 피곤해서 잠을 잘 수 없다고 불평을 하고는 밤마다 수면제를 먹었다. 그리고 아침이면 완전히 늘어져서 일어날 줄을 몰랐다. 질은 아침식사 때마다 그에게 각성제를 주어 피로감을 잊고 하루를 버텨 나갈 수 있는 힘을 되찾게 해주었지만, 수면제와 각성제의 지나친 복용으로 토비의 건강은 좀먹어가고 있었다.

"알았어요, 여보. 참석하지 못하겠다고 연락할게요. 괜찮아요."

질은 토비를 위로했다. 그러자 토비가 말했다.

"우리 팜스프링스로 가서 한 달 동안만 비누 속에 파묻혀 지냅시다."

질은 깜짝 놀라서 눈을 동그랗게 뜨고 토비를 쳐다보았다.

토비가 앉은 채로 다시 말했다.

"햇볕 속이라고 말한다는 것이 그만 비누 속이라고 말이 헛 나왔어."

그녀는 웃으면서, "당신이 워낙 농담을 좋아해서 그렇죠." 하고 말하면서 그의 손을 꼭 잡았다.

"여하튼 팜스프링스에 가는 것이 좋겠어요. 저도 당신과 단둘이서만 있고 싶어요."

토비는 한숨을 쉬었다.

"아무래도 몸에 이상이 있는 모양이야. 나도 이젠 늙은 것 같아."

"당신은 절대로 늙지 않을 거예요. 저는 당신의 정력에 두 손 들었어요."

"그래? 아마 내가 죽은 뒤에도 내 물건만큼은 살아남을 거야. 잠 좀 자야겠어. 나는 지금 컨디션이 좋지 않아. 오늘 밤은 나가지 않아도 되겠지, 그렇지?"

그는 흐뭇한 듯 히죽이 웃으면서 사정하듯이 말했다.

"나가지 않아도 괜찮아요. 모든 약속은 다음으로 미룰게요. 아랫사람도 보내고 저녁식사는 제가 직접 짓겠어요. 오늘은 우리끼리만 식사를 해요."

"와! 정말 멋진 계획이군!"

토비는 그녀가 자리를 뜨는 것을 지켜보면서, '세상에 나같이 복 많은 놈이 또 있을까.' 하고 생각했다.

그들은 그날 밤 늦게까지 침대에 누워 있었고, 질은 토비에게 뜨거운 물에 목욕을 시켜주고는 마사지로 지친 근육을 풀어주었다.

"아, 너무 좋아. 당신이 없었을 땐 내가 어떻게 살았는지 모르겠어."

토비가 중얼거렸다.

"그걸 제가 어떻게 알겠어요? 토비, 칸 영화제에 관한 이야기 좀 해주세요. 그 영화제는 어때요? 전 한 번도 가보지 못했어요."

"그건 엉터리 영화들을 서로 팔아먹으려고 세계 곳곳에서 모여든 사기꾼들 모임에 지나지 않아. 드러내놓고 하는 거창한 사기지."

"그래요? 아주 재미있겠군요."

"재미있기는 하지. 그곳에는 별의별 사람들이 죄다 모여드니까."

그는 한참 동안 질을 바라보더니 말했다.

"당신 정말 그 엉터리 같은 영화제에 가보고 싶어?"

그녀는 얼른 고개를 저으며 말했다.

"아니에요. 팜스프링스로 갈래요."

"팜스프링스에는 언제든 갈 수 있어."

"여보, 정말이지 저는 칸 영화제에 가고 싶은 생각이 없어요."

토비는 미소 지었다.

"왜 내가 당신을 좋아하는지 알겠어? 다른 여자 같았으면 영화제에 데려가 달라고 졸라댔을 거야. 그런데 당신은 속으로는 몹시 가고 싶으면서도 그걸 입 밖에 내지 않는군. 그러면서 팜스프링스에 가자고 하다니. 그래, 벌써 초청을 거부한 거야?"

"아뇨, 아직은. 하지만⋯⋯."

"취소하지 마. 우리 인도에 가기로 해."

토비는 그렇게 말하고 얼굴에 당황한 빛을 띠며 다시 고쳐 말했다.

"내가 지금 인도라고 말했어? 칸이라고 말한다는 게 그만······."

그들의 비행기가 오를리에 도착했을 때 토비는 급보를 전해 받았는데 토비의 아버지가 요양소에서 돌아가셨다는 내용이었다. 토비는 장례식장으로 돌아가기에는 너무 때가 늦었으므로 그 요양소에 부모님의 이름을 따서 새로운 부속 건물을 짓도록 주선했다.

칸 영화제에는 전 세계인이 다 모여들었다.

그곳은 바로 할리우드이고 런던이며 로마였다. 각양각색의 사람들이 어울렸고, 화려하고 격정적인 다양한 언어들의 불협화음으로 가득 찼다. 영국, 프랑스, 일본, 헝가리, 폴란드 등을 포함한 세계 각지의 영화 제작자들이 그들을 하루아침에 거부로 만드는 동시에 유명하게 만드는 영화 필름 통을 겨드랑이에 끼고 프랑스 리비에라로 몰려들었다. 십자형 심사석 아래에는 프로, 아마추어, 퇴역배우, 신인배우, 신출내기 등 온갖 종류의 사람들이 몰려들어 그 유명한 상을 받기 위해 치열한 경쟁을 벌이고 있었다. 칸 영화제에서 상을 받는다는 것은 돈 방석 위에 올라앉은 것을 의미했다. 만약 수상자가 그의 영화를 아직 흥행 계약을 맺지 못하고 있다면 당장에 흥행 계약을 맺을 수 있게 되고, 이미 계약을 맺었다 하더라도 보다 유리한 조건으로 다시 계약을 체결할 수가 있었다.

칸에 있는 호텔들은 완전 만원이었다. 여기서 방을 못 잡은 사람들은 앙티브 보로, 생트로페, 망통에까지 가서 방을 구해야 했다. 이 조그만 마을 주민들은 유명한 얼굴들이 그들의 거리와 음식점과 술집으로 몰려드는 것을 보고 놀라서 입이 벌어졌다.

호텔의 모든 방들이 몇 개월 전부터 예약되어 있었지만 토비 템플은 아무런 어려움 없이 카르통 호텔의 특실을 잡았다. 그들은 어디를 가나 융숭한 대접을 받았고 신문의 사진 기자들은 이들을 향해 쉴 새 없이 셔터를 눌러댔으며 이렇게 찍힌 사진은 전 세계로 보내졌다. 그들은 과연 할리우드의 주인이며 왕과 왕비 같은 존재였고 프랑스 포도주에서 미국의 정치 문제들에 이르기까지 질의 의견이 경청될 정도였다. 기자들은 질과 인터뷰를 했는데 그 옛날 텍사스 오데사 시절의 조세핀 크진스키와는 너무도 달랐다.

토비의 영화는 칸 영화제에서 본상을 받지는 못했지만 축제가 끝나기 이틀 전날 밤, 심사위원회 측에서는 연예계에 기여한 공로를 기념하여 토비 템플에게 특별상을 수여하겠다고 발표했다.

카르통 호텔 대연회장에서 정식 만찬회가 있었다. 귀빈들이 참석한 가운데 질은 상석의 토비 옆자리에 앉았었는데 그녀는 토비가 아무것도 먹지 않는 것을 보고는 왜 그러냐고 걱정스럽게 물었다.

"머리가 멍하군. 오늘 햇볕을 너무 많이 쬔 모양이야."

토비는 고개를 저으며 중얼거렸다.

"내일은 편히 쉬게 해드릴게요."

질은 아침에 〈파리스 마치〉와 〈런던타임스〉에 토비를 위한 인터뷰를 하고 인터뷰가 끝난 다음 텔레비전 기자들과 오찬을 나눈 뒤, 그 다음 일정으로 칵테일파티에 참석하기로 했었지만 중요하지 않은 것은 취소하기로 했다.

만찬이 끝날 무렵, 칸의 시장이 자리에서 일어나더니 토비를 소개했다. 그는 소개를 마친 다음 금메달을 높이 들고 큰소리로 말했다.

"연예계에 대한 그의 지대한 공로를 기념하기 위해 이 메달을 토비 템플에게 드립니다."

연회 석상에 있던 사람들이 일제히 기립 박수를 보내자 관객들로부터도 우레와 같은 박수갈채가 터져 나왔다. 토비는 자리에 앉은 채 움직이지 않았다.

"일어나세요."

질이 낮은 소리로 말했다. 토비의 얼굴이 몹시 창백했다. 그는 불안한 자세로 자리에서 일어나 잠시 둘러보더니 미소를 지은 다음 마이크 쪽으로 발을 옮겼다. 반쯤 갔을 때 토비는 비틀거리며 쓰러져 의식을 잃고 말았다.

토비 템플은 프랑스 공군 제트 수송기를 타고 파리로 가서 미국병원으로 급송되었다. 중환자실에 입원한 그에게 프랑스의 일류 전문의들이 총동원되었다.

질은 병원 대기실에 앉아 이제나 저제나 결과만을 기다리고 있었다. 그녀는 36시간 동안 먹지도 마시지도 않았으며, 뜬눈으로 꼬박 새웠다. 세계 곳곳에서 병원으로 쉴 새 없이 걸려오는 전화들도 일체 받지 않았다.

그녀는 뚫어져라 벽을 응시한 채 앉아 있었다. 그녀에겐 주위에서 부산스럽게 움직이는 소리조차 들리지 않았다. 그녀의 정신은 오직 한 가지, 토비를 살려야 한다는 생각에만 집중되어 있었다. 토비는 그녀의 태양이었다. 만약 태양이 사라진다면 그 그림자도 사라질 것이다. 그녀는 이런 일이 일어나도록 보고만 있을 수는 없었다.

더클로스 주치의가 질이 기다리고 있는 대기실로 들어온 것은 새벽 5시였다.

"템플 부인, 죄송합니다. 최선을 다했습니다만 부군께서는 뇌일혈을 일으켰기 때문에 반신불수가 되거나 실어증에 걸릴 가능성이 많습니다."

비밀은 없다

질은 어렵게 병원 측의 허락을 받아 토비의 병실로 들어갔다. 토비는 하룻밤 사이에 몰라보게 바싹 늙어 있었다. 마치 모든 생명수가 그의 몸에서 죄다 빠져나간 것 같았다. 그의 두 팔과 다리는 부분적으로 마비되어 있었고, 짐승 같은 소리를 낼 뿐 인간의 말은 결코 할 수 없었다.

의사들은 6주 뒤에야 토비의 퇴원을 허락했다.

토비와 질이 캘리포니아로 돌아오자 공항으로 기자들과 토비의 팬들이 구름처럼 몰려들었다. 토비 템플이 쓰러졌다는 소식은 일대 센세이션을 일으켰다. 여러 친구들로부터 토비의 건강상태와 차도를 묻는 안부 전화가 수없이 걸려왔다. 끈덕진 기자들은 병중의 토비 사진을 찍으려고 집안에까지 들어오려고 야단이었다.

대통령과 상원의원들로부터도 토비의 안부를 묻는 메시지가 날아들었으며, 토비 템플을 사랑하고 그의 건강 회복을 위해 기도하는 팬들로부터 편지와 엽서가 수천 통 배달되었다. 그러나 초대장은 한 장도 오지 않았다. 질의 안부를 묻는 사람은 아무도 없었고, 조촐한 저녁 식사나 드라이브, 하다못해 영화 시사회에 초대하는 사람조차 없었다. 할리우드에 아무도 살지 않는 것처럼 어느 누구도 질에게는 관심을 갖지 않았다.

질 템플은 토비의 주치의인 엘리 캐플런 박사에게 토비를 맡겼다. 캐플런 박사는 신경과 전문의 두 사람을 초빙했는데 한 사람은 캘리포니아 대학병원에서 왔고, 다른 한 사람은 존스홉킨스 대학병원에서 왔다. 이들이 내린 진단도 파리에서 더클로스 박사가 내린 진단과 똑같았다.

"토비 씨의 뇌에는 아무런 손상이 없다는 것을 알아두시는 것이 중요합니다. 다른 사람이 말하는 것을 듣고 이해할 수는 있지만 언어 장애와 근육 기능의 마비로 그 반응을 나타낼 수가 없을 뿐입니다."

"그럼 이런 상태가 얼마나 계속될까요?"

캐플런 박사는 잠시 망설이다가 말했다.

"신경 계통이 치료 불가능할 정도로 손상이 커서 큰 기대는 하기 어려울 것 같습니다. 물론 단정할 수는 없지만 말입니다."

"단정할 수 없다고요?"

"네, 그렇습니다."

그러나 질은 토비가 반드시 회복하고 말 것이라고 굳게 믿었다.

질은 하루 종일 토비를 간호할 수 있도록 3명의 간호사를 둔 것 외에도 매일 아침 물리치료사를 집으로 불러들여 치료를 받게 했다. 물리치료사는 토비를 수영장으로 데려가서 겨드랑이를 껴안고 물에 잠기게 한 다음, 따뜻한 물속에서 팔 다리를 자유롭게 놀리게 함으로써 근육과 힘줄을 이완시키도록 했다. 그러나 별다른 진전은 없었다. 4주째 되는 날에는 언어치료사도 불러왔다. 그녀는 토비가 다시 말할 수 있게 하기 위해 매일 한 시간씩 토비를 위해 소비했다.

그러나 두 달이 지나도 아무런 변화가 없었다. 질은 캐플런 박사를 불러왔다.

"박사님, 제발 도와주세요. 이렇게 내버려둘 수는 없어요. 제발 부탁드려요."

그녀는 애원했다.

캐플런 박사는 난처한 표정을 지었다.

"죄송합니다. 나로서는 더 이상……."

캐플런 박사가 가고 난 다음, 질은 서재에 틀어박혀 깊은 생각에 잠겼다.

옛날의 그 심한 두통이 다시 도지는 것을 느꼈지만 자신의 몸을 돌볼 겨를이 없었다. 그녀는 2층으로 올라갔다. 토비는 눈의 초점을 잃고 멍하니 침대에 기대앉아 있었다. 질이 토비에게로 다가가자 토비의 깊고 푸른 눈이 밝게 빛났다. 질이 토비의 침대로 가까이 가서 그를 내려다보자 토비는 생기를 띠며 계속 그녀를 바라보았다. 그의 입술이 움직였다. 뭔가 알아들을 수 없는 소리가 튀어나왔다. 토비의 눈에 눈물이 고이기 시작하자, 질은 그의 뇌는 조금도 이상이 없다고 말한 캐플런 박사의 말이 떠올랐다.

질은 침대 가장자리에 걸터앉아 토비의 눈을 들여다보며 말했다.

"토비, 내 말을 똑똑히 들으세요. 당신은 이 침대에서 일어나서 걷기도 하고, 말도 할 수 있어야 해요."

토비의 두 뺨으로 눈물이 흘러내렸다.

"당신은 그렇게 될 거예요. 나를 위해서도 꼭 일어나서야 해요."

다음 날 아침, 질은 간호사들과 물리치료사와 언어치료사를 모두 내

보냈다. 질이 이들을 해고시켰다는 소식을 듣고 엘리 캐플런 박사가 허겁지겁 달려왔다.

"물리치료사를 내보낸 것은 이해할 수 있습니다만, 간호사들까지 내보낸 것은 잘못이에요. 그를 24시간 돌봐줄 사람이 꼭 필요합니다."

"제가 직접 돌보겠어요."

"모르는 소리 하지 마세요. 혼자서는……."

"걱정하지 마세요. 제가 필요하면 다시 전화를 드리죠."

그녀는 캐플런 박사를 전송했다.

시련이 시작되었다.

질은 의사들이 안 된다고 했던 일을 과감하게 시도해볼 생각이었다. 우선 그녀는 토비를 침대에서 끌어내려 휠체어에 앉혔다.

그의 체중이 몹시 가볍다는 것을 알고는 가슴이 철렁 내려앉았다. 그녀는 토비를 위해 설치한 엘리베이터를 타고 1층으로 내려가서 물리치료사가 했던 대로 그를 수영장에 넣어 잠기게 한 뒤 팔다리를 운동시켰다. 그런 그녀의 훈련 방법은 물리치료사가 쓰던 방법과는 달랐다. 물리치료사는 환자를 달래가며 부드러운 방법을 썼지만 질은 단호하고 엄한 방법을 썼다. 토비가 고통스러워 더 이상 참을 수 없다는 몸짓을 하거나 비명을 지르면 질은 단호하게 소리쳤다.

"토비, 아직 멀었어요. 한 번 더 해봐요. 나를 위해서라도 참고 해보라고요."

그녀는 인정사정없이 그에게 강요했다. 그러면 그는 고통에 못 이겨 소리 죽여 울면서도 온힘을 다해서 시키는 대로 했다.

오후가 되면 질은 토비에게 말하기 훈련을 시켰다.

"오오오오오오오오. 아아아아아아아아아."

"아니에요, 토비. 오오오오. 다시 한 번 해보세요. 입술을 동그랗게 오므려요. 입술이 말을 듣도록 훈련해야 해요. 오오오오오오오!"

"아아아아아아."

"그게 아니라니까요. 말을 할 수 있게! 자, 다시 한 번 오오오오오오
오오!"

그러면 토비는 다시 한 번 해보려고 안간힘을 썼다.

질은 토비에게 손수 밥을 먹여주기도 하고, 밤마다 침대에 같이 누
워 그의 팔을 주물러 주었다. 그녀는 그의 나무 등걸 같은 손을 잡고
그녀의 온몸을 만져볼 수 있도록 위아래로 움직여주었다.

"자, 느껴지죠 토비? 내 몸은 모두 당신 것이에요. 당신 것이란 말이
에요. 나는 당신을 원해요. 빨리 나아서 사랑해줘요. 사랑해요 토비!"

토비는 생기 있는 맑은 눈으로 그녀를 바라보면서 알아들을 수 없
는 울음 섞인 소리를 질렀다.

"빨리 일어나라고요. 토비!"

질은 잘도 견뎌내었다. 그녀는 주위에 사람이 있는 것이 거치적거
려서 아랫사람들마저 내보냈다. 그러고는 모든 일을 혼자서 했다. 밥
도 손수 짓고 식료품은 전화로 주문하는 등 결코 집을 비우는 일이 없
었다. 처음에는 걸려오는 전화만 받기에도 정신없었지만 차츰 걸려오
는 전화가 줄어들더니 이제는 벨조차 울리지 않았다. 신문사들도 더
이상 토비 템플의 병세에 관한 기사를 싣지 않았다. 세상 사람들은 토
비가 회생하기는 틀렸다고 생각하는 듯싶었으며 언제 죽느냐 하는 것
만 그들의 관심사인 듯싶었다. 그러나 질은 토비를 그대로 죽어가게
할 수 없었다. 만약 그가 죽는다면 그녀도 따라 죽을 작정이었다.

하루하루가 고달픔의 연속이었다. 질은 새벽 6시면 일어났다. 그녀
가 가장 먼저 하는 일은 토비를 씻기는 일이었다. 그는 완전히 무기력

했다. 도뇨관과 기저귀를 차고 있었지만, 밤이면 뒤척거리는 바람에 범벅이 되어 파자마뿐만 아니라 침대 시트까지 갈아야 할 때가 많았다. 침실에 악취가 풍겨 견딜 수 없을 지경이었다. 질은 대야에 따뜻한 물을 담아 스펀지와 부드러운 수건으로 토비의 몸을 닦아낸 다음, 마른 수건으로 물기를 닦아주었다. 그런 다음 면도도 해주고 머리를 빗겨주었다.

"이렇게 보니 아주 멋진데요, 토비. 팬들에게 당신 모습을 보여주었으면 좋겠어요. 그런 날이 곧 올 거예요. 당신이 회복되면 팬들이 앞다투어 당신을 보러올 거예요."

질은 토비를 말끔히 단장시켜주고 아침식사를 준비했다. 그녀는 토비가 잘 받아먹을 수 있도록 오트밀이나 위트크림, 스크럼블 에그를 만들었다.

그녀는 갓난아기를 다루듯 손수 그에게 밥을 먹이고 틀림없이 회복할 것이라고 용기를 주었다.

"당신은 토비 템플이에요. 모든 사람이 당신을 사랑하고, 당신이 돌아와 주기를 바라고 있어요. 당신의 팬들이 당신을 얼마나 기다리는지 모르죠, 토비. 팬들을 위해서라도 당신은 꼭 일어나야 돼요."

그렇게 형벌 같은 나날이 계속되었다.

질은 토비를 휠체어에 태워 수영장으로 데려갔다. 수영장에서 운동을 시킨 다음, 그녀는 그에게 전신 마사지를 해주고, 언어 훈련을 시켰다. 그러다 보면 어느덧 점심때가 되었고, 점심을 마치고 나면 모든 일이 다시 반복되었다. 그러는 가운데서도 질은 그동안 토비가 얼마나 훌륭했으며, 얼마나 많은 사랑을 받았고, 세상 사람들이 그가 돌아와주기만을 학수고대하고 있다는 얘기를 끊임없이 해주었다. 밤이면 그녀는 토비의 스크랩북을 꺼내어 그가 볼 수 있도록 높이 들어 펼쳐주었다.

"토비, 이 사진은 여왕과 찍은 사진이에요. 그날 밤, 사람들이 당신을 얼마나 환영했는지 기억나요? 그럴 날이 반드시 다시 올 거예요, 회복만 하면 옛날보다 더 위대한 희극배우가 될 거예요, 토비."

밤이 되어 그를 침대에 눕히고 나면 질은 완전히 기진맥진했다. 그녀는 옴짝달싹하기도 싫어서 그대로 옆에 놓인 간이침대 속으로 기어들어가기가 일쑤였다. 한밤중에 그녀는 토비의 배에서 꾸르륵거리는 소리에 잠이 깼다. 피곤한 몸을 일으켜 기저귀를 갈아주고 씻기다 보면 벌써 아침식사를 준비할 시간이 되어 또 하루가 시작되는 것이다.

날이 갈수록 질은 토비의 훈련을 조금씩 강화시켜갔다. 그러다 보니 그녀의 신경은 극도로 예민해져서 토비가 훈련을 하지 않으려고 하면 따귀를 때리기도 했다.

"이러다가는 패배하고 말아요! 반드시 회복해야 돼요!"

그녀는 악을 쓰며 외쳤다.

힘든 하루의 일을 끝내고 나면 온몸은 파김치가 되어 축 늘어졌지만 쉽사리 잠이 들지는 않았다. 낡은 영화의 필름처럼 온갖 추억들이 그녀의 머릿속을 맴돌았다. 그녀와 토비가 칸 영화제에서 기자들에게 둘러싸여 있었던 일, 그들이 팜스프링스 별장에 있을 때 대통령이 방문해서 자신의 미모를 찬탄했던 일, 공연 첫날이면 토비와 그녀의 주위로 팬들이 떼 지어 몰려들었던 일, 토비가 메달을 받으러 나가다가 쓰러졌던 일 등이 그녀의 머릿속을 주마등처럼 스쳐 지나갔다. 그녀는 그러면서 잠시 눈을 붙이곤 했다.

질은 아직도 완전히 가시지 않은 급작스러운 두통으로 가끔씩 잠이 깼다. 어둠의 적막 속에서 두통과 싸우다 보면 어느새 해가 떠올랐는데, 그러면 다시 지친 몸을 일으켜 세워야 했다.

고된 일과가 다시 반복되었다. 그녀와 토비는 마치 오래전에 잊힌 대학살에서 살아남은 유일한 생존자들 같았다. 이제 그녀의 세계는 이 집, 이 방들, 그리고 여기 누워 있는 이 남자로 아주 조그마한 범위로 축소되어버렸다. 그녀는 새벽부터 밤중까지 자신을 가혹하게 몰아쳤다. 그녀는 또한 그녀에게 무조건 복종해야 하고 그녀만이 존재하는 이 지옥 같은 세계에 갇혀 있는 토비 또한 가혹하게 몰아세웠다.

서글프고도 고통스러운 날들이 몇 주일, 몇 달이 지나갔다. 이제 토비는 질이 그에게로 다가오는 것을 보기만 해도 울기 시작했다. 왜냐하면 형벌이 시작되리라는 것을 알기 때문이었다. 날이 갈수록 질은 더욱더 무자비해져 갔다. 질은 그가 아파서 못 견뎌할 때까지 쓸모없게 된 팔다리를 계속 움직이도록 강요했다. 토비는 그녀에게 제발 멈춰달라고 괴성을 지르며 호소했지만 그녀는 아랑곳하지 않았다.

"안돼요! 당신이 다시 인간으로 태어나기까지는 중단할 수가 없어요. 우리가 사람들 앞에 떳떳이 나설 수 있을 때까지 계속해야 해요."

그녀는 끊임없이 그의 메마른 근육을 주물렀다. 그는 덩치만 큰 어른일 뿐 갓난아기나 다름없었으며, 아무 쓸모없는 식물인간에 지나지 않았다. 그러나 질은 토비가 다시 사람 구실을 할 수 있게 되리라고 확신했다. 그래서 그녀는 자신 있게 소리쳤다.

"당신은 틀림없이 다시 걷게 될 거예요!"

질은 그를 일으켜 강제로 한 발짝씩 떼어놓게 했다. 그는 마치 술에 취해 관절이 풀린 꼭두각시처럼 괴상망측한 몸놀림으로 움직였다.

그녀의 두통은 더욱 빈번하게 발작적으로 일어났다. 눈부신 햇빛을 본다거나 시끄러운 소음을 듣는다거나 갑작스럽게 몸을 움직여도 두통이 도졌다. 의사에게 진찰을 받아봐야겠다고 생각하면서도 토비가 일어날 때까지 진찰을 미뤘다. 지금으로서는 자신의 몸을 돌볼 여유가 없었다. 오직 토비의 간호에만 전념해야 했다.

질은 마치 미친 사람처럼 보였다. 바싹 말라서 옷들은 헐렁해졌으며, 몰골 또한 말이 아니었다. 그녀의 얼굴은 야위어 광대뼈가 드러났고 눈자위가 움푹 패어 들어갔다. 한때 그렇게 아름다웠던 머리카락이 윤기를 잃어 아무렇게나 치렁치렁 늘어져 있었다. 그녀는 자신의 모습이 어떤지 알지 못했으며, 또 관심도 없었다.

어느 날 질은 문 밑에서 전화를 해달라는 내용의 캐플런 박사가 보낸 쪽지를 발견했다. 하지만 그럴 시간이 없었다. 매일 되풀이되는 일은 한순간도 멈춤 없이 계속되어야 했다.

밤낮 토비를 목욕시키고, 운동시키고, 옷을 갈아입히고, 면도를 해주고, 음식을 먹여주는 등의 따분하고 고된 일들로 온통 차곡차곡 쌓여 있었다.

그녀는 토비를 위해 보행기를 하나 샀다. 그 보행기에다 그의 손가락들을 묶어놓고 몸을 일으켜 세워 자세를 고쳐주면서 방안을 이리저리 걸어 다니게 했다. 그러는 가운데 그녀는 선 채로 졸았다. 그녀는 자기 자신이 지금 어디에 있으며 누구인지, 또 무엇을 하고 있는지 전혀 의식하지 못했다. 그러나 언젠가는 이 모든 것이 끝날 날이 오리라는 것을 굳게 믿었다.

그녀는 밤늦도록 토비의 곁에 앉아 있다가 늦게야 자신의 침실로 들어가 새벽녘까지 그만 곯아떨어졌다. 문득 잠을 깼을 때는 해가 중천에 걸려 있었다. 그녀는 그토록 오랫동안 잠들었던 것이다. 토비에게 아침식사도 못 주었고 씻기지도 옷을 갈아입히지도 못했기에 걱정이 되어 가보니 토비는 침대에 누운 채 꼼짝도 못하고 그녀가 오기만을 전전긍긍하며 기다리고 있었다.

질은 다시 침실로 가서 누웠다. 일어나려 했으나 움직일 수가 없었다. 그녀의 지친 몸은 뼛속 깊이 스며든 겹겹의 피로감에 싸여 도무지 말을 듣지 않았다. 그녀는 기진한 채 옴짝달싹못하고 누워 있자니 이제는 모든 것이 끝장이구나 하는 생각이 들었다. 지옥 같은 낮과 밤들, 고통 속에 보냈던 지난 세월이 아무런 의미도 없이 끝장나나 싶었다. 토비의 육체가 토비를 버렸듯이 이제 그녀의 육체도 그녀를 버리려 했다. 토비를 돌봐줄 만 한 힘은 고사하고 자신을 추스를 힘마저 남아 있지 않았다. 울고 싶을 뿐이었다. 모든 것이 끝장이었다.

그때 문 쪽에서 무슨 소리가 났다. 그녀가 눈을 들어 보니 토비가 부들부들 떨리는 팔로 보행기를 움켜쥐고 문간에 서서 입으로 무슨 말을 하려는 듯 알아들을 수 없는 울음 섞인 소리를 지르고 있었다.

"지이이이이 지이이이이."

그가 '질'을 불러보려고 안간힘을 쓰는 것이었다. 그녀는 그런 그의 모습을 보자, 서러움에 북받쳐 그만 목 놓아 통곡하고 말았다.

그날 이후부터 토비의 병세는 눈에 띄게 좋아졌다. 처음으로 회복할 수 있다는 확신을 갖게 되었다. 이제 그는 질이 견딜 수 없을 정도로 심하게 강행해도 거부하지 않고 이를 악물고 참아냈다. 아니, 오히려 그는 그러한 강한 훈련을 원했다. 토비는 그녀를 위해서 회복하기를 갈망했다. 질은 이제 그에게 여신과 같은 존재가 되었다. 예전에 그가 질을 사랑했다면 지금은 그녀를 숭배하고 있었다.

질에게도 변화가 일어났다. 전에 그녀가 쟁취하고자 했던 것은 자신의 인생이었다. 토비는 그녀의 꿈을 실현하기 위한 도구에 지나지 않았다. 그런데 지금은 토비가 그녀의 일부가 되고 있었다.

그들은 이제 한 몸이었다. 같은 목적을 가진 일심일체가 된 것이다. 그들은 속죄의 호된 시련을 겪고 있었다. 토비의 인생은 질의 손에 달려왔고 그녀는 그의 생명에 자양분을 공급해서 다시 살아나게 하여 죽음으로부터 구해냈다. 그런 역경 속에서 진실한 사랑이 싹트게 마련이었다. 그녀가 토비에게 속해 있듯이 토비 또한 그녀에게 속해 있었다.

질은 토비가 예전의 체중을 되찾게 하기 위해 토비의 식사 메뉴를 바꾸었다. 그는 매일 일정한 시간 일광욕을 했고, 보행기를 이용하다가 나중에는 지팡이로 바꾸어 한참 동안 걷게 함으로써 기력을 차츰 보강해나갔다. 토비가 혼자 힘으로 걸을 수 있게 되던 날, 이들 부부는 기쁨을 자축하기 위해 식당에 촛불을 켜놓고 저녁식사를 했다.

질은 마침내 토비를 선보일 준비가 되었다고 생각했다. 그녀는 캐플런 박사에게 전화를 걸었다.

"질? 그동안 몹시 걱정했어요. 전화도 해도 받지 않고 해서 어디 먼 곳으로 요양을 간 줄 알았어요. 그런데 토비는 좀 어떻습니까?"

"직접 오셔서 확인해보시겠어요, 박사님?"

집으로 와서 토비의 모습을 본 캐플런 박사는 놀라움을 감추지 못했다. 그는 질에게, "도저히 믿을 수가 없군요. 이건 기적이에요, 기적." 하고 감탄사를 연발했다.

"네, 맞아요. 기적입니다."

'하나님은 다른 일로 바쁘셨는지 나에게 아무런 도움을 주지 않으셨다. 이것은 나 혼자 힘으로 이룬 기적이다.' 하고 질은 생각했다.

"사람들은 아직도 내게 토비의 안부를 묻는 전화를 하곤 합니다. 부인과 통화할 수는 없었던 모양이죠? 샘 윈터스는 적어도 일주일에 한 번 이상은 전화를 하죠. 클립톤 로렌스도 계속 전화를 하고요."

캐플런 박사는 이런저런 안부를 전했다.

질은 클립톤 로렌스에 대해서는 오래전에 깨끗이 잊었지만, 샘 윈터스는 그렇지 않았다. 질은 토비 템플이 아직도 슈퍼스타로서 건재하다는 것, 그들은 아직도 사이좋은 부부라는 것을 세상에 알릴 방법을 모색해야 했다.

다음 날 아침, 질은 샘 윈터스에게 전화를 걸어 집으로 와서 토비를 만나줄 수 있겠느냐고 물었다. 샘은 한 시간 뒤에 도착했다. 질은 문을 열어주며 샘 윈터스를 맞았다. 샘은 질을 보고는 충격을 금치 못했다. 샘이 그녀를 마지막으로 봤을 때보다 10년은 더 늙어 보이는 것 같았다. 그녀의 두 눈은 갈색 물웅덩이처럼 움푹 패었고 얼굴은 깊은 주름으로 얼기설기 도랑이 패어 있었다. 살이 너무 빠져 뼈가 앙상히 드러났다.

"와 주셔서 고마워요, 샘. 토비가 보면 기뻐할 거예요."

샘은 토비가 아직 병상에 누워 있어서 옛날 모습을 찾아보기는 힘들 것이라고 생각했다. 그러나 막상 문을 열고 들어가 그의 모습을 보고는 또 한 번 충격을 받았다. 토비는 수영장 옆에 베개를 베고 누워 있었다. 그는 샘이 오는 것을 보고 천천히 그러나 흐트러지지 않은 자세로 일어서더니 손을 내밀어 악수를 청했다. 그의 손은 힘이 있었다. 햇볕에 탄 모습은 건강해보였으며 쓰러지기 전보다 오히려 안색이 좋았다. 마치 어떤 신비의 연금술에 의해 질의 건강과 활력이 토비에게로 흘러 들어가고, 토비를 괴롭히던 병마는 질에게 스며든 것처럼 보였다.

"어이! 샘! 정말 반갑습니다."

토비는 말투는 다소 느렸지만 오히려 전보다 더 또렷했고 힘이 들어 있었다. 샘이 소문으로 들었던 전신마비의 흔적은 찾아볼 수도 없었다. 영롱한 푸른 눈에 소년처럼 앳된 모습 또한 여전했다. 샘은 토비를 포옹하면서 울먹였다.

"바보 같으니라고! 얼마나 놀랐는지 알아?"

샘은 감격했다.

토비는 싱긋이 웃으면서 "죄송합니다." 하고 대꾸했다.

샘은 신기하다는 듯이 다시 한 번 확인하려고 토비를 바라보았다.

"도저히 믿어지지가 않는군. 이런 제기랄, 더 젊어졌잖아. 할리우드가 자네 장례식 준비로 온통 바빠질 줄 알았더니……."

"아니 제 시체라도 얼싸안고 울려고 했습니까?"

토비가 웃으며 말했다.

"정말 요즘 의사들 솜씨는 놀라워."

"의사 솜씨가 아닙니다."

토비는 질을 돌아다보았다. 토비의 눈에서는 가식 없는 경애의 빛이 반짝였다.

"내 병을 누가 고쳤는지 압니까? 질이라고요. 내 아내가 내 병을 고쳐주었어요. 그것도 약도 없이 맨손으로 말입니다. 내 아내는 아랫사람들까지 다 내보내고 나를 다시 일으켜 세웠어요."

샘은 놀란 표정으로 질을 흘끗 쳐다보았다. 샘이 보기에 질은 절대로 그렇게 헌신적인 여자로 보이지 않았었다. 하지만 샘은 그녀를 잘못 판단했다고 생각했다.

"앞으로 어떻게 할 계획인가? 내 생각에는 좀 더 요양이 필요한 것 같은데……."

샘이 토비의 계획을 물었다.

"다시 무대에 설 거예요. 아무것도 하는 일 없이 세월을 보내기에는 저이의 재능이 아깝잖아요?"

질이 끼어들었다.

"다시 시작하겠어요."

토비도 동의했다.

"어쩌면 샘이 당신을 위해 무슨 좋은 계획을 가지고 계실 거예요."

질이 암시를 했다. 두 부부는 샘을 바라보았다. 샘은 토비를 실망시키고 싶지 않았지만 그렇다고 터무니없는 희망을 갖게 하고 싶지도 않았다. 건강이 확실치 않은 사람을 데리고 영화를 만들 수는 없는 노릇이었다. 그런 점에서는 어느 영화사도 토비 템플을 받아들이기를 망설일 것이다.

"지금 당장으로서는 별다른 계획이 없지만 꼭 알아봐주지."

샘이 조심스럽게 말했다.

"토비의 건강이 염려되어 그러시는 거죠, 그렇죠?"

그녀는 샘 윈터스의 마음속을 마치 유리알처럼 들여다보고 있는 것 같았다.

"그런 건 아닙니다."

샘이 아니라고 했지만, 그들은 샘이 거짓말을 하고 있다는 것을 뻔히 알고 있었다. 할리우드에서는 어느 누구도 토비 템플을 다시 기용해서 모험하려 들지는 않을 것이다.

토비와 질은 함께 텔레비전에서 한 젊은 코미디언이 하는 연기를 보고 있었다.

"저런! 아주 형편없군. 다시 방송에 나갈 수 있으면 좋겠는데, 아무래도 에이전트를 구해야 할 것 같아. 어떤 일이 있는지 여기저기 알아볼 수 있는 사람을 말이야."

"그건 안돼요. 누구든 당신을 물건처럼 팔러 돌아다니게 하지는 않겠어요. 당신은 직장을 찾아 헤매는 실업자가 아니라고요. 사람들이 당신을 찾아오도록 만들어야만 해요."

질의 어조는 단호했다. 그러자 토비는 씁쓸하게 웃었다.

"그들이 뭐가 아쉬워서 먼저 문을 두드리겠어."

"두고 보세요. 그렇게 될 테니. 그들은 아직 당신이 어떤 상태인지 모르고 있어요. 당신의 건강은 그전보다 오히려 지금이 더 나아요. 당신의 모습을 그들에게 보여줘야 해요."

질이 자신 있게 말했다.

"그러면 잡지에 내 누드 사진이라도 찍어서 낼까?"

질은 토비의 말은 들은 척도 하지 않고 말했다.

"내게 좋은 생각이 있어요. 원맨쇼를 하는 거예요."

"뭐라고?"

"원맨쇼요. 제가 헌팅턴 하트포드 극장에 공연 예약을 해두겠어요. 할리우드에 있는 사람들이 전부 다 올 거예요. 공연이 끝나면 사람들이 당신에게 문을 두드리기 시작할 거라고요."

질의 목소리는 흥분되어 있었다.

그녀의 장담대로 할리우드 사람들이 잔뜩 몰려왔다. 제작자, 감독, 배우, 비평가 등 흥행업과 관계있는 사람들은 모두 다 토비의 원맨쇼를 보러 왔다. 토비와 질이 리무진을 타고 극장에 도착하자 로비 밖에서부터 군중들이 환호성을 외쳤다. 그는 여전히 그들의 토비 템플이었다. 토비는 죽음으로부터 그들에게 다시 돌아왔다. 그들은 토비를 그 어느 때보다 열렬히 환호했다.

극장 안의 관객들 일부는 위대한 배우에 대한 존경심으로, 일부는 순전히 호기심에서 토비 템플을 보러 온 사람들이었다. 그들은 죽어가는 한 영웅, 이제 껍데기만 남은 스타에게 마지막으로 경의를 표하기 위해 온 것이다.

질이 쇼 구성을 직접 계획했다. 그녀가 오한론과 레인저를 찾아가 의논하니 그들은 토비를 산 채로 생매장하려는 사람들을 조롱하는 독백으로 시작되는 훌륭한 대본을 써 주었다. 질은 아카데미 음악상을 세 번씩이나 받은 작곡가 팀에게도 접근을 했다. 그들은 아무에게나 작곡을 해주지 않았지만 질의 간곡한 부탁을 뿌리칠 수 없었다.

덕 랜들리 감독이 이 쇼를 무대 위에 올려놓기 위해 런던으로부터 비행기를 타고 날아왔다.

질은 토비를 보조할 일급 탤런트를 구해놓기는 했지만 결국 모든 것은 토비 한 사람에게 달려 있는 것이었다. 토비 혼자서 무대에 서야 하는 원맨쇼였기 때문이었다.

마침내 공연 순간이 다가왔다. 극장의 조명등이 흐려졌다. 극장 안은 막이 오르기 전의 기대감으로 묵직한 침묵이 흘렀다. 영원히 계속될 듯한 이 긴 침묵은 불가사의한 마법의 신비가 일어나기를 기원하는 기도였다.

그 기도는 이루어졌다.

토비 템플이 그 천진난만한 얼굴에 친밀한 장난기어린 미소를 지으며 당당한 걸음걸이로 무대 위를 걸어 나오자 잠잠하던 극장 안은 곧바로 커다란 기립박수와 함께 고함소리로 바뀌었다. 토비는 혼란이 가라앉기를 기다리며 서 있었다. 마침내 극장 안이 잠잠해졌다.

"저를 환영해주시는 박수라고 생각해도 될까요?"

토비가 관객에게 묻자, 관객들은 다시 환호로써 그 물음에 답했다.

쇼는 훌륭했다. 토비는 익살도 부리고 노래도 부르고 춤도 추었으며 사람들을 공격하기도 했다. 수개월 동안이나 식물인간으로 병상에 누워 지낸 사람 같아 보이지 않았다. 관객들은 그 기적에 감격했다. 그는 여전히 슈퍼스타였다. 아니 이젠 그 이상의 존재가 되었다. 그는 살아 있는 전설이 된 것이다.

그 다음 날 〈버라이어티〉지는 '그들은 토비 템플을 매장하러 왔다가 그대로 머물러서 그에게 찬사와 박수갈채를 보냈다. 그는 그런 찬사를 받을 자격이 충분했다. 흥행업계에서 잃었던 명성을 이처럼 유감없이 되찾은 사람은 위대한 토비 템플 말고는 아무도 없었다. 하루 저녁의 공연에서 기립박수가 수없이 터져 나왔다. 그의 원맨쇼를 볼 수 있었던 운 좋은 사람들은 어찌 감히 그 감격을 잊을 수 있을까?'라는 내용의 글을 실었다.

〈할리우드 리포터〉지의 비평란에는 '관객들은 위대한 스타가 돌아온 모습을 보기 위해 갔지만 토비 템플은 한 번도 무대를 떠난 일이 없었음을 입증해주었다'고 써 있었다.

다른 신문의 비평란도 한결같이 최대 찬사를 늘어놓았다. 그날 밤 이후 토비 템플의 전화는 시끄럽게 울려댔다. 초대장과 상담 제의서가 동봉된 편지들이 수없이 쏟아져 들어왔고, 문을 두드리는 정도가 아니라 아예 두들겨 부술 듯이 법석을 떨며 그를 찾아왔다.

토비는 시카고, 워싱턴, 뉴욕 등지를 돌면서 그의 원맨쇼 재공연을 가졌다. 그는 가는 곳마다 선풍적인 인기를 불러일으켰으며 토비에 대한 관심은 어느 때보다도 대단했다. 옛날을 그리는 노스탤지어의 물결에 젖어 토비의 옛날 영화들이 극장가에서뿐만 아니라 대학가에서도 상영되었다. 텔레비전 방송국들은 주간 특별프로로 토비 템플의 옛날 버라이어티 쇼들을 재방영했다.

토비 템플 인형이 나오고, 토비 템플 게임, 토비 템플 퍼즐, 토비 템플 익살 서적들과 티셔츠들도 나와서 판을 쳤다. 그리고 담배 갑, 치약

통에도 토비 템플의 사인이 찍혀서 나왔다.

토비는 유니버설 영화사에서 제작하는 뮤지컬 영화의 카메오로 출연했으며 갖가지 버라이어티 쇼에 초대되어 출연하기도 했다. 텔레비전 방송국들은 작가들을 동원하여 토비 템플 아워 제작을 위한 치열한 경쟁을 벌였다.

태양은 또다시 떠올라 질의 머리 위에서 찬란하게 빛났다.

다시 파티와 리셉션이 줄을 이었고 오늘은 이 대사, 내일은 저 상원의원에게 초대를 받았으며 민간인들의 초대를 받기도 했다. 모든 사람들이 무슨 일에든지 이들 부부를 원한 것이다. 백악관에서도 이들 부부를 만찬에 초대했는데 국가 수뇌들의 모임에는 특히 빼놓지 않았다. 그들이 가는 곳마다 장소를 가리지 않고 박수갈채가 뒤따랐다.

그러나 지금은 예전과는 달리 사람들이 토비에게만 박수를 보내는 것이 아니라, 질에게도 토비 못지않은 박수갈채를 보냈다. 의사조차 가망이 없다고 포기해버린 절망 상태에서 혼자 힘으로 토비의 건강을 되찾게 한 그녀의 기특한 행위에 관한 이야기는 세상 사람들을 크게 감동시켰다. 신문사에서는 이들 부부의 사랑을 금세기의 유일한 러브 스토리라고 극찬했다. 질에게 보내는 찬사의 글과 함께 이들 부부의 사진이 〈타임〉지 커버에 실리기도 했다.

불과 12주밖에 남지 않은 9월부터 시작하는 새로운 주간 텔레비전 버라이어티 쇼에 토비는 500만 달러짜리 출연 계약을 맺게 되었다.

"우리 그때까지 팜스프링스에 가서 쉬어요."

질이 말했다.

토비는 고개를 저었다.

"당신 그동안 정말 고생 많았어. 이젠 좀 사는 것같이 살아봅시다. 난 농담은 잘하지만 사실은 말재주가 없어. 당신에 대한 내 느낌을 뭐라고 표현해야 좋을지 모르겠어. 단지, 나의 참다운 인생은 당신을 만나고부터 시작되었다는 것을 당신이 알아주었으면 좋겠어."

질을 포옹한 토비가 갑자기 고개를 돌렸다. 질은 토비의 눈에서 눈물이 흐르는 것을 보았다.

토비는 런던과 파리에서의 원맨쇼를 위한 여행 준비를 했다. 더욱 중요한 것은 모스크바에서도 공연을 하게 된 것이다. 토비와 계약을 체결하기 위한 경쟁은 그 어디서도 치열했다. 토비는 미국에서뿐만 아니라 유럽에서도 우상이 되었다.

어느 화창한 날, 토비 부부는 질호를 타고 산타 카탈리나로 향하고 있었다. 그 보트에는 샘 윈터스와 토비의 새 텔레비전 쇼의 작가로 선정된 오한론과 레인저를 포함해서 10여 명의 손님들이 함께 타고 있었다.

사람들이 옹기종기 보트 살롱에 모여 포커와 담소를 즐기고 있었다. 질이 주위를 둘러보니 토비가 눈에 띄지 않았다. 그녀는 갑판으로 나가 보았다.

토비가 난간에 서서 바닷물을 내려다보고 있었다. 질이 그에게로 다가갔다.

"컨디션이 나빠요?"

"바닷물을 내려다보고 있는 참이었어."

"참 아름답죠?"

"당신이 상어라 하더라도 난 상어 밥이 되고 싶지는 않아. 바닷물을 들여다보고 있노라니 빠져죽을까 봐 무섭군."

그러면서 토비가 부르르 떨자, 그녀는 토비의 손을 꼭 잡았다.

"무슨 기분 나쁜 일이라도 있어요?"

"나는 죽고 싶지 않아. 저승이 두려워! 여기서는 모두들 나를 슈퍼스타로 알아주지만, 죽고 나면 여보, 지옥에는 관객들이 없겠지?"

***

프리아스 클럽에서는 토비 템플을 귀빈으로 한 바비큐 파티가 벌어지고 있었다. 맨 앞에 토비와 질, 샘 윈터스 그리고 토비와 계약을 맺은 텔레비전 방송국 사장과 10여 명의 일류 희극배우들이 자리 잡고 있었다. 모두들 자리에서 일어나서 박수를 치며 인사에 답례해달라고 질에게 요청했다.

기립 박수로 요청을 받은 질은 눈시울이 뜨거울 정도로 감격했다.

'나를 환영해주고 있어. 토비가 아니라 나를 말이야.'

파티의 사회는 유명한 야간 텔레비전 토크 쇼 담당자가 맡았다.

"이 자리에 토비 템플이 참석하신 것을 더없는 영광으로 생각합니다. 만약 오늘 이 자리에서 그분을 뵙지 못한다면 우리는 이 연회를 숲속 잔디밭 위에서 가져야 할 것이기 때문입니다."

사회자가 그렇게 말하자 웃음이 터져 나왔다.

"정말이지 그곳 음식은 형편없습니다. 여러분은 숲속 잔디밭에서 음식을 먹어본 일이 있습니까? 거기서는 최후의 만찬에서 먹다 남은 음식 찌꺼기를 내놓죠."

다시 웃음이 터졌다.

사회자가 토비 쪽을 바라보았다.

"토비, 우리는 진정으로 당신을 자랑스럽게 생각합니다. 진심입니다. 우리는 당신의 신체 일부를 사후에 과학적 연구를 위해 헌납해달라는 요청을 받은 것으로 알고 있습니다. 그들은 헌납 받은 당신의 신체 일부를 아마도 하버드 의과대학 유리병 속에 보관할 모양인데, 한 가지 문제는 그것을 담을 만한 큰 유리병을 아직 마련하지 못했다고 하더군요."

환호와 박수 소리로 장내가 떠나갈 듯했다.

토비가 자리에서 일어나 이에 반박을 하자 모두들 꼼짝 못했다.

그 파티는 프리아스 클럽이 지금까지 연 파티 중에서 가장 훌륭했다는 평판을 받았다. 그것은 모든 사람들의 공통된 의견이었다.

그날 밤 관객들 속에는 클립톤 로렌스도 끼어 있었다.

로렌스는 다른 별 볼 일 없는 사람들과 함께 주방 가까이 있는 방의 구석진 테이블에 앉아 있었다. 그 자리를 잡는 데도 여러 사람들과의 옛 우정을 내세워야만 했다. 클립톤 로렌스는 토비 템플에게 쫓겨난 뒤로 여지없이 패배자의 딱지가 붙고 말았다. 그는 큰 중개업소들과 동업을 해보려 했으나 잡고 있는 고객이 하나도 없었으므로 쉽지가 않았다. 그래서 클립톤은 보다 작은 중개업소들을 찾아보았지만 그들은 중년의 한물간 에이전트에게는 관심이 없었고 진취적인 젊은 에이전트만을 원했다. 마침내 클립톤은 새로 개업한 조그마한 중개업소의 월급쟁이가 되는 수밖에 없었다. 거기서 받는 주급은 그가 예전에 로마노프 식당에서 하루 저녁에 썼던 돈보다 적은 액수였다.

그는 새로 얻은 직장으로 출근했던 첫날을 잊을 수가 없었다. 그 중개소는 20대 후반의 야심만만한 청년 3명이 운영하고 있었다. 그들이 취급하는 고객들은 록 스타들이었는데 세 청년 중 두 사람이 수염을 기르고 있었으며, 세 사람 모두 청바지에 스포츠 셔츠를 입고 맨발에 테니스 운동화를 신고 있었다. 클립톤은 격세지감을 느끼지 않을 수 없었다. 그들이 사용하는 언어를 도통 이해할 수가 없었는데, 그들은 그를 '대디' 또는 '파파'라고 불렀다. 사랑과 존경을 한 몸에 받아왔던 좋았던 시절을 생각하자 울고 싶은 심정이었다.

말쑥한 차림에 늘 쾌활하던 그는 이제 초라하고 비참한 몰골의 신세가 되었다. 토비 템플은 그의 인생의 모든 것이었으므로 언제나 그 시절을 입버릇처럼 외우고 다녔다. 그로서는 잊으려야 잊을 수 없는 시절이었다. 질과의 일도 잊지 못했다. 클립톤은 자신이 이렇게 된 것은 모두 그녀 때문이라고 푸념했다. 그 못된 년의 꾐에 토비가 넘어갔다고 생각했다. 객석에 앉아 질을 지켜보는 클립톤의 가슴은 주체할 길 없는 증오심으로 부글거렸다.

로렌스는 방구석에 앉아 관객들이 질 템플을 향해 박수를 치는 모습을 씁쓸하게 지켜보았다. 그때 옆 테이블에 앉아 있던 사람이 질에 대해 이야기했다.

"토비는 정말 운이 좋아. 나도 그런 복이나 있으면 좋겠어. 질은 잠자리 서비스가 그만이라던데."

"그래? 자네가 그걸 어떻게 아나?"

"퍼시켓 극장에서 상영하는 포르노 영화에 그녀가 나오는 걸 봤지. 정말 죽여주더구먼."

클립톤은 이 놀라운 뉴스에 정신이 번쩍 들었다. 그들이 하는 말은 하나도 빼놓지 않고 들으려고 애썼지만 와자지껄한 소음 때문에 잘 들을 수가 없었다.

"이봐요, 그게 질 캐슬이 확실합니까?"

클립톤은 다시 확인하려고 물었다.

그 사내는 그를 돌아보며 "틀림없어요. 그 영화에서는 조세핀인가 뭔가 하는 가명을 쓰고 있더군요. 폴란드 이름 같았습니다." 하고 말하면서 클립톤을 자세히 들여다보더니 "아니, 이게 누구십니까? 클립톤 로렌스씨 아니세요?" 하고 놀랐다.

＊＊＊

페어팩스와 라 시네가 사이를 잇는 산타모니카 거리에 군청이 있다. 로스앤젤레스 시에 둘러싸여 있는 이 섬은 시령보다는 덜 까다로운 군령에 의해 운용되고 있었다. 제16블록에는 색깔이 짙은 포르노 영화만 전문으로 상영하는 영화관이 4개가 있고 밀실로 들어가면 슬라이드 포르노 사진을 볼 수 있는 책방과 마사지 이외에 희한한 서비스도 마다하지 않는 묘령의 아가씨들이 있는 마사지업소가 수십 군데나 있었다. 푸시켓 극장은 그 지역 중심가에 있었다.

극장 안에는 25명 정도의 사람들이 있었는데 대부분 남자 손님이었고 여자 손님은 두 사람뿐이었다. 클립톤은 관객들을 둘러보며 어째서 이 사람들은 환한 대낮에 이 캄캄한 굴 속 같은 곳에 들어앉아서 남의 간통 장면이나 보며 몇 시간씩 허비하고 있나, 하는 생각을 했다.

영화가 시작되었다. 클립톤은 모든 잡념을 떨쳐버리고 오로지 화면에 비치는 영상에만 정신을 집중했다. 그는 바짝 긴장한 채로 앉아 화면 속 여배우들의 얼굴을 놓치지 않으려고 애썼다. 영화 내용은 젊은 대학교수가 여학생들을 자기 침실로 끌어들여 농락하는 것이었다. 한결같이 젊고 아름다운 여자들이었다.

온 신경을 모아 샅샅이 살폈지만 질의 모습은 좀처럼 찾을 수가 없었다. '분명히 그녀가 나온다고 했는데.' 하고 클립톤은 속으로 중얼거렸다. 이것은 그녀에게 복수할 수 있는 가장 유일한 도구였다. 그는 질이 나오는 포르노 필름을 구하기만 하면 그 필름을 토비에게 보여

줄 속셈이었다. 그렇게 되면 토비는 더러운 매춘부와 결혼했다는 사실을 알고는 당장 그녀를 쫓아낼 것이다.

마침내 그녀의 모습이 생생한 색채를 띠며 화면에 나타났다. 커다란 화면에 비친 그녀의 모습은 지금과는 많이 달랐다. 지금의 그녀가 훨씬 더 아름답고 세련되어 보였다. 틀림없이 질 그녀가 맞았다. 클립톤은 빨려 들어가듯 화면에 열중하면서 짜릿한 승리감과 동시에 복수심이 용솟음쳤다.

그는 화면에 출연배우 이름이 나오는 마지막 부분까지 앉아서 보았다. 자막에 조세핀 크진스키라는 이름이 나타났다. 그는 자리에서 일어나 영사실 쪽으로 갔다. 셔츠차림의 한 남자가 좁은 영사실에 앉아서 경마 기사를 읽고 있었다. 그는 클립톤이 들어오는 것을 보자 흘깃 쳐다보면서 무뚝뚝하게 말했다.

"여기는 출입금지 구역인데요."

"방금 상영한 그 필름을 사고 싶어서 그럽니다."

그 남자는 머리를 가로저으며 귀찮다는 듯이 대꾸했다.

"팔지 않소."

"필름 한 통을 슬쩍 빼주시면 1천 달러 드리겠소. 아무도 모를 것 아니오."

그 남자는 쳐다보지도 않았다.

"2천 달러면 어떻겠소?"

그래도 못 들은 체했다.

"그럼 3천 달러 주겠소."

그제야 그 남자는 클립톤을 위아래로 훑어보면서 "현금으로 줄 거요?" 하고 물었다.

클립톤은 3천 달러를 주고 그 필름을 건네받았다.

클립톤이 필름 통을 겨드랑이에 끼고 토비 템플의 집에 도착한 것은 그 다음 날 아침 10시쯤이었다. '이건 필름이 아니라 다이너마이트다. 질 캐슬을 지옥으로 날려 보낼 다이너마이트.' 하고 그는 의기양양해 했다.

그가 전에 한 번도 본 적이 없는 낯선 영국인 수위가 문을 열어주었다.

"템플 씨에게 클립톤 로렌스가 찾아왔다고 전하게."

"죄송합니다. 템플 씨는 지금 안 계십니다."

"그럼, 들어가서 좀 기다리지."

강경한 어조로 클립톤이 말했다.

"템플 씨 부처는 오늘 아침 유럽으로 떠나셨습니다. 기다리셔도 소용없습니다."

수위가 말했다.

곡예

토비의 유럽 공연은 성공적이었다.

토비가 런던 팔라디움에서 공연하던 첫날 밤, 옥스퍼드 서커스는 토비와 질의 모습을 먼발치에서라도 보려고 아우성치는 군중들로 만원을 이루었다. 그래서 아가일 가 주변의 전 지역이 경찰에 의해 교통 통제되었다. 그러자 군중들이 걷잡을 수 없이 아우성쳐서 기마경찰들까지 긴급 출동해야 했다.

시계가 정각 8시를 가리키자 왕실 사람들이 도착했고 이어서 쇼가 시작되었다.

토비는 모든 사람들의 예상을 뛰어넘는 천진난만한 얼굴에 앳된 미소를 지으면서 영국 정부와 영국의 낡고 고루한 태도를 신랄하게 공격했다. 그는 영국이 어떻게 해서 우간다보다 힘을 못 쓰는 나라가 되었으며, 또 어째서 세계에 좀 더 많은 관심을 끄는 나라가 되지 못했는지를 풍자했다. 관객들은 토비 템플이 농담을 할 뿐 진심으로 하는 말이 아니라는 것을 알기 때문에 그의 익살에 웃음으로 환호했다. 사실 그는 단 한마디도 진심에서 하는 말은 아니었다. 토비는 영국 국민들을 사랑했다. 그들이 그를 사랑하는 것과 마찬가지로.

파리의 리셉션은 런던에서보다 더욱 요란스러웠다. 질과 토비는 엘리제궁에 귀빈으로 초대받았으며 국가에서 내주는 귀빈용 리무진을 타고 파리 시내를 돌았다. 이들 부부의 사진은 하루도 빠짐없이 모든 신문의 1면 톱기사로 실렸고, 이들이 극장에 나타날 때는 몰려드는 군중을 제지하기 위해 경찰이 동원되었다.

공연이 끝나면 토비와 질은 대기하고 있는 리무진 승용차로 호송을 받아 갔는데, 이때 갑자기 경찰들의 제지를 뚫고 군중들이 "토비! 토비!" 하고 외치며 그들에게 몰려들었다. 파도처럼 밀려드는 군중들은 저마다 만년필과 종이를 꺼내들고 어떻게 해서든지 그 위대한 토비와 질에게 조금이라도 가까이 가려고 아우성이었다. 경찰들도 거센 물결처럼 밀어닥치는 군중을 어찌할 수가 없었다. 제지는커녕 오히려 경찰들이 밀려나고 말았다.

질은 기념 사인을 받기 위해 토비의 옷을 붙들고 늘어지는 군중들의 압력에 눌려 거의 압사할 지경이었지만 전혀 두렵지가 않았다. 이런 소동은 그녀에게 바쳐진 찬사였고 그녀로서는 그만한 찬사를 받을 자격이 있었다. 왜냐하면 그녀가 토비를 다시 그들에게 데려왔기 때문이었다.

그들의 마지막 공연지는 모스크바였다.

6월의 모스크바는 세계에서 가장 아름다운 도시 중 하나였다. 흰 드레스의 새색시 같은 베레스카 나무가 우아하게 서 있고 리파 나무들이 늘어서 있었는데 노란 화단이 줄지어 있는 넓은 가로들은 따사로운 햇볕을 받으며 걷고 있는 주민들과 방문객들로 붐볐다. 한창 관광철이었다. 소련을 찾는 공식 방문객들을 제외한 모든 관광객들은 운송, 호텔, 관광 등을 관장하는 정부기관인 관광국 지시에 따라 관광할 수 있었다. 그러나 토비와 질은 세레메티예보 국제공항에서 대기하고 있던 대형 리무진 승용차를 타고 메트로폴 호텔로 안내되었다. 그들이 든 그 호텔은 대개 소련 위성국들에서 오는 VIP들의 전용이었다. 그들이 든 특실에는 스트리치나야 보드카와 캐비어가 잔뜩 준비되어 있었다.

당 고위 간부인 유리 로마노비치 장군이 토비 부처를 영접하기 위해 호텔로 왔다. 장군은 "미국 영화는 우리나라에서 그다지 상영하지 않는 편입니다, 템플 씨. 그러나 귀하의 영화는 자주 상영되었습니다. 우리 소련인들은 이렇게 생각합니다. 천재는 모든 국경을 초월한다고요." 하고 말했다.

토비는 볼쇼이 극장에서 3회 공연 예약을 받았다. 공연 첫날밤 질은 토비와 같이 기립박수의 영광을 누렸다. 토비의 공연은 언어 장벽 때문에 대부분 팬터마임으로 진행되었지만 관객들은 그에게 아낌없는 찬사를 보냈다. 그는 엉터리 소련어로 통렬한 비판을 하기도 했다. 관객들의 웃음소리와 박수소리는 사랑의 축복인 양 그 거대한 극장에 메아리쳤다.

그 다음 이틀 동안은 로마노비치 장군이 토비와 질을 호위하고 특별 관광 안내를 했다. 그들은 고르키 공원에도 갔고 대회전식 관람차를 타고 유서 깊은 성 바실리우스 성당도 구경했다. 그들은 또한 나라에서 운영하는 모스크바 서커스도 관람하고 아라그비에서 열린 연회에도 초대를 받았는데, 거기서 그들은 캐비어 중에서도 가장 진기한 자쿠스키라는 황금빛 캐비어와 입에 넣으면 사르르 녹는 바삭바삭한 파이를 대접 받았다. 디저트로 그들은 요블로츠나야라는 사과 푸딩을 살구 소스와 곁들여 먹었는데 기가 막히게 맛이 있었다.

그밖에도 많은 곳을 관광했다. 그들은 푸시킨 미술관과 레닌의 묘소, 그리고 모스크바의 매혹적인 어린이 전용 가게인 데츠키 미르도 구경했다.

토비와 질은 소련인들조차도 그런 곳이 있는지 잘 모르는 그런 장소들까지도 안내를 받았다. 그라노브스코 거리는 차이카스와 볼가 승용차들로 붐볐다. '특별 출입증 소지자 외에는 출입 엄금'이라는 푯말이 붙은 장식 없는 문 뒤로 들어가서 그들은 세계 곳곳에서 수입해 온 고급 식품들로 가득 찬 상점으로 안내되었다. 그곳은 소련의 엘리트 계층들만이 쇼핑할 수 있는 특별한 가게였다.

그들은 또한 일부 특권층을 위해 외국 영화들을 상영하는 고급 영화관인 다차에도 가보았다. 소련 국민의 내부를 들여다본다는 것은 실로 진기한 경험이었다.

토비가 마지막 공연을 하는 날 오후, 그들 부부는 쇼핑할 채비를 하고 있었다.

토비가 질에게 말했다.

"당신 혼자 쇼핑을 다녀오면 좋겠어. 난 잠 좀 잤으면 해서……."

그녀는 그를 잠시 동안 바라보다가 걱정스레 물었다.

"어디가 안 좋아요?"

"아니야. 좀 피곤할 뿐이야. 모스크바를 몽땅이라도 사오구려."

토비의 안색이 창백했다. 질은 망설였다. 이번 여행이 끝나면 새 텔레비전 쇼를 시작하기 전까지는 그를 충분히 쉬게 해야겠다고 그녀는 생각했다.

"그럼 좀 쉬세요. 저 혼자 다녀올게요."

질이 로비 출입구 쪽으로 걸어가고 있을 때, "조세핀!" 하고 그녀를 부르는 한 남자의 목소리가 들려왔다. 돌아보지 않아도 그것이 누구인지 알 수 있었다. 눈 깜짝하는 순간에 운명이 또 한 번 마술을 부린 것이다.

데이빗 캐년이 만면에 미소를 짓고 다가오면서 반갑다는 인사를 했다. 그녀는 심장이 멎는 것 같았다. 순간적으로 질은 '데이빗과 함께 온 여행이었다면 지금의 내가 어떤 모습일까?' 하고 생각했다.

"커피 한잔 하겠어?"

데이빗이 물었다.

"그러죠."

호텔 바는 매우 넓었고 많은 사람들로 붐비고 있었다. 그들은 담소를 나눌 만한 비교적 조용한 곳에 자리를 잡았다.

"모스크바에는 어떻게 오셨어요?"

질이 먼저 말을 꺼냈다.

"석유 거래 때문에 정부 측 요청으로 왔어."

표정이 왠지 지겨운 듯 보이는 웨이터가 테이블로 와서 주문을 받아갔다.

"시시는 잘 있나요?"

데이빗은 잠시 그녀를 바라보더니 대답했다.

"시시와 난 오래전에 이혼했어."

데이빗은 화제를 바꾸었다.

"이곳에서 하는 토비의 공연은 모조리 쫓아다녔지. 난 어릴 때부터 토비 템플의 팬이었거든."

그 말을 들으니 토비가 아주 늙은 사람처럼 느껴졌다. 데이빗은 이야기를 계속했다.

"그분이 건강을 회복해서 다행이야. 신문에서 뇌일혈로 쓰러지셨다는 기사를 읽고 네 걱정을 많이 했는데……."

그렇게 말하는 그의 눈빛에서 질은 오래전에 잊어버렸던 질을 소유하고 싶어 하는 애절한 표정을 읽을 수 있었다.

"토비가 할리우드와 런던에서 한 공연도 훌륭하더군."

"그곳 공연도 봤어요?"

질이 놀라서 반문했다.

"사업상 안 가는 곳이 없으니까……."

"그때 무대 뒤로 와서 나를 좀 만나주지 그러셨어요?"

데이빗은 잠시 망설였다.

"공연히 방해가 되고 싶지 않았어. 그리고 나를 만나고 싶어 하는지 어떤지도 잘 모르고……."

묵직하고 땅딸막한 글라스가 앞에 놓였다.

"너와 토비를 위해서!"

데이빗은 그렇게 말하며 건배했다. 그의 태도가 어쩐지 슬픈 표정으로 욕망을 억제하는 듯해 보였다.

"메트로폴 호텔에 묵고 있나요?"

"아니. 사실은 그곳에 방을 잡기가 여간 힘든 게 아니어서……."

그는 자신이 묵고 있는 호텔을 말하려다가 이제 그런 수법을 쓰기에는 너무 늦었다는 걸 알고는 씁쓸히 미소 지었다. 그는 덧붙여서 말했다.

"난 네가 메트로폴 호텔에 투숙하고 있는 걸 알았지. 사실은 5일 전에 모스크바를 떠나기로 되어 있었는데 혹시 우연히 만날 기회가 있을가 하고 미적거리고 있는 중이었어."

"그건 왜죠, 데이빗?"

이 질문은 데이빗이 이미 오래전에 그녀에게 대답해주었어야 할 것이었다.

"너무 늦긴 했지만 꼭 하고 싶은 얘기가 있어서……. 넌 내 행동에 대해서 해명을 들을 권리가 있다고 생각해."

데이빗은 시시와 결혼할 수밖에 없었던 경위와 그녀의 속임수에 속았던 것, 자신이 이혼을 요구했을 때 그녀가 자살을 기도했던 일, 그리고 질에게 호숫가에서 만나자고 약속했던 날 밤에 일어난 뜻밖의 사건들에 대해 말해주었다. 그의 이야기를 듣고 질은 가슴이 뭉클해오는 욕정으로 몸이 떨렸다.

"너를 사랑하는 마음은 지금도 변함이 없어!"

그녀는 데이빗의 이야기를 잠자코 듣고만 있었다. 화끈한 포도주처럼 뜨거운 행복감이 그녀의 온몸을 휘돌았다. 아름다운 꿈이 실현되는 듯했다. 이것은 그녀가 애타게 소망해왔던 모든 것이었다. 질은 지금 자신과 마주 앉아 있는 이 남자를 똑바로 쳐다보며 옛날에 자기 손을 잡아주던 그의 힘찬 손이 기억났다. 옛 추억으로 가슴이 설레었지만 토비와 한 몸이 된 지금에 와서는…….

그때 그녀 바로 곁에서 질을 부르는 소리가 들렸다. 로마노비치 장군이었다.

"템플 부인! 부인을 찾아 한참 헤맸습니다."

질은 데이빗에게 말했다.

"내일 아침에 전화해주세요."

볼쇼이 극장에서 한 토비의 마지막 공연은 앞서 했던 공연들보다 더 재미있었다. 관객들은 꽃을 던지고, 발을 구르며 환호했고 막이 내린 뒤에도 극장을 떠날 줄 몰랐다. 토비의 대성공을 장식하는 절정의 순간이었다. 쇼가 끝난 다음 성대한 파티가 벌어질 예정이었다. 그런데 토비는 질에게 나지막하게 말했다.

"여보, 난 지금 너무 지쳤으니 당신 혼자 파티에 참석하구려. 난 호텔로 가서 좀 누워야겠어."

질은 혼자 파티에 나갔지만 기분은 마치 데이빗이 곁에 있는 듯한 느낌이 들었다. 그녀는 사람들과 어울려 담소도 하고 춤도 추며 그들이 그녀에게 표하는 찬사에 답례했지만 내내 데이빗을 만날 생각으로 두근거렸다. 데이빗이 한 말이 머리에서 떠나지 않았다.

'나는 어쩔 수 없이 마음에도 없는 여자와 결혼했지만 이제 시시와 나는 이혼했어. 한순간도 너를 잊어본 적이 없어.'

질의 호송인이 그녀를 호텔까지 바래다준 것은 새벽 2시경이었다. 그녀가 호텔 방으로 들어가 보니 토비가 전화기 쪽으로 손을 뻗은 채 의식을 잃고 방 한가운데에 쓰러져 있었다.

토비 템플은 앰뷸런스에 실려 스버치코브 3번가에 있는 외교관 진료실로 재빨리 옮겨졌다. 그를 진료하기 위해 한밤중에 일급 전문의 세 사람이 긴급 호출되었다. 사람들마다 질을 동정해 마지않았다. 병원장이 그녀를 개인 사무실로 안내해서 그녀는 그곳에서 진찰 결과를 기다렸다. '어쩌면 먼젓번의 경우와 이렇게도 똑같을 수 있을까.' 하고 질은 생각했다. 마치 꿈을 꾸고 있는 듯이 도무지 실감이 나지 않았다.

몇 시간 후, 사무실 문이 열리면서 키가 자그만 뚱뚱한 소련인 의사가 들어왔다. 그는 잘 맞지 않는 옷을 입고 있어서인지 마치 엉터리 연관공 같았다.

"저는 부군의 진료를 담당하는 두로브 박사입니다."

"병세가 어떤가요?"

"우선 좀 앉으십시오, 템플 부인."

질은 자신이 이제껏 서 있다는 사실조차 깨닫지 못했다.

"어서 말씀해주세요!"

"부근께서는 뇌일혈이십니다. 의학용어로는 뇌정맥 혈전증이라고 하죠."

"중태인가요?"

"뭐라고 말해야 좋을지, 아주 위험천만할 정도로 심한 타격을 받았다고 할까요? 아무튼 단정적으로 말하고 싶지는 않습니다만 혹시 살아난다 하더라도 걷거나 말하는 것은 못할 겁니다. 정신은 말짱하지만 완전히 마비된 상태입니다."

질이 모스크바를 떠나기 직전에 데이빗 캐넌이 그녀에게 전화를 걸어왔다.

"뭐라고 위로를 해야 할지 모르겠어. 내가 필요하면 언제든지 불러줘. 필요하면 곧장 달려갈 테니……."

데이빗이 곁에 있다는 사실은 이 악몽 속에서 그나마 버틸 수 있는 힘을 주는 커다란 위안이었다.

미국으로 돌아오는 길은 마치 지옥으로의 여행 같았다. 토비는 미국에 도착하자마자 앰뷸런스에 실려 병원으로 직행했다.

이번에는 지난번의 경우와 이만저만 사정이 다른 게 아니었다. 질은 병원 측으로부터 토비를 만나볼 수 있도록 허락을 받은 순간 이를 직감했다. 그의 심장은 그대로 뛰고 있었고 다른 기관들도 여전히 움직이고 있었다. 그런 점에서 본다면 그는 엄연히 살아 있는 인간이었다. 그러나 그는 숨을 쉬고 맥박만 뛸 뿐 시체나 다름없었다. 온몸에는 고슴도치처럼 주삿바늘이 꽂혀 있고 생명을 유지시키는 데 필요한 생명수를 주입하기 위한 튜브들이 마치 안테나처럼 뻗어 있었다. 산소 공급용 텐트에 누워 있는 그는 그야말로 산송장이나 다름없었다. 그의 얼굴은 기괴하게 뒤틀려서 마치 웃는 듯했고 입술은 위로 치켜 올라가 보기 흉하게 잇몸이 드러나 보였다. 소련인 의사는 아무래도 가망이 없다는 말을 했었다.

토비는 병원에 입원해서 몇 주가 지나도 별다른 진전이 없었으므로 퇴원해서 벨 에어에 있는 집으로 돌아왔다. 질은 퇴원하자마자 캐플런 박사를 불러왔고 캐플런 박사는 다시 전문의들을 불러들였지만 그 역시 신경 중추가 거의 파괴된 중증 뇌일혈로, 손상된 신경 중추를 회복시킬 가능성은 만에 하나 있을까말까 하다는 똑같은 진단을 내렸다.

토비를 치료하기 위해 간호사들과 물리치료사가 24시간 교대로 돌봤지만 아무 소용이 없었다.

토비의 모습은 보기에도 끔찍했다. 피부는 누렇게 뜨고 머리카락은 한 움큼씩 빠져 나갔다. 마비된 사지는 가늘게 시들어 오그라들었으며 그로서도 통제할 수 없는 무시무시한 미소가 그의 얼굴에서 떠나지 않았다. 그는 죽은 사람의 머리를 가진 괴물이었다. 그러나 그의 눈만은 믿어지지 않을 정도로 생생하게 살아 있었다. 어떻게 그럴 수가 있을까! 정신력은 비록 쓸모없는 조개껍질처럼 굳어진 육체 속에 파묻혀 좌절해 있었지만 두 눈만은 불꽃처럼 타올랐다. 질이 그의 방으로 들어갈 때마다 토비의 눈은 무엇인가 간절히 애원하는 듯 그녀를 뚫어지게 바라보았다. 무엇을 어떻게 해달라는 말인가? 다시 걸을 수 있고 말할 수 있게 해서 한 번 더 인간으로 만들어달라는 말인가?

'나의 일부가 죽음의 덫에 걸려 저 침대에 누워 있구나.'

질은 토비를 내려다보며 생각했다. 그들은 한 몸으로 결속되어 있었다. 자신의 반쪽인 토비를 살릴 수만 있다면 그녀는 어떤 희생도 치르겠다고 생각했지만 도저히 살려낼 길이 없음을 알았다. 이번만은 불가능했다.

전화벨이 계속 울려댔다. 동정어린 전화들이었다. 그러나 이와는 다른 종류의 전화가 걸려왔다. 데이빗 캐넌이 전화를 한 것이다.

"어려운 일이 있으면 무엇이든 말해. 무슨 일이든 다 해줄 테니. 기다릴게!"

순간 질은 훤칠한 키에 미남이고 건강한 데이빗의 모습을 떠올리면서 옆방에 누워 있는 사나이의 흉측하게 일그러진 모습을 생각했다.

"고마워요, 데이빗. 정말 고마워요. 지금으로서는 부탁 드릴만 한 일이 없군요."

"휴스턴에 내가 잘 아는 훌륭한 의사들이 있는데, 그들은 세계에서 가장 훌륭한 의사들이야. 당신이 원한다면 그들을 그리로 보낼게."

질은 목구멍으로 불덩이 같은 것이 치밀어 올라옴을 느꼈다. 데이빗에게 이리로 와서 이 지옥 같은 곳에서 구출해달라고 애원하고 싶었다. 그러나 그럴 수가 없었다. 그녀는 토비에게 매여 있는 몸이었다. 토비의 곁을 결코 떠날 수 없다는 것을 질은 잘 알고 있었다. 적어도 토비가 살아 있는 동안은 그럴 수가 없었다.

질은 서재에서 캐플런 박사를 기다리고 있었다. 캐플런 박사는 토비에 대한 검사를 완전히 끝내고 보고를 하기 위해 질이 있는 서재를 노크했다. 그는 문을 열고 들어와서 어설픈 제스처를 써 가며 말했다.

"아, 부인. 좋은 소식도 있고 그렇지 못한 소식도 있습니다."

"우선 좋지 못한 소식부터 말씀해주세요."

"토비의 신경 조직은 너무 손상이 커서 도저히 회복시킬 가망이 없습니다. 이 점에 대해선 의심할 여지가 없습니다. 이번만큼은 절대로 불가능합니다. 다시 걷거나 말할 수가 없을 겁니다."

그녀는 캐플런을 한참 동안 바라보았다.

"그럼 좋은 소식은 뭐죠?"

"토비의 심장은 놀라울 정도로 튼튼합니다. 간호만 잘하면 앞으로 20년은 더 살 수가 있을 겁니다."

캐플런 박사가 웃으며 말했다.

질은 어처구니없다는 듯이 그를 똑바로 쳐다보았다. 산송장 상태로 20년을 더 산다니! 그것이 좋은 소식이라니! 기가 막힐 노릇이었다. 헤어날 길 없는 악몽 속에서 저 흉측한 괴물을 앞으로 20년 동안이나 걸머지고 살아가야 할 자신을 생각하니 몸서리가 쳐졌다.

그가 살아 있는 한 이혼할 수도 없었다. 그와 이혼한다면 세상 사람들이 그녀를 용서하지 않을 것이다. 그녀는 그의 생명을 건진 헌신적인 아내로서 세상 사람들의 추앙을 받고 있는 처지였다. 그런데 이제 와서 그녀가 토비를 버린다면 세상 사람들은 손바닥을 뒤집듯이 모두가 적이 되어 그녀를 비난하고 매장하려 들 것이다. 데이빗 캐넌도 그렇게 생각하고 있음이 틀림없었다.

데이빗은 하루도 빠짐없이 전화를 걸어 그녀에게 아내로서의 훌륭한 지조와 자기희생 정신을 칭찬하고 격려했다. 두 사람은 깊은 애정의 물살이 둘 사이에 여전히 흐르고 있음을 확실히 느끼고 있었다.

말은 하지 않았지만 질은 토비가 죽기를 원했다.

무언의 공포

3명의 간호사가 8시간마다 교대로 토비를 간호했다. 이 간호사들은 동작이 민첩하고 유능했으며 마치 기계처럼 냉정했다. 그녀로서는 토비 곁에 있기가 죽기보다 싫었으므로 간호사들이 아주 고맙게 생각되었다. 이제는 그 무시무시한 일그러진 얼굴만 봐도 몸서리가 쳐졌다. 그녀는 무슨 구실을 내세워서라도 되도록이면 토비의 방에 들어가는 일을 피했다. 어쩔 수 없이 그의 방에 들어가게 될 때는 그에게 어떤 변화가 일어났다는 것을 짐작할 수 있었고 심지어는 간호사들도 그런 변화를 쉽게 알아챘다.

토비는 완전히 마비된 육체의 새장 속에 갇혀 옴짝달싹못하고 무기력하게 누워 있었지만, 질이 토비의 방으로 들어가면 그의 푸른 눈이 불똥처럼 활기를 띠었다.

'날 죽게 내버려두지 마! 제발, 나를 살려줘!'

그렇게 외치는 토비의 심중을 질은 읽을 수가 있었다.

질은 그의 쭈그러든 육체를 내려다보면서 생각에 잠겼다.

'저도 어쩔 도리가 없군요. 이런 상태로 살고 싶지는 않으시겠죠. 차라리 죽고 싶으시겠죠.'

그녀는 속으로 중얼거렸다.

질은 마음속으로 토비가 차라리 죽는 게 낫다는 생각이 점점 자리 잡아가기 시작했다.

신문에서는 병든 남편을 아내가 안락사시킴으로써 고통으로부터 해방시켜주었다는 내용의 기사들만 눈에 띄었다. 심지어는 의사들까지도 경우에 따라서는 고의적으로 환자를 죽도록 방치한다는 사실을 인정하는 사람들도 있었다. 이것을 안락사라고 했다.

이를테면 자비로운 살인행위였다. 그러나 질은 토비의 육체는 그녀를 열심히 뒤쫓는 푸른 두 눈동자를 제외하고는 생명이 있는 부분은 어느 한 곳도 없다고 하더라도 그건 분명한 살인행위라고 생각했다.

그 후 몇 주일 동안 질은 한 번도 문 밖을 나서지 않고 대부분의 시간을 침실에 틀어박혀 있었다. 조세핀 시절의 두통이 재발해 그녀를 괴롭혔지만 가라앉힐 방도가 없었다.

한때 슈퍼스타로 명성을 날리던 토비 템플이 전신마비로 산송장이나 다름없이 되었을 때 굳센 의지 하나로 그를 간병하여 건강을 되찾게 했던 그의 헌신적인 아내에 관한 이야기들이 신문과 잡지에 온통 실렸다. 그들은 질이 다시 한 번 더 기적을 일으킬 것인가에 대해 의견이 분분했다. 그러나 그녀는 더 이상의 기적은 일어나지 않는다는 것을 잘 알고 있었다. 토비는 다시는 건강을 되찾을 수 없을 것이다.

캐플런 박사는 토비가 20년은 더 살 수 있다고 했는데 데이빗이 저쪽에서 그녀를 기다리고 있지 않은가. 그녀는 이 지옥으로부터 탈출할 수 있는 길을 찾아야 했다.

어둠침침하고 우울한 일요일, 아침부터 비가 내리기 시작하더니 하루 종일 그칠 줄 몰랐다. 지붕과 창문을 때리는 빗방울 소리에 질은 미칠 지경이었다. 그녀가 신경을 돋우는 빗방울 소리를 잊으려고 침실에 앉아 책을 읽고 있는데 야간 근무 간호사가 들어왔다. 그 간호사는 잉그릿 존슨이라는 의젓하게 생긴 북 유럽인이었다.

"부인, 2층에 있는 버너가 고장이 나서 1층으로 가서 식사를 준비해야겠는데요. 그동안 그분 곁에 있어 주시겠습니까?"

간호사의 목소리에는 그녀를 못마땅해 하는 어조가 짙게 깔려 있었다. 질은 아내로서 병든 남편의 곁에 있기를 꺼려한다는 것은 온당치 못한 일이라는 것을 잘 알고 있었다. 그래서 읽던 책을 덮고 토비의 침실로 갔다. 질이 그 방으로 들어가는 순간, 병자의 고약한 냄새가 코를 찔렀다. 일순간 토비의 생명을 구하기 위해 혼신을 다해 투쟁했던 옛일들이 불현듯 떠올랐다.

토비의 머리는 커다란 베개 위에 떠받쳐져 있었다. 질이 들어오는 것을 보고 그는 갑자기 생기가 돌았다. 그 번쩍이는 눈빛은 '나만 두고 어디 갔다 왔소? 왜 내 곁에 있으려고 하지 않는 거요? 나는 당신이 필요해. 나를 좀 도와주구려.' 하고 애원하는 듯했다. 흉하게 일그러진 표정에 혐오스럽게 뒤틀린 그의 몸뚱이를 보니 속이 울렁거려 토할 것만 같았다.

'당신은 절대로 다시 일어나지 못해요. 당신은 죽어야 해요. 나는 당신이 죽었으면 좋겠어요.'

질은 토비가 저주스러웠다.

토비의 눈빛이 변하는 것을 알 수 있었다. 감사의 눈빛에서 책망의 눈빛으로 바뀌더니 노골적인 악의와 증오가 번뜩였다. 질은 무의식중에 그의 침대로부터 한 걸음 물러섰다. 그러고는 자신도 모르게 자신의 생각을 큰 소리로 말해버렸다. 그리고 몸을 돌려 방을 뛰쳐나왔다.

다음 날 아침이 되어서야 비가 그쳤다. 토비가 전에 쓰던 휠체어를 지하실에서 다시 끌어냈다. 주간 근무 간호사 프랜시스 골든이 토비를 일광욕시키기 위해 휠체어에 태워 정원으로 나갔다. 질은 휠체어가 엘리베이터 쪽으로 굴러가는 소리를 듣고는 잠시 기다린 다음 아래층으로 내려갔다.

그녀가 서재를 지나칠 무렵 전화벨이 울렸다. 워싱턴에서 걸려온 데이빗의 전화였다.

"잘 있었어?"

따사롭고 다정한 목소리였다. 그녀는 이때처럼 그의 목소리가 반가운 적이 없었다.

"네, 잘 있어요, 데이빗."

"당신과 함께 있을 수 있다면 얼마나 좋을까 하고 생각하고 있어."

"저도 마찬가지예요. 진심으로 사랑해요, 데이빗! 나는 당신을 원해요. 다시 한 번 당신 품에 안기고 싶어요. 아! 데이빗."

예감이 이상해서 뒤를 돌아보니 토비가 휠체어에 실린 채 복도로 나와 있었다. 휠체어는 튼튼한 가죽 끈으로 묶여 있었다. 간호사가 그를 잠시 거기에 두고 볼일을 보러 간 모양이었다. 질을 노려보는 그의 파란 눈은 더할 수 없는 증오와 적의에 차 있었다. 순간 가슴이 섬뜩했다. 그의 눈빛으로 보건대 그는 마치 "너를 죽여 버리겠어!" 하고 외치고 있는 것이 분명했다.

그녀는 방을 뛰쳐나와 2층으로 올라갔다. 토비의 증오에 찬 눈길이 여전히 그녀의 뒤를 맹렬히 뒤쫓는 것같이 느껴졌다. 그녀는 음식도 거부한 채 하루 종일 침실에 틀어박혀 몽롱한 상태로 의자에 앉아 있었다. 전화를 받던 그 순간에 일어났던 일을 좀처럼 떨쳐버릴 수가 없었다. 토비가 듣고 말았다. 이제 다시는 토비를 대면할 수가 없을 것만 같았다.

마침내 밤이 되었다. 7월 중순이어서 아직도 대기는 낮의 열기 때문에 후덥지근했다. 질은 가슴이 답답해서 침실 창문들을 활짝 열어젖혔다.

갤래거 간호사는 환자의 상태를 살펴보기 위해 가만가만 발끝을 세워 다가갔다. 그녀는 환자의 마음을 알고 싶었다. 그래야 간호에 만전을 기할 수 있기 때문이었다. 그래서 토비의 몸을 잘 덮어주면서, "편히 주무세요. 나중에 다시 들를게요." 하고 상냥하게 말했지만 그의 눈빛은 무표정하게 아무런 반응도 나타내지 않았다. 토비는 간호사를 쳐다보지도 않았다.

갤래거 간호사는 환자의 마음을 파악하기 위해 그의 눈을 다시 한번 살펴보고는 아무런 반응이 없자 심야 텔레비전을 보려고 대기실로 갔다. 그녀는 토크 쇼를 좋아했다. 영화배우들이 그들 자신에 관해 이야기하는 것을 들으면 좀 더 친근감을 느낄 수 있기 때문이었다. 그녀는 환자에게 방해가 되지 않도록 텔레비전 볼륨을 아주 작게 낮추었으나 사실 토비 템플의 귀에는 텔레비전 소리 따위는 들리지 않을지도 몰랐다. 왜냐하면 질의 전화 통화 내용을 들은 토비의 마음은 온통 그 생각에만 신경이 쏠려 있었기 때문이었다.

벨 에어 숲속, 경계가 철저한 요새 속에 안전하게 자리 잡은 토비 템플의 저택은 쥐 죽은 듯이 고요했다. 선셋 가에서 조금 떨어진 길 아래로 자동차들이 지나가는 소리가 이따금 어렴풋이 들려올 뿐이었다. 갤래거 간호사는 여전히 텔레비전을 보고 있었다. 그녀는 문득 토비 템플의 옛날 영화를 보여주면 얼마나 좋을까 하고 생각했다. 실제의 토비 템플을 바로 곁에 두고 그의 영화를 텔레비전에서 본다면 느끼는 감회가 어떨까 궁금했다.

　새벽 4시, 갤래거 간호사는 공포영화를 보다가 깜박 잠이 들었다.

　토비의 침실은 깊은 정적에 싸인 채 숨소리조차 들리지 않았다.

　질의 방에서 들려오는 유일한 소리는 머리맡에서 째깍거리는 시계
소리뿐이었다. 질은 벌거벗은 채 베개를 끌어안고 깊은 잠에 빠져 있
었다. 그녀의 몸이 하얀 시트로 인해 거무스름하게 드러나 보였다. 거
리의 소음 같은 것이 멀리서 들리는 듯했다가는 가물가물 사라졌다.

　질은 잠을 자면서 자주 몸을 뒤채며 몸서리쳤다. 그녀는 데이빗과
알래스카로 신혼여행을 떠나는 꿈을 꾸고 있었다.

　그들은 꽁꽁 얼어붙은 커다란 비행기를 타고 있었는데 돌풍이 휘몰
아쳤다. 바람에 실려 온 얼음처럼 차가운 공기가 그들의 얼굴을 때려
숨조차 쉴 수 없었다. 그녀는 데이빗을 돌아다보았지만 데이빗은 어
디론가 가고 없었다. 그녀는 캑캑거리며 숨을 쉬려고 애쓰면서 홀로
북극에 남아 있었다. 그때 누군가가 질식해서 숨이 넘어가는 소리에
놀라 잠에서 깨어났다. 그녀는 무섭게 헐떡이는 숨소리, 마지막 죽음
의 꼴깍거리는 소리를 들었다. 그녀는 공포에 질려 눈을 커다랗게 떴
다. 꿈결에 들었던 죽음의 꼴깍거리는 소리는 그녀 자신의 목구멍에
서 나는 소리였다.

　숨을 제대로 쉴 수가 없었다. 차가운 바람의 손이 음탕한 자의 손길
처럼 그녀의 벌거벗은 알몸을 애무하면서 젖가슴을 더듬거렸다. 곧이
어 무덤 속의 싸늘한 악취가 풍기는 입으로 그녀의 입술을 핥고 있었
다. 그녀는 숨을 제대로 쉴 수가 없었고 심장은 터질듯이 크게 고동쳤
다. 일어나서 앉으려고 애썼지만 어떤 보이지 않는 힘에 짓눌려 옴짝
달싹도 할 수가 없었다. 그녀는 이것은 꿈이 틀림없다고 생각했지만

숨을 쉬려고 애쓸 때마다 그녀의 목구멍으로부터 나는 무시무시한 꼴깍거리는 소리는 잠시도 멈추지 않고 똑똑히 들려왔다. 그녀는 죽어가고 있었다. 하지만 어떻게 사람이 악몽으로 죽을 수가 있단 말인가?

그녀는 차가운 갈퀴 같은 손이 자기의 몸뚱이를 더듬다가 마침내는 그녀의 다리 사이로 내려와 몸속으로 파고들 때 정신이 번쩍 들었다. 그 손이 토비임을 알자 그녀는 더욱 놀라 심장이 멎을 것만 같았다. 아무리 봐도 그것은 토비가 분명했다. 극심한 공포에 몰리자 갑자기 힘이 생겨 침대 다리를 거머잡을 수가 있었다. 어떻게 하든 숨을 쉬려고 안간힘을 쓰면서 사력을 다해 생존을 위한 극한투쟁을 벌였다.

곧바로 마룻바닥으로 내려간 그녀는 간신히 몸을 일으켜 세우고 차가운 갈퀴손이 뒤쫓아 와 자신을 휘감아 쥘 것만 같아서 혼신의 힘을 다해 문 쪽으로 뛰었다. 손으로 문을 더듬어 비틀어 열고는 복도로 뛰쳐나와 신선한 공기를 한껏 들이마셨다. 말라붙었던 허파에 비로소 산소가 들어차는 것 같았다.

조용한 복도는 따뜻한 공기가 감돌고 있었다. 질은 비틀거리며 서 있었다. 이빨들이 딱딱 맞부딪치며 억제할 수 없이 심하게 떨렸다. 방금 뛰쳐나온 침실을 돌아보았지만 아무 일도 없었던 듯 고요하기만 했다. 악몽을 꾼 것이다. 질은 잠시 망설이다가 느린 걸음으로 다시 그녀의 침실로 들어갔다. 침실은 따뜻하고 공포의 흔적은 전혀 없었다. 토비는 그녀에게 해를 끼칠 만한 능력이라곤 조금도 없는 것이다.

대기실에서 깜박 잠이 들었던 갤래거 간호사는 잠이 깨어 환자를 체크하러 토비의 방으로 갔다.

토비 템플은 그녀가 눕혀준 상태 그대로 침대에 누워 있었는데, 그의 눈은 갤래거 간호사에게는 보이지 않는 어떤 것을 매섭게 응시하고 있었다.

그날 밤 이후, 질의 악몽은 마치 어떤 가공스러운 일이 닥쳐올 것을 예시해주는 불길한 징조처럼 매일 밤 되풀이되었다. 알지 못할 공포심이 서서히 질의 가슴 한가운데에 자리 잡기 시작했다. 집안 어디에서나 토비의 존재를 느낄 수 있었다. 간호사가 토비를 밖으로 데리고 나갈 때도 질은 그의 목소리가 들려오는 듯한 착각을 했고, 토비의 휠체어에서 나는 삐걱거리는 날카로운 소리는 그녀의 신경을 더욱 곤두세웠다. 그래서 그녀는 휠체어를 소리가 안 나게 고쳐야겠다고 생각했다. 토비의 방 근처에는 얼씬도 하지 않았지만 아무 소용이 없었다. 토비는 어디에나 어디서든 존재하여 그녀를 기다리고 있었다.

다시 찾아온 두통은 무자비하게 그녀를 망치질하여 잠시도 내버려두지 않으려 했다. 질은 두통이 그저 한 시간, 아니 1분 1초 동안만이라도 멈춰주기를 바랐다. 잠을 좀 자야 했다. 그녀는 토비의 방과 되도록이면 멀리 떨어진 곳을 골라 부엌 뒤에 있는 도우미 아주머니의 방으로 갔다. 그 방은 따뜻하고 아늑했다. 질은 침대 위에 눕자마자 곧바로 잠이 들었다.

그러나 얼마 안 있어 그녀를 붙잡아 매장해버리려고 기를 쓰는 악취를 풍기는 싸늘한 공기가 방안을 채워 그녀는 곧장 잠에서 깨어나서 침대를 박차고 문 밖으로 뛰쳐나갔다.

밤낮 없이 공포에 싸인 나날들이 계속되었다. 질은 밤이 되면 침실로 들어가 아무렇게나 쓰러져 누워 토비가 다시 꿈에 나타날까 봐 두려워 잠들지 않으려고 안간힘을 썼다. 그러나 지칠 대로 지친 그녀는 자신도 모르게 잠들곤 했다. 그러다가는 다시 으스스한 기운에 잠이 깨곤 했다. 그녀는 저주를 퍼부으며 그녀를 삼킬 듯이 달려드는 악마와 같은 음산한 기운이 그녀에게 살금살금 다가오는 것을 피하려는 듯이 벌벌 떨면서 침대에 웅크리곤 했다. 그러곤 간신히 일어나 무언의 공포에 쫓겨 도망을 치곤 했다.

한밤중 3시였다.

질은 책을 보다가 의자에 앉은 채 잠이 들었다. 얼마 후 그녀는 서서히 잠으로부터 깨어나 칠흑처럼 어두운 침실 속에서 눈을 떴다. 잠이 깨자 전등을 켜놓은 채 잠이 들었었다는 것을 깨닫고는 가슴이 철렁했지만 갤래거 간호사가 전등들을 껐을 것이라고 생각하고 마음을 놓았다.

그때 그녀의 침실 문 쪽으로 다가오는 토비의 휠체어에서 나는 삐걱거리는 소리가 들려왔다. 등골이 오싹했다. 그녀는 그 소리는 휠체어 소리가 아니라 지붕을 스치는 나뭇가지 소리이거나 집안 어디에선가 들리는 다른 소리일 거라고 자신을 안심시켰지만 휠체어의 삐걱거리는 소리를 수없이 들어온 자신의 귀를 의심할 수는 없었다. 그것은 마치 그녀를 부르는 죽음의 멜로디와도 같았다. '토비일 리가 없어. 그는 꼼짝 못하고 침대에 누워 있는 사람이야. 아무래도 내 머리가 돈 모양이야.' 하고 그녀는 생각했지만 그 소리는 점점 더 가까이 들려왔다. 마침내 그 소리는 그녀의 방문 앞에서 멈추어 기다리는 듯하더니 갑자기 쾅 소리가 나고는 이내 잠잠해졌다.

질은 악몽에서 깨어난 뒤로 무서워서 꼼짝도 못한 채 캄캄한 방의 의자에 쭈그리고 앉아 온밤을 지새웠다.

아침에 일어나 침실 문을 열고 나가보니 마룻바닥에 꽃병이 깨져 있었다. 복도 테이블 위에서 굴러 떨어진 모양이었다.

그녀는 캐플런 박사를 만나 이야기해보았다.

"박사님께서는 정신력이 육체를 지배할 수 있다고 생각하세요?"

"어떤 방법으로 말입니까?"

캐플런 박사가 무슨 말인지 어리둥절해하며 반문했다.

"이를테면 토비가 그의 침대에서 일어서고 싶은 욕구가 몹시 크다면 그렇게 할 수 있을까요?"

"현 상태에서 도움을 받지 않고 말입니까? 그는 전혀 기동이 불가능한 사람입니다."

캐플런 박사는 믿을 수 없다는 표정을 지었다.

질은 그 대답에 만족할 수가 없어서 다시 확인하듯 물었다.

"만약 토비가 일어서겠다는 단호한 결심을 한다거나 어떤 일에 대한 집념에 사로잡혀 있다면……."

캐플런 박사는 머리를 가로저었다.

"인간의 정신이 육체를 지배하는 것은 사실이긴 하지만 운동신경이 파괴되거나 정신이 지시하는 명령을 수행할 수 있는 근육이 없을 경우에는 불가능한 일입니다."

그래도 그녀는 그 가능성이 있을까 하는 의구심을 버리지 않았다.

"그럼 정신력으로 사물을 움직이는 것은 가능할까요?"

"염력을 말하는 겁니까? 그에 대한 많은 실험이 행해지고 있지만, 아직 납득할 만한 증거를 제시한 사람은 아무도 없습니다."

그렇다면 그녀의 침실 문 밖의 꽃병이 깨진 것은 어찌된 일인가?

질은 캐플런 박사에게 깨진 꽃병에 대한 이야기와 항상 그녀를 뒤쫓아 다니는 싸늘한 공기, 그리고 토비의 휠체어가 방문 앞까지 왔었던 일에 관해서 말하고 싶었지만 미쳤다고 할까 봐 그만두었다. '난 정말 미쳐버린 게 아닐까? 몸에 이상이 생긴 건 아닐까? 지금 서서히 미쳐가고 있는 건 아닐까.' 하고 그녀는 생각했다.

캐플런 박사가 돌아가자 질은 거울에 자신을 비춰보았다. 정말로 충격을 받지 않을 수 없었다. 양 볼이 움푹 패고 눈자위가 쑥 들어간 얼굴에는 뼈만 앙상히 드러나 있었다. 이러다가는 토비보다 내가 먼저 죽겠구나, 하는 생각이 들었다. 그녀는 후줄근하게 늘어진 윤기 잃은 머리카락과 갈라진 손톱들을 들여다보았다. '데이빗에게 이런 추한 꼴을 보일 수는 없지. 앞으로는 몸치장에 신경을 써야겠어. 일주일에 한 번씩은 미장원에 가고 매일 세 끼 식사를 거르지 않고 8시간씩 잠을 자야지.' 하고 그녀는 중얼거렸다.

그 다음 날 아침, 질은 미용실에 전화를 걸어 약속시간을 정했다.

미용실에 간 그녀는 몸이 지칠 대로 지쳐서 푹신한 의자에 앉아 따뜻하고 부드러운 헤어드라이어 바람을 쏘였다. 그러고는 자신도 모르게 잠에 떨어졌다. 악몽이 다시 시작되었다. 꿈속에서 그녀는 침대에 누워 자고 있었다. 토비가 휠체어를 삐걱거리며 그녀의 침실로 들어와서 멈춘 다음 서서히 휠체어에서 일어섰다. 얼굴 가득 비웃음을 담고 그녀에게 다가와서 그녀의 목을 잡으려고 뼈만 앙상한 손을 뻗었다. 질이 비명을 지르면서 악몽에서 깨어나는 바람에 미용실에 있던 손님들이 깜짝 놀라고 말았다. 그녀는 창피스러워서 빗질도 하지 않은 채 그곳을 도망쳐 나왔다.

그런 일이 있은 뒤로는 집 밖을 나서기가 두려웠다.

집 안에 있는 것 역시 두려웠다.

머리에 이상이 생긴 것 같았다. 두통 때문만이 아니었다. 요즘에 와서 부쩍 건망증이 심해져서 무엇을 가지러 아래층 부엌으로 내려가서는 무엇을 가지러 왔는지 잊어버려 서성거리기가 일쑤였다. 기억력이 그녀를 우롱하고 있었다.

한 번은 할 말이 있다고 골든 간호사를 불러다 놓고는 까맣게 잊고,

'저 간호사가 여기서 무얼 하고 있는 거지?' 하고 생각했다.

갑자기 예전에 자신이 처음 간호사로 출연했던 일이 생각났다. 그때 감독은 그녀가 등장하기를 기다리고 있었다. 그녀는 '상태가 좋지 않습니다, 박사님.' 하고 말했던 그때의 대사를 되뇌어보았다. 그녀는 그때 감독에게 자신이 대사를 어떻게 말하기를 원하는지 묻고 싶어했었다.

그녀가 이런 생각에 잠겨 있을 때 간호사가 그녀의 팔을 잡고는, "사모님! 사모님! 어디 편찮으세요!" 하고 말했다. 그때 비로소 제정신으로 돌아와서는 또 건망증에 빠졌었다는 사실에 오싹 두려움이 느껴졌다. 이래서는 안 되겠다는 생각이 들었다. 그녀는 그녀의 정신 상태에 어떤 이상이 생겼는지, 토비가 과연 움직일 수 있는지, 그가 자기를 죽일 수 있는 길을 찾아냈는지 알아보지 않고는 가만히 있을 수가 없었다.

자신의 눈으로 직접 그를 확인해봐야만 했다. 그녀는 내키지 않는 걸음으로 토비의 침실을 향해 기다란 복도를 걸어가서, 문 밖에서 잠시 서성거리다가 안을 기웃거리고는 토비의 방으로 들어갔다.

누워 있는 토비를 간호사가 스펀지로 구석구석 닦아주고 있었다. 간호사는 질을 보더니 반갑게 말했다.

"부인, 어서 오세요. 우린 지금 멋진 목욕을 하고 있답니다, 그렇죠?"

질은 아무런 대꾸도 없이 침대에 누워 있는 토비를 바라보았다.

토비의 팔과 다리는 비비꼬여 있었고, 고약한 냄새가 나는 보조기구 속에 물려 들어가 있었다. 그의 다리 사이로 길고 흐늘흐늘하고 흉측스러운 뱀처럼 생긴 그것, 아무짝에도 쓸모없는 물건이 축 늘어져 있었다. 그의 얼굴은 누르스름한 기미는 가셨지만 헤벌어진 입에 바보 같은 웃음은 여전히 남아 있었다.

그의 몸뚱이는 어느 것 하나 살아 있는 것이 없었지만 그의 눈만은 새파랗게 살아 있었다. 증오에 불타는 그의 교활한 파란 눈은 은밀한 계획과 단호한 결단력으로 번뜩이고 있었다. 그녀가 알고 싶은 것은 토비의 마음이었다. '기억해두어야 할 중요한 사실은 토비의 뇌에는 아무런 이상이 없다는 점입니다.'라고 한 의사의 말이 생각났다. 토비의 뇌는 생각할 수도 있고 느낄 수도 있으며 미워할 수도 있는 것이다. 그의 뇌는 어떤 행동을 취할 수는 없지만 복수를 계획할 수 있고 그녀를 살해하기 위한 방법을 구상해낼 수는 있을 것이다. 질이 그가 죽기를 바라는 것과 마찬가지로 토비 또한 그녀가 죽기를 바랄 것이다.

질은 그의 증오에 불타는 눈동자를 보는 순간 '나는 너를 꼭 죽여버리겠어.'라고 말하는 그의 목소리를 생생히 들을 수가 있었다. 그녀는 토비의 눈에서 발산되는 증오의 불꽃을 보자 그것은 마치 주먹다짐을 받은 듯이 그녀의 가슴에 아픔을 주었다.

질은 토비의 눈을 뚫어지게 보았다. 깨진 꽃병 생각이 떠올랐다. 그녀는 매일 밤 꾸는 악몽은 토비가 복수를 하고 있는 증거가 분명하다고 생각했다.

토비는 그녀의 인생에 방해가 된다고 확신했다.

완전 살인

토비에 대한 검사를 끝낸 캐플런 박사가 질이 있는 곳으로 왔다.

"수영장에서 하는 물리치료를 중단하도록 하세요. 시간 낭비일 뿐입니다. 물리치료로 토비의 근육 경직이 조금이라도 풀어지기를 바랐는데 아무 효과가 없군요. 물리치료사에게 내가 직접 말하겠습니다."

"중단시키지 마세요!"

질의 목소리는 의외로 날카로웠다.

캐플런 박사는 놀란 표정으로 그녀를 바라보았다.

"부인, 부인께서는 지난번에 토비에게 어떤 변화를 일으켰는지는 잘 알지만 이번에는 전혀 가망이 없습니다."

"그래도 포기할 수 없어요! 아직은 그럴 수가 없어요!"

그녀는 필사적인 어조로 말했다.

캐플런 박사는 난처하다는 듯이 어깨를 올리며 말했다.

"부인께서 그걸 그렇게 중요하게 생각하신다면 어쩔 수 없지만, 그래도……."

"저에겐 아주 중요해요."

그 순간에는 그것이 세상에서 가장 중요한 일처럼 생각되었다. 자신의 인생을 구원할 수 있는 유일한 길……. 그녀는 이제 자기가 어떻게 행동해야 할지 확신이 섰다.

그 다음 날인 금요일에 데이빗이 사업상 마드리드로 가게 되었다는 말을 전하기 위해 질에게 전화를 했다.

"주말까지는 전화를 못할 것 같아."

"어쩌죠? 당신 목소리가 그리울 텐데……."

"나도 그래. 그런데 어디 아파? 목소리가 아무래도 심상치 않네. 지쳤나 보군."

데이빗이 염려가 되어 물었다. 질은 머리가 깨질 듯한 두통을 이겨내려고 눈을 치뜨며 안간힘을 썼다. 음식을 먹어본 지가 언제인지, 잠을 자본 지가 언제인지 기억조차 할 수 없었고 기운이 탈진되어 일어서 있기조차 힘들었다. 그녀는 간신히 힘을 내어 말했다.

"괜찮아요, 데이빗."

"사랑해, 부디 몸조심하고……."

"그럴게요. 저도 당신을 진정으로 사랑해요. 잊지 마세요."

그녀는 어떤 일이 있어도 데이빗을 진정으로 사랑하고 있다는 사실을 데이빗이 잊지 않기를 바랐다.

물리치료사의 자동차가 들어오는 소리가 들렸으므로 질은 아래층으로 내려갔다. 머리는 방망이질 치듯 아팠고 다리가 후들후들 떨려서 몸을 지탱하기조차 힘들었다.

물리치료사가 벨을 누르려는 순간 그녀가 앞문을 열어주었다. 그가 인사하면서 문 안으로 들어서려 할 때 질이 앞을 가로막았으므로 그녀는 놀란 표정으로 질을 쳐다보았다.

"캐플린 박사께서 물리치료를 중지하기로 결정내리셨어요."

물리치료사는 얼굴을 찌푸렸다. 공연히 헛걸음했다는 불쾌감 때문이었다. 그렇다면 오기 전에 연락을 해주었어야 할 것이 아닌가. 여느 때 같으면 불평을 늘어놓았을 테지만, 템플 부인이 너무도 훌륭한 여인인 데다 그토록 괴로움을 당하고 있는 처지라 상냥하게 웃으면서 알겠다고 말하고는 돌아갔다.

질은 그의 차가 멀리 사라질 때까지 기다렸다가 2층으로 발걸음을 옮겼다. 2층으로 올라가는 도중에 현기증이 일어나 계단에 주저앉고 싶었지만 가까스로 난간에 기대어 어지러움이 가라앉기를 기다리며 여기서 멈출 수는 없다고 생각했다. 여기서 멈춘다면 이대로 죽어 버리고 말 것 같았다.

그녀는 토비의 방문 쪽으로 가서 문을 비틀고 안으로 들어갔다. 갤래거 간호사는 안락의자에 앉아 뜨개질을 하고 있다가 질이 방에 들어온 것을 보고는 깜짝 놀라 일어섰다.

"어머나 웬일이세요. 여기까지 찾아와 주시다니. 정말 고맙습니다. 템플 씨께서도 기뻐하실 겁니다. 그렇죠, 템플 씨?"

토비는 침대에 베개를 기대고 앉아 있었는데 그의 눈은 '죽여 버리고 싶어.' 하고 말하는 듯 매섭게 질을 노려보았다.

질은 토비의 시선을 피하며 갤래거 간호사에게 다가갔다.

"그동안 남편 곁을 자주 오지 않았다는 생각이 들어서요."

"저도 그렇게 생각했어요. 하지만 그동안 많이 편찮으셨잖아요."

"이젠 많이 좋아졌어요. 그래서 남편과 단둘이 있고 싶군요."

갤래거 간호사는 그 말을 듣더니 얼른 뜨개질하던 것을 싸들고 일어섰다.

"그렇게 하세요. 템플 씨께서도 아주 좋아하실 겁니다. 그렇죠?"

그녀는 침대에 앉아 있는 일그러진 모습의 토비를 보며 말했다.

"저는 식당으로 가서 차나 한 잔 끓여 마실게요."

"아니, 그러지 말고 반 시간 정도 외출을 해도 좋아요. 난 골든 간호사가 올 때까지 여기 있을 테니까. 걱정 말아요. 내가 그이 곁에 있을 테니까."

질은 갤래거 간호사를 안심시키기 위해 미소까지 지어 보였다.

"그렇다면 쇼핑을 좀 해야겠군요."

"그래요, 그렇게 해요."

갤래거 간호사가 앞문을 닫고 나간 다음, 차를 몰고 사라질 때까지 질은 꼼짝 않고 그 자리에 서 있었다. 그녀의 차에서 윙윙대던 엔진소리마저 여름의 대기 속으로 완전히 잠겨버린 뒤에야 질은 토비를 돌아보았다.

토비는 그녀의 얼굴을 눈 한번 깜빡이지 않고 뚫어져라 처다보았다. 그녀는 내키지 않는 걸음으로 침대로 다가가서 시트를 들치고 토비의 말라비틀어진 몸뚱이와 쓸모없이 된 팔 다리를 내려다보았다.

휠체어가 방 한구석에 있었다. 질은 휠체어에 토비를 굴려 실을 수 있도록 침대 옆에 바짝 붙이고 그의 몸에 손을 대려다가 멈칫했다. 마침내 질이 그의 몸에 손을 대기까지는 비장한 각오가 필요했다. 미라처럼 말라붙은 일그러진 얼굴에 바보 같은 미소가 떠돌고 있었고, 이글거리는 푸른 눈동자가 불과 한 치 거리에서 독기를 내뿜고 있었다.

질은 몸을 굽혀 그의 손을 잡고 단번에 들어 올리려고 했다. 토비의 몸뚱이는 종잇장처럼 가벼웠지만, 탈진상태에 있는 그녀로서는 예전처럼 쉽지가 않았다. 그의 몸에 손을 대자, 예의 찬바람이 다시 느껴졌다.

다시 두통이 참을 수 없을 정도로 심해졌고, 눈앞에 별들이 어른거렸다. 금방이라도 기절할 것 같았지만 여기서 쓰러지면 다시는 일어날 수 없으리라는 생각이 들어서 어떻게든 정신을 잃지 않으려고 안간힘을 썼다. 천신만고 끝에 토비의 축 늘어진 몸을 휠체어에 끌어올려 놓은 다음 가죽 끈으로 묶었다. 시계를 보니 20분밖에 여유가 없었다.

질이 자기 침실로 가서 수영복으로 갈아입고 토비의 방으로 돌아오는 데는 5분이 걸렸다.

휠체어의 제동장치를 풀고 토비를 복도 아래로 끌고 내려가 엘리베이터에 들어갔다. 아래로 내려가는 동안 토비의 시선을 피하기 위해서 휠체어 뒤에 서 있었지만 그래도 그의 따가운 시선을 피할 수 없었다. 독기를 품은 눅눅하고 싸늘한 공기가 엘리베이터 안을 가득 채우더니 그녀를 짓누르면서 온몸을 휘감았고, 썩은 냄새 때문에 거의 질식할 지경이었다. 숨을 쉴 수가 없어서 그녀는 주저앉아 숨을 헐떡였다. 토비와 함께 엘리베이터에 갇힌 채 정신을 잃는 일이 없도록 사력을 다해 버텼다.

막 정신이 혼미해져 가는 순간, 엘리베이터의 문이 열렸다. 따사로운 햇볕 속으로 기어 나와 바닥에 쓰러져 신선한 공기를 한참이나 들여 마신 후에야 비로소 정신이 좀 들었다. 다시 엘리베이터로 가자 토비는 휠체어에 앉은 채 여전히 그녀를 뚫어지게 보았다. 그녀는 휠체어를 엘리베이터 밖으로 재빨리 끌어낸 다음 수영장 쪽으로 밀고 갔다. 하늘은 구름 한 점 없이 맑고 화창했으며 대기는 따사롭고 향기로웠다.

수정처럼 맑은 수영장의 푸른 물 위로 태양이 반짝이고 있었다. 질은 휠체어를 수영장의 깊은 쪽으로 끌고 가서 제동장치를 채우고는 휠체어 앞으로 갔다. 그녀를 응시하는 토비의 눈은 겁에 질려 있었다. 질은 토비를 휠체어에 묶어놓은 가죽 끈을 있는 힘을 다해 다시 잡아당겨 단단히 묶었다. 이제 모든 준비는 끝났다. 토비의 눈은 어떤 일이 일어날지 미리 알고 있는 듯 극도의 공포감으로 질려 있었다.

질이 휠체어의 제어장치를 푼 다음 손잡이를 잡고는 수영장 물 쪽으로 밀기 시작하자 토비는 마비된 입술을 일그러뜨리며 비명을 지르려 했지만 비명소리는 나오지 않았다. 그의 눈을 더 이상 지켜볼 수도 없었지만 그러고 싶지도 않았다.

그녀는 휠체어를 수영장의 맨 가장자리까지 밀어냈다.

휠체어가 시멘트 모서리에 걸려서 멈추었으므로 좀 더 세게 밀어보았지만 꼼짝도 하지 않았다. 마치 토비가 순전히 자신의 의지로 휠체어를 잡아당기고 있는 것 같았다. 질은 그가 죽음을 모면하기 위해 기를 쓰고 의자에서 일어서려는 것을 느낄 수가 있었다. 그가 가죽 끈을 풀고 일어나 뼈만 남은 앙상한 손으로 그녀의 목을 졸라댈 것만 같았다. 죽고 싶지 않다고 외쳐대는 그의 목소리가 들리는 듯했다. 꿈결인지 현실인지 분별할 수가 없는 상태에서도 치미는 공포심에 갑자기 힘이 치솟아 휠체어의 등받이를 왈칵 밀어냈다. 휠체어는 앞으로 기우뚱하더니 곧 공중으로 치솟아 그대로 공중에 멈췄다. 이 순간적인 멈춤이 마치 영겁인 양 길게 느껴졌다. 그러더니 수영장 물속으로 첨벙 소리를 내며 떨어졌다. 휠체어는 잠시 동안 수면 위에 떠 있다가 서서히 가라앉기 시작했다. 휠체어를 중심으로 소용돌이가 맴돌았다.

질이 마지막으로 본 것은 물에 잠기기 직전 그녀에게 퍼붓는 토비의 증오에 찬 두 눈이었다. 그녀는 대낮의 따사로운 햇살 아래서 몸을 부들부들 떨면서 힘이 심신에 다시 들어찰 때까지 한동안 그대로 서 있었다. 마침내 다시 기동할 만한 기력이 생기자 수영장의 층계를 밟고 내려가 수영복에 물을 적셨다. 그러고 나서 그녀는 집안으로 들어가 경찰에 전화를 걸었다.

파괴

토비 템플의 죽음은 전 세계 신문에 머리기사로 실렸다.

토비를 민중의 영웅이었다고 한다면 질 또한 추앙받는 존재였다. 이들에 관한 이야기가 수도 없이 인쇄되어 나왔으며, 모든 신문과 텔레비전이 그들의 사진으로 장식되었다. 그들의 위대한 러브 스토리는 세상 사람들 입에 줄곧 오르내렸으므로 토비의 비극적인 죽음은 그만큼 슬픔을 더해주었다. 여러 나라의 국가 원수들과 정치가, 백만장자, 가정주부들의 조문과 조전이 끝없이 쏟아져 들어왔다. 전 세계가 한 인간의 죽음을 한마음으로 애도했다. 토비는 그의 팬들과 웃음을 같이 했으며 팬들은 그러한 그를 고맙게 여겼다. 방송마다 그에 대한 찬사로 끝이 없었다. 그들은 한결같이 토비 템플과 같은 위대한 배우는 다시 태어나지 않을 것이라고 극찬했다.

로스앤젤레스 그랜드 애비뉴에 있는 형사법원은 빈틈없이 들어찬 방청객들로 초만원을 이루었다. 그다지 크지 않은 법정에서 질에 대한 심리가 열리고 있었다. 한 검사가 6명의 배심원을 유도하고 그들의 의견을 경청하고 있었다.

방청석은 발 디딜 틈도 없이 꽉 들어찬 데다 질이 법정으로 들어오자 신문기자, 사진기자, 팬들이 그녀를 에워싸는 바람에 법정 안은 터질 지경이었다. 그녀는 검은 상복을 입고 있었다. 전혀 화장기가 없었지만 유난히 청초하고 아름다워 보였다.

토비가 죽고 난 뒤 며칠 동안 질은 기적처럼 옛날의 모습을 다시 되찾았다. 몇 개월 만에 처음으로 꿈도 꾸는 일 없이 단잠을 잤으며 식욕도 왕성했고 두통도 사라지고 그토록 피를 말리던 악몽도 사라졌다.

질은 매일같이 데이빗과 통화했다. 데이빗은 자기도 법정에 오겠다고 했지만 질은 법정에 와서는 안 된다고 신신당부를 했다. 앞으로는 그들이 함께 할 수 있는 시간이 얼마든지 있기 때문이었다.

증언석에는 6명의 증언자들이 나와 있었다. 간호하던 갤래거와 골든, 존슨 간호사가 토비의 전반적인 상황에 관해서 증언했다.

"사건 당일 아침 몇 시에 근무 교대를 하기로 되어 있었습니까?"

"10시입니다."

검사가 질문하자 갤래거 간호사가 대답했다.

"실제로 떠난 시간은 몇 시입니까?"

"9시 반입니다."

"교대시간이 끝나기도 전에 환자 곁을 떠나는 것은 흔히 있는 일인가요?"

"아닙니다. 그날이 처음이었습니다."

"그렇다면 어째서 사건 당일 자리를 일찍 뜨게 되었는지 그 이유를 말해주겠습니까?"

"템플 부인께서 그래도 좋다고 허락했기 때문입니다. 부인께서는 남편과 단둘이서만 있고 싶어 하셨습니다."

"감사합니다. 이상입니다."

갤래거 간호사는 증언대에서 내려오면서, '토비 템플은 우연한 사고로 죽은 거야. 틀림없어. 질 템플 같은 훌륭한 부인에게 이런 시련을 주는 것은 너무 가혹한 짓이야.' 하고 생각했다. 갤래거는 질을 바라보는 순간 양심의 가책을 느꼈다. 어느 날 밤 템플 부인의 방에 들어가 부인이 잠든 것을 보고 전깃불들을 끈 다음 템플 부인이 잠을 깨지 않도록 조용히 문을 닫고 나오다가 어두운 복도에서 받침대에 올려놓은 꽃병을 건드려 깨뜨린 적이 있었다. 처음에는 꽃병을 깨뜨린 사실을 털어놓고 사과하려고 했지만 꽃병이 값비싼 것으로 보여 망설이던 터에 템플 부인이 그것에 대해 아무런 말이 없자 모르는 척하고 그대로 있었다.

물리치료사가 증언대에 섰다.

"템플 씨에게 매일같이 물리치료를 해준 것이 사실입니까?"

"네, 그렇습니다."

"치료는 수영장 안에서 하셨나요?"

"네, 수영장 물을 체온과 같은 온도로 올려놓고 했습니다."

"사건이 나던 날도 템플 씨에게 치료를 해주었습니까?"

"아닙니다."

"그 이유는요?"

"그녀가 가라고 했습니다."

"그녀라면 템플 부인을 말하는 건가요?"

"그렇습니다."

"그녀는 그 이유를 밝혔습니까?"

"캐플런 박사가 더는 시술할 필요가 없다고 말했다고 했습니다."

"그래서 템플 씨를 만나보지도 않고 그대로 돌아가셨습니까?"

"네, 그렇습니다."

이번에는 캐플런 박사가 증언대에 섰다.

"캐플런 박사님, 당신은 템플 부인이 사건 직후 당신에게 전화했을 때 전화를 받고 현장에 도착하자마자 사망자를 검사해보셨습니까?"

"네, 그렇습니다. 경찰이 수영장 밖으로 시체를 끌어냈을 때, 시체는 휠체어에 가죽 끈으로 묶인 채로 있었습니다. 경찰 의사와 나는 시체를 검시한 후 소생시킬 가망이 전혀 없다는 판단을 내렸습니다. 허파에 물이 가득 차 있어서 살릴 수 있는 가능성이 전혀 없었습니다."

"그런 다음 어떤 일을 했습니까?"

"템플 부인을 돌봐주었습니다. 심한 히스테리 증세를 나타내고 있어서 몹시 걱정이 되었습니다."

"물리치료를 중단하는 문제에 대해서 템플 부인과 상의해보신 일이 있으십니까?"

"네, 했습니다. 물리치료를 받는 것은 시간 낭비일 뿐이라고 말했습니다."

"그때 템플 부인의 반응은 어땠습니까?"

"부인의 반응은 지극히 뜻밖이었습니다. 그녀는 물리치료를 계속해야 한다고 완강히 주장했습니다. 나는 지금 선서한 상태에서 증언을 하고 있고, 또 배심원들께서는 진상을 듣기를 원하실 테니, 이 말만큼은 꼭 말씀드려야겠다고 생각합니다."

순간 법정 안은 찬물을 끼얹은 듯 조용했다. 질은 캐플런 박사를 바라보았다. 캐플런 박사는 배심원석을 향해 말을 계속했다.

"지금 내가 말하는 것을 꼭 기록해주시기 바랍니다. 템플 부인은 내가 알고 있는 모든 부인들 가운데 가장 훌륭하고 용감한 부인이라고 생각합니다."

법정 안의 모든 사람이 질을 바라보았다.

"토비가 먼젓번에 뇌일혈로 쓰러졌을 때 우리 의사들은 누구나 다 그가 재기할 가망이 없는 것으로 판단했습니다. 그런데도 불구하고 그녀는 아무 도움도 없이 혼자서 그를 극진히 간호하고 훈련해서 건강을 되찾아주었습니다. 의사인 나로서도 하지 못했던 일을 그녀는 해냈습니다. 그녀가 자기 남편에게 쏟은 정성과 헌신은 말로 다할 수가 없습니다."

캐플런 박사는 질이 앉아 있는 쪽을 바라보면서 말을 계속했다.

"그녀는 우리 모두에게 크나큰 감동을 주었습니다."

방청석에서 박수가 터져 나왔다.

"됐습니다, 박사님. 템플 부인은 증언대로 나와 주십시오."

질은 증언대로 나갔다.

"이런 고통을 드려서 죄송합니다. 템플 부인. 가능한 한 심문을 빨리 끝내도록 하겠습니다."

"감사합니다."

"캐플런 박사가 물리치료를 중단하라고 했을 때 그걸 계속하기를 고집했던 이유는 무엇입니까?"

질은 고개를 들어 검사를 바라보았다. 검사는 그녀의 눈에 고뇌의 빛이 역력함을 알 수 있었다.

"어떻게 해서든 남편을 살리고 싶었기 때문입니다. 토비는 살고자 하는 욕구가 강했습니다. 그래서 나는 그에게 생명을 되찾아주고 싶었고, 내 손으로 다시 그를 살려내야겠다고 생각했습니다."

그녀의 목소리는 목이 메어 떨렸다.

"남편이 사망하던 날, 물리치료사가 집에 왔었지만 부인께서는 그를 돌려보냈다고 하는데 그게 사실입니까?"

"네."

"하지만, 템플 부인. 부인께서는 앞에서 물리치료를 계속하기를 원했다고 하셨는데, 어째서 그 물리치료사를 돌려보냈습니까?"

"그 이유는 간단합니다. 내 사랑만이 그를 회복시킬 수 있다고 생각했기 때문입니다. 먼젓번에도 그랬으니까요."

그녀는 말을 더 이상 잇지 못했다. 잠시 후 기력을 되찾은 다음 그녀는 흐느끼는 목소리로 말을 계속했다.

"나는 남편에게 내가 그를 얼마나 사랑하고 있으며, 그가 회복되기를 얼마나 간절히 바라고 있는지 알려주고 싶었습니다."

방청객들은 질이 하는 말을 하나도 놓치지 않으려고 몸을 앞으로 숙이고는 귀를 곤두세웠다.

"사고가 일어난 날 아침, 어떤 일이 있었는지에 대해서 말씀해주시겠습니까?"

질이 기력을 되찾는 동안 족히 1분간의 침묵이 흘렀다. 그녀는 이야기를 계속했다.

"내가 토비의 침실로 들어갔더니 토비의 눈이 몹시 나를 반기는 것 같았습니다. 나는 남편에게 수영장으로 데리고 가서 내가 직접 물리치료를 해보겠다고 말하고는 그와 함께 물로 들어가기 위해서 수영복으로 갈아입었습니다. 그를 침대에서 들어 휠체어로 옮겨 태울 때는 너무 힘이 들어서 기절할 지경이었습니다. 몸이 약해져서 어려울 것이라는 생각이 들었지만 그래도 그를 살리자면 여기서 중단할 수는 없었습니다. 천신만고 끝에 그를 휠체어에 태우고 수영장으로 내려가면서 그에게 여러 가지 용기를 줄 수 있는 말들을 해주었습니다. 그러다 보니 수영장 가에 이르게 되었습니다."

다시 그녀는 말을 멈추었다. 방청객들이 숨을 죽이고 있는 가운데 분주히 속기를 적어 내려가는 기자들의 펜 소리만 들렸다. 마침내 그녀는 다시 계속했다.

"토비를 휠체어에 묶고 있는 가죽 끈을 풀려고 손을 뻗치는 순간 현기증이 일어나 그만 쓰러지고 말았습니다. 쓰러지면서 우연히 휠체어의 제동장치를 건드렸던 것 같았습니다. 휠체어가 수영장 안으로 굴러가기 시작했습니다. 그걸 붙잡으려고 했지만 몸이 말을 듣지 않았습니다. 그러는 순간 휠체어는 물속으로 빠져버렸습니다. 간신히 몸을 일으켜 수영장 안으로 뛰어 들어가서 가죽 끈을 풀고 그를 끌어내려고 했지만 가죽 끈은 단단히 묶여 있어서 풀 수가 없었습니다. 그래서 휠체어 째로 물 밖으로 끌어올리려고 했는데 휠체어가 너무 무거워서…… 그건……너, 너무 무거웠어요."

그녀는 슬픔을 참느라 잠시 눈을 감았다가 기어들어가는 소리로 외쳤다.

"토비를 살리려다가 오히려 그를 죽이고 말았어요! 제가 토비를 죽였어요!"

그녀가 말을 마친 지 3분도 채 안되어 배심원들은 토비 템플의 죽음은 사고사였다는 판결을 내렸다.

클립톤 로렌스는 방청석 뒷자리에 앉아 판결에 귀를 기울였다. 그는 질이 토비를 살해했음을 확신했지만 그것을 입증할 길이 전혀 없었다. 그녀가 증거를 말끔히 없애버렸기 때문이었다.

이것으로 재판은 끝났다.

또 다른 시작

토비 템플의 장례식은 그가 새 텔레비전 연재물을 시작했던 날과 같은 날인 어느 화창한 8월 아침, 포레스트론에서 성대하게 진행되었다. 토비에게 마지막으로 경의를 표하기 위해 장례식에 참석한 저명 인사들을 보려고 수천 명의 사람들이 한꺼번에 아름다운 잔디밭으로 몰려들었다. 텔레비전 카메라맨들은 장례식이 진행되는 동안 계속 동분서주했으며 무덤 옆에 서 있는 영화배우, 제작자, 감독들의 모습을 확대 촬영하기도 했다.

미국 대통령이 조문 사절을 보냈으며 주지사들, 영화사와 대기업체 사장들, 그리고 토비 템플이 관여했던 SAG, AFTRR, ASCAP, AGVA 등에서 온 조합 대표들이 참석했다. 또 해외참전용사협회, 베벌리힐스 지부장은 군복 정장 차림으로 참석했고 지방경찰과 소방대원들도 파견되었다.

저명인사들뿐만 아니라 무대장치계 조수, 토비 템플과 함께 출연한 적이 있던 엑스트라와 스턴트맨들, 의상실 여주인들, 조감독들, 그리고 남녀노소 할 것 없이 이 위대한 미국인에게 경의를 표하기 위해 여기저기서 모여들었다. 식장에 참석한 오한론과 레인저는 그 옛날 20세기폭스사에 있는 그들의 허름한 사무실에 들어와서 화를 냈던 앳되고 여윈 청년시절의 토비를 생각하니 그때 그와의 대화가 생각났다.

"두 분 선생님께서 저에게 대본을 써주실 것으로 알고 있습니다만……."

"손놀림이 마치 장작을 팰 때의 동작 같아. 그에게는 나무꾼 대사를 써줘야 할까 봐."

"제기랄, 그따위 소재를 가지고 말이야. 그렇지 않아?"

"저 정도의 재능으론 아직 멀었지."

"희극배우는 재미있는 문을 여는 사람이고, 코미디언은 문을 연 다음 사람들을 재미있게 만드는 사람입니다."

그 후 토비 템플은 착실히 연기 수업을 쌓아 정상에 이르렀다. 그의 혀는 매우 신랄해서 사람들의 마음을 무척 후련하게 해주었다고 레인저는 생각했다.

클립톤 로렌스도 장례식에 참석했다. 그 조그마한 체구의 토비의 옛 에이전트는 이발을 하고 양복을 산뜻하게 다려 입긴 했지만 그는 여전히 패배자의 모습이 엿보였다. 클립톤 또한 추억 속의 잊힌 인물이었다. 그는 토비가 어떤 아가씨를 시켜 그에게 엉터리 전화를 했던 일을 회상했다.

"생 골드윈이 선생님께서 꼭 봐주시기를 바라는 젊은 희극배우가 있습니다."

그는 묘령의 아가씨로부터 걸려온 엉터리 전화를 받고 토비의 연기를 보기 위해 배우학원에 갔다.

"맛을 알기 위해서 상어알 젓을 한 항아리 다 먹을 필요는 없잖은

가. 한 1분 정도 지켜보니 자네 재능이 감지되더군."

"자네를 내 고객으로 대우하기로 작정했지, 토비."

"자네가 싸구려 맥주를 마시는 관객들을 사로잡을 수 있다면, 샴페인을 마시는 고급 관객들을 사로잡는 것은 식은 죽 먹기라고."

"나는 자네를 흥행업계 최고의 스타로 만들어줄 수 있어."

그 후 토비 템플은 영화사, 방송국, 나이트클럽 등 어디에서나 인기를 끌게 되었다.

"클립톤, 당신은 고객이 너무 많아서 제게는 별로 신경을 안 쓰시는 것 같은 생각이 종종 들더군요."

"어떻게 해야 좋을지 말씀해주세요, 클립톤. 그 아가씨 문제인데……."

그가 토비에 대해 갖고 있는 추억은 헤아릴 수 없이 많았다.

클립톤 바로 옆에 앨리스 테너가 서 있었다. 그녀는 토비가 처음 그녀의 배우학원으로 테스트를 받기 위해 왔던 때를 생각하고 있었다.

"재능 있는 젊은이들이 일류 스타들의 그늘에 가려 눈에 띄지 않는 경우가 많죠. 당신은 남을 웃길 수 있는 천부적인 재질을 갖고 있군요……."

"어젯밤 그 프로 배우들의 연기를 보고 나니 나에겐 재능이 없다는 생각이 절실하게 들더군요."

실의에 빠진 토비를 격려해주다 어느 결에 그와 사랑을 하게 되었다. 그토록 사랑했던 그가 이제 세상을 떠났지만 한때나마 토비의 사랑을 받았던 것을 아름다운 추억으로 간직했다.

알 카루소도 조문을 하러 왔다. 그는 어느덧 허리가 구부정해졌고, 백발이 성성했다. 산타클로스와 같은 그의 갈색 눈에는 눈물이 맺혀 있었다. 알 카루소는 토비가 밀리를 잘 보살펴주었던 것을 고맙게 생각했다.

샘 윈터스도 참석했다. 그는 토비 템플이 수백, 수천만의 사람들에게 안겨준 기쁨과 동시에 또 일부 몇몇 사람에게 준 고통의 양면을 생각하고 있었다. 그때 누군가가 그의 옆구리를 찌르기에 돌아보니 18살쯤 되어 보이는 아름다운 검은 머리의 아가씨였다. 그녀는 미소를 지으면서 말했다.

"선생님께서는 저를 모르실 테지만 저는 선생님께서 윌리엄 포브스의 새로운 영화에 출연할 마땅한 아가씨를 찾고 있다는 이야기를 들었습니다. 저는 오하이오 출신인데……."

데이빗 캐넌도 참석했다. 질이 만류했으나 그는 한시라도 빨리 그녀 곁에 있고 싶은 생각에서 굳이 장례식에까지 온 것이다. 질은 인생의 마지막 연기를 끝낸 지금, 그가 온다고 해서 해로울 것은 없으리라 생각했다.

이제 연극은 끝났고 질의 역할도 끝났다. 질은 몸은 피곤했으나 마음은 한없이 가뿐했다. 그녀가 이제까지 겪은 시련은 가슴 속에 맺혀 있던 딱딱한 고뇌의 응어리와 모든 상처, 실망, 그리고 모든 증오심을 남김없이 태워버린 불길이었던 것처럼 여겨졌다. 질 캐슬이 타죽은 재속에서 조세핀 크진스키가 다시 태어났다. 그녀는 평화를 되찾았으며, 모든 사람에 대한 사랑과 어린 시절에 잊힌 만족감으로 가득 채워졌다. 그녀는 이 넘치는 행복을 세상 사람들에게 나누어주고 싶었다.

장례식이 끝나자, 어떤 사람이 와서 질의 팔짱을 끼더니 리무진 승용차가 있는 쪽으로 데리고 갔다. 승용차가 있는 곳에 이르자 데이빗이 얼굴 가득 애정 어린 표정을 지으며 서 있었다. 질도 그를 보고 미소를 지었다. 데이빗이 그녀의 손을 잡고 이야기를 주고받고 있을 때 한 사진기자가 그들을 찍었다.

질과 데이빗은 세상 사람들의 이목 때문에 5개월쯤 뒤에 결혼을 하기로 했다. 데이빗은 대부분의 시간을 국외에서 보냈지만 그가 어디를 가든 국제전화를 통해 매일같이 안부를 물었다.

토비의 장례식을 치른 지 4개월쯤 지난 뒤 데이빗이 질에게 결혼을 재촉하는 전화를 했다.

"내게 좋은 생각이 있어. 결혼을 더 이상 기다릴 필요가 없는 방법이라고. 회의 차 다음 주에 유럽을 가는데, 그때 우리 브르타뉴 여객선을 타고 같이 프랑스로 나가자. 주례는 선장에게 부탁하면 될 거야. 파리에서 신혼 첫날밤을 보낸 다음, 네가 가고 싶은 곳으로 어디든 가자고. 내 생각이 어때?"

"너무 멋져요. 그렇게 해요."

질은 이곳에서 일어났던 과거의 일들을 생각하면서 마지막으로 집안을 둘러보았다. 이곳에서 처음으로 디너파티에 초대되었던 일과 그 이후 계속된 멋진 파티들, 그리고 토비가 뇌일혈로 쓰러져 절망에 빠졌던 일, 그의 건강을 되찾아주기 위해서 몸부림쳤던 일 등 갖가지 추억들이 주마등처럼 뇌리를 스쳐 지나갔다.

이 모든 추억을 홀홀 떨쳐버리고 떠나가는 지금, 그녀의 마음은 행복감으로 설레었다.

풀려버린 마술

데이빗의 자가용 제트기가 질을 뉴욕까지 태워다주었다.

공항에서 리무진이 파크 애비뉴에 있는 리젠시 호텔로 그녀를 데려 가기 위해 대기하고 있었다. 호텔에서는 지배인이 직접 질을 거대한 펜트하우스의 특별실로 안내해갔다.

"저희 호텔에서는 분부하시는 대로 정성을 다해 모시겠습니다. 템 플 부인, 캐넌 씨가 부인이 필요하신 것은 무엇이든 제공해드리라고 저희들에게 특별히 지시하셨습니다."

질이 호텔에 도착한 지 10분 뒤에 데이빗이 텍사스에서 전화를 걸 어왔다.

"호텔이 마음에 들어?"

"규모가 너무 큰 것 같아요."

질은 웃었다.

"침실이 자그마치 다섯 개라고요, 데이빗. 도대체 이걸 나 혼자서 어떻게 쓰죠?"

"내가 그곳에 있다면 자세히 알려주겠는데……."

"약속만 하고 지키지는 못하면서요."

그녀는 농담을 했다.

"언제 당신을 만나볼 수 있어요?"

"브레타뉴 호가 내일 정오에 출항해. 이곳에 아직 볼일이 남아서 말이야. 내일 배에서 만납시다. 신혼부부실을 예약해두었어. 행복해?"

"이 이상 행복할 수는 없을 거예요."

그것은 사실이었다. 이제는 이미 과거가 되어버린 일들, 모든 고통과 시련은 나름대로 모두 가치가 있었다. 그것들은 절반쯤 잊힌 꿈처럼 멀고도 희미하게 느껴졌다.

"아침에 자동차가 널 데리러 호텔로 갈 거야. 운전사가 배표를 가져다줄 거야."

"준비를 해두겠어요."

질이 말했다.

내일.

그것은 토비의 장례식에서 촬영되었다가 한 신문사에 팔린 질과 데이빗 캐넌의 사진으로부터 시작되었다고 할 수도 있고, 아니면 질이 머물고 있는 호텔의 종업원이나 브레타뉴 호 승무원의 경솔한 말에서 비롯되었는지도 모른다. 여하튼 질 템플과 같은 유명스타의 결혼 계획이 비밀로 유지될 수는 없는 일이었다.

그녀의 임박한 결혼에 관한 첫 번째 보도는 AP통신을 통해 알려졌다. 잇따라 그 기사는 미국과 유럽의 모든 일간신문의 1면을 장식했고, 〈할리우드 리포터〉지와 〈데일리 버라이어티〉지에도 실렸다.

리무진은 10시 정각에 호텔에 도착했다. 도어맨 한 명과 3명의 보이가 질의 짐을 자동차에 실었다. 아침 거리는 한산했으므로 90번 부두에는 30분이 채 못 되어 도착했다.

여객선의 고급 승무원 한 사람이 트랩에서 질을 기다리고 있었다.

"저희 배를 이용해주셔서 영광입니다, 템플 부인."

그는 정중하게 말했다.

"모든 준비가 다 되어 있습니다. 저를 따라오시겠습니까."

그는 질을 1등 선객용 갑판으로 안내해갔다. 그러고는 단독 테라스가 달린 넓고 호화로운 특별 선실로 안내했다. 방마다 신선한 꽃들로 가득 차 있었다.

"선장님께서 감사의 말씀을 전하라고 하셨습니다. 부인의 결혼식을 주제하게 되어 영광스럽게 생각한다고 말씀하셨습니다."

"감사합니다. 그런데 캐넌 씨는 승선하셨나요?"

질이 물었다.

"방금 전화로 공항에서 지금 이리로 오시는 중이라는 전갈이 왔습니다. 짐은 이미 도착했고요. 필요하신 것이 있으면 언제든지 말씀하십시오."

"감사합니다. 필요한 건 없어요."

사실이었다. 그녀야말로 단 한 가지도 부족한 것이 없는, 이 세상에서 가장 행복한 여인이었다.

노크 소리가 나더니 승무원이 꽃다발을 가지고 들어왔다. 카드를 펴보니 그 꽃다발은 대통령이 보내온 것이었다. 예전에도 그런 일이 있었지만 그때의 일은 깨끗이 잊기로 하고 그녀는 짐부터 풀기 시작했다.

한 남자가 상갑판 난간에 기대서서 승선하는 탑승객들을 유심히 지켜보았다. 승객들은 하나같이 휴가 여행을 떠나거나 연인을 만나는 기쁨으로 들떠 있었다. 개중에는 그에게 미소를 던지는 사람들도 있었지만 그 남자는 전혀 관심을 두지 않고 선교만을 물끄러미 지켜보고 있었다.

출항 20분 전인 오전 11시 40분, 실버 세도 승용차가 제90번 선창으로 쏜살같이 달려오더니 급정거했고, 이어 데이빗 캐넌이 차 밖으로 튀어나오면서 시계를 보고는 운전사에게 말했다.

"시간을 정확하게 맞췄군, 오토."

"감사합니다. 아무쪼록 즐거운 신혼여행이 되시기 바랍니다."

"고맙네."

데이빗 캐넌이 급히 선교 쪽으로 가서 배표를 내밀자, 질을 안내해주었던 예의 고급 승무원이 나와서 안내를 해주며 배에 오르게 했다.

"템플 부인께서는 지금 선실에 계십니다, 캐넌 씨."

"고맙네."

데이빗은 선실 신방에서 자기를 기다리고 있을 질의 모습을 그려보고는 가슴이 설레었다. 그가 급한 걸음으로 가고 있을 때 한 목소리가 데이빗 캐넌을 불러 세웠다.

데이빗이 돌아보자 난간에 기대어 있던 사내가 미소를 지으며 그에게로 다가왔다. 데이빗은 전에 그 사내를 만나본 기억이 없었다. 백만장자의 본능이 그렇듯이 데이빗도 상냥하게 접근하는 낯선 자를 의심하는 버릇이 있었다. 대개의 경우 그런 자들을 상대해봤자 귀찮은 일만 부탁했기 때문이었다.

그 사내가 손을 내밀었기 때문에 데이빗도 마지못해 악수를 했다.

"제가 아는 분인가요?"

"저는 질의 옛 친구로, 클립톤 로렌스라고 합니다."

그의 말을 듣고 데이빗은 마음이 놓였다.

"뵙게 되어 반갑습니다, 로렌스 씨."

데이빗 캐넌은 빨리 자리를 뜨고 싶었다.

"질이 저에게 선생을 한번 만나 뵈라는 부탁을 했습니다. 그녀는 선생을 위해 다소 놀라운 일을 계획해두었습니다."

"무슨 계획인데요?"

"이리 오십시오. 제가 보여드릴 것이 있습니다."

데이빗은 잠시 망설였지만 무엇인지 궁금해서 한번 보고 싶다는 호기심이 생겼다.

"좋습니다. 그런데 오래 걸립니까?"

클립톤 로렌스는 빙그레 웃으며 그를 쳐다보았다.

"아닙니다. 오래 걸리지 않습니다."

그들은 엘리베이터를 타고 갑판으로 내려가서 탑승하는 승객들과 환송객들로 붐비는 군중들 사이를 지났다. 복도를 내려가 문이 2개 달린 출입구 앞에 이르자 클립톤이 문을 열고 데이빗을 안으로 안내했다. 그곳은 커다란 텅 빈 극장이었다. 데이빗은 어리둥절해서 사방을 둘러보았다.

"아니, 여기서 말입니까?"

"네, 여깁니다."

클립톤이 웃으며 말했다. 그러더니 영사실 쪽을 올려다 보며 영사기사에게 고개를 끄덕였다. 그 영사기사는 욕심이 많은 사람이었다. 클립톤은 협조해달라고 그를 설득시키는 데 2천 달러를 지불해야만 했다.

"만약 들통이 나는 날에는 난 모가지예요."

그 영사기사는 그렇게 투덜거렸다.

"들통이 날 리가 있소? 대수롭지 않은 일을 가지고 뭘 그럽니까. 내가 친구를 데리고 들어오면 그때 필름만 돌리면 돼요. 10분밖에 안 걸려요."

마침내 영사기사는 그러겠노라고 동의했다.

데이빗은 의아해하는 표정으로 클립톤을 바라보았다.

"내게 보여줄 것이 영화인가요?"

"자, 어서 앉기나 하십시오, 캐넌 씨."

데이빗은 통로 쪽 좌석에 긴 다리를 쭉 뻗고 앉았다. 클립톤은 그의 맞은편 좌석에 앉아 전깃불이 꺼지고 밝은 영상이 커다란 화면 위에 나타나기를 기다렸다. 그러고는 영상이 나타나자 데이빗의 얼굴을 뚫어져라 응시했다.

데이빗은 화면의 영상을 보고 쇠망치로 뒤통수를 얻어맞은 듯 큰 충격을 받았다. 그는 외설적인 영상을 보면서 더 이상 자기 눈에 보이는 것을 받아들이기를 거부했다. 그가 처음으로 그녀에게 연정을 느꼈던 바로 그 시절의 질의 모습이 침대 위에 알몸으로 누워 있었다. 모든 장면 하나하나가 너무도 선정적이었다. 남자와 여자가 번갈아 등장하면서 질을 데리고 갖은 짓을 다했다. 질도 그들 못지않게 열을 내고 있었다.

멕시코 사내가 질을 덮치는 것을 보자 눈에서 불이 났다. 이 장면을 보자 갑자기 자신이 15살 소년시절에 겪었던 뼈아픈 기억이 되살아났다. 그때 그는 누이 베스가 침대 위에서 멕시코인 정원사를 올라타고 더럽기 짝이 없는 짓을 하고 있는 것을 우연히 목격하게 되었다. 그는 끓어오르는 분노에 앞뒤 분별할 겨를도 없이 책상에 놓인 편지 개봉용 칼을 가지고 누이를 밀쳐낸 다음 그 정원사의 가슴팍을 미친 듯이 찔러댔다. 방안의 벽은 온통 피로 범벅이 되었다. 그의 누이는 그 멕시코인 정원사와 결혼하기로 했다고 비명을 질러대면서 그를 제지하려 했다. 데이빗의 어머니가 방으로 뛰어들어 와 그를 떼어놓았다.

나중에 안 일이지만 어머니는 집안끼리 친분 관계가 두터운 변호사에게 전화를 걸어 그 변호사와 이 문제에 대해 한참 의논한 끝에 그 멕시코인 정원사의 시체를 창고 속에 처넣었다가 그 다음 날 아침, 그 정원사가 창고 안에서 자살한 것처럼 꾸며 시체를 처리해버렸다. 그런 일이 있은 후 3주일 뒤에 베스는 정신병원으로 갔다.

그때 그가 저지른 살인행위에 대한 죄책감이 걷잡을 수 없이 몰려와 데이빗은 순간적으로 광포해졌다. 그는 맞은편에 앉아 있던 클립톤의 멱살을 잡아 일으켜 그의 얼굴을 주먹으로 사정없이 후려쳤다. 그는 자기 누이 베스에 대한 가슴 아픈 기억에 곁들여질, 그리고 자기 자신에게 가한 모욕에 대한 앙갚음으로 클립톤이 정신을 잃고 헛소리를 지를 때까지 짓이겨댔다.

클립톤은 방어자세를 취해봤지만 막무가내로 쳐들어오는 주먹을 도저히 막을 수가 없었다. 주먹으로 코를 얻어맞는 순간, 코뼈가 부러지는 통증을 느꼈으며 재차 날아드는 주먹에 입을 얻어맞았다. 피가 강물처럼 흘러내렸다. 멍청히 선 채 무방비 상태로 샌드백처럼 그는 계속 얻어맞았다. 데이빗이 겨우 때리던 것을 멈추었다. 넓은 극장 안은 클립톤이 토해내는 괴로운 신음소리와 그때까지 화면에 비치고 있는 포르노 영화로부터 들려오는 관능적인 신음소리 이외는 아무 소리도 들리지 않았다.

클립톤은 주머니에서 손수건을 꺼내어 흐르는 피를 닦고는 코와 입을 가린 채 극장 밖으로 나가 선실로 향했다. 그가 식당을 지나칠 때 부엌문이 열려 있어서 분주히 움직이는 요리사들과 웨이터들의 곁을 지나 부엌으로 들어갔다. 제빙기가 눈에 띄었다. 그는 거기서 얼음 몇 덩이를 집어 손수건에 싸서 그걸 화끈거리는 코와 입에 갖다 대고는 주방을 빠져나왔다. 주방 한구석에 설탕으로 빚어 만든 신랑 신부의 형상이 맨 위에 올려 있는 커다란 결혼 예식용 케이크가 눈에 띄었다. 클립톤은 손을 뻗어 신부의 머리를 비틀어 떼고는 손가락 사이에 넣고 여지없이 으스러뜨려 버렸다.

그런 다음 그는 질을 만나러 갔다.

배가 천천히 움직이기 시작했다. 질은 5만5천 톤의 대형 여객선이 선창을 미끄러져 나오기 시작했을 때, 배가 움직이고 있음을 알 수 있었다. 데이빗은 왜 아직 오지 않는 걸까, 하고 그녀는 초조해졌다.

질이 짐을 다 풀고 났을 때 문을 노크하는 소리가 들렸다. 질은 기쁜 마음으로 달려가 "데이빗!" 하고 외치며 문을 열고는 두 팔을 벌렸다. 그런데 이게 웬일인가!

클립톤 로렌스가 피투성이로 일그러진 얼굴을 하고 서 있는 것이 아닌가! 질은 팔을 내리고 그를 바라보았다.

"여기서 뭘 하는 거예요? 무슨 일이 있었나요?"

"문안인사나 드리려고 잠시 들렀소. 데이빗한테 받은 전갈도 있고 해서……."

그녀는 무슨 말인지 도통 이해할 수가 없었다.

"데이빗한테서 전갈을 받다니요?"

클립톤은 성큼 선실로 들어섰다. 질은 더욱 신경이 쓰였다.

"데이빗은 어디 있죠?"

클립톤은 그녀를 돌아보며 말했다.

"옛날 영화는 어땠는지 알아? 흰 모자를 쓴 좋은 사람들과 검은 모자를 쓴 나쁜 사람들이 등장하는데, 결국은 나쁜 사람들이 응분의 죗값을 치르는 걸로 끝났지. 나는 어려서부터 인생도 그와 같은 것이라고, 즉 흰 모자를 쓴 좋은 사람들이 반드시 승리하는 법이라고 생각하며 자랐어."

"도대체 무슨 말씀을 하시는 건지 모르겠군요."

"인생도 가끔은 옛날 영화와 같은 내용으로 끝나는 경우가 있다는 것은 참으로 다행스러운 일이야. 데이빗은 떠났어. 아주 영원히."

클립톤의 일그러진 입가로 피가 흘렀고, 그는 여전히 미소를 짓고 있었다.

그녀는 못미더워하는 시선으로 클립톤을 응시했다. 바로 그때 그들 두 사람은 정지하기 위한 배의 흔들림을 느낄 수가 있었다. 클립톤이 베란다로 나가 뱃전을 내려다보더니 이리 와보라고 손짓했다.

질은 잠시 망설이다가 주체할 수 없는 두려움을 안고 그를 뒤쫓아 가서 난간 너머를 내려다보았다. 저쪽 아래서 데이빗이 예인선을 타고 본선을 떠나는 것이 보였다. 그녀는 난간을 잡고 간신히 몸을 지탱했다.

"왜! 무엇 때문에!"

그녀는 외치며 오열했다.

"내가 데이빗에게 그 영화를 보여주었지."

클립톤 로렌스가 그녀를 돌아보며 말했다.

순간 그녀는 그의 말뜻을 알아차렸다.

"세상에, 어떻게 그럴 수가! 당신이 날 죽였어!"

"빚을 갚았을 뿐이야. 이제야 우리는 공평하게 된 셈이라고."

"꺼져! 꺼져버리라니까!"

그녀는 단말마적인 비명을 외치며 그에게 달려들어 손톱으로 그의 양 볼에 깊숙한 고랑을 파놓았다. 클립톤은 몸을 돌리며 그녀의 얼굴을 정통으로 후려쳤다. 질은 고통에 못 이겨 두 손으로 머리를 감싸 쥐고는 무릎을 꿇었다.

클립톤은 그녀를 한참 동안 내려다보고 서 있었다. 이 정도면 그가 이제까지 계획해왔던 복수의 방법으로 손색이 없다고 생각했다.

"안녕, 조세핀 크진스키."

클립톤은 질의 선실을 나와 손수건으로 얼굴의 아랫부분을 가린 채 갑판 위로 올라가서는 특이한 타입의 새로운 얼굴을 찾으며 승객들의 얼굴을 찬찬히 뜯어보면서 천천히 걸어갔다. 언제 어디서 배우로서의 탁월한 재능을 가진 사람을 만나게 될는지는 아무도 모르는 일이었다. 그는 그런 사람을 발견하기만 한다면 언제라도 다시 시작할 마음의 준비가 되어 있었다.

누가 알겠는가? 그가 다시 토비 템플과 같이 탁월한 재능의 소유자를 발견하는 행운을 잡을 수 있는지를……

클립톤이 떠난 뒤 바로 여객 사무장 클로드 데싸르가 질의 선실로 가서 방문을 노크했다. 아무런 대꾸가 없었지만 방안에서 무슨 소리가 나는 기척을 알아차릴 수가 있었다.

잠시 기다려 봐도 아무런 대꾸가 없자 그는 큰 소리로, "템플 부인, 클로드 데싸르 사무장입니다. 도와드릴 일이 없나 해서 왔습니다." 하고 말했다.

그래도 아무 대꾸가 없자 불길한 예감이 뇌리를 스치고 지나갔다. 본능적으로 어떤 끔찍한 일이 벌어진 듯한 느낌이 들며 갖가지 나쁜 추측들이 떠올랐다. 그녀가 혹시 살해되었거나 납치된 것은 아닌가?

그는 더 이상 머뭇거릴 수가 없어서 문을 비틀어 보았다. 의외로 잠겨 있지 않았다. 데싸르는 조심스럽게 문을 밀고 들어섰다. 질 템플은 등을 돌린 채 선실 끝에 서서 항구를 내다보고 있었다. 데싸르는 무슨 말을 하려다가 냉랭한 분위기에 압도되어 입을 다물고 말았다. 그때 마침 상처 입은 짐승이 지르는 것 같은 섬뜩하고 날카로운 비명소리가 갑자기 선실에 울려 퍼졌다. 데싸르는 어찌할 바를 모르고 엉거주춤한 채 서 있다가 개인적인 깊은 고뇌에 빠져 있는 사람을 자기가 어떻게 위로해줄 수 있겠나 싶어 조심스럽게 문을 닫고 나왔다. 하지만 내내 불안한 마음으로 안에서 들리는 소름끼치는 비명 소리를 들으며 잠시 서 있다가 상갑판에 있는 극장으로 갔다.

그날 저녁식사 때 선장의 식탁에는 2개의 빈자리가 있었다. 식사 도중 선장은 두 자리 건너 식탁에서보다 덜 중요한 승객들을 대접하고 있는 데싸르에게 신호를 보냈다. 데싸르는 손님들에게 양해를 구하고 선장의 식탁으로 서둘러 다가왔다.

"이보게, 데싸르."

선장은 목소리를 낮춰 심각한 목소리로 말했다.

"도대체 템플 부인과 캐넌 씨는 어떻게 된 건가?"

데싸르는 식탁의 다른 손님들의 눈치를 보며 속삭이듯이 말했다.

"아시다시피 캐넌 씨는 엠브로스 등대선에서 수로안내인과 함께 배에서 내렸습니다. 템플 부인은 자기 선실에 남아 있습니다."

선장은 조그맣게 욕설을 퍼부었다. 그는 바른생활 사나이로, 자신의 일상적 습관이 방해받는 것을 좋아하지 않았다.

"빌어먹을! 결혼식 준비는 모두 되어 있는데. 어떻게 하지?"

그는 투덜거렸다.

"그러게나 말입니다, 선장님."

데싸르는 어깨를 추슬러 보이고는 눈망울을 굴렸다.

"미국인들이란 모두 그렇지 않습니까?"

질은 어두컴컴한 선실 의자에 쭈그리고 앉아 허공을 응시하고 있었다. 그녀는 비탄에 젖어 있었지만 그것은 데이빗 캐넌이나 토비 템플이나 심지어는 그녀 자신 때문이 아니었다. 그녀는 조세핀 크진스키라는 이름의 어린 처녀를 위해 많은 것을 해주려고 했으나 지금 그 처녀를 위해 마련해온 모든 멋진 마술의 꿈들이 끝나버렸다.

질은 도저히 이해할 수 없는 패배에 어안이 벙벙한 채 허공만 응시하고 있었다. 불과 몇 시간 전만 하더라도 그녀는 세계를 손 안에 넣고 있었다. 원하던 것을 모두 소유하고 있었는데, 지금은 아무것도 가진 것이 없었다.

두통이 다시 엄습해왔다. 창자 깊숙이 파고드는 참을 수 없는 또 다른 고통 때문에 그녀는 지금까지 두통을 느끼지 못했다. 그러나 지금 이마를 죄어드는 고통을 떨쳐버릴 수가 없었다. 그녀는 모든 것을 잊어버리려고 애쓰면서 무릎을 가슴에 바짝 당겨 웅크렸다. 피로감이 엄습했다. 그녀가 원하는 것은 영원히 이렇게 앉아서 아무 생각도 하지 않는 것이었다. 그럼 잠깐이라도 고통이 사그라질지도 몰랐다.

질은 지친 몸을 끌고 침대로 가서 그대로 엎어져 눈을 감았다.

그때 그녀는 다시 그것을 느꼈다. 차갑고 불길한 예감을 주는 공기의 물결이 그녀에게 다가와서 그녀를 감싸고 애무했다. 그리고 그녀를 부르는 그의 목소리가 들렸다.

'네, 나 여기 있어요.'

그녀는 생각했다.

'여기 있어요.'

무엇엔가 홀린 사람처럼 그녀는 천천히 침대에서 일어나 머릿속에서 손짓하며 부르는 목소리를 따라 선실 밖으로 걸어 나갔다.

질이 선실 밖으로 걸어 나간 시간은 새벽 2시로, 갑판에는 사람이라곤 아무도 없었다. 그녀는 바다를 가르며 나아가는 거대한 배에 부딪쳐 흩어지는 파도의 부드러운 출렁거림을 내려다보면서 그 목소리를 듣고 있었다. 질의 고통은 더욱 심해져서 마치 고통의 압착기로 마구 머리를 쥐어짜는 것 같았다. 그러나 목소리는 그녀에게 모든 것이 잘 될 테니 걱정하지 말라고 타이르고 있었다. '아래를 내려다봐요.'라고 그 목소리가 말했다.

질은 바다를 내려다보았다. 질은 그곳에 무엇인가가 떠 있는 것을 보았다. 그것은 얼굴이었다. 그녀에게 미소 짓는 토비의 얼굴이었다. 푸른 눈이 그녀를 올려다보고 있었다. 차가운 바람이 불기 시작하면서 조용히 그녀를 난간 쪽으로 밀어붙였다.

"나는 그렇게 하지 않을 수가 없었어요, 토비. 당신도 알고 있었죠?" 그녀가 중얼거렸다.

물 속에 있는 머리가 끄덕이며 아래위로 둥실거리면서 들어와서 함께 놀자고 손짓하고 있었다. 바람은 더욱 차가워지고 질의 몸이 떨리기 시작했다. '무서워할 것 없어. 바닷물은 깊고 따뜻해… 이리로 와요 영원히 이리로 와요, 질.' 하고 그 목소리는 말했다.

그는 한순간 눈을 감았다. 그러나 눈을 다시 떴을 때 미소 짓는 얼굴은 아직도 그곳에 있었다. 배와 똑같은 속도를 유지하면서 바닷물에 떠 있었다. '이리로 와요.' 하고 그 목소리는 또 말했다.

그녀는 토비에게 자신이 평화롭게 살아갈 수 있도록 내버려둬 달라고 애원하기 위해 몸을 앞으로 기울였다. 그때 차가운 바람이 그녀를 밀어붙였다. 갑자기 그녀는 자신의 몸이 부드러운 밤의 대기 속으로 떠올라가는 것을 느꼈다. 토비의 얼굴이 그녀를 반기듯 더욱 가까워졌다. 그녀는 두 팔이 자신의 몸을 끌어안는 것을 느꼈다. 그러자 그들은 영원히 함께 되었다.

부드러운 밤바람과 시간을 모르는 바다만이 그 뒤에 남아 있었다. 하늘의 별들도 아무 일 없었다는 듯이 여전히 반짝이고 있었다.

옮긴이의 말

나는 그동안 시드니 셸던 작품을 여러 편 번역했다. 그래서 그런지 독자들은 나에게 시드니 셸던 전문번역가라고 부른다. 어쨌든 나는 이 『7일간의 유혹』(A stranger in the mirror)의 번역 의뢰를 받았을 때, 친한 벗의 편지를 받은 것만큼이나 반가웠다.

시드니 셸던의 작품을 하나 하나 번역해오면서 나는 점점 더 그의 작품세계에 빠져들게 되었고 그의 문학적 재능에 찬탄을 금하지 않을 수 없게 되었다.

원제목은 '거울 속의 타인'으로 번역할 수 있는데 이는 현대인들에게는 자극이 되는 말이기도 하다. 현대인들은 거울을 보지 않고 지나치는 날이 거의 없다. 의식적으로, 또는 무의식적으로.

그 거울 속에는 우리 자신들의 모습이 있는 그대로 적나라하게 비쳐 보인다. 그러나 어느 날 갑자기 거울 속을 들여다보았을 때, 그 속에 비친 것이 자신의 모습이 아닌 낯선 타인의 모습처럼 생각된 적이 있을 것이다. 마치 그런 갑작스런 충격처럼, 이 작품은 읽는 이의 가슴에 충격적 파문을 일게 한다.

이 소설은 텔레비전과 영화에서 수많은 사람들의 사랑을 한 몸에 받는 슈퍼스타이며 천재적 재능을 지닌 토비 템플의 이야기이다. 또한 영화배우가 되기 위해 할리우드에 진출해서 스타가 되려면 자신이 육체를 미끼로 할 수밖에 없다는 것을 알게 된 질 캐슬의 이야기이기도 하다.

주인공 토비 템플과 질 캐슬은 숱한 역경을 딛고 자신들의 재능을 발휘할 기회를 잡아 세간에서 흔히 말하는 '화려한 성공'을 거두게 된다. 그러나 그들 중 한 사람은 사랑하는 이의 손에 의해 안락사를 당하고, 남은 한 사람은 헛된 꿈을 꾸다가 자살을 하게 된다.

어떻게 사는 것이 진정으로 성공하는 인생인가 하는 문제를 시드니 셀던은 자신의 온갖 재능을 발휘하여 재미있는 이야기로 독자들에게 하나의 메시지를 던져주고 있다.

소설은 우선 재미있어야 한다. 그리고 읽을 때는 감동을 느껴야 하고, 읽고 난 다음에는 뭔가 가슴에 남아야 한다고 생각한다. 그런 의미에서 이 작품은 성공작이라고 할 수 있다.

정성호

옮긴이 **정성호**

충남 당진에서 태어났으며 가톨릭대학교 신학부 철학과를 졸업했다. 여흥고등학교에서 영어교사로 재직하던 중 긴급조치 9호 위반으로 복역했다. 출감 후 번역을 시작하여 현재까지 번역 전문가로 활동 중이며 번역서는 600여 종에 이른다. 주요 역서로 《개 같은 나의 인생》, 《황금옷 천사》, 《배반의 축배》, 《13월의 천사》, 《신즈》, 《우연한 여행자》, 《늑대와 춤을》, 《그네 타는 남자》, 《생의 한가운데》, 《인간의 역사》, 《정신분석입문》, 《포레스트 검프》, 《체인지》 등이 있다.

7일간의 유혹

중판 1쇄 인쇄 2017년 5월 10일 | **중판 1쇄 발행** 2017년 5월 15일

지은이 시드니 셸던 | **옮긴이** 정성호 | **펴낸이** 최효원 | **펴낸곳** (주)오늘
등록일 1980년 5월 8일 제2012-000082호
주소 서울시 영등포구 선유서로 67, 128호 | **전화** (02)719-2811(대) | **팩스** (02)712-7392
홈페이지 http://www.on-publications.com | **이메일** oneull@hanmail.net

• 잘못 만들어진 책은 바꾸어 드립니다.
ISBN 978-89-355-0531-9 03840